HEYNE BÜCHER

W0360333

**Fantasy**

Herausgegeben von Friedel Wahren

Das Schwarze Auge

ALEXANDER HUISKES

# Die Hand der Finsternis

*Zweiundfünfzigster Roman aus der aventurischen Spielewelt*

begründet von
ULRICH KIESOW

**Originalausgabe**

WILHELM HEYNE VERLAG
MÜNCHEN

HEYNE SCIENCE FICTION & FANTASY
Band 06/6052

*Umwelthinweis:*
Dieses Buch wurde auf
chlor- und säurefreiem Papier gedruckt.

Originalausgabe 11/2000
Redaktion: F. Stanya

http://www.heyne.de
Printed in Germany 2000
Umschlagbild: Zoltán Boros & Gábor Szikszai/
Agentur Kohlstedt
Kartenentwürfe (Seite 8/9): Ralf Hlawatsch
Umschlaggestaltung: Nele Schütz Design, München
Technische Betreuung: M. Spinola
Satz: Schaber Satz- und Datentechnik, Wels
Druck und Bindung: Presse-Druck, Augsburg

ISBN 3-453-17880-7

# Inhalt

*All denen,*
*die guten Willens sind.*

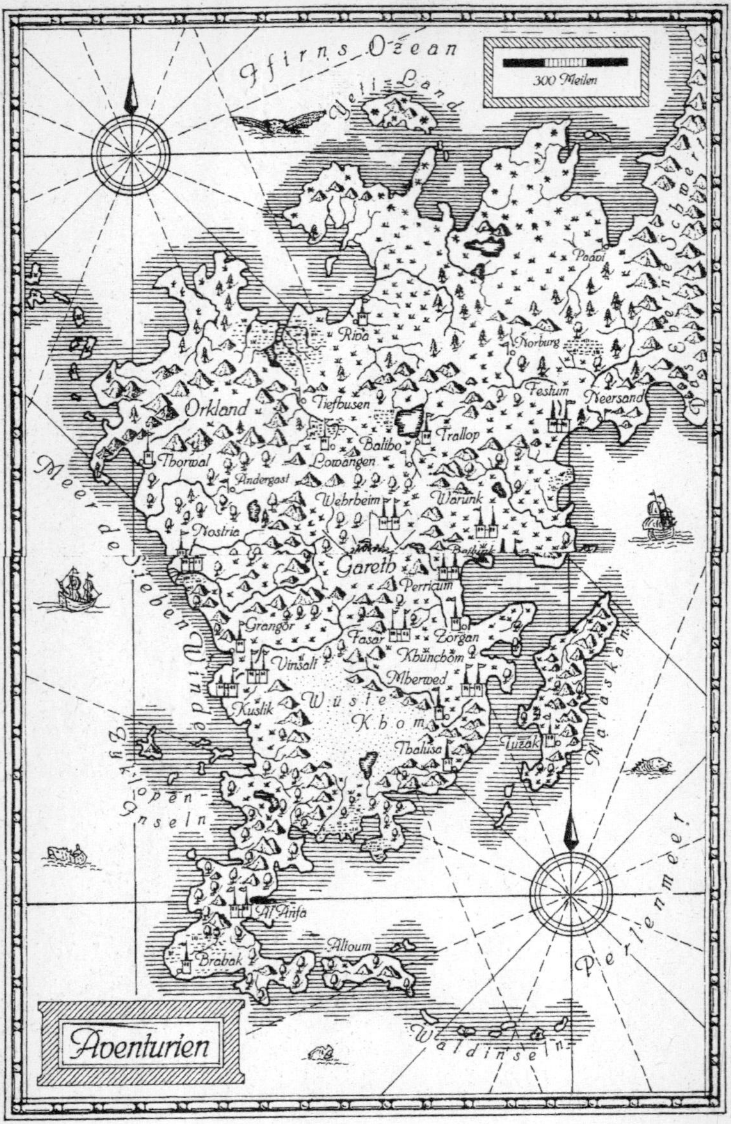

Ifirns Ozean
Yeti-Land
300 Meilen
Paavi
Norburg
Festum
Neersand
Riva
Tiefhusen
Orkland
Balibo
Trallop
Thorwal
Lowangen
Andergast
Wehrheim
Warunk
Nostria
Gareth
Perricum
Grangor
Fasar
Zorgan
Khunchom
Vinsalt
Mherwed
Kuslik
Wüste Khom
Thalusa
Tuzak
Maraskan
Meer der Sieben Winde
Zyklopen-Inseln
Al'Anfa
Altoum
Brabak
Perlenmeer
Waldinseln
Aventurien

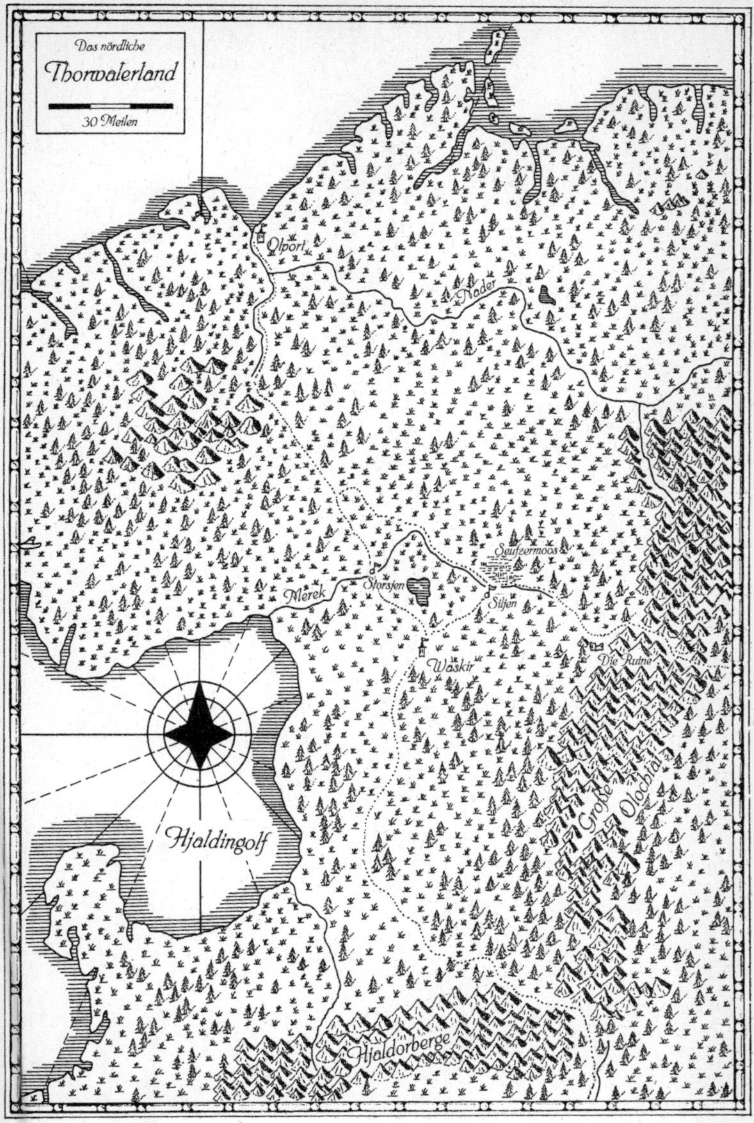
Das nördliche
Thorwalerland
30 Meilen
Olport
Nader
Seufzermoos
Storsjen
Merek
Siljen
Waskir
Die Ruine
Große Olochtal
Hjaldingolf
Hjaldorberge

## Prolog

# Der Erzähler

Von den Großen Olochtai, die als graue, weißgipflige Schatten am Horizont erkennbar waren, wehte ein kalter Wind. Hier oben war Praios, der beinahe überall sonst in Aventurien als oberster der Zwölfgötter verehrt wurde, nicht besonders mächtig, weder in den Herzen der Menschen noch droben am Himmel. Und schon gar nicht im Herzen Nachtwinds. Der Herzschlag hier war wie das Pochen der Eiswinde Firuns im Winter, ungestüm und wild.

»Nachtwind!« Von unten näherten sich winkend und lachend drei Gestalten, die er schon lange nicht mehr gesehen hatte. Er brauchte sich dank der Magie nicht anzustrengen, um jede Einzelheit an ihnen schon aus der Ferne zu erkennen. Die Erinnerung übermannte ihn fast, beinahe hätte er sogar zurückgewunken. Aber der Schmerz erwies sich als stärker und so verharrte er in seiner Haltung. Rabenschwarze Haare flatterten im Wind, während er starr und reglos über sein Land blickte.

*Sein* Land …? Einem Beobachter wäre es erschienen, als sei er eins mit dem Land, wie er da stand, emporgewachsen aus der Erde, sich dem Wind entgegenneigend wie einem lange vermissten Gefährten. Nachtwind spürte die Gefühle der Menschen mit einer Wucht, die ihnen selbst wohl immer fremd bleiben würde. Gefühle waren *absolut*, er wusste ihnen nichts entgegenzusetzen und deswegen verbarg er sie meist vor sich und vor anderen Menschen.

*Menschen.*

Nachtwind war kein Mensch, das hatten sie ihm immer wieder zu verstehen gegeben. Alle, bis auf seine Freunde, doch diese hatten ihn verlassen. Verlassen *müssen.* Es war kein Abschied für immer gewesen, das hatten sie alle gewusst, aber die plötzliche Leere war dennoch da und hatte ihn in den letzten Jahren umfangen gehalten. Und die anderen ... Sie hatten ihn niemals als einen der Ihren angenommen, hatten ihn spüren lassen, dass er anders war, anders sein *musste,* denn ein Mensch war er nur zum Teil. Seine Mutter war ein Mensch gewesen, von ihr hatte er diese lächerlichen Gedanken und Sehnsüchte der Menschen und den etwas derberen Knochenbau, als er beim Volk seines Vaters üblich war, den er niemals lebendig zu sehen bekommen hatte. Zuerst hatte er ihn nur *gefühlt,* noch während er im Leib der Mutter heranwuchs. Diese *Gefühle,* sie waren *etwas,* ein Talent, eine Gabe, ein Fluch – was auch immer –, das ihn mit seinem Vater und dessen Volk verband und das weit über die äußerlichen Kennzeichen seines Makels hinausging: die zarten Gesichtszüge und die geschwungenen Augenbrauen, die schlanken, feingliedrigen Finger und die spitz zulaufenden Ohren.

Nachtwind war ein Halbelf.

*Ja, Nachtwind war ein Halbelf, aber von dem, was von jenem Tage an geschah, will ich euch später berichten, denn ihr sollt mehr über ihn wissen als seine letzten Monde auf Dere. Halbelfen sind eine sonderbare Art, gefangen zwischen zwei Welten, genau wie ich, der ich euch seine Geschichte nun erzähle, wenn ihr mir zuhören wollt. Ihr könnt mich* Kiamuk *nennen, wenn ihr einen Namen für mich braucht. Der* kiamuk *ist in den Wortbildern meines Volkes der Sturmfalke, und auch ich war den Stürmen des Lebens oft ausgesetzt und wie der Falke ziehe ich meine eigenen einsamen Kreise und halte mich fern von der Welt, die ihr Dere nennt. Ich finde mich am ehesten wieder in den Felsen, den Bäumen, dem Wasser, der Erde, dem Wind und dem weiten Himmel. Es hat lange gedauert, bis ich es verstanden hatte, und noch heute weiß ich nicht, ob ich Recht damit tue. Vielleicht sollte ich mehr mit den Menschen zu tun haben, aber sie haben mir oft genug bewiesen, dass sie es nicht wert sind. Selten nur bewegt mich das Schicksal eines Sterblichen so, dass ich mich damit auseinandersetze. In diesem Fall mache ich eine jener Ausnahmen: Nachtwinds Geschichte hat mich tief bewegt und wenn ich sie erzähle, kann ich nur hoffen, dass man sie nicht vergessen wird, ebenso wenig wie das, womit sie zu tun hat: das Menschsein. Was ich zu erzählen habe, habe ich zusammengetragen aus dem, was ich gehört habe, was ich beobachten durfte, woran ich teilhatte und was ich fand. Es sind, wie immer, zu viele beteiligt an dem, was geschah, und ich bin sicher, dass ich nicht allen Gerechtigkeit widerfahren lasse, aber das will ich auch gar nicht. Die Geschichte Nachtwinds beginnt, wie ich nun weiß, vor langer, langer Zeit und sie hatte mit vielem zu tun, nur nicht mit Nachtwind selbst. Setzt euch also zu mir ans Lagerfeuer und wenn ihr einem alten Mann zuhören wollt, dann lauscht meinen Worten, ehe sie wie die Funken vom Wind davongetragen werden und verwehen …*

# Steldripanja und das Wissen

Erst war es nur wenig mehr als ein rauchgeborener Schatten gewesen. Doch je stärker der Qualm geworden war, wie von einem harzigen Feuer, aber mit jenem Geruch, den niemand je vergisst, der ihn einmal hat riechen müssen, umso deutlicher war Steldripanja das Bildnis erschienen.

Ein Kind, ein Knabe, von blasser Haut und mit goldenen Locken, die sein Köpfchen wie eine Aureole aus Sonnenlicht umgaben. Ein Bild der Hoffnung, der Liebe und Güte.

Ein Abglanz jener Reinheit, die Sterbliche nie gewinnen werden.

Das Kind streckte ihr die goldene Blüte entgegen. Tautropfen schimmerten auf den zarten Blütenblättern wie Diamanten auf gehämmertem Gold, die Blätter darunter, groß und breit, erinnerten an flache Scheiben aus Smaragd. Sie hatte eine solche Blume noch nie zuvor gesehen. Kalt war diese Blume und warm zugleich, sie nährte das Licht der Hoffnung und stachelte zugleich die Verzweiflung an. Steldripanja spürte, wie es eng wurde in ihrer Kehle. Langsam streckte sie eine Hand aus, zog sie aber sogleich wieder zurück, als habe die Blume sich in eine giftige Natter verwandelt.

Sie war nicht für Sterbliche geschaffen, das spürte Steldripanja. Doch ihr Verstand widersprach.

»Nimm«, lächelte das Kind sie durch den immer

dichter werdenden Rauch hindurch an. Seine helle Stimme schwang sich leicht wie Glöckchen an Pferdeschlitten über alle Töne der Umwelt.

Steldripanja schluckte verlegen. Waren ihr Zweifel und Zerrissenheit so deutlich anzumerken? Im letzten Moment unterdrückte sie das Verlangen, sich verlegen hinter den Ohren zu kratzen.

*Mir läuft die Zeit davon.* Dieser Gedanke beherrschte sie seit vielen Jahreswechseln, aber hier und jetzt begriff sie zum ersten Mal die tatsächliche Tragweite ihres Gedankens. Wie aus weiter Ferne drangen gellende Schreie zu ihr, während der Rauch immer dichter wurde. Die Augen tränten ihr. Was, wenn sie sich das alles nur einbildete?

Lautes Pochen ertönte, regelrechte Rammstöße gegen die Tür des Hauses. Der Rauch wirbelte durch Ritzen im Holz herein und bald würde er ihr die Luft abschnüren. Sie hustete unterdrückt. Dann richtete sie den Blick wieder auf die Blüte, die in der Hand des Kindes lag. Der Schimmer, der davon ausging, war faszinierend und barg jene Hoffnung in sich, die Steldripanja schon lange vergessen geglaubt hatte.

Hoffnung.

Keine Verzweiflung.

Als Feuerblumen vor ihren Augen erblühten und zerplatzten wie Luftblasen, als ihr Blick sich trübte und sie um jeden Luftzug ringen musste, als die Tür unter einem letzten heftigen Aufbäumen zerbarst, und all das unter den unschuldigen blauen Kinderaugen des Knaben, griff sie schließlich nach der Blüte.

Die Zeit gerann, selbst das Kräuseln des Rauches fror ein. Es gab nur noch sie, die Blüte und das Kind. Tief sog sie Luft in die Lungen und endlich schmeckte sie nicht mehr nach Tod.

»Danke.« Mehr als dieses Wort brachte sie nicht heraus.

Das Kind legte den Kopf auf die Seite und blickte die

Sucherin an, in den blauen Augen ein neugieriges Funkeln. »Wofür?«

Steldripanja verzog keine Miene. Sie wusste, dass das Kind es wusste, denn dieses Kind war weitaus mehr als ein gewöhnliches *Kind*. Dieses Kind war das *Gefäß* für etwas weitaus Größeres. »Für deine Gabe.«

Das Kind nickte lächelnd. Sein Gesicht nahm einen hintergründigen Ausdruck an.

»Meine Gabe ist deine Gabe.« Purpurfarbener Dampf stieg aus der Blüte auf. Steldripanja atmete tief ein. Sie schloss die Augen und sah immer wieder Ereignisse der letzten Jahre vor sich: die Fremden, die in das Land eindrangen und seine Bewohner töteten, die Erinnerung an sie auslöschten und ihre Kunstwerke und Gebäude vernichteten. Sie sah die eingefrorenen Gestalten, wie sie in ihr Haus eindrangen, um sie zu töten und ihnen ihr Wissen zu rauben, wie sie schon alle ihre Lieben getötet und ihrer aller Land geraubt hatten.

»Gib mir die Macht und die Kraft, derer ich zur Rache bedarf.«

Das Kind kicherte. »Ich bin nicht zuständig für Rache, aber ich biete dir das Wissen an, das deinen Verstand erweitert und den der anderen verdunkelt. Mehr Wissen, als du dir jemals vorstellen kannst. Nimm diese Gabe und alles Wissen wird dir leichter zugänglich sein als jedem anderen Wesen Deres. Dies und … Unsterblichkeit …«

Steldripanja nickte verkrampft. Das Kind war ihre letzte Hoffnung. Sie hatte ihr Leben der Suche nach Wissen gewidmet, dem Streben nach Weisheit. Und jetzt, da sie dem Tod so nahe war wie nie zuvor, war nur dieses … *Kind* in ihrer Nähe, wie es ihr stets nahe gewesen war, unsichtbar und doch gegenwärtig in den verborgenen Bereichen ihres Denkens.

»Ich werde *wissen*«, murmelte sie ihr Glaubensbekenntnis, das sie die ganzen Jahre über angetrieben hatte und wofür sie von vielen belächelt worden war.

»Du wirst *wissen*. Doch es braucht Zeit. Sechshundertsechsundsechzig Generationen, bis du auch nur einen Splitter der Wahrheit gefunden hast, und du wirst dann noch immer am Leben sein. Der Preis ist gering und deine Macht wird dir helfen, ihn zu begleichen. Du wirst begreifen, worauf es ankommt, wenn du mehr *weißt*. Für heute nur so viel: Ich will meine Ebenbilder, die Kinder deiner Feinde. Opfere mir immer nur eines in jedem Himmelslauf und je länger diese Opfer währen, desto mächtiger wirst auch du. Das ist wohl kein zu geringer Preis. Na?«

Steldripanja konnte nur noch nicken. Mit einer hastigen Bewegung hob sie die Blume an die Lippen. Der purpurne Dampf der goldenen Lotosblüte legte sich wie ein Schleier auf ihre Augen, erfüllte ihren Mund und kroch in ihre Ohren, bis die Welt, die sie gekannt hatte, in einem dunklen Meer versank und nie wieder auftauchen würde.

Als die Tür krachend aufsprang und die Fremden von jenseits des Meeres eindrangen, lag auf dem Boden lediglich eine vertrocknete goldene Lotosblüte und in der Luft verhallte das glockenhelle Lachen eines Kindes.

Steldripanja lernte. Ungeheures Wissen strömte auf sie ein, erfüllte jede Faser ihres Selbst, aber je mehr Wissen ihr zuteil wurde, umso deutlicher taten sich die Gräben zwischen diesem Wissen auf, umso unüberbrückbarer wurden die Myriaden Fetzen an Erkenntnis. Auf der Suche nach dem Wissen drang Steldripanja immer tiefer vor in die Gefilde jenseits von Wahn und Wirklichkeit, in die Domänen der Schatten, in denen sich die Füße Sterblicher auf Pfaden verirren, die geradewegs in die ewige Kälte der Niederhöllen führen. Aber Steldripanja war nicht dumm. Sie umging die Fallstricke der Verderbnis und schnappte nicht nach den ausgelegten Ködern, aber sie war so verbissen auf der Suche, dass sie sich dennoch weit von ihrem Ursprung entfernte. Als sie schließlich glaubte, genügend Wissen gesammelt zu haben, nahm sie sich eine neue körperliche Gestalt und begab sich zurück zu ihrem Volk; doch jene, die sich nun Norbarden nannten, wiesen sie zurück. Sie wollten ihre Hilfe nicht mehr, denn sie erkannten in ihr jemanden, der wider die Götter gefehlt hatte, einen ehemaligen Gläubigen und Geweihten Mokoschas, der die Ideale der Göttin verraten hatte. Zwölfmal verlangte Steldripanja ihren (oder seinen, denn ob sie Frau oder Mann war, war nicht mehr von Belang für sie, sie wechselte ihre Erscheinung nach Belieben) Platz zwischen den Ihren einzunehmen und zwölfmal wurde sie zurückgewiesen. Beim dreizehnten Mal wandte sie sich um und ergriff – wieder und zum letzten Mal – die Hand des *Kindes*.

Wenn die Kinder und Kindeskinder ihrer Familie keine Rache mehr wollten, so war dies in ihren Augen ein größerer Frevel, als es der ihre gewesen war, wenn es denn überhaupt einer gewesen war. Steldripanja hatte die Schreie und die Qualen noch immer in den Ohren. Wie sollte sie denen verzeihen, die ihre Familie ermordet hatten? Wie sollte sie deren Nachkommen vergeben können? *Ihr erbt die Schuld eurer Vorväter und von Generation zu Generation wird die Schuld stärker und größer und eines Tages werdet ihr durch diese Schuld untergehen*, schwor sie bei sich. Das *Kind* pflichtete ihr bei, aber es erinnerte sie auch an ihren Teil des Paktes: Es wollte Seelen, denn in Seelen sollte der Preis bezahlt werden. Zeit spielte längst keine Rolle mehr für Steldripanja. Das *Kind* führte sie zurück an den Ort, an dem ihr Volk ausgelöscht worden war, und Steldripanja begann damit, von den umliegenden Dörfern, den Dörfern der Feinde, Leben einzufordern. Sie vergaß ihr Volk und verschrieb sich ganz der Sühne – sie würden leiden, jene, die sich nun Thorwaler nannten, sie würden all das Leid erdulden müssen, das sie über Steldripanjas Volk gebracht hatten. Dieses Leid – und noch viel mehr. Und das *Kind* würde bekommen, was es benötigte.

## Svenna und die Liebe

*Während anderswo in Aventurien die Zeit des Kaisers Hal anbrach, Jahrhunderte nach dem Pakt, begann in Thorwal die Geschichte von Nachtwind. Wie es dazu kam, ist so denkwürdig, dass ich euch davon erzählen muss …*

Firuns Herrschaft war beinahe vorüber und die Bewohner Siljens taten das, was man zu dieser Zeit zu tun pflegt: Sie bereiteten sich auf die Aussaat vor. Svenna war eine gute Strecke nach Osten gewandert, in eines der zahlreichen kleinen Wäldchen am Fuße der Großen Olochtai, wo sie noch ein wenig Reisigbruch aufklauben wollte; die Praiosscheibe blinzelte trübe am bleigrauen Himmel, der sich wie das Segel eines Drachenschiffs über dem Land blähte. Die Thorwalerin war eine hübsche junge Frau mit rotgoldenen Haaren, die sie zu Zöpfen geflochten und aufgesteckt hatte. Eine pelzverbrämte Wollkapuze schützte Kopf und Hals gleichermaßen vor der Kühle des Tages und man ahnte die rotgefärbten Hosen unter dem dicken Wintermantel eher, als man sie wirklich erkannte. Der letzte Schnee, der sich im Schatten der Berge noch ein wenig länger als im Hochland hielt, knirschte unter ihren Stiefelchen aus Seehundfell, in denen sie schon manche Meile auf der Suche nach Reisig oder Kräutern zurückgelegt hatte. Teuer waren diese Stiefelchen gewesen – ihre Mutter, Siljens Hetfrau Baerhild, hatte sie ihr aus Olport mitgebracht.

Svenna war von allen Siljenern am geschicktesten bei

der Ernte von Kräutern. Selbst Marada, die sich ein wenig besser in der Kräuterkunde auskannte, war weniger erfolgreich, was das Finden der Kräuter anging. Das Leben in Siljen war zwar selten wirklich hart, aber es war rau und gefährlich, wenn man sich nicht zu helfen wusste. Klippenzahn gehörte zu den wichtigsten Kräutern, die es gab: Der Saft seines Stengels besaß nicht nur vorzügliche Heilkräfte, nein, er säuberte zugleich die Wunde und half sie rasch zu schließen. Nur selten war eine Verletzung so schlimm, dass selbst Klippenzahnsaft nichts half. Oft kamen die Männer und Frauen mit kleinen Schrammen und Verletzungen von der Jagd zurück, sodass es gut war, stets ein wenig Klippenzahnsaft bereitzuhalten. Schließlich bestand stets die Gefahr auftretenden Wundfiebers und Gefahren sollte man niemals gering achten, selbst wenn es kleine Gefahren waren, pflegte die Dorfgeweihte Senda immer zu sagen. Fröhlich pfeifend ging Svenna durch den lichten, freundlichen Wald. Der Boden stieg leicht an und wurde zusehends felsiger, hier, am Fuße der Großen Olochtai. Die Gegend war um diese Jahreszeit beinahe ungefährlich und so achtete sie weniger auf mögliche Bewohner des Waldes denn auf Baumbruch und Anzeichen von Klippenzahn. Die winzigen weißen Blüten und die gezackten Blätter waren nur schwer zu erkennen, aber ihr Duft machte sie unverwechselbar. Svenna roch blühenden Klippenzahn schon auf viele Schritt Entfernung, dennoch blieb die Suche mühsam und zeitraubend. Beinahe den gesamten Vormittag verbrachte sie damit, Reisig zwischen den zahlreichen Birken zusammenzuklauben und in den hohen Tragekorb zu packen, den sie auf dem Rücken trug, als sie an eine felsige Anhöhe kam, das ideale Gebiet für Klippenzahn. Der Schnee lag hier nur noch in Flecken auf dem Moos zwischen den silbrigweißen Birkenstämmen, dazwischen sah sie frisches Grün wie Igelstacheln. Schneeglöckchen und Butterblumen blühten bereits.

Verzückt betrachtete sie das knospende Grün an den Birkenästen und dann stieg ihr ein vertrauter Duft in die Nase: Klippenzahn. Sie gestattete sich ein triumphierendes Lächeln. Na bitte! Kaum zwanzig Schritt entfernt sprossen die ersten frischen Spitzen des Krautes an einer Felskante, die knapp einen Schritt tief abfiel, bevor sie in eine sanfte, moosbegrünte Senke überging, sodass Svenna nichts zu befürchten hatte. Sie hockte sich hin und sog den herrlichen Duft der Pflanze tief ein – doch als sie danach greifen wollte, schob sich ein Schatten über sie.

Erschrocken blickte Svenna auf: Sie wusste, dass der Duft von Klippenzahn auf viele Tiere sehr anziehend wirkte, auch auf eher grimmiges Getier wie Rauwölfe und Luchse. Sie hatte nicht richtig aufgepasst – und nun …

Eine schlanke kupferbraune Hand griff nach ihrer Schulter. Svennas Blick fand den des Fremden. Ihrer Brust entrang sich ein Keuchen, das mehr war als nur überraschtes Atemholen. Sie hoffte, er würde es nicht bemerken. Er blickte sie still und aufmerksam an und es war ihr, als würde sie vollständig durchdrungen, als sähe er in ihr Innerstes hinein, während sie sich in den hellen Tiefen seiner Augen verlor. Der samtene Ton seiner Haut stand im drastischen Gegensatz zu seinen schneeweißen, seidenfeinen Haaren und den hellen, rauchgrauen Augen, die seine Zugehörigkeit zum Schönen Volk verrieten. Doch es war zugleich etwas Menschliches an ihm, wenig zwar, doch genug, um jegliches Misstrauen zu besänftigen. Er sagte kein Wort, sondern sah sie nur an und in diesem Blick lagen unbändige Freude, gelassene Freundlichkeit, namenloser Schmerz und verzehrende Trauer so dicht beieinander, dass er damit unmittelbar zu ihrem Herzen sprach, das wie ein heißer, großer Stein gegen ihre Brust schlug und klopfte. Einer vom Schönen Volk … Sie zitterte leicht und war sich nicht sicher, ob es ein Frösteln oder ein Schauder wohliger Erregung war. Nie hatte sie zu hoffen gewagt, einen aus diesem uralten Volk zu treffen.

Langsam wanderten seine Finger von ihrer Schulter hinauf zu ihrem Hals, glitten unter die weiche, wollene Wärme der Kapuze und schlugen sie zurück. Svenna war nicht imstande, sich zu rühren, geschweige denn ein Wort hervorzubringen. Ihr Blick hing wie gebannt an den mandelförmigen, fremdartig-vertrauten Augen, die sie ohne Blinzeln anstarrten. Seltsamerweise verspürte Svenna keine Angst, nur ein merkwürdiges Gefühl des Vertrauens und der Zuneigung ergriff sie ... Jetzt schmiegten sich die Finger sanft an ihre Wangen, umfassten sie und neigten ihr Gesicht, als wolle der Fremde es begutachten. Sie spürte, wie fest und warm die Fingerkuppen waren. Ohne es zu merken, wandelte sich ihr Keuchen zu einem leisen Stöhnen und ihre Hände bewegten sich auf den Fremden zu, ihr Körper drängte sich dem seinen entgegen, wenn auch zögernd und unbeholfen. Sein Blick verriet keine Überraschung, sondern nur Freundlichkeit und Wärme, und dann umschlang er sie mit seinen Armen, bis seine Lippen dicht an ihrem Ohr lagen. Jetzt, endlich, sprach er, aber es blieb bei einem einzigen Wort, einem Wort, dessen Bedeutung sie nicht kannte, in einer Sprache, die nicht geeignet ist, von menschlicher Zunge verwendet zu werden.

*»Iama.«*

Das Wort war wie ein Zauber, der sich über sie und die Welt legte. Danach sprach lange Zeit keiner der beiden mehr. Sanft fanden die Lippen des Elfen und der Thorwalerin zueinander, einmal, zweimal, viele Male, und Svenna hörte nichts mehr als das Pulsieren des Blutes in ihren Ohren, das zu einem macht-, schmerz- und wundervollen Pochen zugleich heranwuchs. Sie spürte kaum, wie die Kleider allmählich von ihnen abfielen wie die Häute von Regenbogenechsen, weder die

Kälte des schmelzenden Schnees nahm sie wahr noch die Feuchte des Bodens oder die grellen Strahlen der Sonne, die sich ihren Weg bis zum Boden erkämpft hatten und goldene Flecken auf die nackten Leiber des Paares tupften, das ineinander verschlungen dem göttlichen Ritual huldigte, das Rahja allen Lebewesen geschenkt hat. Das Moos war weich und schmiegte sich jeder Bewegung an, der Duft des Klippenzahns machte jeden Moment zu einem verzauberten, unvergesslichen Augenblick. Schließlich, die Sonne hatte ihren Zenit längst überschritten und Svenna war am ganzen Körper nass von Schweiß und geschmolzenem Schnee, ließen die beiden voneinander ab. Kühle Luft streichelte nackte Haut.

Perlende Flüssigkeit schimmerte auf der kupfernen Haut des Elfen, der sich aufsetzte und Svenna einige Herzschläge lang in den Armen hielt. Sein Atem war tief und ruhig, der Puls schien kaum schneller zu schlagen als nach einem leichten Dauerlauf, während Svenna noch immer ein wenig atemlos war. Dann erhob er sich und zog aus dem Bündel Kleidung auf dem Boden eine kleine Flöte, die aus einem einzigen großen Bergkristall geschnitten zu sein schien. Zitternd vor Kälte und ehrfürchtig erschauernd warf Svenna sich ihre Kleider wie eine Decke um und lehnte sich an den Geliebten, als dieser der Flöte die ersten Töne entlockte.

Sie hätte beinahe aufgelacht – ein so kleines Instrument schien gar nicht zu ihm zu passen und taugte sicherlich nicht dazu, richtige Musik zu machen. Aber sang nicht auch noch ihr Körper von der Musik der Liebe? Musik, das war zuvor für sie vor allem Gesang, und er war umso schöner, je lauter er erklang und je berauschter von Bier und Gebranntem die Männer und Frauen waren. Das Lied des Elfen aber war ein anderes, es war ein Lied, das den Rhythmus ihrer beider Herzen aufnahm und die Melodie ihrer Seelen zu einer einzigen verschmolz. Sie unterlag einem merkwürdigen

Zauber von Liebe und Schwäche, von dem sie vorher noch nichts gehört hatte und der ganz anders war als das, was die Männer und Frauen des Dorfes erzählten. Lächelnd schloss sie die Augen und überließ sich der fremdartigen Musik: Das Instrument klang nicht schrill wie die kleinen Weidenpfeifchen, die die Kinder zur Frühjahrszeit schnitzten, nein, sie erzeugte volle, weiche Töne, die dennoch klar wie Kristall waren und sich zu einer Melodie vereinigten, so fein und dicht wie ein Spinnweb. Es lag ein Zauber in diesem Klang, dem sich ein sterbliches Wesen wohl nur schwer entziehen konnte, und auch Svenna erging es nicht anders. Das Lied führte sie wenige Stunden zurück und ließ sie diese Zeit erneut erleben und mit jeder Wiederholung wurde das Erlebnis tiefer und berauschender. Tiere traten herbei, ließen sich in der Nähe nieder – Karnickel, Rebhühner, Iltisse, Marder, Rotpüschel, ein Sturmfalke und ein Blaufuchs gar –, und nichts war zwischen ihnen als Liebe und Freundschaft. Der weißhaarige Elf spielte und spielte und sie alle, Mensch und Tier und Elf, vergaßen die Zeit, während die Töne der Kristallflöte über dem Klippenzahnduft, neben den Sonnenstrahlen, unter dem Madamal und zwischen den Sternen tanzten und sich erst in den Morgennebeln des neuen Tages wieder verloren. Als der letzte Ton der Melodie verklang wie ein fernes Echo, schlief Svenna ein.

Sie erwachte zur Mittagsstunde. Von dem Elfen war weit und breit nichts mehr zu sehen, keine Spur verriet seine Anwesenheit, nur das Gefühl von Nähe, von Freude und Schmerz gab Svenna die Gewissheit, dass er keine Traumgestalt gewesen war. Und das Bündel aus Heilpflanzen, das sie neben ihren Habseligkeiten fand: Auch Klippenzahn war darunter.

Woher hatte er gewusst ...?

Sanft fuhr sie sich über die Leibesmitte. Sie spürte ihn noch immer in sich, den süßen, brennenden

Schmerz, mit dem er ihr ein Geschenk machte, das die Götter sicher zum Lächeln gebracht hatte.

Svenna lächelte ebenfalls.

Schmerz ließ sich nie betäuben.

Schmerz war wie ein Pfeil aus Eis, der das feurige Herz durchbohrte.

So weit er auch wanderte, je dichter er seinen eigenen Panzer aus Eis um den Quell des *nurdra* wob, umso heftiger wurde der Schmerz. Sein blutendes Herz, ummantelt von Eiseskälte, pochte schmerzhaft und trieb ihn dem *zerza* entgegen.

Er hatte seine Sippe verlassen und war in die Welt hinausgetreten, um den Schmerz zu vergessen; er war nicht ganz Elf, obwohl nur so wenig Menschenblut nach all den Generationen durch seine Adern floss.

*Warum?* Sein stiller Schrei verhallte, und aus der Vergangenheit kam keine Antwort. Heiß strömte sein Blut durch den Körper und erinnerte ihn mit jedem Tropfen daran, dass er kein echter Elf war. Die anderen hatten ihn das nie spüren lassen, sie waren seine Sippe. Aber er wusste es und das Menschenblut bewirkte, dass er anders fühlte und dachte, als es einem Elfen zustand. Schließlich war er gegangen. Doch wohin auch immer er ging, bot die Welt sich ihm bloß als leere, stumme Wüste dar, in der sich seine schmerzgequälten Schreie verloren. Wie konnte ihn *irgendjemand* verstehen?

Sein *mandra* war krank. Er hatte das Schicksal, Linderung, in der jungen Menschenfrau zu finden gehofft, deren Augen und Leib ihn so angezogen hatten, und die böse, dunkle Stimme, die zu seinem Erbe gehörte, hatte ihn aufgestachelt, sich ihr zu nähern, um seinen Schmerz mit Lust auszulöschen, doch erneut hatte der Schmerz ihn überwältigt. Was trieb ihn wirklich davon?

Krähen flogen schwirrenden Fluges über ihn hinweg,

der Himmel kündete von einem letzten Schnee in diesem Jahreslauf.

*Ich bin verloren.*

Gedankenfetzen wirbelten umher, undeutlich und bedrohlich wie Träume von Finsternis und Leid, Erinnerungen an die Zeit seiner Kindheit, als seine Sippe noch vollzählig und Kälte bestenfalls eine Wettererscheinung war.

*Elfen weinen nicht.*

Niemals.

*Denn wenn sie es tun, sterben sie.*

Tränen sind Zeichen von Schwäche.

*Es ist das Menschenblut. Der Rest davon.*

Er schritt an den Rand der Klippe, barfüßig, die Arme weit ausgebreitet. Kalt zerrte der Wind an ihm, schob ihn vorwärts, koste ihn wie eine lüsterne Geliebte. Doch der Wind war kalt und trostlos, verglichen mit der jungen Menschenfrau, in deren Armen er den Schmerz hatte vergessen können, wenigstens für eine kleine Weile. Er trat über die Felskante, vertraute sich der elementaren Gewalt an und wurde von ihr sanft und sicher davongetragen, eingehüllt in seine Magie.

Er flog und ließ sich tragen wie ein Vogel, weiter und immer weiter, seine weißen Haare wehten und flatterten wie Rauch vor seinem Angesicht. Er verschwendete keinen Gedanken daran, was geschehen würde, wenn seine Magie aufgebraucht wäre, wie ein Mensch dies getan hätte. Er würde nicht *badoc* werden oder das *Zerzal* über das *Nadurda* stellen – das wenige verbliebene Menschenblut in seinen Adern durfte nicht obsiegen.

*Ich … bin … Elf.*

Und dann erlosch sein Zauber, dann hielt ihn der Wind nicht länger, und er fiel hinab aus den Himmeln, stürzte tief und tiefer, dem letzten Schmerz entgegen, der für den Moment stark erscheinen, sich aber letztlich als gnädig und erlösend erweisen würde.

*… Elf …*

Orik war ein breitschultriger, gutaussehender Mann und Svennas deutlich älterer Bruder. Er war immer da, wenn Svenna Hilfe brauchte, und wenn er mit ihr sprach, war er zurückhaltend und scheu, wie man ihn sonst nicht kannte. Es war offensichtlich, dass er sie liebte und verehrte und sie auf Händen getragen hätte, wenn sie ihn hätte tun lassen. Äußerlich sah Orik Svenna kaum ähnlich, lediglich die Größe hatten die beiden gemein und wohl von ihrem Vater geerbt. Orik hatte ein kräftiges, von einem dichten Bart bedecktes Kinn, das seinem Gesicht eine markante Note verlieh, in dem ansonsten die dunkelblonden Brauen über den wasserklaren Augen dominierten. Von der Sonne gebleichte Haare umgaben seinen Kopf wie eine Aureole aus Licht und seine Vorliebe für Weiß und Gelb passte ebenso gut dazu wie die dicken kupfernen und goldenen, reich ornamentierten Reifen, die sich um seine muskulösen, von goldenem Flaum bedeckten Oberarme wanden. Es war längst offenkundig, dass er bei vielen Frauen des Dorfes beträchtlichen Eindruck gemacht hatte. Jora, seine Frau, scherte das nicht: Appetit holen, so sagte die beste Köchin weit und breit, sollte man sich anderswo, aber geschlemmt würde zu Hause. *Und Orik versteht es zu schlemmen*, fügte sie zwinkernd hinzu.

Heute indes war Orik missgelaunt wie selten zuvor und wanderte brummend und gereizt im Langhaus seiner Familie auf und ab: Svenna war über Nacht nicht nach Hause gekommen. Was hatte seine Schwester wohl im Kopf? Sie war keine Kriegerin und darum den Gefahren des Landes, über die er nur gelacht hätte, nicht unbedingt gewachsen! Was, wenn ihr etwas zugestoßen war? Wenn sie nach Norden ins Seufzermoos geraten oder nach Osten gegangen und von einem Ungeheuer aus der Großen Olochtai zerrissen worden war? Wenn …?

Er verhielt in seinem unruhigen Gang. Svenna mochte vieles sein, zuvörderst aber seine Schwester und damit ganz sicherlich kein Dummkopf. Es gab einen Grund, der sie bewogen hatte, nicht heimzukehren. Aber, meldeten sich seine Zweifel, was tat sie allein dort draußen? Es war Phex und damit nicht gerade die Zeit, im Freien zu nächtigen. Ob sie vielleicht nur eine Ausrede gesucht hatte, bei einem der jungen Burschen des Dorfes unterzuschlüpfen? Ragnar vielleicht? Oder Liskolf, der sie schon seit einiger Zeit so merkwürdig betrachtete und ihr lieber nachgaffte, als seine Felder und sein Haus in Ordnung zu halten? Oder sogar der alte Hjelm, der seine Frau Nellgard im vergangenen Firun verloren hatte? Wenn er diese weibstollen Strohköpfe zu fassen bekäme, er würde ihnen jedes Barthaar einzeln ausreißen! *Seine* Schwester …

Ärgerlich rief er nach seiner Frau und brüllte, als er nicht sofort Antwort bekam: »Hast du Svenna irgendwo gesehen?«

Jora streckte ihr rotwangiges Gesicht durch die Türöffnung der Küche. Er sagte ihr immer, dass ihr rotes Gesicht vom vielen Essen komme, aber sie wollte davon nichts hören, und er fand sich damit ab. Ihre Mutter war genauso. »Aber du weißt doch, dass ich heute noch nicht nach draußen gekommen bin, und hereingekommen ist sie auch nicht.« Ihre Stimme klang nicht sonderlich besorgt. »Sie wird sich einen der jungen Kerle hier geangelt haben. Weißt du noch, wie wir damals …?«

Orik grunzte verächtlich. »Bei Swafnir! Sie ist meine Schwester! Du scheinst das immer wieder zu vergessen!«

Jora grinste. »Eben drum. Und jetzt stör mich nicht, sonst wird es nichts mit der Waskirpfanne.« Sie drohte ihm spielerisch mit dem Holzlöffel. Wenn es etwas gab, das Orik mehr liebte als eine zünftige Prügelei, seine Frau oder seine Schwester (in dieser Reihenfolge), war dies eine echte Waskirpfanne und Jora war die wahrscheinlich beste Köchin ganz Aventuriens, wie Orik zu beteuern nie müde wurde, nachdem er den letzten Krümel verspeist und mit ein wenig Premer Feuer hinuntergespült hatte. Aus der Küche drang bereits der Duft von angebratenem Schweinefleisch und kurz nachdem Jora wieder in ihrem Reich verschwunden war, hörte Orik es zischen, als sie Wasser in die große gusseiserne Pfanne gab, und leise blubbernd aufplatschen, während kleingeschnittene Rüben, getrocknete Äpfel, Birnen und Pflaumen hinzugegeben wurden.

»Vergiss den Sirup nicht!«, wiederholte Orik das Ritual, das er mit Jora stets trieb, wenn sie Waskirpfanne zubereitete. Und wie immer wiederholte Jora: »Das wohl! Das wohl!« Dann schloss sie die Küchentür.

Der Gedanke an die Waskirpfanne hatte Orik nur kurz aufheitern können. Er hatte ein ungutes Gefühl. *Irgendetwas* war mit Svenna – seiner kleinen Schwester! – geschehen, das spürte er ganz deutlich. Und das ausgerechnet in einer Zeit, da ihre Mutter Baerhild ins mehr als hundert Meilen entfernte Olport zu einem Treffen der Hetleute gegangen war. »O dreimal verfluchte Hranngar!«, grummelte er.

Das freilich vertrieb das drückende Gefühl nicht, im Gegenteil, es wurde sogar noch stärker, nachdem Svenna am Spätnachmittag dieses Tages wieder heimkehrte. Sie schwieg beharrlich, was die Ereignisse der vergangenen Stunden anbetraf, aber sie tat es nicht trotzig, sondern mit einem Lächeln, das den in Liebesdingen nicht unerfahrenen Orik mehr erschreckte, als ein Murren es gekonnt hätte. In den kommenden Tagen war mit dem Sohn der Hetfrau nicht gut umzugehen. Er streifte durch Siljen, als schwebte eine Gewitterwolke über seinem Haupt, bereit, jeden, der ihn auch nur falsch anschaute, mit einem Blitz zu erschlagen. Orik sprach mit allen, gleichgültig, ob er sie mochte oder nicht. Alle sahen dabei ein gefährliches Glitzern in seinen Augen wie bei einem Besessenen – oder von den

Zwölfen Geschlagenen –, das ihnen anzeigte: Er suchte etwas. Er suchte denjenigen, der mehr über das Lächeln seiner Schwester erzählen konnte. Aber er fand niemanden. Langsam nahm sein Groll wieder ab, bis er jenes kleine Maß erreicht hatte, das man wohl bemerkte, mit dem sich aber leidlich umgehen ließ.

Als Svennas Zustand wenige Monde später kaum noch zu übersehen war, war Orik nicht einmal sonderlich überrascht. Das hinderte ihn jedoch nicht daran, seinem Unmut freien Lauf zu lassen und sich mehrere Tage lang aufzuführen, als hätte Svenna sich plötzlich in ein Geschöpf Hranngars verwandelt. Zu diesem Zeitpunkt wusste er noch immer nicht, wer der Vater des Ungeborenen war, und das war möglicherweise auch gut so.

# Nachtwinds Geburt

*Svenna hütete das Geheimnis um den Kindsvater auch gut, bis es, zumindest zum Teil, bei Nachtwinds Geburt offenbar wurde. Es war eine Geburt, die unter keinem besonders guten Stern zu stehen schien …*

»AAAAAAAAAAaaaaaaah!«

Orik kniff die Augen zu und presste die Kiefer fest aufeinander. Jora und Baerhild hielten ihn und warfen einander bedeutungsvolle Blicke zu: Sie hatten es schon immer gewusst, eine Geburt war nichts für Männer! Der Anblick Svennas, bei der die Wehen einsetzten, hatte ihn vollkommen aus dem Gleichgewicht gebracht. Senda hatte gleich gesagt, es sei besser, die Frauen würden bei Orik bleiben, und natürlich hatte sie Recht behalten, wie eigentlich fast immer. Senda war die Traviageweihte Siljens, eine sehr alte, von Runzeln und Falten übersäte Frau. Ihre Augen glommen wie kleine schwarze Kohlenstücke, die gerade eben die Glut des Feuers aufgenommen hatten, der Mund schien in immerwährendem Lächeln erstarrt. Und sie besaß noch alle ihre Zähne! Niemand wusste so genau, was Senda nach Siljen getrieben hatte. Traviageweihte waren nicht allzu zahlreich im Thorwalschen. Senda bewohnte den alten Traviatempel, der zuvor über Jahrzehnte leer gestanden hatte, und heute sah er wieder so gut wie neu aus. Die Traviageweihte sprach niemals darüber, was sie nach Siljen geführt hatte, und was auch immer der Grund für ihre Anwesenheit war, man begrüßte sie einhellig, obwohl die Geweihte so gar nicht in das Dorfleben zu passen schien: Senda war beispielsweise eine der wenigen Frauen, die Röcke trugen, meist sogar mehrere Schichten übereinander, und selbstverständlich alle in der orangefarbenen Tönung, die sie als Traviageweihte auswies. Ihr leicht watschelnder Gang war beinahe zu einem geflügelten Wort in Siljen geworden; viele der Jüngeren nannten sie mit liebevollem Spott ›Entenmutter‹. Senda trug es mit Gleichmut. Sie wusste um ihre Körperfülle und fühlte sich wohl damit und dass der Traviatempel von vielen Tieren, die sie liebevoll aufgezogen hatte, als Aufenthaltsort bevorzugt wurde, war ihr ganz und gar nicht unangenehm.

»Wenn du schon Tiere nicht magst, die es dir doch so leicht machen, wie vermagst du dann die Schöpfung zu lieben oder die Menschen gar, die deine Langmut immer wieder auf die Probe stellen?«, pflegte die Geweihte mit mildem Lächeln zu sagen und sich dabei gedankenverloren hin und her zu wiegen, wenn jemand sie auf ihre beinahe närrische Zuneigung zu den Tieren ansprach. Heute aber war Senda nicht wegen ihrer Tierliebe herbeigerufen worden, sondern aufgrund ihrer Kenntnisse in Geburtshilfe. Svenna hatte jeden Beistand auch bitter nötig. Sie war in den letzten Monden schrecklich aufgedunsen (»Mehr als gesund ist«, hatten die alten Weiber immer wieder hinter vorgehaltener Hand gemurmelt), hatte in den letzten Tagen kaum noch gegessen und heute hatte sie über reißende Schmerzen geklagt. Ihr Atem war warm und von unangenehmem Geruch gewesen und Blut war aus ihr herausgeflossen. Baerhild, die schließlich selbst Erfahrung damit hatte, Kinder zur Welt zu bringen, hatte sofort einen Burschen zum Traviatempel gesandt und ihre Tochter ins Bett getragen. Als Senda eintraf, waren Svennas Augen schwefelgelb mit roten Äderchen gewesen und sie hatte unzusammenhängende

Sätze gestammelt. Bald darauf war auch Marada eingetroffen, eine etwas düster wirkende, aber überall als Kräuterkundige und Hebamme geschätzte Frau. Marada konnte Senda nicht ausstehen, was durchaus auf Gegenseitigkeit beruhte, aber die beiden vermochten gelegentlich – so wie jetzt – durchaus zusammenzuarbeiten. Sie verständigten sich mit einem raschen Blick, dann schickten sie alle anderen hinaus. Während sich Senda nach einem innigen Stoßgebet an Travia daran machte, der Mutter und dem Kind beizustehen, hatte Marada einige Kräuter aus ihren Taschen gefischt und sie zu einem heißen Tee aufgebrüht. Mittlerweile war das Stundenglas schon mehrmals umgedreht worden. Dann, endlich, wurden die Schreie aus dem Nebenraum leiser und verklangen schließlich, aber nur um überzugehen in ein helles Wimmern, das die Frauen nebenan mit einem erleichterten Seufzer als das eines Neugeborenen erkannten. Dann verstummte auch dieses Geräusch.

Nach scheinbar unendlich langer Zeit öffnete sich die Tür und Senda trat heraus. In den Armen hielt sie ein Bündel von orangeroten Tüchern, augenscheinlich Fetzen eines ihrer Röcke.

»Hetfrau, hier ist dein Enkelsohn«, sagte sie, aber Baerhild sah sofort, dass etwas nicht stimmte. Marada war nicht mit herausgekommen und von drinnen war kein Geräusch zu hören außer dem Rascheln von Stoff. »Was ist mit Svenna?«, fragte sie.

Senda senkte den Blick, der Funke in ihren kohlschwarzen Augen erlosch für einen Augenblick. Baerhild ließ die Hand ihres Sohnes fahren und stürmte an Senda vorüber in die Wochenstube. Marada wich vor ihr an die Wand zurück. In ihren dunklen Gewändern verschmolz sie beinahe mit den Schatten. »Wehe, Hetfrau.«

»Bei Swafnir! Was ist mit Svenna?«, wiederholte Orik und wollte hinterher stürmen. Senda hielt ihn auf, indem sie sich einfach in die Türöffnung stellte. Sie drückte Orik rasch das Bündel in die Hand und folgte der Hetfrau. Die große rotblonde Frau, die das Haar teils streng zurückgekämmt und teils zu großen Schnecken geflochten trug, stand wie eine eherne Statue am Bett ihrer Tochter.

»Es hat sie getötet. Es hat sie umgebracht. Dieser Bastard.« Die Stimme Maradas war vollkommen gleichmütig, dabei aber von einer Kälte, bei der Senda schauderte. »Uns Frauen ist es nicht bestimmt, solche Abscheulichkeiten zu gebären. Seht ihr nicht in die Augen, denn sie ist wider alle Natur, hätte niemals geboren werden dürfen. Bringt diese Kreatur um, am besten noch in dieser Stunde«, zischte sie. Senda warf ihr einen vernichtenden Blick zu und berührte Baerhild sanft, doch diese hatte sich mustergültig in der Gewalt. Nichts verriet, dass sie Sendas oder Maradas Gegenwart überhaupt wahrnahm.

»Gib nicht dem Kind die Schuld, Baerhild, und gib sie auch nicht deiner Tochter. Es ist erstaunlich genug, dass sie die Schwangerschaft bis zum Ende überlebt hat. So etwas ist bisher in vergleichbaren Fällen meines Wissens noch nicht häufig der Fall gewesen.«

Baerhilds Lippen bewegten sich kaum. »Wie meinst du das? Weshalb hat die MUTTER sie sterben lassen?«

»Es war der Bastard«, beharrte Marada. Ein neuerlicher funkelnder Blick Sendas traf sie und die Kräuterkundige ging wortlos hinaus. Senda wandte sich wieder an Baerhild.

»Svenna hat ihr Kind geliebt, so wie Travia uns alle liebt. Sie wollte es unbedingt, das hat sie mir in den vergangenen Monden oft genug gesagt. Mehr kann niemand tun, Hetfrau. Vertraue ihrem Urteil, denn es war das Urteil einer Geliebten und einer Mutter, und UNSERE GROSSE MUTTER wird immer bei euch sein, bei dir und ihrem Bruder ebenso wie bei ihr und ihrem Sohn.«

Eine kaum augenfällige Bewegung des Kopfes ließ

die Hetfrau eine majestätische Haltung einnehmen. »Erkläre dich. Du bist meinen Fragen ausgewichen wie ein norbardischer Händler.«

»Komm mit mir«, entgegnete Senda. »Ich möchte dir deinen Enkel zeigen. Du wirst es dann schon verstehen.«

Senda geleitete die Hetfrau zu ihrem Enkelsohn, den Orik sanft im Arm wiegte. Die Traviageweihte nahm ihn wieder an sich und schlug die Tücher ein wenig zurück, sodass nun alle das Gesicht des Kindes betrachten konnten: Elfenaugen und Elfenohren hatte es.

Überrascht prallte Orik zurück und auch die Maske erzener Unerschütterlichkeit, die Baerhild angelegt hatte, bekam Sprünge. »Hranngars Auswurf! Das kann nicht wahr sein!«, zischte er. In seinen Augen stand Verbitterung zu lesen. »Dieses Kind ist weder das meiner Schwester noch aus unserer Gemeinschaft. Marada hatte Recht – ein *Bastard*!«

Senda sah betroffen aus. »Es war der Wunsch Svennas …«, begann sie, wurde aber von Orik unterbrochen.

»Niemals werden wir einen solchen Bastard aufziehen«, erklärte er entschlossen. »Elfenbastard!«

»Schweig!« Senda trat nicht minder entschlossen vor ihn hin und schüttelte die Faust. Rot glühten ihre Wangen, ihre Augen verschossen Blitze gerechten Zorns, wie ihn nur Geweihte, Swafnirkinder und Fanatiker empfinden können. »Du versündigst dich. Besinne dich!«

Oriks Augen wurden schmal, aber bevor er etwas entgegnen konnte, das ihm sehr bald schon leid getan hätte, sprangen seine Mutter und seine Frau ein.

»Ich sage, das Kind kann bleiben und wir werden es aufziehen«, beschied ihm Baerhild streng. »Wir sind es Svenna schuldig.«

Jora nahm den Säugling und presste ihn an sich. »Es ist doch nur ein Kind. Er wird *unser* Kind sein, so wie er

Svennas Kind ist. Das sind wir ihr schuldig«, wiederholte sie Baerhilds Worte. »Nicht wahr, Mutter?«

Senda nickte stumm, Baerhilds Blick heftete sich auf einen Punkt an der Zimmerdecke. Orik hob in hilfloser Wut die Schultern. »Also gut. Aber sagt niemals, ich hätte euch nicht gewarnt!« Damit verschwand er nach draußen.

Orik stand vor der Tür, die Hände zu Fäusten geballt. Er hatte noch keinen Erben gezeugt und seine Schwester gebar einen Bastard. *Bei Swafnir! Warum lässt du uns damit allein?* fragte er die tote Schwester und redete sich ein, es wäre der auffrischende Wind, der ihm die Tränen in die Augen trieb. Er stand noch eine Weile da, bevor er sich entschloss, ins Haus zurückzukehren.

Gerade als er einen Schritt auf die Tür zugehen wollte, fiel ein großer Schatten über ihn. Ein hässliches Krächzen ertönte, Federn rauschten im Wind. Orik ließ sich zur Seite fallen und entging nur dadurch den geschuppten moosgrünen Klauen eines gewaltigen blauschwarz gefiederten Vogels, dessen Schattenriss gegen den Himmel wie eine Mischung aus Falke und Rabe wirkte. Große rote Eulenaugen glommen tückisch über dem kräftig orangerot gefärbten Schnabel. Orik fröstelte, als das Tier in einem atemberaubenden Flugmanöver wendete und wieder auf ihn zugeschossen kam. Das schwarze Ungeheuer sauste heran, näher kam es und näher und – wendete in letzter Sekunde seinen Flug gen Himmel. Sekunden darauf war es nur noch ein winziger schwarzer Fleck vor dem endlosen Blau.

Leute kamen aus den Häusern geströmt. Sie wollten wissen, was geschehen war. War Svenna niedergekommen? Was tat Orik hier draußen? Fragen prasselten auf ihn nieder, aber er war zu verstört, um eine davon beantworten zu können.

Das Tier war ein Nachtwind gewesen, einer der gefährlichsten und geheimnisvollsten Vögel Aventuriens, angeblich ein Geschöpf aus einer Zeit, als Magier die Welt zu zerreißen drohten, und seitdem ein Feind jedweder Zauberkraft. Ein Nachtwind … hier und heute? Das war, nach allem, was man sagen konnte, ein schlechtes Zeichen. Ein *sehr* schlechtes Zeichen.

»Nachtwind«, murmelte Orik. »So soll der Bastard heißen: Nachtwind.«

»*Nachtwind*«, der Name flog von Lippe zu Ohr und weiter, machte in Windeseile die Runde in Siljen, gefolgt von der Bezeichnung »*Bastard*«. Die Siljener hatten neuen Gesprächsstoff.

ZWISCHENSPIEL

# Faenwulfs Heimweh

*Lieber Nachtwind!*

*Wenn wir alle in Siljen geblieben wären, dann – dann wären wir alle in Siljen geblieben, denke ich. Merkwürdig, wie man so'n Brief anfängt. Ist aber nicht einfach, so ganz ohne Reden mit dir zu reden. Hunderttausend Seeschlangen! Olport ist eine große, schöne Stadt und die Menschen hier sind alle so anders als bei uns. Das Meer – das Meer ist so groß und schön. Und die Häuser. Ja, die Häuser sind auch schön. Und groß. Ja, ich glaube, das ist es, was Olport ausmacht. Es ist groß und schön.*

*Hm. Was wollte ich schreiben?*

*Ach ja, wir. Ich bin froh, dass ich hier bin. Endlich lerne ich, was es heißt, ein Krieger zu sein. Es ist ganz schön anstrengend. Aber schön. Ich lerne, wie man mit den Waffen umgeht, die sie bei uns nur zum Holzhacken brauchen, und auch beim Schreiben mach ich ganz gute Fortschritte, sagt mein Lehrer. Jaja, das muss ich auch lernen. Ist verdammt schwierig für mich. Vielleicht hätt ich auf dich hören und früher damit anfangen sollen, Brüderchen. Meine Gefährten hier sind sehr nett zu mir. Aber erst seit ich einem beinahe die Rübe runtergehauen habe, als er so einen dummen Witz machte. Alle haben zuerst darüber gelacht, nur ich nicht. Ich weiß noch nicht einmal,* warum *sie alle gelacht haben. Hatte was mit ihrer Otta zu tun, die sind nämlich fast alle aus der Sturmsegler-Otta. Hm, ist aber auch gleichgültig, das ist ja schon ein paar Tage her.*

*Wusstest du, dass es hier eine ganze Menge Tempel gibt? So richtige Tempel, meine ich. Das, was wir zu Hause haben, ist eigentlich gar nicht so richtig ein Tempel. Irgendwie schon, aber so ganz anders als hier, und auch die Geweihten sind anders als unsere Senda. Ganz schön komisch, das alles. Aber doch irgendwie schön. Und groß. Aber das weißt du ja inzwischen. Der Swafnir-Tempel ist der größte von allen, fast wie ein Jolskrmi, der sich als Wal verkleidet hat. O Nachtwind, du müsstest es sehen, wenn die Sonne über Olport aufgeht. Der Swafnir-Tempel und die Kreidefelsen von Olport scheinen so hell, wie tausend Fackeln es nicht könnten. Warte, vielleicht fällt mir ein Vergleich ein – so ähnlich wie die Schneekuppen der Großen Olochtai, würde ich mal sagen, nur vielleicht ein bisschen weniger weit weg. Ach so, das Beste weißt du noch gar nicht: Wenn du mal in den Swafnir-Tempel gehst, also nur mal so gedacht, du wolltest das überhaupt, ich weiß ja, dass du bestimmt nicht nach Olport kämst, wenn du also hineinkommst in den Tempel, dann darfst du nicht erschrecken: Unter dem Dach hängt eine Seeschlange! Du weißt schon, die, die Jurga mit ihrer Otta umgebracht hat, im 57. Sang des Jurgalieds war's, glaube ich. Der Geweihte könnte es mir sicherlich genauer sagen, aber den will ich jetzt nicht fragen. Ist ja auch unwichtig, dass das Vieh ganz schön verschrumpelt wirkt, so alt, wie es ist, und dass es nur der Kopf und ein Teil des Halses ist, die da hängen, es sieht einfach … einfach … thorwalsch aus, finde ich. Wir können stolz auf uns sein, Brüderchen. Ich wäre so froh, wenn du auch hier wärst. Ohne dich ist es einfach nicht dasselbe. Oder sagt man das Gleiche? Ich kann's mir nicht merken und daran siehst du schon, dass dein Kopf mir fehlt. So, und jetzt hab ich schon wieder das ganze Papier vollgeschrieben. Entschuldige meine Schrift, aber ich kann das eben nicht so gut wie du. Ich vermisse dich ganz schrecklich und hoffe, Vater ist nicht mehr böse mit dir. Wie geht's sonst so? Ich versuch, bald wieder ein bisschen Papier zu kriegen und dir zu schreiben. Ich komm zurück. Dein Bruder Faenwulf.*

– Faenwulf an Nachtwind, niedergeschrieben während seiner Zeit in Olport.

# ERSTES BUCH

# Kindheit

Der Nachtwind besuchte seit Nachtwinds Geburt regelmäßig Siljen, fast wie ein alter Bekannter, den es gelegentlich zu seiner Familie zog. Wenn sein Erscheinen anfänglich Angst ausgelöst hatte, so gewöhnten sich die Thorwaler allmählich daran, ihn über ihrem Dorf kreisen zu sehen. Vermutlich hatte er sich irgendwo in der Nähe ein Nest gebaut (oder was sonst diese Tiere zu tun pflegten – so genau wollte das eigentlich niemand wissen). Es dauerte nicht lange, bis er ebenso zum Dorfleben gehörte wie der Halbelf, der nach ihm benannt worden war – allerdings trafen die beiden sich niemals, ganz so, als ob der Vogel dem Knaben aus dem Weg ginge. Oder, so sagten einige der Älteren, vielleicht *war* der Knabe ja zugleich der Vogel, und sie *konnten* deswegen gar nicht zusammen gesehen werden: Nur wenn der eine Teil ruhte, vermochte der andere tätig zu sein. Doch wenn solche Gerüchte Jora zu Ohren kamen, schimpfte sie und drohte den Lästermäulern mit einem großen hölzernen Kochlöffel. Und Senda ... wehe, jemand wagte es, in ihrer Nähe gegen Nachtwind zu sprechen, dann verfiel sie zuerst eine Weile in bedrohliches Schweigen, sodass man förmlich die Gewitterwolken des heiligen Zornes sah, die sich über ihrem Haupt zusammenballten, und dann brachen ihre Worte wie ein fürchterliches Unwetter über die Dörfler herein: »Jedes Wesen braucht einen Platz, an dem es sich sicher und zu Hause fühlen kann!«, wetterte sie, die heiligen Schriften der MUTTER zitierend. »Und ich sage euch, dass dieser Platz Nachtwinds hier in Siljen ist und in den Herzen und dem Glauben seiner Bewohner. Versündigt euch nicht gegen die MUTTER und besinnt euch eurer Pflicht gerade demjenigen gegenüber, der euch wie ein Fremder erscheint und den ihr doch als Freund begrüßen und bewirten sollt!« Sie wurde niemals müde, den dickschädeligen Thorwalern einzubläuen, was sie offensichtlich nicht von selbst begriffen.

Zwei Jahre gingen nach Nachtwinds Geburt und Svennas Tod ins Land, bis Jora Orik einen Sohn gebar. Sie nannten ihn Faenwulf und es schien zunächst so, als vergäße der strenge Thorwaler aus Freude über den Sohn seinen Unmut, was Nachtwind anging. Doch bald zeigte sich, dass Orik nicht vergessen konnte, denn der Anblick und die Gegenwart von Faenwulf und Nachtwind erinnerten ihn ständig daran: Nachtwind war kein richtiger Mensch, aber er war auch keiner vom schönen Volk: Nachtwind wuchs anders heran als gewöhnliche Kinder; schon sehr früh lernte er laufen und sprechen, doch dann stockte seine Entwicklung für mehrere Jahre. Als er acht Jahre alt war, hatte ihn sein sechsjähriger ›Bruder‹ Faenwulf längst überholt. Das ganze Dorf mochte den blondschopfigen Faenwulf mit seinem kindlichen Tatendrang, während man den stillen Nachtwind mit den traurigen goldenen Augen misstrauisch betrachtete. *»Wenn einer nichts sagt, hat er entweder nichts zu sagen oder sinnt auf Verrat«*, murmelten die Leute; Jora mutmaßte, dass Orik diesen Spruch ersonnen hatte. Sie schalt ihren Mann immer wieder, dass er den Sohn seiner Schwester so kaltherzig behandelte, bewirkte aber nichts. Orik wusste, was er wusste: Nachtwind war schuldig am Tod seiner Schwester und er würde eines Tages Unheil über das ganze Dorf bringen.

# Die Katze

*Faenwulf und Nachtwind waren die besten Freunde und bald schlossen sich ihnen zwei Mädchen an, beide etwas jünger: die rundliche Travidja, rotwangig und mit strahlenden schwarzen Augen, und die zartgliedrige Hjalka. Obwohl zwischen der Jüngsten, Hjalka, und Nachtwind, dem Ältesten, fünf Jahre Altersunterschied bestanden, verstanden sie sich vortrefflich, denn Hjalka war mit ihren sechs Jahren bereits sehr verständig und wenn sie etwas sagte, klang es stets ein wenig so, als spräche eine viel ältere Person. Senda vermutete, dass Hjalka magische Kräfte besitze, daher hatte sie empfohlen, das Kind zur Ausbildung in die Stadt und auf eine Akademie zu schicken, nach Olport beispielsweise, in die ›Halle der Winde‹. Da niemand, nicht einmal die eigene Familie, das Recht hatte, einer magisch begabten Person eine entsprechende Ausbildung zu verweigern, man aber gemeinhin nicht allzu viel von Magie hielt und auch nur ungern auf ein Kind verzichten mochte, hatten Hjalkas Eltern die Dorfgemeinschaft zusammengerufen. Diese hatte daraufhin beschlossen, Hjalka Zeit zu geben, ihre Gaben zu offenbaren, und hätte sie bis zu ihrem zehnten Geburtstag bewiesen, dass Zauberkräfte in ihr schlummerten, würde man sie auf eine Akademie schicken. So weit war es aber noch nicht.*

*Marada hielt nichts davon, dass sich ihre kleine Hjalka mit dem ›Bastard‹ herumtrieb, aber je mehr sie deswegen mit ihrer Tochter schimpfte, umso störrischer wurde diese. Marada ging deswegen sogar zu Orik, aber auch er, obwohl ihrer Meinung, sah keine Möglichkeit, die Kinder voneinander zu trennen. Ärger mit Nachtwind brachte immer auch Ärger mit Faenwulf und mit Baerhild mit sich und wenn er ersteres auch ohne Zögern in Kauf genommen hätte, vor letzterem schreckte er zurück. Dabei war es nicht einmal so, dass er etwas gegen Nachtwind selbst gehabt hätte, er hasste einfach alles, wofür der Knabe stand, und das war zunächst einmal Svennas Tod. Den würde er nie verzeihen können, und so manches Mal wünschte er bei sich, Nachtwind möge aus seinem Leben und aus Siljen verschwinden.*

*Natürlich geschah nichts dergleichen. Abgesehen von Jora und Baerhild und seinen Freunden mochte niemand Nachtwind besonders gern, aber aus Respekt und Gewohnheit begnügten sich die meisten damit, ihn zu meiden oder nicht wahrzunehmen, wenn er auf sie zukam. Das war besser für sie und beinahe schlimmer für Nachtwind als alles andere, was sie tun konnten.*

*In dieser Atmosphäre von kalter Feindseligkeit einer- und herzlicher Freundschaft andererseits wuchs Nachtwind auf und es verging kaum ein Tag, da ihn nicht irgendjemand auf seine Andersartigkeit aufmerksam machte. Ich will hier nicht jede Kleinigkeit ausführen, die Nachtwind in seiner Jugend widerfuhr, sei sie nun schön oder hässlich. Es mag genügen, wenn ich euch hier ein Ereignis berichte, das für viele ähnliche stehen kann.*

An einem schönen Rondratag liefen Faenwulf, Nachtwind und die beiden Mädchen hinaus zum Spielen. Die Praiosscheibe schien warm und golden herab, die Blüten längs des Merek standen noch in voller Pracht; von Herbstesnebeln und der Kühle, die das Leben hier droben auszeichnete, war nichts zu spüren. Travidja bemühte sich redlich, Schritt zu halten, doch ihre kurzen, stämmigen Beine mussten zwei Schritte tun, während die des Halbelfen nur einen hinter sich bringen mussten. Nachtwind trabte mit lockeren, federnden Schritten neben ihr her, er schien über Wiese und Klee dahinzuschweben. Unbewusst setzte er stets zuerst die Zehen auf und rollte danach mit den Ballen ab, während die anderen, wie die meisten Menschen, mit der Ferse zuerst auftraten. Er achtete immer darauf, dass er den anderen nie zu weit voraus war, besonders Travidja nicht, denn er mochte das unbeholfene, kurzatmige Mädchen so gern wie eine Schwester und hätte es als ungerecht empfunden, sie hinter sich zurückzulassen. Die beiden sprachen wenig und meist übernahm Travidja in den seltenen Ausnahmefällen das Wort. Bei den beiden anderen verhielt es sich umgekehrt: Faenwulf hatte einen ledernen, mit Häckseln gestopften Ball bei sich, den er während des Laufens auf den Oberschenkeln zu balancieren versuchte. Er redete unentwegt, um die schweigsame Hjalka aufzuheitern – was diese gar nicht wollte, Faenwulf aber nicht einzusehen schien. Er plapperte, wies hierhin und dorthin und erzählte von den Dingen, die ihm der Vater beigebracht hatte. Hjalka blickte göttergeben dem Horizont entgegen, während Faenwulf sie mit Anmerkungen, Ausrufen und Schilderungen zu unterhalten versuchte.

Sie waren unterwegs zu einem ihrer Lieblingsplätze, östlich Siljens, den sie erst wenige Male aufgesucht hatten: Er lag nahe dem Ufer des Merek und bestand aus großen Steinen, hohem Farnkraut, kleinen Wäldchen und den ersten Ausläufern der Großen Olochtai, die wie eine gewaltige steinerne Krone noch einige Meilen weiter östlich aufragte.

Schließlich erreichten sie ihr Ziel. Travidja ließ sich erschöpft ins Heidekraut plumpsen und Hjalka setzte sich neben sie, um Faenwulfs Geplapper zu entgehen. Sie gaben den beiden Brüdern zu verstehen, dass sie kurz ausruhen wollten.

»Na? Spielen wir 'ne Runde?«, fragte Faenwulf, dem der lange Marsch ebenso wenig anzumerken war wie Nachtwind. Sein Bruder nickte und Travidja bemerkte wieder einmal, wie unterschiedlich die beiden Knaben waren. Niemand hätte sie für Brüder gehalten. Faenwulf war knapp anderthalb Schritt groß und breit in den Schultern, sein rundes, rotwangiges Gesicht glänzte von Schweiß und die kurzen, pummligen Finger wirkten seltsam ungelenk, wenn man sie mit den schlanken Händen Nachtwinds verglich. Der Halbelf hatte auch einen viel dunkleren Hautton, der einen Töpfer an gebrannten Lehm erinnert hätte, zugleich aber sanft wie Kupfer schimmerte, auch war er von schlankem Wuchs; obwohl er ebenso stark und ausdauernd wie sein blonder ›Bruder‹ war, wirkte Nachtwind sehr viel zerbrechlicher, und das feine, blauschwarze Haar wehte leicht im Wind. Der kurze, lockige Haarschopf Faenwulfs glänzte dagegen praiosgolden – wenn er es gewaschen und gekämmt trug (was heute natürlich wieder einmal nicht der Fall war: Es steckte voller Spelzen und Kletten und stand widerspenstig nach allen Richtungen).

Die beiden Jungen begannen zu spielen und zunächst schien es wie immer zu sein: Sie balgten darum, wer anfangen durfte, dann legten sie einen Spielbereich, mit Steinen, Wäldchen und Flusslauf als Begrenzungen fest, und begannen Fuß- und Handübungen mit dem Ball. Urplötzlich aber brach Nachtwind das Spiel ab, der Ball schoss an ihm vorbei und rollte davon, mitten hinein in den Merek. Die häckselgestopfte Lederkugel landete mit einem Platschen in dem weißgurgelnden Flüsschen, wurde noch ein-, zweimal von der heftigen Strömung emporgespült und ging dann spurlos unter. Faenwulf stolperte zum Ufer und spähte angestrengt ins Wasser. Als er den Ball nicht ausmachen konnte, wandte er sich mit finsterer Miene an seinen Bruder.

»Hör mal«, begann er, »du kannst doch nicht so einfach …« Aber Nachtwind hörte ihm überhaupt nicht zu: Die Augen glommen in einem merkwürdigen Licht. Er kauerte mitten im Gras und fuhr mit den Fingerspitzen eine unsichtbare Spur nach. Faenwulf beachtete er mit keinem Blick und keiner Geste. Der Junge, dessen Ärger schon wieder verraucht und natürlicher Neugier gewichen war, näherte sich langsam und warf einen Blick über Nachtwinds Schulter. Auch Travidja und Hjalka kamen herbei.

Nachtwind wandte leicht den Kopf, bis eines seiner bernsteingelben Augen Faenwulf erfasst hatte. Funken tanzten darin. *Bestimmt Magie,* dachte Faenwulf. Er blickte kurz zu Hjal hinüber, die bestätigend nickte. Sie wusste es auch. Sie konnte Magie *spüren,* es lag ihr ebenso im Blut wie Nachtwind. Sie waren daran gewöhnt, aber Faenwulf fiel es noch immer schwer, sich damit abzufinden, dass es etwas gab, das sich ihm nie erschlösse.

Der Halbelf deutete auf den Boden und zum Fluss hinüber. »Eine Wildkatze war hier. Sie hat geschlafen, bis wir gekommen sind. Dann ist sie über die Flusssteine ans andere Ufer gesprungen.«

Die anderen starrten angestrengt auf die Stelle, die Nachtwind mit seiner Hand anzeigte, dann schüttelte Faenwulf stellvertretend für sie alle den Kopf. »Eine Wildkatze? Woher willst du das wissen? Ich sehe nichts von einer Wildkatze. Genauso gut könnte hier ein Karnickel oder Rotpüschel geschlafen haben oder vielleicht auch gar nichts. Ein bisschen Gras, das ist alles.«

»Ich kann euch nicht sagen, weshalb ich es weiß. Ich *weiß* es einfach. Mir ist, als könnte ich die Katze *spüren.* Wenn du genau hinschaust, siehst du die Mulde im Gras und ein paar Haare aus dem Bauchfell: ganz anders als die Haare von einem Rotpüschel. Und hier« – er wies auf winzige Kerben im Boden –, »da hat sie die Krallen ausgefahren, als sie uns gehört hat, darum war es sicherlich auch kein Karnickel. Man kann genau sehen, wie sie sich herumgedreht hat und zum Fluss gesprungen ist.«

»Könnte schon sein«, gab Travidja zu, »aber woran siehst du, dass sie über den Fluss gesprungen ist? Unsere Dorfkatzen mögen kein Wasser, das weißt du genauso gut wie ich. Warum dann die Wildkatze?«

»Ich kenne den Grund nicht, aber ich *weiß* einfach, dass es richtig ist. Da drüben gibt es viel mehr Steine als hier, vielleicht hat sie in irgendeiner Höhle dort ihren Bau.« Sie sahen auf die andere Flussseite: ein steiniger, von hohem, hartem Gras bewachsener Hang. Mochte gut sein, dass die Katze noch immer dort drüben war. Ja, Nachtwind hatte wohl Recht.

»Schlau von dir.« Faenwulf klopfte Nachtwind anerkennend auf die Schulter. »Ob wir nachschauen sollten?«

»Die Mädchen bleiben besser hier. Hjal ist zu klein und Trav kann auf sie aufpassen.«

»Das ist ungerecht«, protestierte Hjalka, aber der Halbelf war schon auf den Beinen und hüpfte mit lässiger Sicherheit über die aus dem Wasser ragenden Steine, die einen richtigen Pfad zu bilden schienen – freilich einen unregelmäßigen und feuchten, unsicheren Pfad, denn sie waren glitschig vom Wasser.

»Gib acht«, riet er seinem Bruder, »dass du nicht mit den Füßen ins Wasser gerätst, es ist firunskalt.«

Faenwulf warf einen zweifelnden Blick auf den Merek, der hier zwar weniger breit war, aber viel schneller und kälter dahinströmte als weiter unten. Hier war er noch ein wilder Gebirgsbach. Langsam balancierte er auf die andere Seite.

»Geschafft. Und wo ist nun deine Katze?«

»Es ist nicht *meine* Katze. Dieses Tier *gehört* niemandem.« Nachtwinds Augen verschleierten sich vor Trauer zu stumpfem Gold. »Niemand und nichts kann jemandem *gehören*.«

»Du weißt doch, wie ich's meine.« Faenwulf überging Nachtwinds merkwürdige Anwandlung. Hin und wieder sagte Nachtwind solche Sätze, daran gewöhnte man sich schnell, zumindest als Kind. »Also los, sag schon: Wo fangen wir an zu suchen?«

Nachtwind legte einen Finger auf die Lippen. Dann schlich er geduckt los, den steinübersäten Hügel hinauf, und nutzte jede Deckung durch langhalmiges Gras und kleine Büsche, die sich ihm bot. Faenwulf folgte ihm, wenn es ihm auch sichtlich an der Anmut fehlte, die jeder Bewegung Nachtwinds zu eigen war.

Die beiden Jungen suchten den Hügel sorgfältig ab, aber schließlich war es schieres Glück, dass sie den Eingang zum Bau der Wildkatze fanden. Natürlich war es wieder Nachtwind, der ihn fand: Er erkannte es am Funkeln eines Katzenauges in der Dunkelheit, als sich das Tier eine Winzigkeit zu weit vorgewagt hatte, um die Umgebung in Augenschein zu nehmen. Vorsichtig näherte er sich dem Bau, dessen fast dreieckiger Eingang von mehreren mehr als spanngroßen Felsen gebildet wurde und offensichtlich nach hinten noch ein Stück in den Hügel hineinführte. Nachtwind musste den Spürsinn des Tieres unwillkürlich bewundern, der es bewogen hatte, in diese natürliche Festung einzuziehen: Die Eingangssteine waren so miteinander verkantet und wurden zusätzlich noch durch weitere, größere Steine festgehalten, dass man sie unmöglich aufbrechen konnte. Außerdem bildeten nicht nur die Steine, sondern auch ein hartholziger Busch einen Sichtschutz, sodass jeder zufällige Beobachter den Bau kaum bemerkt hätte.

»Shhh«, machte Nachtwind und klopfte leicht mit den Fingerknöcheln auf den Boden. »Shhh.« Er erzeugte tief in der Kehle einen rauen Maunzlaut und senkte den Kopf, wobei er aber einen schrittgroßen Abstand zur Höhle einhielt. Tief in der Dunkelheit des Eingangs bemerkte er eine leichte Bewegung; das Tier näherte sich zaghaft.

»Was tust du da?«, erkundigte sich Faenwulf und kam näher. Nachtwind glaubte fast, die Erde würde beben, so ungelenk bewegte sich der Knabe. Hoffentlich zog die Wildkatze sich jetzt nicht zurück … Faenwulf kam noch näher, trat bis dicht vor den Bau und erklärte: »Mit Katzen kenne ich mich auch aus. Man muss sie *richtig* locken, so etwa.« Er pfiff durch die Zähne, streckte die rechte Hand in den Eingang und vollführte mit dem Zeigefinger lockende Bewegungen. »Komm, Katz, komm.«

Ein böses Fauchen erklang, Faenwulfs blutende Hand zuckte zurück und dann sprang eine riesige, gelbgrau getigerte Katze aus dem Loch und hieb mit ihren Krallen auf den armen Jungen ein. Faenwulf schrie auf, mindestens ebenso vor Überraschung wie vor Schmerz, und versuchte, der Wildkatze zu entkommen, die nun offenbar beschlossen hatte, zum Angriff überzugehen. Er taumelte auf den Fluss zu, aber die Wildkatze krallte sich weiterhin an sein Wams. Ihr Kreischen und Fauchen übertönten Faenwulfs Schreie, die nach und nach zu einem Wimmern wurden, mit Leichtigkeit.

Nachtwind war viel zu überrascht, um sofort einzugreifen. Als er sich endlich gefangen hatte, waren sein Bruder und dessen erbitterter Gegner bereits am Flussufer angelangt. Faenwulf blutete aus zahlreichen Kratzwunden an Händen, Armen und Beinen, sein Gesicht hatte er bisher vor der tobenden Wildkatze schützen können. Jetzt glitt er auf einem der feuchten Ufersteine aus und fiel rücklings ins Wasser und das wirbelnde Pelzbündel stürzte sich auf seinen Oberkörper. Nachtwind eilte auf die Kämpfenden zu. Ein Menschenjunge hätte bei dem sich bietenden Anblick vielleicht gelacht, so ungewohnt war er, aber Nachtwind nicht. Er war zu stark besorgt um die Wildkatze, obwohl diese sich recht gut zu schlagen schien, und um seinen Bruder, der eher eine schlechte Figur abgab. Faenwulf jaulte vor Schmerz auf, als eine Kralle seine Wange aufriss, aber jetzt war er fast so weit, dass er die Katze zu packen bekam.

Von der anderen Seite des Wassers ertönte ein kurzer,

schriller Aufschrei: Hjalka war ins Wasser gefallen, als sie über die Steine rannte, um zu helfen. Trav war bereits dabei, sie herauszuziehen. Das gäbe ein schönes Donnerwetter, wenn sie nach Hause kämen! Nachtwind sah alles, was geschah, und war sich bewusst, dass er sich in den Kampf Faenwulfs mit der Wildkatze nicht einmischen durfte, weil dies alles nur schlimmer gemacht hätte. Sein Blick tanzte kurz über die Szenerie und plötzlich war ihm, als höre er eine Stimme oder ein Geräusch, das ihm sagte, was zu tun sei. Es formte sich in ihm, etwas, worüber er vielleicht erstaunt gewesen wäre, hätte er mehr Zeit zum Nachdenken gehabt. Aber diese Zeit hatte er nicht. Nicht jetzt. Er schloss die Augen und *sah* die Katze. Sie war eine gelbgrau gestreifte Wildkatze, eine Wildkatze, Katze, Ka … *felja.*

Da war er – der Name, den er gesucht und der *irgendwo* in ihm geschlummert hatte: *Felja.*

Er *kannte* sie. Und er sprach sie an.

*»Felja. Komm.«* Ein Arm ausgestreckt, die Finger merkwürdig ineinander verdreht.

*»Felja. Komm.«* Nur diese beiden Worte.

*»Komm.«* Der Ruf durchdrang mühelos die Kampfgeräusche, obwohl er nicht besonders laut war und Nachtwind eine helle Kinderstimme hatte. Die Worte waren plötzlich *da* und Faenwulf hörte sie ebenso wie die Wildkatze. Sie vibrierten tief in der Kehle, widerhallten im Ohr und erinnerten eher an einen Tierlaut als an die Menschensprache. Übergangslos ließ die Katze von Faenwulf ab und rettete sich mit einem anmutigen Sprung ans Ufer. Dort blieb sie einen Augenblick lang verwirrt stehen, legte den Kopf schief und starrte Nachtwind aus großen, glühenden Augen an.

*»Mau?«*

*»Felja.«* Nachtwind ließ langsam die Arme sinken und öffnete die Augen.

Die Wildkatze schüttelte ihr gelbgraues Fell so heftig, dass die Wassertropfen nach allen Seiten spritzten. Vorsichtig ließ sie sich auf den Hinterpfoten nieder und leckte sich, den Blick immer wieder auf Nachtwind gerichtet, die Pfoten sauber.

»*GEH*.« Nachtwind nickte dem Tier leicht zu. Ihre Blicke trafen sich und die Wildkatze maunzte noch einmal halb verlangend, halb kläglich, um sich dann sofort zu trollen. Kaum war sie außer Sicht, verspürte der Halbelf eine große Schwäche und Leere in sich und benötigte einige Momente, um wieder klar denken zu können, während die Erinnerungen an das soeben Erlebte schwanden. Dann sah er seinen Bruder, halb im Wasser sitzend, der aus vielen kleinen Wunden blutete.

»Komm, lass dir helfen.« Nachtwind streckte die Hand nach Faenwulf aus.

»Was … war das?«

»Du hast die Wildkatze aufgeschreckt und sie hat dich angefallen. Du kannst Firun und Ifirn danken, dass sie von dir abgelassen hat.«

»Nein. Nicht … das. Das, was … *du* getan hast.« Faenwulf griff nach Nachtwinds Hand und ließ sich ans Ufer ziehen. Nachtwind runzelte die Stirn und strich sich die langen Haare vorsichtig aus dem Gesicht. »Ich weiß nicht, was du meinst.«

»Das … mit der Katze. Wie du sie … weggeschickt hast.« Faenwulf stöhnte unterdrückt auf, als Nachtwinds Hände vorsichtig über die blutenden Kratzwunden fuhren.

»Weggeschickt?« Der Halbelf war aufrichtig überrascht. »Ich? – Du siehst böse aus. Mutter wird nicht erfreut sein.«

»Ich hab's gesehen. Das mit der Katze.«

Nachtwind nickte freundlich. »Kann sein. Aber wir können auch beim Gehen darüber sprechen. Komm, stütz dich auf mich. Wir gehen heim. Jemand muss sich um deine Wunden kümmern.« Sein Bruder seufzte dankbar. Er wusste, was er gesehen hatte, aber er erkannte auch, dass Nachtwind entweder wirklich nicht wusste, wovon er sprach, oder nicht darüber reden wollte. Und da er ihm vertraute, beschloss er, die Sache vorerst auf sich beruhen zu lassen.

»Ja. Lass uns heimgehen.«

Orik schäumte vor Wut, Marada ebenso. Nicht genug damit, dass Faenwulf verletzt und Hjalka völlig durchnässt war und nun vielleicht eine böse Erkältung bekäme, nein, der Bastard hatte keinerlei Wunden davongetragen, während Marada kaum damit nachkam, Salben auf die Schrammen in Faenwulfs Gesicht zu schmieren. »Bei Hranngars Eingeweiden!«, fluchte er zum wiederholten Male und starrte Nachtwind finster an. »Sag nicht, dass da keine Hexerei im Spiel war! Sag das nicht!«

Nachtwind hielt dem finsteren Blick unverwandt stand. Die untergehende Sonne brach sich orangerot in seinen Augen. »Ich weiß nicht, Vater.«

»Bei Swafnir! Nenn mich nicht Vater! Du bist nicht mein … Ich wollte sagen, du bist kein … kein Mensch.«

»Nein? Aber ich bin Nachtwind. Dein Sohn. Ein Mensch.« Die Stimme klang ruhig und sich ihrer Sache und deren Richtigkeit vollständig bewusst.

»Nein. Ich meine: ja. Eigentlich nein. Oder … Hranngars Fluch, wie soll ich es dir nur erklären?« Orik raufte sich das Haar. »Also, pass auf: Du bist kein Mensch. Du bist ein *Elf*. Und Elfen sind *anders*. Sie tun Dinge, die wir Menschen nicht können. Und wenn wir es dennoch versuchen, tun wir uns weh. So weh wie Faenwulf.« Orik hielt einen Augenblick lang inne. Der Ernst des Jungen und seine Unerschütterlichkeit beeindruckten ihn mehr, als er zugeben wollte. Er seufzte und streckte die Hand nach Nachtwind aus, um ihm über das Haar zu streichen, wie er es bei Faenwulf immer tat. Nachtwind wich der Berührung leicht aus und stand dann wieder still. Sein Ziehvater seufzte erneut und sprach dann weiter: »Hast du verstanden? *Du* bist ein *Elf* und

*Faenwulf* ist ein *Mensch*. Vergiss das nicht. Er könnte tot sein, nur weil er sein wollte wie du. Wie kann man nur so dumm sein? Du bist doch schon ein großer Junge!«

Nachtwind schüttelte den Kopf, die Augen schimmerten blutigrot, während die Sonne den Horizont küsste und blauschwarze Schatten nach dem Land griffen. »Ich bin kein Junge. Ich bin ein Elf.«

»Junge …!« Die Verzweiflung in der Stimme des großen blonden Mannes war echt. Orik erkannte, dass er wohl zu weit gegangen war.

»*Elf*«, sagte Nachtwind düster. »Ich bin anders. *Ich muss anders sein.*« Er wandte sich ab und ging hinaus. Orik hätte schwören mögen, dass Tränen in seinen Augen schimmerten. Er hob halb die Hand, um den Jungen aufzuhalten, aber er brachte keinen Ton heraus. Nachtwind hatte Recht. Er *war* anders. Bei Swafnir!

In dieser Nacht erwachte Nachtwind, weil ihm übel war, was häufig vorkam in den engen Stuben, die die Natur aussperrten. Er hatte zwar einige frische Wildkräuter neben seinem Lager ausgebreitet, die den dumpfen Stubengeruch erträglicher machten, doch auch sie rochen heute Nacht schlecht und schal. Bleiches Mondlicht verwandelte die gerippten Halme mit den winzigen Blütendolden zu weißen Knöchelchen, die ihn fahl und ernst anlächelten. Nachtwind griff sich wie gewohnt an die Stirn. Sie war kalt und trocken. Seine Finger schmerzten vor Kälte, sie waren beinahe steif, wie bei einem alten Mann.

»Vater? Mutter? Faenwulf?« Seine Stimme klang trocken und rau und bei weitem nicht so laut und kräftig, wie er hatte sprechen wollen. Niemand antwortete ihm. Mühsam stemmte er sich hoch. Ein Würgen ließ ihn erschaudern, aber er spuckte nur gallengelbe Flüssigkeit und taumelte durch das Zimmer. In der Türöffnung wäre er beinahe hingefallen, so schwach fühlte er sich. Ihn fror. Schatten tanzten durch sein Blickfeld. Er durchquerte die *Halla* zögernd, wie ein Blinder, der sich in einer völlig unbekannten Umgebung zurechtfinden muss, und mit jedem Schritt zitterte die Kälte in seinen Gliedern nach und wurde stärker, mit jeder Bewegung nahm die Übelkeit zu. Er wusste nicht, wie er es schaffte, die Tür zu entriegeln und …

*Nein!* kreischte eine Stimme tief in ihm. *Du darfst nicht nach draußen gehen!* Nachtwind blieb unvermittelt auf der Türschwelle stehen. Seine Hände prickelten vor Kälte, im Magen wälzten sich Schmerzen wie Wellen auf einem sturmumtosten Ozean und es war ihm fast so, als habe er die Stimme tatsächlich gehört. Als habe jemand unmittelbar neben ihm gesprochen.

Er sah sich um.

Still und schweigend unter dem vollen Madamal lag das schlafende Siljen. Niemand außer ihm war da. Es konnte niemand da sein, der hier gesprochen hatte. Und dennoch *wusste* Nachtwind, dass er sich nichts eingebildet hatte. Er spürte, dass er nicht nach draußen gehen durfte, sonst würde etwas Furchtbares geschehen. Aber auch dann, wenn er hier stehenbliebe, würde sich Schreckliches ereignen. Obwohl die Rondranacht warm hätte sein sollen, war die Kälte so stark, dass sie ihn beinahe lähmte. Schreiend sank er im Türrahmen zusammen, spuckte Galle, schrie und spie und schrie und … tat einen Schritt vor die Tür.

Dann war es vorbei. Torkelnd, als hätte er ein ganzes Fässchen Premer Feuer getrunken, schleppte er sich zum nächsten Wassertrog. Er wimmerte vor Schmerzen, aber zumindest die Kälte hatte ein wenig nachgelassen. Das Wasser, schweigend wie der Njurunsee, starrte ihm aus tausend schwarzen Augen entgegen. Er stützte sich schwer am steinernen Rand des Troges ab, sein Herz raste, in seinen Ohren dröhnte es dumpf, an- und wieder abschwellend. Nachtwind rutschte am Trog hinunter auf den Boden. Noch immer fröstelte ihn, während seine Kehle trocken war und brannte. Zumindest die Luft war hier draußen nicht so schlecht wie drinnen im Haus. Er versuchte, den Schmerz aus seinem Denken zu verbannen, damit er zumindest einige Schlucke trinken konnte. Mühsam zog er sich am Rand des Troges hoch und schöpfte mit der hohlen Hand, die noch immer vor Kälte prickelte, ein wenig abgestandenes Wasser aus der Viehtränke. Er trank langsam und spürte, wie die Schmerzen allmählich nachließen.

Er war nicht allein.

Jemand war da, jemand oder *etwas*. Es war wie ein verwaschener, blinder Fleck in seinem Gesichtsfeld, eine rauchige Kontur gegen den Nachthimmel. Vergebens versuchte er dieses *Etwas* genauer in Augenschein zu nehmen, aber es entglitt seinem Blick, als entziehe es sich jeder bewussten Beobachtung. Verwirrt versuchte Nachtwind es immer wieder, doch das *Ding* blieb – stets eine Winzigkeit *verschoben* und fremd. Es war – Nachtwind suchte nach einem Vergleich – wie der Schatten eines Menschen, dem der Körper abhanden gekommen war und der nun in die Wirklichkeit *einzutreten* versuchte.

Der Schatten starrte ihn mit seinen unsichtbaren Augen an. Wenn er überhaupt so etwas wie *Augen* besaß. Nachtwind wich zurück.

Der Schatten streckte eine ... *Hand?* ... aus und ... *deutete?* ... auf ihn. Die Kälte kroch zurück in Nachtwinds Körper wie eine schleichende, boshafte Bestie, die dem Befehl einer verderbten Macht gehorchte, um den Halbelfen zu quälen.

»Nein«, wimmerte er. »Nein.« Tastend streckte er seine geistigen Hände nach dem Quell der Magie aus, der in ihm schlummerte, doch diesmal stießen sie ins Leere. Das *Etwas*, was immer es war, schien es von Nachtwind fernzuhalten. Er wand sich unter Qualen.

Der Schatten trat näher – eigentlich konnte man nicht von ›näher treten‹ sprechen, denn er bewegte sich ruckartig, als spaziere er an der einen Stelle aus der Wirklichkeit hinaus, um an einer anderen wieder hereinzutreten. Nachtwind *sah* förmlich, wie der Schatten die Welt um sich herum *aufriss* und wie Kälte in die Welt strömte, wo immer er sie verletzt hatte. Ob dies die Kälte der Niederhöllen war, von der man sich manchmal erzählte? Wieder kam der Schatten ein wenig näher, wieder auf diese unaussprechliche Art, die beinahe körperliche Pein erzeugte, und diesmal stand er neben Nachtwind. Noch immer vermochte der Halbelf den Schatten mit seinen Blicken nicht zu durchdringen. Seine Angst, tiefsitzend wie nur wenige Gefühle, kochte empor und schnürte ihm die Kehle zu. Keinen Laut bekam er mehr heraus. Er wälzte sich auf den Rücken und kroch so schnell wie möglich rückwärts, um dem Schatten zu entkommen, den Blick unverwandt auf die unheimliche Gestalt gerichtet.

Er war nicht rasch genug. Plötzlich war der Schatten *in* ihm, ragte wie eine körperlose Säule aus grauem Rauch aus ihm hervor, und die Kälte griff mit tausend Eisnadeln nach seinem Leib und seinem Denken, drang vor und spießte auf, was sie fand – und dann zog sie sich ruckartig zurück, als habe sie gefunden, was sie gesucht hatte. Als der Schatten von ihm abließ, war der Schmerz fast noch größer und umfassender als vorher, denn Nachtwind hatte das Gefühl, soeben etwas *verloren* zu haben. Mit entsetzt aufgerissenen Augen beobachtete er, wie sich der Schatten *zusammenkrümmte* und wieder entfaltete, um eine menschliche Gestalt zu bilden.

»Verzeih mir«, sagte die Gestalt mit dunkler Stimme und einem eigentümlichen – norbardischen? – Akzent, »aber nun wird alles gut. Ich bin Steldripanja und ich glaube, ich habe dich gefunden.«

Nachtwind stand wie erstarrt. Die Gestalt, *Steldripanja* (welch fremd klingender Name!), war förmlich aus den Schatten herausgetreten und er hatte gelernt, dass solches höchstens mächtigen Zauberern möglich war. »Was suchst du?«, fragte er gepresst.

»Die Frage ist vielmehr, was du suchst.«

Steldripanja stand ruhig da. Sein weites Gewand bewegte sich nicht; selbst als der Wind auffrischte, hing es starr und glatt herab, wie aus Stein geformt. Nachtwind strich sich eine Haarsträhne aus dem Gesicht. Niemand sprach so wie dieser Fremde. Jedes seiner Worte schien ein Rätsel für sich darzustellen und er wurde das Gefühl nicht los, dass er gerade auf die Probe gestellt wurde.

»Aber … was willst du von mir?«

»Frag dich besser, was du von mir willst«, verbesserte ihn Steldripanja milde. Der Halbelf schwieg. Offensichtlich hatte der Fremde nicht vor, ihm etwas anzutun oder ihn gar zu töten. Er wollte etwas anderes, aber ihm schien nicht im Geringsten daran gelegen zu sein, Nachtwind zu verraten, was dies war. Oder er wollte es ihm zumindest nicht einfach machen.

»Wie soll ich das wissen, wenn ich nicht einmal weiß, wer du bist?«

»Eine gute Frage, aber für dich ohne Belang. Zunächst einmal solltest du dir Gedanken darüber machen, wer du selbst bist.«

Nachtwind schüttelte verärgert den Kopf. »Das weiß ich doch längst. Ich …«

»Wer bist du?«, unterbrach ihn Steldripanja.

»Ich bin Nachtwind.«

»Das ist dein Name. Mehr bist du nicht?«

»Ich bin Svennas Sohn, Mündel von Orik, Faenwulfs Bruder …«

»Du weißt nicht wirklich, wer du bist.«

Steldripanjas Stimme klang traurig.

»Ich weiß es sehr wohl«, widersprach Nachtwind trotzig. »Ich bin ein Halbelf.«

»Nein.«

Steldripanja schüttelte den im Dunkel der Kapuze vollständig verborgenen Kopf. »Das alles bist nicht du. Du bist möglicherweise dies alles, aber dies alles ist nicht du.«

»Du verwirrst mich«, klagte der Halbelf. »Wenn du

alles weißt, sag du es mir doch: *Wer bin ich?*« Im gleichen Augenblick, da er die Frage aussprach, wusste Nachtwind, dass es diese Frage war, die ihn tief in seinem Innern schon seit langem beschäftigte. Bisher hatte er es allerdings niemals geschafft, sich ihr zu stellen. Und jetzt war es so … einfach. Aber er ahnte, dass er keine Antwort bekommen würde, zumindest keine Antwort, die ihn zufriedenstellen würde, jetzt noch nicht.

»Du unterliegst einer Täuschung, mein Junge. Ich weiß nicht alles. Obwohl mein Wissen dem schon recht nahe kommt. Näher als das dieser Welt.«

Steldripanja verneigte sich leicht vor Nachtwind. »Aber was deine Frage angeht, so bist du der Einzige, der sie beantworten kann. Meine Antwort und die Antworten anderer würdest du nicht glauben, weshalb also sollte ich sie dir geben? Die Wahrheit findest du nur hinter den Dingen und in entlegenen Winkeln, in die kaum eines Menschen Auge schaut, aber du findest sie nur, wenn du danach suchst.«

Um Steldripanjas Gestalt erschien ein Torbogen aus Rauch und allmählich löste sich seine Gestalt wieder in Schatten auf. »Aber wenn du lernen willst, bist du mir willkommen. Komm ins Seufzermoos zur Wetterzwinge und ich werde dir helfen.«

Mit diesen Worten verschwand Steldripanja. Müde und verwirrt schleppte Nachtwind sich zurück ins Haus. Allmählich ließ die Kälte in ihm nach und wich einem Gefühl der Betäubung. *Wer bin ich?*

Als er am nächsten Morgen erwachte und die anderen fragte, ob sie irgendetwas bemerkt hätten in der vergangenen Nacht, erntete er nur unschlüssiges Schulterzucken. Orik bedachte ihn ein ums andere Mal, wenn er glaubte, Nachtwind bemerkte es nicht, mit einem misstrauischen Blick, ließ sich aber sonst nichts anmerken. Nachtwind fürchtete schon, dass er sich alles nur eingebildet hätte, beschloss aber, einen letzten Versuch zu wagen. Nachdem Orik das Haus verlassen hatte, erkundigte sich Nachtwind bei Baerhild und Jora, ob sie einen Ort namens *Wetterzwinge* kannten. Er war beinahe überrascht, als Baerhild bejahte.

»Aber es ist kein guter Platz für einen Jungen«, ermahnte sie ihn, »oder ein Mädchen, einen Mann oder eine Frau.« Sie schlurfte zum Feuer in der *Halla* und hängte einen Topf mit Suppe darüber, der noch einmal aufkochen sollte, denn nur so bekäme die Suppe den besten Geschmack.

»Aber wieso fragst du? Woher kennst du den Namen?«

Nachtwind erstarrte. Woher …? Er konnte seiner Großmutter wohl schlecht erzählen, dass ein *Schatten* ihm davon berichtet hatte. Ein Schatten, den niemand außer ihm gesehen hatte und den niemand außer ihm kannte. »Ich weiß nicht mehr …«, antwortete er zögernd. »Ich hab's aufgeschnappt. Irgendjemand hat davon gesprochen.«

»Nun, das ist seltsam«, meinte sie, »ich habe diesen Namen schon seit vielen Jahren nicht mehr gehört. Du weißt nicht zufällig, wer davon gesprochen hat?« Sie ergriff einen großen Holzlöffel und rührte die Suppe ein wenig um, damit Fett und Brühe sich vermischten. Rübenstückchen trieben auf der Oberfläche. »Was soll's? Es ist kein Geheimnis und vielleicht ist es ganz gut, wenn du Bescheid weißt. Dann erinnert sich wenigstens einer daran, was es mit der Wetterzwinge auf sich hat.«

»Au fein. Eine Geschichte!« Faenwulf klatschte begeistert in die Hände.

»Aber kein Lied, oder?« Nachtwind war misstrauisch.

»Kommt, setzt euch, und ich will es euch erklären«, befahl sie. »Auch du, Nachtwind, und zieh kein solches Gesicht. Ich singe dir schon nicht das Jurgalied vor. Ich weiß doch, dass du es nicht magst.« Sie entblößte ihre gelblichweißen Zähne zu einem freundlichen Lächeln und zog den Halbelfen näher zu sich heran. Dieser blickte noch immer misstrauisch drein. Er *hasste* das Jurgalied, das in unendlich vielen Strophen von der ruhmreichen Geschichte der Thorwaler erzählte. Zudem empfand er das Jurgalied – wie die meisten Sagas und Lieder, die er bisher gehört hatte – als derb, grob und nicht im mindesten ansprechend oder spannend. Faenwulf hockte sich neben Nachtwind auf den Boden, zeigte sich aber begeisterter von der Suppe als von der Geschichte; auch schien ihn die größte und älteste Saga seines Volkes nicht sonderlich zu fesseln.

Baerhild trug ein dickes wollenes Hausgewand. In letzter Zeit war ihr in der gewohnten Kleidung immer ein wenig zu frisch, sie fröstelte leicht und saß oft am Feuer. Man sah, dass ihre Kräfte nachließen, was nach einem entbehrungsreichen und anstrengenden Leben nur allzu verständlich war. Während sie viele ihrer Aufgaben als Hetfrau mittlerweile von Orik erledigen ließ, wuchs ihr Sohn ganz allmählich in das Amt hinein. Obwohl Hetleute stets gewählt wurden, stand damit der einzige sinnvolle Anwärter so gut wie fest. Baerhild strich Nachtwind mit leichter Hand die schwarzblauen seidigen Haare aus dem Gesicht. Sie sah vieles von seiner Mutter in ihm wieder, die Art, wie er lächelte oder wie er schmollte, eine bestimmte Handbewegung, die auch Svenna als Kind gemacht hatte, und vieles mehr. Gleichzeitig entdeckte sie auch fremde Züge an ihm, deutliche Hinweise darauf, dass er zum Teil auch einer vom Schönen Volk war. Seine Bewegungen, sosehr sie auch denen Svennas oder eines anderen Menschen gleichen mochten, waren viel feiner, auf schwer zu beschreibende Art anmutiger. Wenn andere darüber entsetzt waren und in Nachtwind einen Fremdkörper sahen, erging es Baerhild ganz anders. Sie *freute* sich, wenn sie sah, dass Nachtwind anders war, denn sie hoffte, dass das Andere, das Besondere, ihn zu einem starken Charakter formen würde, so wie sie selbst ein starker Charakter war und wie auch Svenna ihn besessen hatte.

»Vor langer Zeit«, erzählte sie, »als unsere Ahnen aus dem Goldland an die Küsten Thorwals getrieben wurden, waren wir kaum mehr als Schiffbrüchige in einem fremden Land. Aber wir wussten, dass dieses Land unsere Heimat sein würde.«

Faenwulf gähnte. Erzählungen machten ihn leicht schläfrig und wenn er sich zum Zuhören zwang, wurde er nicht nur immer müder, sondern auch immer hungriger. Seine Augen und Wangen glänzten, als er sich hinhockte und die Brühe im Kessel umrührte.

»Du schnupperst wie ein Hund nach Beute«, kicherte Nachtwind. Baerhild brummte den beiden eine ernste Verwarnung zu. »Wer möchte hier wissen, was die Wetterzwinge ist?«

»Entschuldige«, gab Nachtwind klein bei, »aber was hat diese Zeit denn damit zu tun? Das klingt ja fast wie das Jurgalied.«

Jora summte im Hintergrund leise den ersten Sang: *»Von Jurga Tjlafsdotter will ich euch singen, vom Goldland, wo unsere Ahnen geboren …«* Nachtwind verdrehte die Augen und Faenwulf rülpste vernehmlich, doch Oriks Frau beendete standhaft den ersten Sang: *»Von Hjaldingard, Heimat, die wir verloren, will Jurgas Vermächtnis euch bringen.«*

Baerhild zwinkerte den Jungen verschwörerisch zu und bat dann Jora, ›draußen nach dem Rechten zu sehen‹. Jora verstand den Hinweis, grinste der Hetfrau zu, erklärte, sie wolle einige Pilze für die Mahlzeit suchen gehen, und verließ das Haus mit einem flachen, großen Flechtkorb am Arm. Nachtwind und Faenwulf atmeten erleichtert aus. Das Jurgalied blieb ihnen erspart.

»Nachdem wir hier angekommen waren, begegneten uns Fremde, die ein unverständliches Kauderwelsch sprachen. Sie wollten das Land nicht mit uns teilen«, fuhr Baerhild fort, wurde aber sofort von Nachtwinds neugieriger Frage unterbrochen.

»Sie *wollten* nicht *teilen*? Hat man sie denn gefragt?«

»Ja, hm, selbstverständlich«, antwortete die Hetfrau überrascht.

»Aber *wie* hat man sie denn gefragt?«

»Auf thorwalsch, natürlich«, kam die Antwort ohne Zögern.

»Aber wenn sie doch eine andere Sprache sprachen, dann konnten sie uns doch nicht verstehen«, bohrte Nachtwind nach. Baerhild rieb sich das Kinn und kratzte sich danach an den Wangen. Das tat sie immer, wenn sie nachdenken musste.

»Ja, schon«, räumte sie schließlich ein, »das kann schon sein. Aber das ändert nichts daran, dass sie uns angriffen. Wir konnten nicht verstehen, weshalb sie das taten und …«

»Vielleicht ist es das gewesen«, meinte Nachtwind. »Wir haben sie nicht verstanden und sie uns nicht. Glaubst du nicht, so könnte es gewesen sein?«

»Oh, hört doch auf damit!«, beklagte sich Faenwulf, dessen Blick schon wieder am Suppentopf hing. »Da wird einem ja ganz dumpf im Schädel vor lauter Wenn und Aber und so'm Zeug. Hranngars Fluch!«

»Du hörst dich schon an wie dein Vater«, tadelte ihn Baerhild mit mildem Spott, »aber du hast Recht. Es tut nichts zur Sache, warum es damals so geschah. Wir können nichts mehr ändern.«

»Aber wenn wir es herausbekämen …«

»Lass es jetzt gut sein. Die Vergangenheit ist tot, also lass sie ruhen, es ist besser so. Wo war ich stehen geblieben?«

»Dass gekämpft wurde«, meinte Faenwulf. Im Topf blubberte es und erste Blasen zerplatzten vernehmlich. Der blonde Junge stand auf, griff sich den großen hölzernen Löffel und rührte die Suppe um.

»Genau. Sie bekämpften uns also und wir mussten uns wehren. Zurückkehren nach Goldland konnten wir nicht mehr und wenn wir uns ergeben hätten, wären wir gestorben. Darum mussten wir kämpfen. Von Olaport, wie Olport damals noch hieß, kämpften wir um unser Überleben in vielen schrecklichen langen Wintern und Sommern und drängten die Fremden immer weiter zurück ins Landesinnere, bis in die Große Olochtai.«

»Die Wetterzwinge«, erinnerte Nachtwind ungeduldig. »Was ist damit?«

»Unweit von unserem Siljen hier am Oberlauf des Merek, dicht an den Ausläufern der Großen Olochtai, gab es damals eine der letzten Siedlungen dieser Fremden, dort, wo heute das Seufzermoos liegt. Sie war nicht groß, aber sehr wehrhaft und trotzte jedem Feind. Aber schließlich gelang es doch, die Besatzung zum Aufgeben zu bewegen und die Siedlung zu zerstören.«

»Wenn die Siedlung nicht groß war, weshalb habt ihr sie nicht einfach in Ruhe gelassen?«

»Wir konnten keine Bedrohung in unserem Rücken gebrauchen. Sie hätte sehr wohl zum Todesurteil für uns alle werden können. Nein, *Wetterzwinge* musste verschwinden.« Baerhild sah ihn sehr ernst an. »Niemand weiß, bis heute nicht, welche düsteren Geheimnisse dort verborgen gewesen sein könnten.«

»Düstere Geheimnisse?« Faenwulf horchte auf und vergaß das Rühren.

»Gib besser auf die Suppe acht«, schalt ihn die Alte, »und vergiss gleich deine dummen Gedanken. Ich seh's dir doch an der Nasenspitze an, dass du Abenteuer witterst. Nichts dergleichen. Bloß dummes Geschwätz und die Tatsache, dass man das Dorf nicht wiedergefunden hat, haben es zu einem düsteren Geheimnis gemacht.«

»Wieso haben diese Leute denn ins Seufzermoos gebaut?«

»Damals gab es dort noch keinen Sumpf, die Gegend soll sogar reich und fruchtbar gewesen sein.«

Nachtwind und Faenwulf warfen sich überraschte Blicke zu. Das versprach eine aufregende Geschichte zu werden! »Als das Dorf *Wetterzwinge* in Schutt und Asche gefallen war, begannen die Geister der Luft und der Erde zu klagen, so heißt es, und unseren Leuten wurde bang ums Herz. Als sie bemerkten, dass der Boden unter ihren Füßen plötzlich weich und nachgiebig wurde, rannten sie davon wie von tausend Dämonen der Niederhöllen oder von Hranngars Schlangenbrut gehetzt. Das Klagen wurde immer lauter und ein Seufzen hob an und als sie endlich aufhörten zu rennen, sahen sie hinter sich das Seufzermoos.« Baerhilds Stimme war immer dunkler und geheimnisvoller geworden, die letzten Worte hatte sie beinahe geraunt. »Und seitdem hat niemand mehr das Dorf im Seufzermoos gefunden.«

»Dann gab es wahrscheinlich nie so'n Dorf«, meinte Faenwulf. Nachtwind runzelte die Stirn, sagte aber nichts. Er wusste, dass die Wetterzwinge existierte, und wenn dem so war, dann war möglicherweise auch die ganze Geschichte wahr. Wer aber war dann Steldripanja und weshalb bat er Nachtwind ins Seufzermoos, aus dem angeblich kein Pfad wieder hinausführte? Er musste mehr wissen. »Wieso sprechen die Leute eigentlich so selten über das Seufzermoos? Hätten wir nicht schon längst etwas dagegen unternehmen können, wenn das Land dort doch so fruchtbar sein soll?«

Ein Schatten flog über Baerhilds Gesicht. »Es hat seinen guten Grund, weshalb wir das Seufzermoos meiden, in Worten wie in Taten. Das Seufzermoos ist ein unheimlicher Ort und es ist noch gar nicht so lange her, dass wir dem Moor Menschenopfer dargebracht haben, um es zu beschwichtigen.«

»Das Moor beschwichtigen?«, wiederholte Faenwulf ungläubig. »Aber wie kann denn …?«

»Sei nicht so ungeduldig«, tadelte Baerhild ihn, »ich will es doch gerade erklären. Niemand weiß genau, was es mit dem Seufzermoos auf sich hat, aber unsere Vorfahren haben beobachtet, dass es sehr wohl *lebt*. Die Erde selbst zittert dort wie unter schweren Atemzügen und nächtens hört man klagende Seufzer sich aus dem schwarzen Torf erheben. Bäume und Sträucher kriechen beinahe unmerklich über das Land, kreisen den arglosen Wanderer ein und verwirren ihn mit Lauten von Schmerz und Furcht, um ihn ins tiefe Moor zu locken, wo er alsbald versinkt und nimmer mehr gesehen wird. Über die Jahre bemerkte man, dass sich das Moor *näherte*, und die Hetleute von Waskir, Storsjen, Siljen und einigen anderen Dörfern kamen zusammen und berieten sich, wie man dem Einhalt gebieten könne, ehe das Seufzermoos unsere Dörfer verschlänge. Und man fand ein Mittel: Alljährlich zur Sommersonnenwende opferte man dem Seufzermoos ein Kind – ein Neugeborenes, das man aussetzte, jedes Jahr aus einem anderen Dorf –, und dann kam das Moor zur Ruhe. Für ein Jahr.« Sie seufzte schwer. »Das dachte man zumindest.« Sie verstummte und blickte sinnend ins Feuer.

»Wir denken heute nicht mehr so, richtig? Bei uns ist doch nie ein Kind geopfert worden, oder?«

»Es ist noch gar nicht so lange her, dass auch bei uns Kinder dem Moor geopfert wurden. Um genau zu sein: Als ich zur Hetfrau gewählt wurde, gab es diesen Brauch noch.«

»Und du hast ihn abgeschafft?«

Die Hetfrau schüttelte den Kopf. »Ich allein hätte das nie geschafft. Euer Großvater, Bjarni der Mächtige, hat mir geholfen, und einige andere hier im Dorf auch, besonders der gute alte Trolske. Auch gegen den vorigen Hetman. Ohne die beiden gäbe es euch vielleicht gar nicht und ohne euch wäre ich auch nie Hetfrau geworden!«

»Uns?«

»Ja, genau. Denn Orik war das Kind, das kurz vor der Sommersonnenwende geboren wurde, aber euer Großvater Bjarni und ich kämpften mit Worten wie mit Taten gegen die anderen im Dorf an, und manch böses Wort fiel. Es kam so weit, dass wir den Hetman abwählten und ich zur neuen Hetfrau gewählt wurde. Einige verließen sogar unsere Ottaskin und siedelten nach Storsjen über, aber es waren wenige. Die Blutopfer waren den meisten schon lange zuwider und unsere Worte fielen auf fruchtbaren Boden. Bjarni zog mit einer Handvoll Männer los und fällte einige Bäume am Rand des Seufzermooses und wir errichteten hier in Silien einen großen Scheiterhaufen und entzündeten ihn zur Sommersonnenwende. Trolske hielt unterdessen hier die Stellung und sprach mit den Menschen und der gerissene alte Fuchs schaffte es, sie alle zu überzeugen.«

»Und du?«, fragte Faenwulf. »Was hast du getan?«

Baerhild grinste schief. »Ich hatte am allerwenigsten Anteil an unserem Erfolg. Ich brachte Orik zur Welt.«

»Komm schon, Großmutter, da steckt doch noch mehr dahinter.«

»Um ehrlich zu sein: Ich bin damals, als Bjarni auf dem Weg zum Seufzermoos war, ebenfalls weggegangen. Ich habe mich auf die Suche nach einer Traviageweihten gemacht, denn unser Tempel stand schon lange leer und ich wusste, dass wir es ohne den Beistand eines Geweihten nicht schaffen würden, die Kindsopfer abzuschaffen.«

»Senda!« Faenwulf strahlte vor Freude darüber, dass er sofort wusste, wer nun seinen Auftritt in der Geschichte haben würde.

»Sehr richtig. Senda.« Baerhild nickte. »Den Göttern sei Preis und Dank, dass ich in meinem Zustand, kurz vor der Niederkunft, nicht bis nach Olport reisen musste, wie ich es eigentlich vorgehabt hatte. Ich traf Senda bereits auf dem halben Weg. Sie sagte, dass sie bereits auf mich gewartet habe und dass sie von nun an die Geweihte unseres Dorfes sein werde. Und dann geschah eigentlich alles wie von selbst, das würde ich zumindest heute so sagen. Natürlich verlief es nicht reibungslos, aber Senda und ich, wir haben ganz gut zusammengearbeitet und heute ist diese Geschichte zumindest für uns hier Vergangenheit und sollte es auch bleiben.« Baerhild stand auf. »So, aber jetzt genug geredet von alten Dingen. Lasst uns die Suppe kosten. Los, Faenwulf, hol ein paar Schalen und eine Schöpfkelle.«

Faenwulf sprang auf und eilte in die Küche. Nachtwind eilte hinterher, als lautes Gepolter davon kündete, dass Faenwulf einige Schwierigkeiten bei der Erfüllung der ihm anvertrauten Aufgabe hatte. Baerhild lächelte. Nachtwind war der Denker und Faenwulf der Kämpfer. Sie waren beides Söhne ihrer Eltern, das war offensichtlich und irgendwie kam es ihr so vor, als lebten die beiden je eine Hälfte ihres eigenen Lebens. Und zum ersten Mal kam ihr der Gedanke, dass die Vergangenheit nicht wirklich tot war, sondern dass sie sich immer und immer wieder aufs Neue zutrug – allerdings meist ohne dass jemand es bemerkte.

# Das Seufzermoos

*Viel Zeit verstrich zwischen diesem Gespräch und dem, was geschah, als Nachtwind fünfzehn Jahre alt war, aber es hätte genauso gut der nächste Tag sein können, denn keiner der beiden Knaben vergaß die Geschichte über das Seufzermoos und beide schworen einander, es eines Tages aufzusuchen und sein Geheimnis zu lüften. Es war der Abend, bevor Travidja und Hjalka nach Olport geschickt werden sollten, und die Kinder hatten sich überlegt, dieses Ereignis besonders zu begehen.*

Nachtwind weckte Faenwulf durch ein kurzes Rütteln, so war es abgesprochen. Travidja und Hjalka warteten bereits ungeduldig vor dem Haus. Travidja trug unter einem dichtgewebten Mantel aus dunkelbraun gefärbter Wolle ein leuchtend orangefarbenes Wams und eine grüne Hose, die in derben Stiefeln steckte. Um den Hals hing an einer dicken, mehrfach gedrehten Kordel ein Amulett, das das mollige Mädchen immer wieder zwischen den plumpen Fingern drehte und wendete, während es die Lippen bewegte. Anders Hjalka: Ihre schwarzen Augen blitzten zornig, was gar nicht recht zu ihrem hübschen Gesicht passen wollte. Sie trug einen bodenlangen schwarzen Mantel aus derbem Stoff und darunter ein Hemd und eine Hose in gleicher Farbe. Das Schuhwerk war etwas weniger hoch als das Travidjas, aber mindestens ebenso haltbar. Das hagere, knochige Kind mit den zarten Gesichtszügen stand ärgerlich neben dem molligen Mädchen und zupfte an den Zöpfen. Hjalka hatte schlanke, sehnige Finger, die sehr geschickt Knoten knüpfen, frisch geschorene Wolle glatt streichen und sauber zupfen sowie Zöpfe flechten konnten. Soeben entsprangen ihren Fingern knisternd vor Zorn kleine Flammen und erloschen wieder. Trav warf ihr einen besorgten Blick zu. Hjalka musste lernen, die Herrschaft über ihre Magie zu erlangen, und zwar bald.

»Ihr seid zwei butterköpfige, weicherbsige Halsstarrlinge«, schimpfte Hjalka mit gedämpfter Stimme. »Wir müssen vor Sonnenaufgang weit genug weg sein, sonst halten sie uns noch auf. Dämliche, matschdumpfe Wasserhasser!«

Nachtwind konnte sich ein Grinsen kaum verkneifen und trat neben sie. Beruhigend wollte er ihr eine Hand auf die Schulter legen, aber sie streifte sie ärgerlich ab, die Flämmchen zischten wütend und erloschen. »Rabenhaar, das kannst du dir sonstwohin stecken, wenn dein brummseliger Schnarchbruder nicht im Schafstrab hier anrollt!«

Ganz offensichtlich war Hjalka mehr als nur ein *bisschen* ärgerlich und trotzdem weckte ihre drollige Schimpfweise Heiterkeit bei Nachtwind und Travidja. Aber Faenwulf … wo steckte der eigentlich?

»He, das ist kein Spiel«, fauchte Hjalka in einem Tonfall, wie man ihn einem Kind ihres Alters kaum zugetraut hätte, »wir werden in wenigen Tagen weggeschickt in das blöde Olport. Und Faen verpfuscht alles.«

»Ich gehe und sehe nach ihm«, meinte Nachtwind beruhigend.

»Da kommt er schon«, meinte Travidja und deutete auf das Haus. Tatsächlich schlüpfte Faenwulf gerade aus der Tür. Sein Blondschopf und die hervortretenden Teile seines Gesichts leuchteten bleich im Schein des Madamals. Und in seinen Händen trug er … das Schwert der Hetleute.

»Bist du verrückt geworden?«, zischte Nachtwind, als sein Bruder sie erreicht hatte. »Wenn Vater das merkt …«

»Vater und Großmutter werden schon wissen, dass wir das Schwert haben und wieder zurückbringen. Außerdem müssen wir doch etwas haben, um uns zu verteidigen, wenn wir angegriffen werden.«

»Dafür hätte eine einfache Orknase, ein Schneidzahn, ein Messer oder irgendetwas anderes ausgereicht! Du brauchst doch nicht unbedingt das Schwert!«, schalt Nachtwind.

»Wer sollte uns denn angreifen?«, fragte Travidja mit erschrocken aufgerissenen Augen. Faenwulf bedachte sie mit einem spöttischen Grinsen.

»Wilde Tiere zum Beispiel«, erklärte Hjalka, »die sich nicht ins Dorf trauen. Aber mein Feuer wird sie …«

»Unsinn«, meinte Nachtwind. »Kaum ein wildes Tier, das ich kenne, griffe uns von sich aus an.«

»Und die anderen?«

»Für die habe ich Pfeil und Bogen dabei.« Nachtwinds Hand klatschte auf das polierte dunkle Holz seines Bogens. »Und mein Jagdmesser.«

»Und was ist mit den Gespenstern des Seufzermooses?«, warf Faenwulf ein.

»Es gibt keine Gespenster, Bruder«, versetzte Nachtwind ärgerlich, der sah, wie Travidjas Augen beinahe aus dem Kopf quollen. Ihr braunes, im Mondlicht schimmerndes Haar schien von einem Augenblick auf den anderen jeden Glanz zu verlieren.

»Ge … gespenster?«

»Ja«, nickte Hjalka und fiel Nachtwind damit in den Rücken, »solche Wesen gibt es, da bin ich sicher.«

»Wie kannst du nur …?«, begann Nachtwind, aber Hjalka fuhr ungerührt mit der Stimme eines Erwachsenen fort, der ein Kind belehrt: »Schließlich gibt es auch die Magie und wenn Gespenster Wesen der Magie sind, gibt es auch sie. Das ist doch *logisch.*«

Die beiden anderen nickten.

»Ihr …« Nachtwind schluckte die Bemerkung hinunter, die ihm auf der Zunge lag.

»Und für einen solchen Fall habe ich das Schwert mitgenommen. Mächtige Zauber liegen auf der Klinge, gegen die sich kein Wesen durchsetzen kann. Schaut doch hin!«

Faenwulf legte das Schwert auf den Boden. Im Silberglanz des Madamals waren die feinen Linien und Ornamente genau zu erkennen, die in die Klinge eingegraben waren und sich auch am Heft fortsetzten. Es gab Linien, die sich vielfach aufspalteten und scheinbar weder Anfang noch Ende hatten, aber auch nicht zu einem Kreis oder einer anderen einfachen Figur geformt waren. Dazwischen tauchten merkwürdige kleine Figuren oder Symbole auf, Blumen und Tiere, altertümliche Schriftzeichen, die keines der Kinder zu lesen vermochte. Der Griff des Schwertes war fleckig und wirkte abgegriffen, obwohl sich niemand daran erinnern konnte, dass Baerhild das Schwert jemals geführt hätte. Ehrfürchtig fuhr Faenwulf die Zeichen mit den Fingern nach, nur Nachtwind zeigte dem Schwert keine besondere Aufmerksamkeit.

»Man kann Magie doch nicht in ein Schwert stecken, wie man Schafe im Pferch einsperrt«, meinte er mit abweisender Stimme. »Aber wenn ihr euch sicherer fühlt, meinetwegen. Wir werden Großmutter eine Nachricht hinterlassen, damit sie weiß, wer das Schwert hat.«

Hjalka nickte. »Natürlich. Sie macht sich sonst zu große Sorgen. Soll ich …?«

Nachtwind schüttelte den Kopf. »Nein, lass nur. Geht schon einmal voraus. Ihr habt ja jetzt einen großen starken Beschützer dabei. Ich schreibe rasch ein paar Zeilen zur Erklärung und lege sie drinnen auf den Tisch.«

Lautlos segelte der Nachtwind im Morgendämmer über der kleinen Gruppe dahin, unbemerkt und leise wie ein Schatten. Die Ausläufer des Seufzermooses lagen vor ihnen. Klagende Laute wehten leise herüber, dumpf und von seltsamer Traurigkeit, und es lag ein Knarren und Ächzen in der Luft, als wiegten sich die schwarzen Baumsilhouetten in einem starken Wind. Der Morgensonnenschein, blass und krank, als wäre er von der langen Nacht noch geschwächt, trug nur eine leichte Brise mit sich und wehte den Kindern einen fauligen Geruch entgegen. Nebelfahnen stiegen aus dem Sumpf auf wie Dämonenatem. Faenwulf trug das Schwert, dieses wuchtige, reich verzierte *Ding,* unter dessen Gewicht so mancher Mann bereits geflucht hätte, noch immer mit einer selbstsicheren Leichtigkeit, die den anderen Kindern Bewunderung abnötigte. Er grinste schief und setzte sich mit weitausholenden Schritten an die Spitze der kleinen Gruppe. »Auf, auf, da ist es doch schon. Woll'n doch mal sehen, was Wahres dran ist an der Geschichte.«

Travidja wischte sich verstohlen den Schweiß ab. Sie war solch anstrengende Märsche nicht gewohnt. Neidvoll blickte sie auf Hjalka, die von Nachtwind während des letzten Wegstücks getragen worden war. Nun setzte er das Mädchen auf dessen eigenen Wunsch ab.

»Danke schön, Nachtwind. Du bist mein Held.« In ihren großen schwarzen Augen spiegelte sich die Sonnenscheibe.

»Ach, Zauberfee, für dich tue ich das doch gern.« Nachtwind lächelte und zupfte sie spielerisch an den Zöpfen. »Los, komm schon.« Er sprang leichtfüßig den Hang hinab, und Hjalka folgte ohne Zögern. Plötzlich blieb Nachtwind stehen und wandte sich um. »He, Trav, was ist mit dir? Müde?«

»Neinnein, schon gut.« Travidja bemühte sich um einen möglichst heiteren Ton, obwohl sie innerlich stöhnte. Sie tat, als ob sie den Himmel absuchte. Flog da nicht ein großer schwarzer Vogel über ihnen? Sie ächzte leise und richtete den Blick wieder zu Boden. Die Füße taten ihr weh – wer war nur auf diesen dummen Einfall gekommen, ihre bequemen Sandalen mit Stiefeln zu vertauschen? Und auch die Beine schmerzten vom vielen Laufen. »Ich komme schon!«

Mit zusammengebissenen Zähnen stieg sie den Hang hinab, aber nur langsam und einen Fuß vor den anderen setzend. Dankbar griff sie nach Nachtwinds Arm, der sie das letzte Stück hinunterbegleitete. Am Fuß des Hügels sank sie fast knöcheltief in den feuchten schwarzen Boden ein. Der durchdringende Geruch nach Moder und Torf sickerte gedankenschnell in jede Hautpore und Falte der Kleidung. Nachtwind empfand es wie einen derben Schlag ins Gesicht und bemühte sich, so wenig und so flach wie möglich zu atmen; er wollte seinen Abscheu vor dem Geruch nicht offen zeigen, da seine empfindliche Nase schon mehrfach zu freundlichem Spott Anlass gegeben hatte – und schließlich war er es, den es ins Seufzermoor zog.

»Iiiih«, machte Hjalka wenig später und hielt sich die Nase zu. »Das stinkt ja scheußlich! Nachtwind, ich will hier nicht bleiben.«

»Stell dich nicht so an«, raunzte Faenwulf, der auf dem trügerischen Untergrund mit dem großen Breitschwert Mühe hatte, das Gleichgewicht zu halten, »und vergiss nicht, weshalb wir hierher gekommen sind. Wir wollen die *Wetterzwinge* finden.«

Travidja stimmte ihm darin vollkommen zu; sie gestand vor sich selbst gern ein, dass das Geheimnisvolle, Unbekannte ein nicht unbeträchtlicher Teil dessen war, was sie an diesem Ausflug so reizte. Diese seltsame Anziehungskraft des Seufzermooses war aber nur die eine Seite, die andere war abgrundtiefer Abscheu vor einem so düsteren, götterverlassenen Ort. Je eher sie dessen Geheimnis gelüftet hätten, umso eher könnten sie ihm wieder den Rücken kehren. Sie sahen nichts als Boronsweiden, Schilf und Röhricht und dazwischen glitschigen schwarzen Boden, aus dem weiße Nebelfahnen aufstiegen; es war entschieden kein Ort, der der Göttin des Herdfeuers gefallen hätte. Mehrere hundert Schritt entfernt erhob sich die düstere Masse eines Sumpfwaldes, das Herzstück des Seufzermooses. Da kein anderer etwas sagte, nickte sie schließlich bedächtig, als habe sie genau über Faenwulfs Worte nachgedacht. Senda tat dies immer und die Siljener würdigten es entsprechend. Folglich würde es nichts schaden, es ihr gleichzutun.

»Sehr richtig. Wenn es stimmt, dass das Moor zu uns heranwandert, bedroht es unser Heim. Stellt euch nur vor, wenn …« Sie schauderte, als sie sich vorstellte, wie das weitläufige sumpfig-schwarze Gebiet eines Tages Siljen einschließen und mit unheimlicher Macht erdrücken würde, eine Gefahr für alles, was Travia heilig war. Wenn die Geschichten andererseits stimmten, hatten die Thorwaler einst die Unverletzlichkeit des Heimes und das Gastrecht missbraucht und mit Füßen getreten. Aber genügte dies, um den Untergang des eigenen Dorfes zu gestatten? Nein. Sie kannte die Antwort bereits. Niemals. Rache war kein Beweggrund, durfte kein Beweggrund sein, den die Zwölfgötter gelten ließen.

»Keine Sorge«, meinte Nachtwind. »Ihr glaubt viel zu stark an Gespenstergeschichten.«

Travidja empfand ein merkwürdiges Gefühl der Beruhigung bei diesen Worten. Nachtwind war immer so kühl, beherrscht und überlegen in allem, was er sagte und tat. Sie spürte, wie ihr Herz beim Gedanken an ihn heftiger pochte, aber sie war sich nicht sicher, was das zu bedeuten hatte. Vielleicht sollte sie einfach nicht an ihn denken. Zumindest nicht *so*.

»Großmutter Baerhild sagt aber, dass sie stimmen«, wandte Faenwulf ein. »Und wenn du nicht dran glauben würdest, wären wir doch nicht hier, oder?«

»Ich bin *neugierig*.« Nachtwind kratzte sich unbehaglich am Oberarm. »Wir müssen jetzt genau überlegen, wie wir weiter vorgehen wollen. Am besten fragen wir uns, wo *wir* wohl ein Dorf gebaut hätten.«

Er warf nacheinander jedem der Kinder einen langen, ernsten Blick zu. Travidja stockte der Atem. Blieb sein Blick nicht ein wenig länger an ihr haften als an den anderen? Nein – oder doch? Vielleicht war es auch Hjalka, der die Aufmerksamkeit seiner bernsteingelben, tiefgründigen Augen galt? Verwirrt strich sie sich eine Strähne ihres braunen Haares aus dem Gesicht. Wo würde ich ein Dorf bauen?, fragte sie sich, aber ihre innere Stimme blieb ihr die Antwort schuldig. Sie konnte sich nicht vorstellen, dass das Gebiet des Seufzermooses jemals anders gewesen war, als es heute war: hässlich, düster, grauschwarz und tödlich.

»Ich denke, wir werden das Dorf schon finden, wenn wir einfach in den Wald hineingehen«, meinte Faenwulf plötzlich, dem ganz offensichtlich das Überlegen zu lange dauerte. Travidja seufzte erleichtert auf, wenn auch der Gedanke, ein Wald könne etwas *verbergen*, wie ein denkendes Wesen handeln, ihr zu gleichen Teilen unheimlich und lachhaft vorkam. Das klang nach einer Entscheidung, vielleicht nicht der vernünftigsten, aber immerhin …

»So wird das nichts«, wandte Nachtwind ein, aber Faenwulf stand bereits auf und marschierte los.

»Was soll schon passieren, wenn wir vorsichtig sind? Außerdem hab ich doch das Schwert dabei!«, meinte Faenwulf.

»Dann lasst wenigstens mich vorgehen«, bat Nachtwind. »Ich bin sicher, dass ich einen festen Pfad finde, und wenn ich einsinke, kann ich mich entweder selbst befreien oder ihr zieht mich aus dem Sumpfloch.« Er war der bei weitem gewandteste von allen. Zwar war Hjalka leichter als er, aber ihr fehlten die Sehnigkeit und die Kraft, die in Nachtwind steckten, und sie war kein Kind, das sich gern draußen herumtrieb. Hierin war sie Travidja ähnlich, aber diese fühlte sich enger an andere Wesen gebunden, ob es nun Tiere oder Menschen waren. Travidja suchte Gesellschaft, während Hjalka vor den meisten Menschen *floh*. Im Grunde waren die vier eine sehr ungleiche Gruppe. Vielleicht war ja das der Grund dafür, dass sie sich so gut verstanden.

Nachtwind setzte sich rasch an die Spitze des kleinen Zuges. Er brach einen kräftigen, halbwegs gerade gewachsenen Ast von einem Baum ab und benutzte ihn, um vor jedem Schritt sorgfältig den Grund zu prüfen. Travidja markierte auf seine Bitten hin ihren Weg mit kleinen Stoffetzen oder Zeichen, damit sie mit heiler Haut aus dem Moor herausfänden. Ringsum blubberte und ächzte die trostlose schwarze Landschaft, ein leises, hohes Singen lag in der Luft: Insekten, Stechfliegen, Mücken, was man wollte. Nachtwind erfüllte seine Aufgabe sehr gewissenhaft und geschickt. Er führte sie sicheren, wenn auch nassen Fußes durch das Seufzermoos.

Plötzlich, die Sonne war bereits höher gestiegen und stand als faustgroßer weißgelber Fleck knapp zwei Handbreit über dem Horizont, hielt er inne und hob die Hand zum Zeichen, dass sie alle stehen bleiben und still sein sollten. »Schaut mal, da vorn«, flüsterte er so leise, dass Travidja, die das Schlusslicht der kleinen Gruppe bildete, es kaum verstehen konnte. Sie strengte sich an, um zu erkennen, was Nachtwind wohl entdeckt haben mochte, aber sie sah nur das Moor und ein Stück entfernt die Masse des Waldes, ein Geflecht von Schwarzerlen und Boronsweiden und dazwischen ein Gewirr hoher, harter oder stacheliger Sumpfgewächse.

»Da ist etwas. Ich *spüre*, wie uns etwas beobachtet.«

Törichter Knabe, sagte die dunkle Gestalt, die die kleine Gruppe beobachtete. Allein solltest du kommen. Sie machte eine herrische Handbewegung und aus dem Nichts formten sich die Umrisse von einem guten Dutzend affenähnlicher Wesen. Ihre glosenden roten Augen schienen jede seiner Bewegungen zu verfolgen. Deutlich waren ihre gebleckten Zähne zu erkennen, die räudigen Stellen ihres graugrünen Fells, die langen, klauenartigen Finger, die tödliche Wunden reißen konnten, besonders bei so jungen, ungeschützten und beinahe wehrlosen Menschen. Gut, das Schwert mochte sich als Hindernis erweisen, wenn es wirklich Zauberkräfte besitzen sollte …

Geht, befahl die Gestalt den Kreaturen, und sorgt dafür, dass nur der Halbelf überlebt.

Geräuschlos setzten sich die Sumpfrantzen in Bewegung und huschten davon, durch die Schatten, aus denen sie geformt worden waren, Illusionen ohne Bestand, weder fähig, Geräusche oder Gerüche hervorzubringen noch einen einzigen Grashalm zu zertreten, aber als Schreckgespenster des Moores dennoch von tödlicher Wirkung.

»Warte! Wenn da wirklich etwas ist, sollte ich jetzt vorgehen.« Faenwulf hielt das Schwert bereit. Er wollte die Gelegenheit nicht verpassen, sich als Held und Beschützer zu erweisen, wenn sie von etwas Garstigem überfallen wurden. Ein kleiner Teil von ihm wünschte sich beinahe, dass etwas geschehen möge. Feiner Schweiß perlte auf seiner Stirn. Verdammt, er *spürte* doch, dass etwas nicht in Ordnung war. Es würde etwas passieren, bald, er wusste nur nicht, was. Links neben sich hörte er Sumpfblasen aufblubbern und mit schmatzenden Geräuschen zerplatzen, von rechts wehte feiner weißer Dunst herüber und umschmeichelte ihn wie Feenschleier. Witternd wie ein Pferd drehte er den Kopf hierhin und dahin, aber er vermochte nichts wahrzunehmen, was auf eine Gefahr hingedeutet hätte. Er fühlte, wie seine Wangen brannten. Narr! schalt er sich selbst. Nachtwind ist der Kenner der Wildnis, nicht du.

Gerade als Nachtwind einen Schritt in den Wald hinein tun, die unsichtbare Grenzlinie zwischen den beiden Boronsweiden überschreiten wollte, geschah es. Niemand hatte ihn kommen gesehen, niemand seinen Flug gehört, aber wie der Beginn eines heftigen Sommergewitters fuhr ein kreischendes schwarzes Federbündel auf Nachtwind hernieder. Schmerz flammte an ungeschützten Hautstellen auf, wo grünschuppige Klauen dunkelrote Spuren hinterließen, wo der hornige Schnabel zuhackte. Schreiend prallte Nachtwind rückwärts gegen seinen Bruder. Der Aufprall brachte Faenwulf, der noch immer das große Breitschwert trug, völlig aus dem Gleichgewicht. Er torkelte, stürzte halb, fing sich gerade rechtzeitig ab, tat einen Schritt zur Seite, um wieder festen Halt zu finden – und trat neben den sicheren Pfad mitten in ein Sumpfloch. Entsetzt mussten sie mitansehen, wie Faenwulfs linkes Bein plötzlich bis zum Knie einsank und den ganzen Körper mitriss. Alles ging furchtbar schnell. Noch ehe jemand herbeieilen und zupacken konnte, steckte Faenwulf bereits bis zum Bauch im Sumpf. Er wirkte wie eine bleiche Blüte, wie er aus dem dicht stehenden Kraut herauslugte, das trügerisch festen Boden vorspiegelte.

Inzwischen hatte der schwarze Vogel, der über Nachtwind hergefallen war, von diesem abgelassen und schwang sich mit einem heiseren Krächzen wieder in die Lüfte. Blut sickerte aus einer breiten, wenn auch nur oberflächlichen Wunde quer über Nachtwinds Stirn und raubte ihm wertvolle Augenblicke lang die Sicht. Als er die spitzen Schreckensschreie der Mädchen hörte und sich das Blut aus dem Auge gewischt hatte, sah er, was geschehen war. »Faen!« Verzweifelt streckte er die Hand aus, aber er erreichte seinen Bruder nicht. Weniger als eine Handbreit trennte ihn von der tödlichen Sumpffläche. Kreischend und lautstark keckernd segelte der schwarze Vogel über Nachtwinds Kopf hinweg und zwischen den Mädchen hindurch auf

Siljen zu, beschrieb einen weiten Bogen und kehrte wieder zurück.

»Verfluchtes Biest!«, schimpfte Hjalka und schüttelte zornig eine Faust gegen den Vogel, der wütend zurückzischte. Dann flog er wieder davon. Travidja löste derweilen ihren Gürtel. Das breite lederne Band mochte durchaus ausreichen, Faenwulf aus dem Sumpfloch zu ziehen, sofern er es noch zu fassen bekam und sie und Nachtwind kräftig genug waren. Zum erstenmal dankte sie den Göttern für ihre füllige Gestalt, denn wäre sie so schlank gewesen wie die anderen Mädchen im Dorf, wäre der Gürtel sicherlich nicht lang genug gewesen.

»Wirf das Schwert weg, du Narr!«, rief Nachtwind seinem Bruder zu. »Es zieht dich nur schneller hinab.«

»Da!« Hjalka deutete aufgeregt nach Süden. »Leute! Sie kommen, um uns zu helfen!« Tatsächlich zeichneten sich auf dem Hügel die schwarzen Umrisse von Menschen ab; über ihnen kreiste der schwarze Vogel und kreischte und schrie wie ein plärrendes Menschenkind. Unverständliche Wortfetzen wehten bis zu ihnen herunter, aber es war offensichtlich, dass die Männer zu spät kommen würden, um Faenwulf noch zu retten. Der Sumpf zog zu stark an ihm.

»Dies ist das Schwert der Hetleute Siljens!« Mit diesen Worten weigerte Faenwulf sich, auf Nachtwinds Vorschlag einzugehen. »Ich geb's nicht her, ich muss es doch zurückbringen!«

»Bring dich selbst zurück!« Schweiß perlte auf Nachtwinds Stirn. Faenwulf durfte nicht sterben!

»Ich kann nicht ohne das Schwert zurückkommen! Das musst du doch verstehen!« Hilflos ruderte der blonde Junge mit der freien Hand, während die andere ihn unaufhörlich nach unten zog.

»Hier!« Travidja packte Nachtwind und drückte ihm den Gürtel in die Hand. »Versuchen wir's damit!«

Eilig knüpfte der Halbelf eine Schlaufe und warf sie Faenwulf zu. »Fang!« Die Schlaufe verfehlte den entsetzt zappelnden Jungen, der mittlerweile bis zu den Schultern im Sumpf steckte.

»Nachtwind! Da … da ist etwas unter mir!« Hoffnung glänzte auf Faenwulfs Gesicht. »Ich versinke nicht weiter!«

Nachtwind und Travidja blickten einander an. Irgendetwas stimmte nicht. »Schnell! Pack den Gürtel!« Wieder flog der Gürtel und diesmal gelang es Faenwulf, die Schlaufe zu ergreifen. Im gleichen Augenblick ging ein Ruck durch seinen Körper und *etwas* hob ihn gut einen halben Schritt empor. »Was bei allen Göttern …?«

»… rück! … et euch …!«, klangen die Stimmen der Männer, die jetzt den Rand des Sumpfgebiets erreicht hatten und die Äxte und Speere in den Händen trugen, als ginge es in den Kampf. Der schwarze Vogel flog über ihnen. Die Kinder hatten keine Gelegenheit, sich über die Bedeutung der Worte den Kopf zu zerbrechen, denn wieder wurde Faenwulf ein Stück nach oben gehoben. »Zieh!«, gellte Nachtwinds Befehl. »Schnell! Er muss da heraus!«

Travidja tat, wie ihr geheißen wurde. Auch wenn sie nicht genau wusste, von welcher Art das Wesen war, dessen Haupt aus dem Sumpf glitt und das Faenwulfs Gewicht spielerisch leicht zu tragen schien – es sah alles andere als sanftmütig aus. Wenn sie, ausgehend von der Größe des Kopfes, richtig schätzte, maß das Tier mehr als zwei Schritt. Fauchend ruckte der salamanderartige graugrüne Kopf der Kreatur weiter nach oben. Diese Bewegung genügte, damit Faenwulf kreischend abstürzte. Platschend landete er im Sumpf, diesmal in greifbarer Ufernähe. Sofort schnellten zwei Arme vor und Hände gruben sich mit festem Griff in seine Oberarme. Währenddessen schob sich das Tier weiter aus dem Sumpf. Es sah einem Salamander oder einer Eidechse ziemlich ähnlich, wenn auch ins Riesenhafte vergrößert. Die kugelförmigen schwarzen Augen bewegten sich unruhig und gelblicher Schleim troff aus den Mundwinkeln. Pendelnd richtete es den Blick auf die jungen Menschen, als ob es abschätzen wolle, wer wohl am schmackhaftesten sei. Keuchend schob sich Faenwulf mit dem Oberkörper auf festen Grund, das Schwert immer noch fest in der Hand. Gemeinsam zogen und zerrten Nachtwind und Travidja an ihm, bis auch seine Beine und Füße aus dem Morast befreit waren, und hofften, das Ungeheuer werde sich zurückziehen. Doch es stieß einen zischenden Schrei aus, bog den Kopf ein winziges Stückchen zurück und ließ ihn dann vorschnellen – geradewegs auf Travidja zu. Das Mädchen, das noch vollkommen mit Faenwulf beschäftigt war, sah den Kopf mit dem klaffenden, zahnbewehrten Maul nicht heranrasen. Hjalka war wie erstarrt; von ihr war keine Hilfe zu erwarten. Jetzt galt es schnell zu handeln. Es blieb Nachtwind nicht einmal mehr die Zeit, seine Möglichkeiten abzuschätzen. Und dann ging plötzlich alles rasend schnell.

Nachtwind ließ seinen Bruder los, der stöhnend zu Boden ging, und hechtete über dessen Körper hinweg auf Travidja zu. Mit dem Kopf voran traf er das Mädchen in der Magengrube, worauf sie mit einem halb erstickten Schrei rückwärts fiel, Nachtwind hinterher. Mit einem bösen Fauchen und zuschnappenden Fängen sauste der Kopf des Ungeheuers knapp an ihnen vorbei. Der gelbe Schleim spritzte in alle Richtungen. Noch ehe sich der Halbelf und das Mädchen wieder hochgerappelt hatten, machte sich die Kreatur zu einem neuen Angriff bereit. Ein Speer, aus großer Entfernung geworfen, klapperte harmlos gegen ihren gepanzerten Hals und klatschte ins Moor. Wieder näherte sich der Kopf seinem auserkorenen Opfer, diesmal langsamer und ohne einen Laut. Ein schwacher, aber böse zischender Flammenschlag traf die Schnauze der Bestie. Mehr überrascht als verletzt zuckte sie zurück. Die Flammen erloschen und Nachtwind hörte das erschöpfte

Schluchzen Hjalkas. Das Mädchen brach zusammen, sichtlich erschöpft. Sie musste ihre Magie eingesetzt haben, allerdings ohne Erfolg, ungeschult, wie sie war.

Die gewaltige Kreatur hatte ihre Überraschung in der Zwischenzeit überwunden und näherte sich erneut. Nachtwind stellte sich schützend vor die Mädchen. Travidja wimmerte leise vor Schmerzen, denn dort, wo der gelbe Schleim sie getroffen hatte, schälte sich blasenwerfend ihre Haut. Hjalka raffte sich mühsam auf.

»Nein, geh weg! Geh weg!«, rief der Halbelf, aber das Ungeheuer scherte sich keinen Deut darum. Dann war Nachtwinds Blickfeld für wenige Momente von einem wirbelnden schwarzen Federball erfüllt, ein bösartiges Krächzen erklang und das Ungeheuer schrie voller Pein auf. Klappernd trafen die nächsten Speere, das Gebrüll der Männer aus Siljen klang schon viel näher. Verwirrt starrte Nachtwind auf das Geschehen, das sich vor ihm abspielte: Der schwarze Vogel war zurückgekommen und hatte sich auf recht energische Weise in das Geschehen eingemischt. Wild umflatterte er den Kopf des Ungeheuers, das seine ganze Kraft und Wut nun auf den verhältnismäßig kleinen Gegner konzentrierte, und Nachtwind sah auch den Grund: Eine der beiden Augenhöhlen des Wesens war dort, wo die Krallen des Vogels getroffen hatten, nur noch eine blutige, schwammige Masse. Mehrmals zuckte der Kopf vor, halb blind und vor Schmerz beinahe wahnsinnig, doch der schwarze Vogel schaffte es immer, manchmal allerdings nur knapp, der tobenden Bestie auszuweichen, deren Körper wild peitschte und faulig riechendes Wasser über die Kinder schwappen ließ.

Das ganze Schauspiel dauerte nicht allzu lange; als die Männer aus Siljen die Kinder erreichten und sich der erste Speer schmerzhaft in die Flanke der Kreatur bohrte, brach sie ihren Angriff ab und versank brodelnd im Moor.

»Hoffentlich krepiert das Biest!«, zischte Hjalka, die

sich weinend an die Beine des Vaters klammerte, der sofort zu seiner Tochter geeilt war. Orik kniete bereits neben Faenwulf.

»Fehlt dir etwas, mein Sohn?«

Faenwulf schüttelte den Kopf. »Das Schwert ...«

»Mach dir deswegen keine Sorgen. Wir wissen, wer es genommen hat. Er hat sich selbst verraten.« Orik warf Nachtwind einen bösen Blick zu. »Wie konntest du nur so verantwortungslos sein, die Kinder dieser Gefahr auszusetzen?«

»Aber er hat doch ...«, begann Faenwulf.

»Kein Wort davon! Du bist sein Freund und willst ihn natürlich in Schutz nehmen. Tu's nicht. Tu mir diese Schande nicht an. Du bist auch der Ehre der Thorwaler verpflichtet, du bist kein Lügner.«

Damit wand er seinem Sohn das Schwert aus der Hand und überreichte es Kjaska, die mit ihrem Speer sorgfältig den Rand des Moors absuchte, um sicherzugehen, dass das Ungeheuer sich nicht darunter verbarg, schulterte den durchnässten Faenwulf und stapfte wortlos zurück nach Siljen. Die anderen schlossen sich an. Fjolnir trug seine Tochter, die mit angsterfüllten großen Kinderaugen in die Welt schaute, obwohl sie am allerwenigsten betroffen gewesen war, und der dicke Olvir nahm Travidja bei der Hand.

»Na, Kleines? Tut's weh?« Er begutachtete die wunden Hautstellen, wischte mit seiner großen, plumpen Hand sanft ihre Tränen weg und strahlte sie an. »Vielleicht behältst du sogar Narben zurück von deinem ersten Kampf. Sieht ja ganz schön böse aus, aber keine Bange, das kriegen wir schon wieder hin. Erkenhild kennt ein paar gute Rezepte für Heilpasten. Bei Swafnir, werden die froh sein, euch gesund wiederzusehen.« Erkenhild war Olvirs Frau und ebenso gutmütig wie er. Travidja wagte ein zaghaftes Lächeln, aber es galt weniger Olvir als Nachtwind, der als Einziger allein dastand, den Blick zu Boden gerichtet. Er hatte ihr das Leben gerettet. Dadurch waren ihrer beider Schicksale auf immer miteinander verbunden und sie wusste, dass sie alles daransetzen würde, um auch das seine zu retten, sollte dies jemals notwendig sein. Zögernd ging sie mit Olvir, streckte Nachtwind aber noch eine Hand hin. Er sah sie nicht einmal und blieb still und reglos an seinem Platz stehen.

Als alle außer ihm gegangen waren und er noch immer bewegungslos dastand, landete der schwarze Vogel unmittelbar vor ihm auf dem Boden. Neugierig reckte und drehte er den Kopf, bis seine funkelnden schwarzen Augen in Nachtwinds bernsteingelbe blickten. »Krrrrroooooo-ak?«

Nachtwind starrte finster zurück, seine Wangenmuskeln mahlten. »Verschwinde.«

»Krrroooooo-aaaa?«

»Ich habe gesagt, du sollst verschwinden, Unglücksvogel!«

Der Vogel nickte mehrmals energisch mit dem Kopf, kratzte mit einer seiner hornigen Klauen Furchen in den Boden und gab dann ein sanftes Gurren von sich. Nachtwind entspannte sich und ging vor ihm in die Hocke.

»Verzeih mir, mein Freund. Anstatt dir dafür zu danken, dass du mir das Leben gerettet hast, beschimpfe ich dich.« Er streckte dem Vogel einen Finger hin und der begann sanft daran herumzupicken, als wolle er ihn auf seine Futtertauglichkeit untersuchen. »Was bist du denn überhaupt für ein Tier?« Der Halbelf kraulte ihn unter dem Kinn, was sich der Vogel nur allzu gern gefallen ließ, woraufhin er wie eine Katze zu schnurren begann. »So etwas wie dich habe ich noch nie gesehen. Eine Krähe bist du wohl nicht.«

»Oooooo-aaaa!«, girrte der schwarze Vogel mit heller Stimme und hüpfte plötzlich auf Nachtwinds Arm. Mit gespreizten Krallen und ungelenken Schritten stolzierte er daran empor, bis er die Schulter erreicht hatte, wo er sich niederließ und am Ohr des Halbelfen knabberte. Nachtwind kicherte.

»Oâ? Ja, das könnte tatsächlich dein Name sein. Magst du so heißen? Oâ?«

»Oooooo-aaaa!«, nickte der Vogel. »Krrrooo-aarrrk.« Er stieß leicht an Nachtwinds Wange.

»Ich soll hinterhergehen?« Oâ nickte deutlich.

»Und das Seufzermoos ...?«

»Krooo-akkkk!« Oâ schüttelte den Kopf so heftig, dass sich sein Gefieder spreizte, und schlug heftig mit den Flügeln.

»Na schön«, seufzte Nachtwind. »Vermutlich hast du Recht. Wenn ich nicht zusehe, dass ich heimkomme, wird alles nur noch schlimmer. Aber du begleitest mich, in Ordnung? Ich glaube, ich kann jeden Freund gebrauchen, wenn Vater so böse ist.«

Oâ nickte und Nachtwind hätte schwören können, dass er dabei grinste.

Die bösen roten Augen der Sumpfrantzen glommen noch einmal kurz auf und erloschen dann, als sich ihre schwerelosen Körper verflüchtigten wie Nebel in der Morgensonne.

Inmitten des Moors folgten im Schatten der Kapuze unsichtbare Augen dem Flug des schwarzen Vogels. Keine Regung zeigte sich an der schattenhaften Gestalt, durch nichts ließ sich erkennen, ob Oâ sie verwirrt hatte oder ob der Vogel zu ihrem Plan gehörte. Als sie Nachtwind und den Vogel das Seufzermoos verlassen sah, nickte sie.

*Du wirst noch kommen.* Ihre Hände verkrallten sich in der steinernen Brüstung. *Du wirst kommen.*

Olvir und Erkenhild waren gekommen, Travs Pflegeeltern, ebenso Fjolnir und Marada, die sich so betont um ihre zarte kleine Hjalka sorgten, dass es schon fast aufgesetzt wirkte, und einige andere Dorfbewohner, die nicht unmittelbar betroffen waren. Olvir, rotgesichtig und kurzatmig, hatte sein rotblondes Haar mit Holzstückchen durchflochten, die in verschiedenen Farben bemalt waren, und seinen Bart zu zwei dicken Zöpfen geknüpft, die er über Kreuz gelegt und mit Holzspangen an den Schultern befestigt hatte. Er trug ein feines grünes Wams, das er nur zu besonderen Anlässen anzulegen pflegte, ein dickes gelbes Hemd mit aufgebauschten Ärmeln und einen kurzen Pelzumhang, der vor der Brust von einer faustgroßen goldenen Fibel zusammengehalten wurde. Erkenhild hockte kurz und gedrungen neben ihrem Mann. Ihr dunkelblaues Kleid, das durch einen gerundeten Ausschnitt und eine einfache goldene Kette den üppigen Busen betonte und die Hüften durch eine mehrfach aus bunten Bändern zusammengedrehte Kordel hervorhob, machte sie noch massiger als Olvir. Ruhelos spielte sie mit den Zöpfchen, zu denen sie ihr wadenlanges dunkles Haar geflochten hatte.

Sie nickte Fjolnir zu, der mit grimmigem Gesicht neben ihr saß und Maradas Hand fest umklammert hielt. Die beiden waren ein seltsames Paar, befand Erkenhild. Er groß, breitschultrig und kräftig, mit dunklem, finster blickendem Gesicht, das eingerahmt wurde von frei fallendem schwarzen Haar; sie dagegen klein, zierlich und blass, etwas älter als er, weißblond mit einem Stich ins Graue, mit blassgrauen Augen, einer unauffälligen Stupsnase und Sommersprossen, gekleidet in ein dickes rotbraunes Wollkleid, das die dünnen Arme freiließ, an denen blaue Adern hervortraten und die sie angstvoll verschränkt vor sich hielt. Wie merkwürdig, dass diese beiden eine Tochter wie Hjalka hatten, ein Mädchen, das ein starkes magisches Talent besaß. Nun ja, vielleicht war das so ungewöhnlich nicht. Wahrscheinlich hatten die Götter es so bestimmt. Auch Senda betrat nun die *Halla*. Baerhild hatte sie rufen lassen. Die dickliche orangefarben gekleidete Geweihte warf jedem der Anwesenden einen mütterlichen Blick zu und setzte sich neben Olvir. »Nun, mein Sohn, wie geht es dir?«

Olvir nuschelte etwas, das Erkenhild nicht verstehen konnte, obwohl sie neben ihm saß.

»Das kannst du nicht so meinen. Sei lieber stolz auf deine Tochter, die so helfend eingriff und damit ein Leben bewahrte. Sie ist ein gutes Kind, genau wie die anderen.«

Erkenhild drehte den Kopf zu Senda und nickte knapp. So etwas Ähnliches hatte sie auch zu ihrem Mann gesagt. Nicht mit den gleichen Worten, aber mit dem gleichen Herzen. Senda nickte freundlich zurück. Sie mochte Erkenhild, weil diese gelegentlich ein bisschen Futter für die Tiere oder eine kleine Spende für den Tempel vorbeibrachte.

Dann betrat Baerhild die Halle, die Nachtwind vor sich her schob und die von Orik und Jora begleitet wurde. Alle Gespräche verstummten, alle Blicke richteten sich auf die alte Hetfrau, die stolz und aufrecht vor ihnen stand, das schlohweiße Haar streng zurückgekämmt und zu einem dicken Knoten gebunden. »Wir sind hier auf Bitte meines Sohnes Orik, der den Kodex verletzt sieht, nach dem wir uns und unser Leben richten. Swafnir, erhöre uns und strafe jeden Verbrecher mit Friedlosigkeit. Ifirn, sei bei uns und gib uns Milde für den Unschuldigen. Travia, schenk uns deine Güte und beschütze den Frieden des Dorfes.«

»Seid bei uns«, murmelten die anwesenden Dörfler.

Orik trat nun vor. »Hetfrau Baerhild, ich klage meinen Ziehsohn Nachtwind des Waffendiebstahls und der Anstiftung unserer Kinder an sowie des versuchten Mordes an seinem Bruder Faenwulf, meinem Sohn.«

»Du erhebst schwere Anschuldigungen. Gibt es jemanden, der sein Begehren unterstützt? Ja, Fjolnir?«

Der schwarzhaarige Mann erhob sich und verbeugte sich knapp. »Wir haben alle gesehen, wohin es führt, wenn ein Bastard ...« Er zwinkerte verwirrt, als mehrere Anwesende, darunter auch Senda, scharf die Luft einsogen und ein tadelndes Zischen ausstießen. »... wenn ein Halbmensch oder Halbelf tun darf, was ihm gefällt. Er passt nicht hierher, er ist keiner von uns.« Zustimmendes Murmeln einiger der Anwesenden erklang.

»Das darf doch wohl nicht wahr sein!«, empörte sich Senda, die von ihrem Platz aufgesprungen war. »Schaut euch den Knaben doch an, über den ihr so schlecht redet – ihr kennt ihn doch alle, er ist einer von uns. Wacht auf! Was Fjolnir hier sagt, ist Unrecht und Frevel wider die Götter. Du solltest dich häufiger im Tempel blicken lassen, mein Sohn!«

Baerhild hob einhaltgebietend die Hand. »Jeder darf hier zur Sache sprechen, aber ich glaube, dass Fjolnir an der Sache vorbeigeredet hat. Ich möchte solche Worte nicht noch einmal hören, verstanden?«

Mit mürrischem Blick setzte sich Fjolnir wieder.

»Sonst noch jemand?« Baerhild blickte sich scharf um.

»Nun, dann lasst uns die Angelegenheit noch einmal nachvollziehen. Gestern Nacht haben sich Faenwulf, Hjalka und Travidja unter Führung von Nachtwind auf den Weg zum Seufzermoos gemacht, obwohl wir es ihnen und allen anderen in der Vergangenheit schon oft genug verboten hatten. Sie haben dabei das Schwert der Hetfrau mitgenommen, wie wir einem Brief entnehmen konnten, den Nachtwind hinterlassen hat. Daraufhin haben wir einen Trupp losgeschickt, um die Kinder zu beschützen und zurückzuholen, und der Trupp kam gerade rechtzeitig, um einen Feuermolch zu vertreiben, mit dem die Kinder aneinandergeraten waren. Habe ich etwas vergessen?«

»Ja, Hetfrau. Nachtwind hat das Schwert gestohlen.« Orik richtete sich streitlustig auf. Er überragte seine Mutter um mehr als Haupteslänge.

»Das ist nicht erwiesen«, tadelte sie ihn.

»Aber der Brief …«

»Der Brief stammt von Nachtwind, aber er schreibt nicht, wer das Schwert genommen hat. Es steht nur darin, dass sie es mitgenommen haben, um sich vor der Magie des Seufzermooses zu schützen, und dass sie dorthin unterwegs sind.«

»Aber die Vermutung liegt doch nahe, dass der Anstifter, der Briefschreiber und der Schwertdieb ein und dieselbe Person …«

»Nachtwind hat sich sogar sehr verantwortungsvoll verhalten, indem er uns mitteilte, was sie vorhatten und weshalb sie das Schwert mitnahmen. So mussten wir uns keine unnötigen Sorgen machen, sondern konnten schnell und zielgerichtet handeln.«

»Aber …«

»Kein Aber mehr. Es steht fest, dass sich die Kinder unter Nachtwinds Anleitung einem eindeutigen Befehl widersetzt haben, und das müssen wir ihnen allen klar machen.«

»Unsere Kinder hätten umkommen können«, sagte nun Marada schlicht mit ihrer hellen, dünnen Stimme und setzte hinzu: »Seinetwegen.«

Betroffenes Schweigen folgte. In Maradas Augen schimmerten Tränen, aber ihre Miene war unbewegt. Lediglich eine Spannung in den Wangenmuskeln zeigte den Aufruhr ihrer Gefühle. Mehrere Siljener nickten beifällig. Fjolnirs Frau hatte Recht. Nachtwind musste bestraft werden, nicht die anderen. Der Beschuldigte stand kerzengerade vor Baerhild und hatte den Blick starr nach vorn gerichtet. Es lag etwas beunruhigend Fremdes in diesen großen, schräggestellten Augen, ein Funkeln wie im Blick von Katzen und eine Farbe wie brennender Himmel; alle konnten das sehen. Ja, Nachtwind war schuldig. Schuldig all dessen, wessen er angeklagt wurde. Dass er noch ein Kind war, tat nichts zur Sache.

Baerhild warf ihrem Sohn einen beunruhigten Blick zu. Es war das erste Mal, dass der Hetfrau ihr Dorf zu entgleiten drohte, und sie wusste nicht recht, wie sie den gefährlichen Kurs ändern sollte, der hier eingeschlagen worden war.

»Erlaubt mir zu sprechen«, sagte Senda, stand auf und trat neben Nachtwind und Baerhild. »Ich weiß, dass ich eigentlich nicht zur Gemeinschaft gehöre.« Sie vermied Worte wie *Ottaskin* oder *Sippe* so weit wie möglich und ersetzte sie durch unverfängliche Begriffe. »Aber ihr solltet mir erlauben zu sprechen. Ihr steht und sitzt hier, selbstgefällig, um über ein Kind zu urteilen, das ihr nicht richtig kennt und dem ihr überhaupt noch nicht zugehört habt. Ist das das vielgerühmte Recht Thorwals? Ha! Eure Vorväter würden erbleichen angesichts dessen, was ihr hier treibt, und Firun und alle anderen Götter lachen angesichts eurer Einfalt. Wart ihr niemals Kinder? Habt ihr niemals den Reiz des Verbotenen gespürt? Nein? Schau mich nicht so an, Egilsjarv, besonders du nicht! Und du auch nicht, Hakon! Glaubt ihr etwa, dass niemand bemerkt, wie ihr an der Seite eurer Frauen fremden Weibern nachgafft? Und du, Hjanna, dreh nicht den Kopf zur Seite, als ob dich das alles nichts anginge, jeder weiß doch, dass es in deinem Fall ausnahmsweise nicht nur die Schuld der Mannsleute ist! Ja, denkt ihr denn, eure kleinen Fehler würden unentdeckt bleiben, nur weil heute nicht ihr auf das Urteil der Hetfrau wartet? Sind diese Fehler etwa weniger schlimm als der, den Nachtwind – vielleicht! – begangen hat? Ihr schweigt? Soll ich vielleicht verraten, wer im letzten Sommer den Schwanz Swafnirs abgebrochen hat?« Jeder erinnerte sich, dass beim letzten Fest zu Ehren Swafnirs, des Großen Wals, die hölzerne Statuette, die immer auf dem Dorfplatz aufgestellt wurde, am Morgen nach dem Fest keinen Schwanz mehr hatte. Alles tobte wegen des unheilverkündenden Omens und suchte den Schuldigen, aber

Senda beruhigte damals die Gemüter, befestigte den Schwanz wieder und segnete die Statue von neuem. Die meisten hatten den Vorfall längst wieder vergessen – nur um heute wieder darauf aufmerksam gemacht zu werden.

Eisiges Schweigen antwortete Sendas Worten. Was mischte sich diese Priesterin überhaupt in ihre Angelegenheiten ein? Einer der Männer weiter hinten räusperte sich unbehaglich. Senda schwieg und wie zufällig blieb ihr Blick auf einem ganz bestimmten Mann hängen.

»Es war ein Unfall«, fuhr Fjolnir auf, der diesen Blick nicht ertrug. Als ihn alle anstarrten, errötete der finstere Mann plötzlich, da ihm klar wurde, was er gerade gesagt hatte. »Man kann das doch nicht …«, versuchte er sich zu rechtfertigen. Ein genicktes »Das wohl! Das wohl!«, antwortete ihm aus vielen Kehlen.

Baerhild begriff, welche Gelegenheit Senda ihr eröffnet hatte. »Und genau das ist es, worauf es ankommt: Wir würden Fjolnir nie für einen Unfall bestrafen und deswegen dürfen wir auch Nachtwind nicht dafür bestrafen, dass es einen Unfall gegeben hat.« Fjolnir schwieg betreten, aber Orik wollte so leicht nicht aufgeben. »Aber er hat Faenwulf ins Moor gestoßen! Soll er so davonkommen?«

»Das wohl«, echoten mehrere Stimmen, bis sie von einem donnernden Bass zur Ruhe gebracht wurden.

»Völliger Unsinn!«, dröhnte Olvir und erhob sich. Erkenhild lächelte ihm zu. Das war der Mann, den sie geheiratet hatte und den sie über alle Maßen liebte. »Hat denn niemand die Kinder gefragt, wie das alles passiert ist?«

»Sie hätten ihren Freund doch bloß in Schutz genommen!«, spottete Egilsjarv.

»Ach ja? Schande über eure Gedanken, wenn ihr so etwas auch nur in Erwägung zieht!«, fluchte Olvir und riss vor Erregung einen seiner Zöpfe von der Schulter.

»Wie wenig Vertrauen habt ihr in eure Kinder, dass ihr ihnen nicht glauben könnt? Wir haben unsere Travidja zumindest gefragt und wenn jemand weiß, wann ein Kind lügt, dann doch wohl seine Eltern! Sie hat uns alles erzählt, und ich sage euch: Nachtwind ist nicht schuld an dem Unfall, denn genau das war es. Wenn er Faenwulf etwas zuleide hätte tun wollen, wäre schon viel früher eine Gelegenheit dazu gewesen!«

»Ihr habt es gehört«, erklärte Baerhild energisch, als Egilsjarv darauf antworten wollte, »und ihr alle kennt Olvir und Erkenhild als aufrechte, gute Menschen. Das ändert natürlich nichts an der Tatsache, dass die Kinder unsere Regeln gebrochen haben und dass alles sehr leicht ein böses Ende hätte nehmen können.«

Marada schluchzte, doch diesmal hörte niemand auf sie. Der Blick, mit dem sie Nachtwind bedachte, war mörderisch.

»Die Kinder werden, eins nach dem anderen, mit mir sprechen. *Allein*. Und ich werde sie aufklären über das, was hätte geschehen *können*. Zur Strafe werden sie in den nächsten Tagen ein wenig Arbeit für uns alle zu erledigen haben und das soll genug sein. Wir alle machen Fehler, vergesst das nicht! Einwände?«

»Nein, Hetfrau«, sagte Orik und beugte kurz das Haupt. »Du hast Recht. Ich habe überstürzt und falsch gehandelt.« Dann ging er schweigend nach draußen. Auch die anderen bekundeten, nach und nach, ihr Einverständnis, und verließen den Raum, als letzte Marada.

»Gut, dass unsere Hjalka bald von dir fortkommt, Bastard«, zischte sie Nachtwind im Hinausgehen zu. Dieser reagierte nicht und Maradas Miene verfinsterte sich so sehr, dass sie beinahe wie eine Schwester Fjolnirs aussah.

»So«, sagte Baerhild, als der letzte die *Halla* verlassen hatte, »das wäre geklärt. Jetzt komm einmal her zu mir, mein Junge.«

Nachtwind drehte sich zu ihr um und kam einen Schritt auf sie zu. »Hetfrau?«

»Komm schon, Nachtwind. Wir hätten es viel einfacher haben können, wenn du nicht so verstockt gewesen wärst. Warum hast du deinem Vater nicht sofort alles erzählt? Meinst du nicht, es wäre besser gewesen, er hätte gewusst, dass Faenwulf das Schwert mitnahm und nicht du?«

»Er hätte mir nicht geglaubt – und die anderen auch nicht und wenn sie es getan hätten, dann wäre Faenwulf beschuldigt worden. Ich verrate meinen Bruder nicht.«

Baerhild seufzte. »Ich hätte wahrscheinlich ähnlich gehandelt. Obwohl es *falsch* war, was du getan hast: Das Seufzermoos ist ein gefährlicher Ort und dort hinzugehen, war der dümmste Einfall, von dem ich jemals gehört habe. Aber wie du dich ansonsten verhalten hast, das war eines Hetmans würdig. Ich will dir ein Geheimnis verraten: Du darfst für dein Handeln niemals von irgendjemandem Beifall erwarten. Rechne lieber damit, dass es immer jemanden geben wird, der es verurteilt, und sei es aus den nichtigsten Gründen. Aber das darf dich nicht abhalten, das zu tun, was du für richtig hältst. *Tu das, was du für richtig hältst, ohne dafür Dank oder Lohn zu erwarten*, das ist mein Rat an dich. Nimm ihn als solchen an und nicht als Tadel, Strafe oder Vorwurf. Dass du den Brief geschrieben und wie du dich auf der Reise verhalten hast, war gut und recht gehandelt.« Sie sah seinen verwirrten Gesichtsausdruck.

»Ich wollte dir das nur sagen, damit du weißt, wie stolz ich auf dich bin. Aber denk daran, dass du dir deiner Sache selbst auch nie zu sicher sein darfst, denn sonst begehst du eines Tages vielleicht einen schlimmen Fehler, weil du das Gefährliche und Falsche in deinen guten Absichten nicht erkennst, wie bei eurem Ausflug zum Seufzermoos. Warum konntet ihr nicht einfach zum Njurunsee wandern oder etwas anderes unternehmen?«

Nachtwind schwieg. Plötzlich war ihm kalt und er sah eine schemenhafte Gestalt hinter seiner Großmutter auftauchen. Als er versuchte, sie genauer ins Auge zu fassen, verschwand sie wieder, aber er hörte ein Geräusch wie das Schlagen von Flügeln. »Nun gut. Dann kannst du jetzt gehen. Hol mir die anderen her und dann geh zu Bett. Morgen reden wir weiter, in Ordnung?« Baerhild scheuchte ihren Enkel mit einer Handbewegung hinaus.

»Du hast deine Sache ausgezeichnet gemacht«, lobte die Hetfrau ihren Sohn. Orik kratzte sich missmutig am Ohr.

»Ach, Mutter, ich weiß nicht. Er ist zwar nicht mein Sohn und dass ich ihn nicht mag, weiß jeder, aber die Worte, die ich heute sagen musste ...«

»Komm schon, stell dich nicht so an. Wenn du nicht gegen ihn gesprochen hättest, hätte es ein anderer getan und wer weiß, ob wir sein Leben und seine Ehre dann noch hätten retten können.«

»Weißt du, ich glaube die Vorwürfe zwar nicht, die ich vorbringen musste, aber wie kannst du so sicher sein, dass er unschuldig ist?«

Baerhilds Finger spielten mit dem dicken weichen Bärenfell, das auf dem alten hölzernen Stuhl lag, der schon vielen Hetleuten als Sitz gedient hatte. Es war ein breiter, bequemer Stuhl ohne Rückenlehne und mit nach außen gewölbten Seitenteilen, reich beschnitzt und hervorragend gepflegt. »Ich kann mir nicht sicher sein, aber ich weiß, wem ich vertrauen kann. Das musst du auch lernen, wenn du Hetman werden willst.«

»Mutter, ich verstehe dich nicht. Mir ist der Junge unheimlich, all das Gerede von Zauberei und so ... wie kannst du ihm nur vertrauen? Stell dir nur vor, er tut dir oder meinem Faenwulf etwas an!«

»Um dich selbst bist du nicht besorgt?« Ihr Grinsen verwirrte ihn für einen Augenblick.

»Er wird es sich zweimal überlegen, ehe er … Hmh, schätze, du weißt, was du tust.«

»Es steckt viel Gutes in dem Jungen. Manchmal denke ich, er und Faenwulf sind nur zwei Seiten der gleichen Person. Beide zusammen ergäben eines Tages einen Hetman, von dem noch Generationen von Skalden sängen. Gib auf die beiden Acht, Orik, ja?«

»Du bist die Hetfrau. Gute Nacht.«

Nachdem Orik zu Bett gegangen war, schüttete Baerhild den Rest ihres Salzatrans ins Feuer. Sie hatte keinen Durst mehr. Wo die Flüssigkeit auftraf, zischte und qualmte es. Sie verzog das Gesicht. »Noch bin ich Hetfrau. Aber was hättest du wohl an meiner Stelle getan?«, murmelte sie. »Ich fürchte, du wärst im Augenblick eine schlechtere Wahl als einer deiner beiden Söhne.« Sie erhob sich mit schmerzenden Gelenken und für einen Moment fühlte sie die Kälte durch ihr Blut und ihre Knochen kriechen. Baerhild ergriff eine Laterne, zündete sie an und schlurfte in ihre Kammer. Heute war wieder einer dieser Tage, an denen sie das Alter spürte. Nicht genug, damit es ihr Angst gemacht hätte, aber genug, um daran zu denken, dass ihre Zeit begrenzt war. Morgen müsste sie mit Faenwulf und Nachtwind, aber auch mit Senda sprechen; sie sollten wissen, dass Orik heute auf ihre Bitte hin so gehandelt hatte und nicht aus mangelnder Liebe zu seinem Ziehsohn. Die Götter mochten wissen, ob und wie viel Liebe er Nachtwind entgegenbrachte, aber er würde ihrem Wort gehorchen und Nachtwind liebte seinen Ziehvater als großes Vorbild aus ganzem Herzen und sie würde nichts tun, um dies zu zerstören.

In ihrer Kammer begab sie sich ins Bett. Ihr Schlaf war schon immer leicht gewesen und auch diesmal erwachte sie von einem leisen Geräusch, das wie das Rascheln von feinem, teurem Stoff klang.

*Du durchkreuzt meine Pläne,* sagte eine Stimme und Kälte durchflutete ihren Körper. Eine Hand aus Schatten griff nach ihrem Herzen, dessen langsamer werdende Schläge sie wie Donnerschläge durch die Adern rollen hörte.

Und sie begriff.

Baerhilds Haut, eben noch rosig, runzlig, fein, pulsierend und warm, war nur noch eine wächserne, kalte Hülle, bläulichweiß und starr. Nachtwind blickte auf das Gesicht seiner Großmutter hinab, während er ihre Hand hielt. Er hatte in dieser Nacht schlecht geschlafen, weil er immer wieder an ihre Worte hatte denken müssen. Gleich morgen, das hatte er sich vor dem Einschlafen vorgenommen, würde er wieder mit ihr reden, über alles, auch über Steldripanja. Dann war er in Borons Traumgefilde hinübergedämmert. Schwärze war in seine Träume gequollen wie Rauchschwaden und hatte ihm Ruhe und Gleichmut geraubt, die seinen Schlaf sonst auszeichneten. Er hatte ein Gesicht gesehen, das er sofort als das seiner Mutter erkannt hatte. Dann war ein Schrei erklungen wie von einem Raben – Oâ? –, und das Gesicht der Mutter war zu dem Baerhilds geworden, das bald darauf von gewaltigen blauschwarzen Schwingen überschattet wurde. Daraufhin war Nachtwind aufgestanden und durch die dunklen Räume, vorbei an den schlafenden Hausbewohnern, seiner Familie, in die Kammer Baerhilds geschlichen. Am Atmen der Großmutter hatte er erkannt, dass etwas nicht in Ordnung war, er ging unregelmäßig und flatterte wie der Herzschlag eines winzigen Vogels. Ihre Lippen formten lautlos Worte, die nur manchmal zu Geräuschen gerannen, aber für Nachtwind seltsam zusammenhanglos blieben. Rasch entzündete er eine Talgkerze, deren flackerndes Licht die drohende Düsternis zumindest ein wenig von der Großmutter wegzerrte und ihm war, als liege eine dürre schwarze Klaue um ihren Hals, doch als er genauer hinschaute, waren es nur Schatten. Im Schein der Flamme sah Nachtwind, dass seine Maßnahmen nicht genügen würden. Kalter Schweiß perlte taufein auf der Stirn der alten Frau, ihre Augenlider und Mundwinkel zuckten. Behutsam streichelte er den Schweiß fort und fuhr liebevoll über das dünne weiße Haar. »Großmutter?«

Bilder tauchten vor seinem inneren Auge auf, zu kurz für eine deutliche Wahrnehmung, aber doch so schmerzhaft in ihrer Stärke, dass sich sein Herz zusammenkrampfte. Sie alle hatten eines gemeinsam: Es waren Augenblicke aus seinem Leben mit seiner Großmutter, herausgerissen aus der Logik Satinavs und neu zusammengestellt zu einem Reigen, der nur der Logik des Gefühls folgte. Sie wirbelten durch seinen Kopf, wurden zu einem Band, das sich eng und enger um sein Denken legte und keinen Platz mehr ließ für anderes. Freude und Schmerz gemeinsamer Erlebnisse durchfluteten den Halbelfen und erinnerten ihn an seine menschliche Seite, die Baerhild stets erkannt und gewürdigt hatte. »Großmutter?«

Er umfasste Baerhilds Hände so sanft, wie er einen Nestling genommen hätte, und versuchte, ihr etwas von seiner Kraft und seinem Lebenswillen zu geben. Er hörte das Schlagen des eigenen Herzens, das Rauschen des Blutes in den Adern und er spürte die Kraft, die in ihm wohnte wie die *Felja* in der scheinbar unzugänglichen Felsregion. Er befahl ihr hervorzukommen und machte sich jeden Augenblick darauf gefasst, sie wie einen goldenen Schein aus sich selbst hervorbrechen zu sehen und seine Großmutter mit ihrem warmen, sanften Licht zu umhüllen. Beinahe bildete er sich ein, durch die geschlossenen Lider hindurch Baerhild lächeln zu sehen. Er meinte, das freundliche Nicken wahrzunehmen, mit dem sie ihn immer gelobt hatte und das ihm sicherlich zeigen sollte, wie stolz sie auf ihn war. *Danke.*

War das nicht eben ihre Stimme gewesen? Nachtwind steigerte sein Bemühen mit verbissener Kraft. Er würde ihr helfen. Sein Traum durfte nicht wahr werden. Er würde ... So konzentriert war er, dass er kaum merkte, wie die Hände, die er hielt, immer kühler wurden.

»Was tust du da?«, herrschte ihn plötzlich eine Stimme an. Jemand packte ihn grob an der Schulter und riss ihn von Baerhild fort. »Hranngars Fluch! Was hast du mit Mutter angestellt?«

Nachtwind stürzte hintenüber ins Dunkel des Zimmers und sah, wie Orik an ihm vorbei an Baerhilds Bett trat. Der Schein der mittlerweile fast heruntergebrannten Kerze warf dämonische Schatten- und Lichtspiele auf die Züge des Mannes. Nachtwind rappelte sich mühsam auf, sein Blick galt dem Körper auf dem Bett, der vollkommen ruhig dalag im letzten Schlaf des Menschen.

»Großmutter ...?« Seine Stimme war kaum mehr als ein Flüstern.

Orik drehte sich zu ihm um. »Daran bist nur du schuld«, flüsterte er düster. Nachtwind sah den Schlag kommen, war aber unfähig, auszuweichen oder auch nur den Blick abzuwenden. *»Du!«*

Der Schlag schleuderte ihn einige Schritt weit durch den Raum. Er prallte mit dem Kopf gegen den Türrahmen. Noch immer war er unfähig, sich zu rühren, bemerkte kaum das schmale Rinnsal warmer Flüssigkeit, das ihm die Schläfe hinabrann, ebenso wenig die Schläge des Mannes, der eben seine Mutter verloren hatte. »Du hast meine Familie auf dem Gewissen!« – *Klatsch!* – Die Wange brannte. »Erst Svenna, dann Mutter.« – *Klatsch!* – Nachtwinds Kopf flog herum. Er ließ es willenlos mit sich geschehen, denn die Qual in seiner Seele war längst zu groß geworden, um körperlichem Schmerz irgendeine Bedeutung beizumessen. Jeder Hieb war ungezügelt und wild wie das Gefühl, das dahintersteckte. »Verschwinde, du Bastard!« – *Klatsch!* – Wut – *Klatsch!* – Angst – *Klatsch!* – Trauer – *Klatsch!* – Verzweiflung – *Kla ...*

»Was tust du da, Mann?« Wie durch dichten Nebel erkannte ein Rest von Nachtwinds Geist Joras Stimme. »Halt ein, du wirst ihn noch umbringen!« Er hörte ein Schluchzen und einen dumpfen Schlag, als falle etwas Schweres zu Boden. Da war Oriks Stimme, die immer wieder etwas murmelte, das keine Bedeutung für Nachtwind hatte – kein gesprochenes Wort hatte in diesen Augenblicken Bedeutung –, aber er erkannte etwas anderes darin: Tränen der Reue und Ratlosigkeit.

Dann schwanden ihm die Sinne.

Nachtwind erwachte mit dem Kopf in Sendas Schoß. Sein Schädel schmerzte und brummte, aber er drängte diese Empfindungen beiseite. Zögernd betastete er seine Schläfe. Ein Verband, sauberes Leintuch, verdeckte die Wunde, deren dumpfes Pochen er wie Orkentrommeln in den Ohren hörte.

»Bleib nur liegen, mein Junge«, meinte Senda und strich ihm sanft durchs Haar. Wie warm und weich ihre Berührung ist, dachte Nachtwind, genau wie die von Großmutter. Bei dem Gedanken an Baerhild schluchzte er unterdrückt auf und sein schmaler Körper erbebte.

»Weine nur, Lieber, weine nur«, sagte Senda leise. Wie gütig und freundlich sie klingt, ging es Nachtwind durch den Kopf. Großmutter war ebenso gewesen. Er war nicht mehr stark genug, seine Gefühle zurückzuhalten, begann hemmungslos zu schluchzen und ballte die Hände zu Fäusten, bis die Knöchel bleich hervortraten. »Sie ist tot, tot, tot«, wimmerte er, »nicht wahr? Und ich konnte ihr nicht helfen.«

»Aber das stimmt doch gar nicht«, flüsterte Senda und zog sein Gesicht ganz dicht an das ihre heran. »Du bist bei ihr gewesen. Daran musst du denken.«

In Nachtwinds Stimme lag unendlicher Jammer, in

seinen Augen spiegelte sich nackte Verzweiflung. »Ich konnte ihr nicht helfen. Ich … konnte … ihr … nicht … helfen …« Er schniefte, dicke Tränen quollen ihm in Strömen aus den mandelförmigen Augen und rannen ihm über die Wangen. »Ich … ich habe es versucht. Aber es … es ist mir nicht gelungen. Ich …« Seine Stimme brach.

»Darauf kommt es an, mein Junge. Du hast es versucht. Niemand kann mehr verlangen, das Leben ist ein sich immer wiederholender Versuch, Gutes zu tun. Manchmal tun wir es bewusst, meist vollzieht es sich aber ganz ohne unser Zutun. Das Gute ist in uns und an ihm messen uns die Götter und Menschen.« Senda nahm seinen Kopf zwischen beide Hände und betrachtete ihn aus ihren warmen braunen Augen. »Hör mir gut zu, kleiner Mann: Deine Großmutter war eine gute Frau und du bist ihr Enkel und ebenfalls ein guter Mensch. Nein«, fuhr sie mit erhobener Stimme fort, als sie sah, wie sich seine Wangenmuskeln spannten, »du kommst mir jetzt nicht mit diesem Unsinn, dass du eigentlich gar kein Mensch bist. Die Götter sehen dich als ein Wesen dieser Welt und sie sehen deine Seele. Du bist so sehr Mensch wie alle hier. Deine Großmutter hat das gewusst und du wirst ihr Andenken in Ehren halten, verstanden?«

Nachtwind versuchte ein Nicken, brachte aber nur ein Blinzeln zustande. Er hatte versagt, und er wusste es. Aber er sagte: »Ja.«

»Dann ist es gut«, flüsterte Senda und drückte den Jungen fest an sich. »Du kannst jederzeit zu mir kommen, das weißt du. Orik ist ein guter Mann, aber er hat seine Schwester nie verstanden. Und dich versteht er auch nicht. Vergib ihm, bitte. Ich werde beten, dass er eines Tages seinen Irrtum einsieht und dich als sein Kind anerkennt.« Sie hüllte Nachtwind in eine warme Decke und trug ihn hinaus. Die Augen fielen dem Jungen beinahe zu, aber er erkannte, dass sie erst jetzt sein

Heim verließen und dass Orik die ganze Zeit hinter ihnen gestanden hatte, Seite an Seite mit Jora und Faenwulf.

Niemand sprach ein Wort.

Das Begräbnis Baerhilds war auf Sendas Betreiben hin auf den ersten Tag des Travia festgelegt worden. Die Dorfversammlung hatte sich eindeutig dafür ausgesprochen, die Hetfrau am ›Tag der Heimkehr‹ auch tatsächlich zu den Göttern heimkehren zu lassen. Nur Orik hatte zögernd zugestimmt, denn er wusste oder ahnte zumindest, weshalb Senda ausgerechnet diesen Tag vorgeschlagen hatte: Nach alter Sitte lud man an ihm auch jeden Fremden, Clanlosen und selbst einen Verbannten wieder in seinen Heimatort ein und hieß ihn willkommen. Die Traviageweihte hatte diesen Termin offenkundig gewählt, um Orik und Nachtwind einander wieder näher zu bringen und wenn Orik nicht darauf einging, sanken seine Aussichten, zum nächsten Hetman Siljens gewählt zu werden.

Das brennende Boot trieb auf den Njurunsee hinaus. Es war ein erhebendes Bild: die stille, spiegelnde Fläche des Wassers, eingebettet in grüne Hügel und noch immer erfüllt vom Duft zahlloser Herbstblumen, die am Tage hier blühten, jetzt aber ihre Kelche geschlossen hatten. Darüber spannte sich schwarz wie dunkelster Samt der Himmel und Silbersterne funkelten dort oben wie Tautropfen in der Morgensonne, als spiegelten sie das Licht, das von der Totenbarke ausging.

Ganz Siljen stand am Südostufer des Sees und beobachtete, wie das kleine Boot mitten auf dem Wasser verbrannte und schließlich unterging.

In der ersten Reihe, die Füße im Wasser, umgeben von Röhricht, stand Baerhilds Familie: Orik und Jora zusammen mit Faenwulf. Orik hatte Nachtwind befohlen zurückzubleiben. Der Halbelf stand ganz alleine auf einer Hügelkuppe und starrte auf das Wasser. Erst als alle schon wieder nach Siljen zurückgegangen waren, stieg er hinunter an das Ufer des Njurunsees und versuchte ein Gebet an die Götter, dass sie seine Großmutter aufnähmen. Dann erst kehrte auch er zurück ins Dorf, wo sich neben den Feiern im Gedenken an die verstorbene Hetfrau auch seine Freunde reisefertig machten: Man hatte beschlossen, dass auch Faenwulf mit den Mädchen gehen sollte. Baerhilds plötzlicher Tod hatte ihre Abreise um einige Tagen verzögert, aber nun war kein weiterer Aufschub mehr möglich. Sie hatten innerhalb einer bestimmten Frist in Olport zu sein, das war ihnen unmissverständlich klargemacht worden.

Der Abschied verlief sehr förmlich: Die Freunde reichten einander die Hände und versicherten sich gegenseitig, den jeweils anderen nie zu vergessen und so bald wie möglich wieder heimzukehren. Als die Morgensonne aufging, machten Faenwulf, Hjalka und Travidja sich in Begleitung einiger Erwachsener auf den Weg nach Norden. Hinter Aldaragh würden sie sich einem Handelszug anschließen, der bis Olport reiste, und mit etwas Glück würde es nicht lange dauern, bis die Nachricht von ihrem sicheren Eintreffen in Olport nach Siljen gelangte.

# Der Elf

*Wenige Tage später wurde Orik, ohne dass ein anderer ebenfalls zur Wahl aufgestellt worden wäre, von den Siljenern zu ihrem Hetman berufen. Nachtwind war auf sich allein gestellt, niemand schien sich um ihn zu kümmern, am allerwenigsten Orik. Er beschloss darum, sich fortan wie ein Elf zu kleiden, zu geben und zu fühlen. Dies erwies sich als schwieriger, als er anfangs gedacht hatte, denn niemand wusste wirklich über Elfen Bescheid; das meiste waren nur Gerüchte, Legenden oder – wie er selbst mitbekommen hatte – Vorurteile. Dann kündigte sich der Winter in Siljen an und mit ihm kam ein Besucher von Nordosten her, aus den Großen Olochtai, zu Fuß, wie es schien, und anfangs war nur ein schlanker dunkelgrauer Schatten im ersten Morgensonnenlicht zu erkennen. Bald konnte man einen silbernen Schimmer sehen, der sein Haupt umgab und sich weniger als Lichtschein denn als Reflexe der Sonne auf seinem seidigen weißen Haar erwies. Sein Gang wirkte fremdartig, leichter und beschwingter, als dies Menschen fertigbringen, und sein beinahe hüftlanges Haar wehte leicht hinter ihm her wie Schmetterlingsflügel oder Spinngewebe. Dies war, selbst der Dümmste konnte es leicht erkennen, ein Elf, ein wahrhaftiger Vertreter des Schönen Volkes.*

Orik ging dem Fremden entgegen, nachdem eine Horde kleiner Kinder, die am Dorfrand spielten, ihn gesehen und mit lautem Geschrei auf ihn aufmerksam gemacht hatten.

Trolske humpelte hinterher, um gegebenenfalls die

Worte des Alters und der Weisheit an den Neuankömmling zu richten, und auch Hakennase-Hjore begleitete ihn – Elfen, pah, wer konnte denen schon vertrauen?

Der Fremde verharrte dreißig Schritt von den drei Männern entfernt. Er war gut neun Spann groß, schlank und wirkte trotz des feingliedrigen Körperbaus äußerst ausdauernd und kräftig. Seine Schultern wirkten breit im Verhältnis zu seinen schmalen Hüften und man sah in ihm die geschmeidige Stärke einer Raubkatze. Er trug ein graues Wams, ein ledernes Hemd und eine ebensolche Hose in einem leichten, hellen Erdton, dazu graue Pelzstiefelchen und Handschuhe, die silbrig wie Fischschuppen glitzerten. An seinem Gürtel hing, ohne Scheide, ein wellenförmig geschliffenes langes Messer mit kurzem, lederumwickeltem Griff, daneben ein kurzes Jagdmesser, breit und scharf, das auf den ersten Blick wie neu wirkte, dem der Kenner jedoch ansah, dass es häufig und fachkundig benutzt und gepflegt wurde. Über dem Rücken hingen ein ungespannter Bogen samt Köcher, überkreuzt von einem gedrungen wirkenden Speer und dazu noch ein Rucksack, der prall gefüllt war.

Der Fremde hob eine Hand zum Gruß. »*Shanya bha, talar*«, sagte er mit leiser Stimme. Die Laute und Silben formten sich zu einem merkwürdigen, aber durchaus angenehmen Gesang. »*Fey feyama sha'diundra te'biunda valsala …*« Er ließ die letzten Silben bedeutungsvoll in der Luft hängen, verstummte und blickte die drei Männer erwartungsvoll an. Orik musste an sich halten, weder Furcht noch Ergriffenheit zu zeigen, denn das Gesicht des Fremden war zugleich abstoßend-bedrohlich wie wunderschön-lieblich, von Hranngar gezeichnet und von Ifirn gesegnet zugleich. Es war länglich und wirkte beinahe schön, ja sogar ein wenig weiblich, was wohl auch an dem feinen elfenbeinernen Hautton und den hochangesetzten, deutlich hervortretenden Wangenknochen lag, die dem Gesicht einen vornehmen Ausdruck verliehen. Sämtliche Gesichtslinien des Elfen waren sanft und leicht geschwungen. Der Mund wirkte entspannt und lächelnd, keinerlei Falten, wie sie bei griesgrämigen Menschen schon in der Jugend auftreten, entstellten die gelassene Ruhe und als er sich zu einem Lächeln teilte, schien das ganze Gesicht zu strahlen. Es waren volle, aber nicht üppige Lippen, ein wenig blass vielleicht, dafür mit einem rosigen Schimmer von Perlmutt. Die Ohren waren, wie bei Elfen üblich, anmutig geschwungen und liefen spitz nach oben hin aus, nie völlig von dem schneeweißen, feinen Haar überdeckt, das oben glatt und zu den Spitzen hin leicht gewellt das Gesicht umgab. Ein Scheitel war nicht zu erkennen, aber ein aus verschiedenfarbigen Lederschnüren geflochtenes, etwa zweifingerbreites Band um die Stirn hielt das Haar zusammen und verhinderte, dass die ebenmäßige Eleganz des Elfen litt. All dies verlieh dem Elfen ein fremdartiges, aber dennoch *freundliches* Erscheinungsbild.

Oriks Blick hing wie gebannt an den Augen – er war die ungewöhnlich dünnen, geschwungenen Augenbrauen und die leicht schräggestellten Augen von Nachtwind her gewöhnt, aber nichts und niemand hatten ihn auf *diese* Augen vorbereitet: Sie waren rot. Es war nicht das Rot von Blut, dunkel, stumpf und schmerzlich, und auch nicht das sehnsuchtsvolle Rot, das die Sonne umfing, wenn sie abends hinter dem Horizont verschwand, es war auch nicht das Rot der Feuersglut – es war all das und vieles mehr: Es brannte, leuchtete und funkelte, es verzehrte den eigenen Blick, loderte, klagte an und *hasste* ebenso, wie es *liebte*, es beherrschte die Augen des Fremden vollkommen und ließ Pupillen und Augäpfel zur Bedeutungslosigkeit verblassen, es war kristallklar und undurchsichtig zugleich und vollkommen *fremdartig*. Ob der Blick bösartig, freundlich, gütig, feindlich oder gleichgültig war, konnte man nicht sagen, sondern allenfalls aus Körperhaltung und Mimik rückschließen.

Orik schluckte schwer. »Ich grüße dich, Fremder«, begann er und gab sich Mühe, so fest wie möglich zu klingen.

»… freundlicher Elf«, ergänzte Trolske mit brüchiger Stimme und Hjore grunzte zustimmend.

»Ich bin der … Häuptling dieses … dieser Siedlung und heiße Orik und dies sind meine, äh, *Begleiter*, der, hm, ehrwürdige Trolske und der, äh, tapfere Hjore.«

»*Ah*«, machte der Fremde und ließ es dabei bewenden. Er schien sich nicht vorstellen zu wollen, es sei denn, er hätte es bereits getan; niemand verstand ein Wort der elfischen Sprache, die von Eingeweihten als *Isdira* bezeichnet und nur von wenigen Nichtelfen gesprochen wurde.

»Was führt dich zu uns?«, wollte der Hetman wissen. Wenn er sich recht erinnerte, war noch nie ein Elf ins Dorf gekommen. Was wollte er? Für gewöhnlich kamen Elfen nicht von sich aus zu den Menschen und ein Mensch, der wusste, was gut und vernünftig ist – und dass Orik ein solcher war, stand außer Frage –, war froh darum und scherte sich nicht weiter um sie.

»*Ah*«, machte der Elf erneut. Dann begann er Worte in der für ihn ungewohnten, unmelodischen Sprache der Menschen zu formen: »Suche … *fenya* … verkaufe«, erklärte er, nahm seinen Rucksack ab und breitete den Inhalt sorgfältig auf dem Boden aus: prächtige Robben-, Wolfs- und Marderpelze, in einer Qualität gegerbt, die man nur schwer bekam.

»Du sprichst unsere Sprache?«, erkundigte sich Orik. »Wieso rückst du erst jetzt damit heraus?«

Der Elf lächelte dünn und überheblich. »Es war zuvor nicht notwendig. Selbst ihr verstündet die grundlegenden Gesten einer kultivierten Gesellschaft, hatte ich angenommen.«

Oriks Gesicht verfinsterte sich. »Du hättest nicht zu

kommen brauchen. Niemand hat dich gerufen, selbst wenn deine Pelze noch so schön sind.«

»Ah ja, ich verstehe. Ich bin dir – wie sagt man so schön? – zu nahe getreten. Dafür bitte ich vielmals um Entschuldigung.« Der Silberelf deutete eine leichte Verbeugung an. »Ich bin hier ein Gast und es steht einem Gast nicht an, sich ungehörig gegenüber dem Gastgeber zu verhalten. Ich ersuche um deine Vergebung, großer *Häuptling.*«

Diese kleine Gemeinheit teilte der Silberelf mit einer so berechnenden Beiläufigkeit aus, dass man sie ihm kaum nachweisen konnte; schließlich hatte Orik den Begriff *Häuptling* zuerst verwendet, in dem Glauben, damit seinen Rang dem Fremden verständlicher zu machen. Orik schüttelte hastig den Kopf. Er verzichtete darauf. etwas zu entgegnen. »Komm mit uns ins Dorf und trink etwas Waskirschnaps mit uns, dann lass uns über den Preis reden.«

Der Silberelf schüttelte den Kopf. »Nein danke, ich möchte nur einen Schluck Quellwasser, wenn ihr habt, das reicht völlig aus. Ich möchte euch nicht … ausnutzen. Wenn wir über den Preis der Pelze reden wollen, können wir das auch hier tun.«

Trolske keckerte spöttisch wie ein Eichelhäher und drängte sich nach vorn. »Verzeih, werter *fae*«, versuchte er einige vor langer Zeit aufgeschnappte Worte Isdira einzuflechten, »aber selbstverständlich bieten wir dir *alwa* an und trinken selbst auch Wasser, damit unser *bha* klar und rein ist, wenn wir über den Preis der Pelze verhandeln.«

Der Elf nickte knapp und respektvoll. Die Aussprache war zwar holprig und ungenau und die Worte hießen, streng genommen, in Trolskes Lautfärbung etwas anderes, als er wahrscheinlich gemeint hatte, aber Menschenohren taugen wenig für feine Unterschiede und Menschenzungen formen Laute so plump und ungenau, wie Felsbrocken weniger gut zu lenken sind als

Wurfspeere. So hatte Trolske mit *fae* sicherlich ›Elf‹ gemeint (aber ›ich‹ gesagt) und wenn er von der ›Zeit‹ sprach, *alwa*, meinte er ›Wasser‹. Lediglich bei der Aussprache von *bha* war er dem gemeinten Wort – Verstand – so nahe wie möglich gekommen, wenn man großzügig gelaunt war. Aber allen Fehlern zum Trotz: Der Elf fühlte sich, selbst gegenüber so grobgliedrigen und im Gesicht stark behaarten Wesen wie diesen Rosenohren, an die Traditionen seines Volkes gebunden. »Gut. *Nurd'dhao! – Gedeihen mit dir!* – Ich sehe, wir können also doch miteinander reden.« Er packte die Pelze zurück in seinen Rucksack und erstaunlicherweise passte alles hinein, gerade so, als sei der Rucksack von innen größer als von außen.

»Du solltest aber noch einen Grund haben, mit ins Dorf zu kommen«, erklärte Trolske und fing sich dafür sofort einen scharfen Blick seines Hetmans ein, der zu ahnen schien, worauf er hinaus wollte.

»Ach?« Eine der elegant geschwungenen Augenbrauen hob sich ein Stück.

»Bei uns lebt einer deines Blutes, nun ja, zumindest *fast* deines Blutes. Ein Halbelf.«

»Ein Halbelf?« Die Augenbraue wurde noch ein Stück höher gezogen. »Wer war seine Mutter?« Argwöhnisch kniff er das andere Auge zu.

Zufrieden nickte Trolske ein paarmal vor sich hin, dann erst antwortete er und deutete dabei auf den Hetman. »Seine Schwester, Svenna, und der Vater war ein Elf wie du.«

Schallendes Gelächter antwortete ihm. »Unmöglich! Ihr habt einen seltsamen Sinn für Scherze, *telor*. Ihr Menschen seid wirklich alle *drahl'la*.«

»Nein, wenn ich es dir doch sage: Er ist ein Halbelf. Du kannst jeden fragen und wirst es auch sehen, glaub mir.«

»Hör zu, *telor*: Keine sterbliche Frau vermag von einem wahren *fey* ein Kind zu empfangen und auszutragen, also kann der Junge, von dem ihr sprecht, kein ›Halbelf‹ sein, wie du ihn nennst. Wäre er einer, so hätte er längst sein Recht bekommen, bei unserem Volk aufzuwachsen. Treib keine Scherze mit mir. Ihr Menschen seid wirklich schwer zu verstehen.«

Der Silberelf war immer ernster geworden und am Schluss hatten seine Worte beinahe drohend geklungen. Unter dem roten Blick duckte Trolske sich hinter den Rücken seines Hetmans, der wiederum nur mit äußerster Willensanstrengung den sengenden Augen standzuhalten vermochte.

»Wenn du es nicht glaubst, dann komm mit und sieh ihn dir selbst an.« Orik machte eine herrische Handbewegung.

Zu seinem Erstaunen nickte der Silberelf. »So sei es.«

Die Nachricht vom Eintreffen eines Elfen hatte sich wie ein Lauffeuer im Dorf verbreitet. Die Siljener standen schon beinahe alle auf dem Dorfplatz, nur die, die noch auf den Feldern arbeiteten, weil die Frucht noch nicht vollständig abgeerntet war, wie Nachtwind und Jora, hatte man nicht erreicht. Der Silberelf grüßte jeden mit einem Nicken und einem forschenden Blick aus seinen roten Augen. Nur wenige hielten ihm stand. Dann ließ man sich auf Bitten des Gasts am Brunnen nieder. Natürlich flüsterten einige hinter seinem Rücken und kicherten, weil er keinen Bart trug, aber das waren meist solche, die etwas zu spät gekommen waren, um die Augen des Fremden bei der Begrüßung auf sich ruhen zu fühlen, diese seltsamen roten Augen. Der Silberelf lächelte ihnen spöttisch zu und packte in aller Ruhe seine Waren aus. Die sich anschließenden Geschäfte dauerten recht lange und gestalteten sich durchaus verwickelt, denn der Elf erwies sich als zäher Verhandlungspartner, der den Wert seiner Waren sehr genau einzuschätzen wusste. Er konnte feilschen wie ein Norbarde, aber er verlangte nach Oriks Schätzung nie mehr als einen gerechten Preis in allerlei Tauschwaren und nur zu einem geringen Anteil in Geld, mit dem er in einer der größeren Städte noch andere Dinge einkaufen wollte, die Siljen nicht bieten konnte.

Schließlich wechselten drei der Pelze ihren Besitzer. Als die Menge sich allmählich wieder verzog und der Silberelf mit dem Hetman und dessen beiden ständigen Begleitern zum Abschluss mit einem Becher Wasser aus dem Dorfbrunnen anstieß, richtete er zum erstenmal wieder eine Frage an Trolske: »Und wo ist jetzt dieser … *Halbelf*, von dem ihr mir berichtet habt?«

In diesem Moment segelte krächzend eine schwarz gefiederte Kreatur über die Köpfe der Männer hinweg. »Ah, das ist Oâ, Nachtwinds Nachtwind!«, rief Hjore erfreut aus. »Dann ist der Ba … der Junge auch nicht weit.«

Prüfend folgte der Blick des Silberelfen dem Vogel, der eine weite Schleife zog und dann zurückkehrte, wobei er mit sparsamem Flügelschlag auf dem Brunnenrand landete und den Elf seinerseits mit prüfendem Blick musterte. »Ah«, machte dieser und umrundete das Tier mehrmals, während er es genau betrachtete. Und dann: »Das kann kein Nachtwind sein, obwohl er so aussieht. Wenn er tatsächlich ein Nachtwind wäre, so hätte er mich schon längst angefallen, ebenso wie jeden anderen, der über Magie gebietet. Oder es handelt sich um eine Ausnahme, von der ich aber noch nie zuvor Kunde bekommen habe. Nein, ich glaube viel eher, dass es sich eigentlich um eine *oâ* handelt, eine Rabenkrähe, wie ihr sie nennt, wenn auch von ungewöhnlichem Äußeren. Vielleicht eine Laune der Natur, vielleicht hat aber auch irgendein *telor* wieder mit verbotenem Wissen experimentiert und Fähigkeiten angewendet, die er nicht beherrscht. Wie dem auch sei: Wie kommt ihr dazu, diesem Tier einen *elfischen* Namen zu geben?«

»Das war der Junge selbst«, antwortete Orik.

»Das ist zumindest erstaunlich, wenn ihm niemand unsere Sprache beigebracht hat«, gab der Silberelf zu, »denn das Wort *Oâ* entstammt dem *Isdira* und bedeutet dort so viel wie Rabe oder Krähe. In der Tat, hier scheint eine *Abnormität* vorzuliegen.«

Mit empörtem Kreischen, als hätte er jedes Wort verstanden, flog Oâ auf. Er hielt Kurs auf das Gesicht des Elfen, bog erst im letzten Augenblick ab und flog zu einem nahe gelegenen Dach. Auf einem der Sparren machte er es sich gemütlich und schimpfte heiser auf die Anwesenden herab. Es konnte kein Zweifel daran bestehen, dass Oâ die ganze Angelegenheit aufs Äußerste missbilligte.

Mittlerweile waren Jora und Nachtwind eingetroffen. Die beiden hatten, wie so oft, gut zusammengearbeitet und sowohl der Frau des Hetmans als auch ihrem Ziehsohn hatte die Arbeit Spaß gemacht. Nachtwind beobachtete während der Arbeit so viele winzige Einzelheiten und machte Jora darauf aufmerksam, dass nicht nur ihr Auge wieder geschärft wurde, sondern auch ihr Sinn für die Vielgestaltigkeit und die wunderbaren Muster der Natur, von den über den Himmel treibenden weißen Wolken über die schemenhaft erkennbaren Berge, die grünen Hügel und Wälder, die von blühendem Heidekraut bewachsen waren, den spiegelnden Seen, bis hin zur Welt des Ackers selbst – kleine Feldmäuse, die in ihren Backentaschen Körner trugen und in ihre Baue brachten, prächtige Schmetterlinge, deren Gaukelspiel über dem Feld beinahe den Blick von den einfach gemusterten oder erdfarbigen Bodeninsekten abgelenkt hätte, die zwischen den Kartoffeln und Rüben emsig bei ihrer Arbeit waren, und vieles mehr.

Beim Anblick des Silberelfen stockte der Schritt der beiden. Auf Joras Gesicht, das plötzlich alle Farbe verlor, zeichnete sich ein Ausdruck des Erstaunens ab. Sie sah den Elfen und fürchtete plötzlich, dass er gekommen sei, ihr auch noch den zweiten Sohn zu rauben. Unwillkürlich tastete ihre Hand nach Nachtwinds Arm. Nachtwind starrte die fremde Gestalt, die lässig und dennoch anmutig am Brunnen lehnte, mit einer Mischung aus Faszination und Verwunderung an. Er konnte deutlich sehen, dass dieses … Wesen dort ihm ähnlich war.

»Wer ist das?«, flüsterte er seiner Mutter zu. Jora wackelte unschlüssig mit dem Kopf. »Ich weiß es nicht. Könnte es … dein Vater sein?«

»Nein, das glaube ich nicht. Weshalb sollte er ausgerechnet jetzt kommen und nicht schon lange vorher?«

»Ich weiß es nicht, aber schau doch nur, wie dein Vater … wie Orik dort steht, ganz ernst, und Trolske und Hjore. Bitte, mein Junge, bleib bei uns.« Nachtwind sah die Tränen, die sich in Joras Augen bildeten. Begütigend legte er eine Hand auf die ihre, woraufhin sie seinen Arm mit fast schmerzhaftem Druck umklammert hielt. »Keine Sorge.« Seine Stimme klang allerdings nicht sehr überzeugt.

»*Nurd'dhao! Sanyasala, feyiama!*«, rief der Silberelf Nachtwind in seiner melodischen Sprache zu. Nachtwind lauschte dem fremden Klang verwirrt und bewundernd. Die unverständlichen Worte brachten tief in seinem Innern eine Saite zum Erklingen, aber deren Ton war entweder zu hoch oder zu tief, als dass er ihn wirklich hätte hören und verstehen können. Er wusste nur, dass er da war.

»Komm, wir sollten zu ihm hinübergehen.« Jora drängte Nachtwind sanft vorwärts. Was auch geschah: Sie würde nicht zulassen, dass der Junge sich durch mangelndes Benehmen selbst bloßstellte.

»*Nurd'dhao!*«, wiederholte der Silberelf, diesmal schon etwas energischer. Jede Silbe perlte von seinen Lippen und zerplatzte förmlich, nachdem sie sich gebildet hatte. Irgendetwas schien er von Nachtwind zu erwarten, aber was?

*»Nurd'dhao?«*, entgegnete Nachtwind zögernd. Der Elf lächelte und reichte ihm die Hand mit gespreizten Fingern. *»Nurd'dhao«*, sagte er bekräftigend. Nachtwind schlug ein.

Mit einem Entsetzenslaut zog der Elf die Hand zurück und betrachtete sie argwöhnisch. *»Grobian!«*, zischte er und wischte sie an seiner Brust ab.

»Was ...?«, begann Nachtwind, beendete den Satz aber nicht, als er spürte, wie Joras Hand einen leichten Druck auf seinen Arm ausübte. »Was hat das alles hier zu bedeuten?«, verlangte die resolute Frau zu wissen. Sie funkelte abwechselnd ihren Mann und den Silberelfen zornig an. Trolske und Hjore übersah sie geflissentlich. »Wer ist dieser Fremde und was hat er mit unserem Jungen vor?«

»Verzeiht, dass ich mich nicht vorgestellt habe.« Ein Lächeln teilte das Gesicht des Elfen, aber es wirkte kühl und unbeteiligt. »Ich war so sehr auf diesen jungen Menschen hier gespannt, dass ich Euch übersehen habe.«

Jora zwang sich zu einem verbindlichen Lächeln, das nicht mit den Gedanken übereinstimmte, die ihr gerade durch den Kopf gingen. Sie würde diesem Flegel schon Manieren beibringen! »Er ist auch von deinem Blut, wie du sehen könntest, wenn du Augen im Kopf hättest, die diese Bezeichnung verdienen«, entgegnete sie sirupsüß.

Der Elf ließ sich dadurch nicht aus der Fassung bringen. »Nun, ich darf annehmen, dass Ihr die ... Gattin des ... *Häuptlings* seid?«

»Des *Hetmans*. Ja, die bin ich. Deine Höflichkeit wird nur noch von deiner Scharfsichtigkeit übertroffen«, gab sie sofort zurück. Sie wusste vielleicht nicht viel über Elfen, aber einer Sache war sie sich sicher: Sie achteten viel bewusster darauf, was sie sagten, als die Menschen, und ihre eigenen Worte mussten für den Fremden beinahe wie Schläge ins Gesicht sein. Ihr Lächeln wurde noch eine Spur breiter, als sie sah, wie die Miene des Fremden vereiste. »Also, was führt dich hierher?«

»Der Wind ist mein Führer und Begleiter«, antwortete der Silberelf, »und ich bin ursprünglich hierher gekommen, um einige meiner Waren feilzubieten. Auf Bitten deines Gatten und seiner Berater bin ich aber hiergeblieben, um mir den jungen Nachtwind anzusehen.«

»Soso. *Auf Bitten meines Gatten* also.« Orik erbleichte unter dem Blick seiner Frau. Selbst der Feuerhauch eines Drachen hätte ihn nicht so verheerend treffen können.

»In der Tat.« Der Elf trat auf Nachtwind zu, der während des Gesprächs ein Stück zur Seite gegangen war und den Fremden genau gemustert hatte. »Du hast meine Worte nicht verstanden, oder?« Nachtwind schüttelte betreten den Kopf.

»Woher kennst du dann andere Worte des *Isdira*? *Oâ* zum Beispiel?« Ohne die anderen zu beachten, schlich der Elf um Nachtwind herum und begutachtete ihn von allen Seiten.

»Ich … weiß nicht. Sie kommen mir einfach so zu Bewusstsein.« Nachtwind folgte misstrauisch den Bewegungen des Elfen. Was wollte er von ihm?

»Aha.« Der Elf wechselte überraschend die Richtung. »Aber von unserem Wesen, unserer Art, unserem *Benehmen* weißt du nichts.«

»Ich verstehe nicht …«

»Das scheint mir auch so. Du *verstehst* nicht.« Der Silberelf kniff die Augen zusammen. »Ich verstehe auch nicht, wie etwas wie du … zustande kommen konnte.«

»Aber ich …«

»Schweig!« Endlose kalte Nächte klirrten in diesem einen Wort. Sogar Hjore, der für knappe Befehle durchaus etwas übrig hatte, schnappte entsetzt nach Luft. Eine fast greifbare Spannung lag in der Luft. »Diese Männer hier« – der Elf deutete mit knapper Geste auf die Anwesenden – »behaupten, dass du zumindest zum Teil ein Elf seist, aber ich *weiß*, dass das nicht möglich sein kann. Du wirst jetzt nur daran denken, was ich dir sage, dann werden wir herausbekommen, was es mit dir auf sich hat, verstanden? Schön. Nun sieh mir in die Augen und versuch dir in Erinnerung zu rufen, weshalb du glaubst, ein Elf zu sein.«

Nachtwind nickte widerwillig. Er *mochte* diesen Fremden nicht. Der Silberelf blickte ihm starr ins Gesicht, seine Lippen formten lautlose Worte. Plötzlich glaubte Nachtwind zu spüren, wie sich eine starke Magie aufbaute. Er reagierte unwillkürlich. Sein Widerwille schwoll so stark an, dass er überzeugt war, man müsse es ihm am Gesicht ablesen. Verzweifelt versuchte er diese Regung niederzukämpfen, aber vergebens. Er sah, wie feiner Schweiß die Stirn des Elfen bedeckte, die Miene sich immer mehr verzerrte. Beinahe konnte Nachtwind *hören*, was der andere dachte: *Verdammtes Balg, du siehst wie einer von uns aus, aber das kann doch nicht …*

Dann war es vorbei. Der Silberelf prallte vor Nachtwind zurück, als wäre er gegen eine Mauer gelaufen. Für einen Moment schien es fast, als werde er hinfallen. In seinen roten Augen flackerte Entsetzen. »Das kann nicht sein«, flüsterte er tonlos. »Du hast dich meiner Magie widersetzt und sie beinahe auf mich selbst zurückgeworfen. Wie ist das möglich?«

»Ich – ich weiß es nicht, ehrlich.« Nachtwind wich vor dem Elfen zurück, der einen Schritt näher auf ihn zugetreten war.

»Du weißt es nicht? Das ist entweder eine der frechsten Lügen, die ich jemals von einem *Menschen* gehört habe, oder es ist der größte Witz der Welt.« Er lachte bei diesen Worten nicht, im Gegenteil. Seine Miene verfinsterte sich vielmehr. »Ich weiß nur eines: Ich möchte mit dir nichts zu tun haben. Du bist zu sehr *Mensch*.«

»Ich bin ein Elf!«, begehrte Nachtwind auf. »Alle

sagen es, und jeder kann sehen, dass ich kein Mensch bin. Was soll ich denn sonst sein?«

»Was weiß ich.« Der Silberelf verzog angewidert das Gesicht. »Du kannst weder elfisch sprechen noch elfisch denken. Wahrscheinlich *fühlst* du sogar wie ein Mensch. Ja, ich erkenne die Zeichen meines Blutes in dir, aber sie sind nichts wert. Du erfüllst mich mit Entsetzen und Abscheu und eine Berührung deines Geistes besudelt mich. Du bist kein Elf, du bist ein *Mensch* und, was noch viel schlimmer ist: Du bist *badoc*!« Er lachte höhnisch, ein Laut, der so gar nicht zu seinem wunderschönen Äußeren passen wollte. »Ich weiß nicht, wie, aber du kennst zumindest Bruchstücke unserer heiligen Sprache und kannst sie sogar aussprechen und das ist mehr, viel mehr, als ich vermutet hätte. Und nur weil ich spüre, dass du nicht endgültig verdammt bist, gebe ich dir einen Rat: Wenn du jemals *fey* werden willst – allerdings glaube ich nicht wirklich daran, denn du bist schon viel zu lange fort von uns –, lausche dem Wind und den Farben des Himmels, höre auf die Sprache der Tiere und befolge den Rat aller wachsenden Pflanzen. Vielleicht wirst du dann, eines Tages, erfahren, was die Magie unseres Volkes bewirkt, und wirst begreifen, was es heißt, *fey* zu sein. Ich hoffe es, um deinetwillen. Merk dir gut, was ich jetzt zu dir sage, denn ich werde es nur ein einziges Mal sagen: *A'dao valva iama.*« Bei den letzten Worten war seine Stimme viel weicher und nachsichtiger geworden, aber unter dem Samt der Worte hörte Nachtwind noch immer das Eis klirren. »Aber noch bist du kein *fey*. Du bist *badoc*. Kein *fey* wird dich anerkennen. Du bist *badoc*.«

Damit wandte er sich ruckartig ab, schulterte sein Bündel und ging ohne ein weiteres Wort davon. Nachtwind stand noch eine ganze Weile da und schaute ihm betroffen nach. *A'dao valva iama?* Was konnte das heißen? Und wieso behandelte dieser Elf ihn so schlecht? Er schien Nachtwind nicht zu *hassen*, aber er *verab-*

*scheute* ihn auf eine Weise und aus einem Grund, die der Halbelf nicht zu begreifen vermochte. Jetzt war er weder Mensch noch Elf, aber … *was dann*? Zuerst langsam, dann immer schneller, quoll salzige Flüssigkeit aus seinen Augenwinkeln und tropfte zu Boden: Er weinte. Zum ersten Mal in seinem Leben weinte der Halbelf aus Gram um sich selbst. Bestürzt wollte Jora nach ihm greifen, aber Orik zog sie an sich. »Lass ihn.«

»Aber er ist doch mein Sohn …!«, klagte sie.

»Er ist weder dein Sohn noch meiner«, erklärte Orik schroff, viel schroffer als beabsichtigt. Das, was der Silberelf gesagt hatte, hatte den mächtigen, unbeirrbar wirkenden Hetman stark verunsichert. Was er jetzt brauchte, war Zeit, um darüber nachzudenken. Das alles wirkte ungemein verwirrend. »Bei Swafnir!« Er zog seine sich heftig sträubende Frau mit sich und flüsterte ihr ins Ohr: »Gib ihm Zeit. Er braucht das jetzt.« *Und ich auch*, setzte er in Gedanken hinzu. Wahrscheinlich war Zeit alles, was sie brauchten.

Nachtwind sah Orik und Jora im Haus verschwinden und auch Trolske und Hjore gingen davon. Jetzt stand er ganz allein neben dem Dorfbrunnen und der erste Abendwind zauste ihm das Haar. Traurig krächzend ließ sich Oâ auf seiner Schulter nieder und rieb den struppigen schwarzen Kopf an seiner Wange. Geistesabwesend tätschelte Nachtwind den Vogel. Jetzt hatte er endgültig alles verloren, jede Stütze, die ihm hätte verraten können, was er nun wirklich war: Mensch oder Elf. Beide Möglichkeiten schienen nun gleich weit von ihm entfernt zu sein und einerlei, wie weit sie fort waren, es war in jedem Fall zu weit für ihn, um sie jemals zu erreichen. *Badoc* hatte der Elf ihn genannt. Ein anderes Wort kam ihm in den Sinn, das er schon lange nicht mehr gehört hatte, obwohl beinahe jeder im Dorf es umschrieb, mit jeder Geste, jeder Bemerkung, die sich auf ihn bezog, und auch der Silberelf hatte es getan: *Bastard*. Schweigend ging er nach Hause, nahm seinen Bogen samt Pfeilen und eine Wurfaxt – eine elfische und eine thorwalsche Waffe – sowie ein Jagdmesser und verließ das Haus seines Ziehvaters. Er drehte sich nicht um. Er liebte Jora wie seine Mutter und er verehrte Orik, der all das war, was Nachtwind nicht sein konnte, und um zumindest nach außen hin die Gelassenheit und Kühle zu bewahren, die man von ihm, dem Halbelfen, erwartete, presste er die Faust zwischen die Zähne. Auf diese Weise ertönte kein Laut, als er fortging, und nur der Tränenstrom floss ungehemmt weiter.

Zu dieser Stunde verließ er Siljen. Man konnte niemals ein Elf sein, wenn man wie ein Mensch dachte und lebte, das meinte er nun begriffen zu haben. Man musste fühlen, was es bedeutete, ein Elf zu sein, das war der Schlüssel. Wahrscheinlich war es sein Elfenblut, das ihn antrieb und das ihn zu einem Fremden machte. Natürlich. Die anderen *konnten* ihn gar nicht verstehen, also durfte er ihnen auch keine Schuld geben. Was geschehen war, lag ausschließlich an *ihm* und es war unverantwortlich von ihm zurückzukehren, solange er keine Läuterung erfahren hatte. Sofort wurde ihm das Herz leichter, auch wenn die Tränen nicht versiegten, dazu war der Schmerz zu frisch. Orik und Jora würden sich Sorgen machen. Nun ja, zumindest Jora. Aber Orik sicherlich auch, ganz sicher täte es das. Und Senda. Und die anderen auch. Es war gemein von ihm gewesen, wegzulaufen und sie allein zu lassen, falsch und gemein. Vielleicht stimmte es doch, was sie sagten: Vielleicht *war* er böse. Denn war es nicht böse, wenn er ihnen Kummer bereitete? Was konnte er tun, um das Böse aus sich herauszuwaschen? Wahrscheinlich war er tatsächlich verflucht. Ein verfluchter *Bastard …* Nachtwind legte die Stirn kraus und dachte angestrengt nach. Eine Rückkehr wäre höchst unklug gewesen, solange er noch nicht wusste, was er war und warum. Er würde die anderen zwar vermissen, aber wenn er nicht dort war, würde er ihnen sicherlich auch nicht schaden.

Astrilianus Gletscherjäger, der ›Silberelf‹, dachte nach. Die Begegnung mit Nachtwind hatte ihn tiefer erschüttert, als er zugeben wollte, und er war härter zu dem Knaben gewesen, als er es beabsichtigt hatte. Es konnte kein Zweifel daran bestehen, dass dieser Junge Elfenblut in sich trug. Aber wie war das geschehen? Wie konnte so etwas vorkommen? Allein der Gedanke, sich mit einer dieser unförmigen, derben Frauen zu paaren wie ein triebgeleitetes Tier, verursachte ihm Magenkrämpfe. Aber *jemand* hatte es getan. Der Junge übte einen Zauber aus, auf eine unheimliche Art und Weise. Auch wenn er aussah wie ein Elf, so hatte er doch ganz offensichtlich das ursprüngliche Wesen seines Volkes verloren, vergessen oder niemals besessen.

Je mehr wir uns den Gesetzen dieser Welt unterwerfen, umso eher müssen wir sie befolgen, dachte Astrilianus bei sich. Und je mehr sich unser Blut mit dem der Sterblichen vermischt, umso unumkehrbarer wird dieser Vorgang. Fest stand für ihn nur eines: Der Junge gebot über Magie, wenn auch unbewusst und ungesteuert, da niemand ihn gelehrt hatte, mit seiner Gabe umzugehen. Und – was weitaus ungewöhnlicher war – er beherrschte einige Worte aus dem *Isdira*, der Sprache der Elfen. Wenn seine Sippenältesten das wüssten … Offenbar gehörte das *Isdira*, zumindest einiges davon sowie die Fähigkeit, es angemessen zu artikulieren (was Menschen nie zuverlässig lernen würden), zu den angeborenen Talenten eines Elfen.

Astrilianus dachte angestrengt nach. Vieles war denkbar, wenn auch unwahrscheinlich. Möglicherweise hatte der Vater, obwohl er ein Elf war, Menschenblut in sich getragen, vielleicht seit Generationen verwässert, aber immer noch vorhanden. Oder in der Familie der Mutter gab es noch Spuren von Elfenblut, was angesichts ihres Bruders allerdings unwahrscheinlich war. Möglicherweise hatten aber auch andere ihre Hand im Spiel, denn den Jungen umgab tatsächlich ein Hauch jenes Etwas, das *badoc* machte, ein Funken jener Gier, die schon viele Elfen gestürzt und sie ihre ewige Seele und Unschuld gekostet hatte. Es würde sich vielleicht lohnen, den Jungen im Auge zu behalten, um ihn davor zu bewahren, tatsächlich *badoc* zu werden. Er hatte es ihm nur deswegen gesagt, um ihn auf die Gefahr aufmerksam zu machen, in der er schwebte, und mit jedem Tag, den er in menschlicher Gemeinschaft verbrachte, wurde diese Gefahr stärker. Im Licht der Sippe zu ruhen bedeutete Sicherheit und Schutz, aus ihr herausgerissen zu werden, war ein Sturz in das profane *Sein*, die schiere Existenz, und wenn man sich dessen bewusst wurde, dauerte es nicht lange, bis man dem *Werden*, dieser größten und tödlichsten aller Faszinationen an der sterblichen Welt, anheimfiel, das zugleich der Pfad zum Vergehen war. Und wurde man sich dessen bewusst, Wandelbarer in einer Welt der Wandlung zu sein, war es nur noch ein winziger Schritt bis zur Suche nach dem Wissen, vergleichbar einem Wettlauf gegen die Mächte des Werdens und Vergehens, eine irrwitzige Angewohnheit der Menschen, und dies wiederum führte in vielen – wenn nicht sogar allen – Fällen zur Ausprägung einer bestimmten Art von *Gier*. Jeder Elf, der diesen Pfad beschritt, wurde ebenso *badoc,* wie die Menschen es von Natur aus waren.

Sobald er zu seiner Sippe zurückgekehrt wäre, würde er um Rat wegen des jungen Nachtwind fragen, beschloss Astrilianus Gletscherjäger. Er ahnte nicht, dass er nicht dazu kommen würde, seinen Plan in die Tat umzusetzen, denn von seiner Reise kehrte er nie wieder in den Norden zu seiner Sippe zurück.

Nachtwind wanderte nach Südosten, der aufgehenden Sonne entgegen und zugleich fort vom Lauf des Merek.

Das Gras säuselte leise im Wind, die Landschaft schimmerte in tausend Farben des Spätherbstes. Der Halbelf versuchte nicht zurückzudenken an Siljen, denn das hätte nur geschmerzt. Stattdessen beobachtete er die Tiere und Pflanzen und des Nachts den Sternenhimmel, der in ihm einen stummen Schmerz erweckte, als gewähre eine verschüttete, traurige Erinnerung ihm einen neuerlichen Blick auf sich selbst. Auf seinem Weg nach Osten folgte er zunächst noch dem Pfad, der nach Phexcaer führte, ins Orkenland, aber als er von weitem das Knarren von Rädern und das Gebrüll von Zugochsen hörte, verließ er den Weg und schlug sich allein weiter über die Hügel und durch die Wälder, wo er sich heimisch fühlte, *wirklich* heimisch. Hier war niemand, der ihn geringschätzig betrachtet hätte, der in ihm nur den *Bastard* sah. So wanderte er mehrere Tage und Nächte hindurch, nur von gelegentlichen Pausen unterbrochen. Er wusste, dass er mit wesentlich weniger Schlaf auskam als alle anderen Siljener und dass er jedem, der ihn möglicherweise verfolgen würde, sei es aus Sorge oder Hass, längst entkommen war. Wasser fand sich reichlich und die Beeren waren glänzend und saftig, sodass er nicht einmal den Bogen benutzen musste, um sich sein Essen zu fangen.

An Nachmittag des vierten Tages fand er den Leichnam. Nun, es war kein echter Leichnam, es waren Knochen, die von Sonne, Wind und Wetter ausgebleicht und spröde geworden waren. Nachtwind stieß zufällig mit dem Fuß gegen einen Beinknochen und blieb stehen, um das Skelett genauer zu betrachten. Er konnte nicht abschätzen, wie lange es schon im hohen Gras lag. Es mochte ein Götterlauf sein – oder hundert Götterläufe oder vielleicht sogar noch mehr. Sorgfältig suchte er die Umgebung ab und legte so allmählich die gesamte Gestalt frei. Sie lag verkrümmt auf dem Boden, einzelne Knochen fehlten. Wann war der Tod über dieses Wesen gekommen und welch ein Tod war es gewesen? Nachtwind konnte sich nicht vorstellen, dass der Tod jemals angenehm sein konnte, aber je länger er die Gestalt betrachtete, umso mehr hoffte er das Gegenteil, denn was da vor ihm lag, war eindeutig kein Mensch gewesen. Es war ein Elf, dessen feiner, fast vogelähnlicher Körperbau unverkennbar war, der aber im Tod kaum anders ausgesehen haben mochte als jedes andere Lebewesen: kalt und starr und verletzlich. *Vielleicht,* so dachte der Junge, *ist es mein Vater gewesen.* Ihn fröstelte.

Es war wahrscheinlich nur Einbildung, aber der Junge spürte einen warmen Lufthauch wie die Berührung einer Hand. Er schloss die Augen und sah durch die geschlossenen Lider hindurch die durchscheinende Gestalt eines Elfen und einer Menschenfrau, die ihn anlächelten. Nachtwind strengte sich an, um ihre Gesichter zu erkennen, aber immer wenn er sich auf ihre Züge konzentrierte, verschwammen sie wieder ... *Mutter? Vater?*

Die Gestalten blieben, wo sie waren, und gaben mit keinem Zeichen zu verstehen, dass sie seine stummen Rufe vernahmen. Nachtwind wiederholte seine Worte immer verzweifelter, ohne eine Antwort zu erhalten. Schließlich öffnete er die Augen wieder – und sie waren verschwunden. Zögernd näherte sich Nachtwind der Stelle, wo er sie gesehen zu haben glaubte.

Während die Dunkelheit wie eine Decke aus violetter Schwärze heranrollte, brachen sich die letzten düsterroten Sonnenstrahlen auf einem metallischen Gegenstand, halb unter den Knochen und unter Gras und Moos verborgen. Schnell griff Nachtwind danach. Es war ein Ring, der noch immer auf einem Fingerknöchelchen steckte. Wie merkwürdig: Der Ring besaß eine goldene Verzierung in Form eines Wolfskopfs. Eingedenk der Erscheinung streifte er den Ring von dem Knochen und sich selbst über. Er passte wie angegossen, aber wenn Nachtwind insgeheim gehofft hatte, dass *irgendetwas* geschähe, dass er nun wüsste, wer sein Vater gewesen und wie er zu Tode gekommen war, so trat dies nicht ein. Bis auf die Verzierung war der Ring ein einfacher goldener Reif. Vermutlich das Zeichen einer Ottajasko oder wie immer man das bei Elfen nannte. Weshalb wusste er nur so wenig von seinem eigenen Volk, wenn es schon sein Volk war? Es wurde Zeit, so befand Nachtwind, dass er mehr über die Elfen erfuhr. Aber wie sollte er das zuwege bringen? Elfen waren selten in dieser Gegend und wenn man einmal einen zu Gesicht bekam, wollte dieser ganz gewiss nicht mit ihm reden – dem Halbblut. Er sei *badoc*, hatte der Silberelf gesagt. Leise murmelte Nachtwind ein Gebet, das er bei Senda aufgeschnappt hatte, und den einzigen Satz auf *Isdira*, den er kannte – *A'dao valva iama* – über dem Skelett des fremden Elfen und suchte sich einen halbwegs geschützten Platz für sein Nachtlager. Müde rollte er sich zusammen und schlief ein. Seine letzten bewussten Gedanken waren die geheimnisvollen elfischen Worte, die der Silberelf ihn gelehrt hatte: *A'dao valva iama*.

Er erwachte völlig unvermittelt, setzte sich auf – und starrte in das Gesicht eines Wolfs. Bernsteinfarbene Augen starrten zurück. Nachtwind bewegte sich nicht, sein Atem ging flach und er hörte das Echo seines Herzschlages in den Ohren rasen. Der Wolf hechelte, sein feuchter, fauliger Atem kam stoßweise aus dem Maul.

Aufgeregt leckte sich Nachtwind die Lippen, ohne den Blick des Tiers loszulassen. Die Zunge des Wolfs hing aus dem Maul und wurde ein-, zweimal, während Nachtwind hinsah, wieder für Augenblicke eingezogen. Deutlich sah der Halbelf die leicht gebogenen Fänge hell im Licht des Madamals schimmern. Nachtwind drehte vorsichtig den Kopf zur Seite.

Auch hier saß ein Wolf und beobachtete ihn mit aufmerksamem Blick. Dieser Wolf war ein wenig kleiner als der erste, aber auch sein Fell war von einem blassen, staubigen Farbton. Beinahe wirkten die Wölfe dadurch wie Gespenster, Schemen aus der Nacht, und tatsächlich hatten sie etwas Unheimliches an sich. Behutsam drehte er den Kopf zur anderen Seite und wurde gewahr, dass die Wölfe jeder seiner Bewegungen aufmerksam folgten.

Hier hockte ein dritter Wolf, etwas magerer und knochiger als der große, aber mit etwa vier Spann immer noch beeindruckend. Offensichtlich hatten die Tiere keine feindseligen Absichten, alles andere hätte Nachtwind auch gewundert. Sie blickten ihn, ganz im Gegenteil, fragend an, so als ob sie darauf warteten, dass er etwas tat. Versuchsweise hob der Halbelf eine Hand und streckte sie dem großen Wolf mit der offenen Handfläche entgegen.

Daraufhin verschwand der Wolf, ganz plötzlich und ohne eine Spur zu hinterlassen. Als Nachtwind sich nach den anderen Wölfen umsah, waren auch sie verschwunden.

Als Nachtwind am nächsten Tag erwachte, dachte er mit Unbehagen an die vorangegangene Nacht. Alles, was er gesehen hatte, kam ihm wie ein Traum vor, aber er *wusste*, dass es kein Traum gewesen war; die Erinnerung war zu deutlich in sein Gedächtnis eingegraben. Während er die Decke zusammenrollte und sich ankleidete, versuchte er sich die Wölfe in Gedanken noch einmal zurückzuholen. Ihre Köpfe waren an den Ohren breiter gewesen als bei den gewöhnlichen schwarzen oder grauen Wölfen, die man häufig im Winter sah; ihre Schnauzen waren etwas kürzer und stumpfer und ihre Gestalten wirkten sehniger, was auch an den langen Beinen liegen mochte. Er schüttelte den Kopf. Er hatte davon gehört, dass im Nivesenland sehr helle Wölfe lebten, angeblich heilige Tiere der Nivesen, die man auch Rauwölfe nannte, dass er aber einigen von ihnen begegnete, noch dazu so weit südlich, das wäre ihm nie in den Sinn gekommen. Aufmerksam suchte er die Umgebung nach Wolfsspuren ab, fand aber nichts. Er kehrte zurück zu den Knochen des Elfen.

»Wenn ich nur wüsste, wie Elfen die Ihren bestatten«, sagte er, »dann erwiese ich dir diese letzte Ehre gern in elfischer Tradition, Vater.« Er horchte in den orgelnden Wind, versuchte ihm Worte abzulauschen, die er als Antwort des Toten hätte verstehen können, aber nichts, was er hörte, schien irgendeinen Sinn zu ergeben. Er war froh, als plötzlich wie aus heiterem Himmel Oâ auf ihn herabstürzte und sich fest in seine Schulter krallte. Das Vogelgesicht wirkte wie in einem bizarren Lachen erstarrt. *Komm schon,* schien es den Halbelfen aufzufordern, *vergiss dies alles und geh weiter.* »Nein, mein Freund, ich kann hier nicht weg, ehe ich nicht weiß, dass die Gebeine meines Vaters sicher sind«, erklärte Nachtwind dem großen schwarzen Vogel. Dieser starrte zurück und legte traurig den Kopf schief. *Doch was, wenn es gar nicht dein Vater ist?*

Nachtwind verdrängte diesen Gedanken mit einer scheuchenden Handbewegung. Bis zur Mittagsstunde trug er Steine in unterschiedlichen Größen zusammen und den Rest des Tages verbrachte er damit, sie über den Knochen zu einer Art kieloben liegendem Boot zu formen. Vielleicht hätte er seinen Vater *in* der Erde bestatten sollen, aber dies kam ihm ebenso wenig richtig vor wie der Versuch, ihm ein Begräbnis nach Art der Thorwaler zu bereiten. Die Steine boten den Knochen zumindest ein wenig Schutz, obwohl Nachtwind bezweifelte, dass sie tatsächlich Schutz nötig hatten. Es war mehr ein Gefühl, das ihn dazu drängte, die Steine aufzuhäufen, ein Gefühl, das er nicht weiter erklären konnte. Als der Abend kam, hörte der Halbelf von irgendwoher ein dunkles, unangenehm hallendes Brüllen, das er nicht einzuordnen wusste. Oâ reagierte heftig und flatterte kreischend umher. Aber das Geräusch wiederholte sich nicht mehr, Oâ beruhigte sich wieder und Nachtwind beschloss, dass immer noch Zeit wäre, sich darum zu kümmern, wenn es wieder erklingen sollte.

Wolfsaugen starrten ihn an. Nachtwind erwachte: Der große Wolf mit den Bernsteinaugen war wieder da. Links von ihm saß sein etwas kleinerer Begleiter, der rauchgraue Augen hatte, und rechts von ihm der andere, sehnigere, dessen Augen, wie Nachtwind mit einem Anflug von Erstaunen feststellte, violett schimmerten.

»Was wollt ihr von mir?«, fragte Nachtwind diesmal nach langen, zermürbenden Momenten des Anstarrens. »Was soll ich tun?« Die Wölfe hechelten nur leise und ließen ihn nicht aus den Augen. Ihre Blicke wirkten sanft und voller Anteilnahme.

*fey.*

Plötzlich war das Wort in Nachtwinds Kopf, und es war ihm, als hätten die Wölfe zu ihm gesprochen.

*fey.*

Verwundert hob Nachtwind die Augenbrauen. »Was …« Die Wölfe verschwanden in der Nacht, als hätte er sie weggeblinzelt.

Am kommenden Morgen erwachte der Halbelf mit einem bleischweren Gefühl in den Knochen. Auch heute blieb die Suche nach Wolfsfährten erfolglos. Dafür ertönte erneut der Schrei, den er schon gestern gehört hatte, diesmal ein wenig länger und lauter, aber der Verursacher ließ sich auch diesmal nicht blicken. Oâ tanzte daraufhin wie ein Verrückter auf dem Boden umher, sodass Nachtwind schon glaubte, der Vogel habe sein bisschen Verstand verloren. Doch als der Halbelf zu erkennen gab, dass er bald aufzubrechen gedachte, beruhigte sich das Tier wieder und flatterte auf das Steingrab des Elfen, von wo aus er seinen Herrn nachdenklich beobachtete. Bevor Nachtwind diesen Ort endgültig verließ, sprach er am Grab seines Vaters – je länger er darüber nachdachte, umso sicherer war er sich, dass der Tote sein Vater gewesen sein musste – ein kurzes Gebet zu Travia, der einzigen Gottheit, die man ihm jemals nahezubringen versucht hatte.

Nachtwinds Weg führte ihn weiter nach Osten, die Landschaft wurde zusehends steiniger und karger. Gegen Mittag ertönte wieder der Schrei, den er schon mehrfach gehört hatte, und diesmal war es ganz nahe. Nachtwind blieb stehen. Seine Nasenflügel blähten sich, als er versuchte, Witterung aufzunehmen von … ja, wovon eigentlich? Und wieso versuchte er zu *wittern*? Unruhig warf er den Kopf hin und her. Was geschah mit ihm? Er zwang sich zu klarem Denken und besann sich auf sein hervorragendes Gehör und seine scharfen Augen. Er vernahm schwere, stampfende Schritte und ein Keuchen, wie fettleibige Menschen es bisweilen von sich geben, wenn sie ihrem Körper zu viel zugemutet haben, und er fing auch den Geruch nach ranzigem Fett auf. Eine riesenhafte Gestalt kam über eine nahegelegene Hügelkuppe. Sie mochte gut vierzehn Spann hoch sein und in den Schultern etwa sieben Spann messen (und ebenso viel am Bauch), ihre Haut war bleich wie Höhlenmaden. Fettiges schwarzes Haar fiel strähnig in ein entfernt menschenähnliches Gesicht, aus dem kleine gelbe Augen in umschatteten Höhlen funkelten, als sie des Halbelfen gewahr wurden. Das Wesen hielt unvermittelt inne und stieß einen Laut aus, der von einem schweineartigen Grunzen zu eben jenem Schrei wurde, den Nachtwind nun schon mehrfach gehört hatte. Mit beiden Händen packte es eine große Keule und schwang sie hin und her. Das Wesen und Nachtwind begafften einander. Beide gaben keinen Laut von sich. Dennoch war die Luft von Lärm erfüllt – Oâ veranstaltete einen Krach, wie Nachtwind es selten erlebt hatte. Der Vogel kostete sämtliche Tonlagen aus, über die er verfügte. Kein Zweifel, das Tier wollte ihn vor drohender Gefahr warnen, aber er war die ganze Zeit über so mit sich selbst beschäftigt gewesen, dass er die vorangegangenen Warnungen seines gefiederten Gefährten überhört oder falsch eingeschätzt hatte.

Obwohl das Wesen so bleich war, als verbrächte es den größten Teil seines Lebens in dunklen Höhlen, wirkte es nicht im Mindesten schwammig oder teigig, sondern hart und kraftvoll. Deutlich war das Muskelspiel der Arme und Beine zu erkennen, lediglich der Bauch machte einen ausgesprochen fetten, schlaffen Eindruck. Es war angesichts mangelnder Kleidung leicht, einen ausführlichen Blick auf den Körper der Kreatur zu werfen und ihre Stärke einzuschätzen, die zweifellos weit über derjenigen Nachtwinds lag.

Die Kreatur stampfte auf. Nachtwind bildete sich ein, den Boden unter den Füßen erzittern zu fühlen. Was er da zu sehen bekam – etwas, worauf er gern verzichtet hätte –, konnte eigentlich nur ein Oger sein, eines jener götterlästerlichen menschenfressenden Geschöpfe, von denen alte Märchen erzählten. In Siljens Nähe hatte man lange keine Oger mehr gesehen, andererseits hatte Nachtwind Siljen ja auch schon mehrere Tagesreisen hinter sich gelassen und es mochte gut sein, dass in den Ausläufern der Großen Olochtai noch Geschöpfe wie dieses lebten. Vorsichtig, um den Giganten nicht zu reizen, tat Nachtwind einige Schritte rückwärts.

Vielleicht war es diese Bewegung, vielleicht hatte sich die Kunde von greifbar naher Nahrung auch just zu diesem Zeitpunkt endlich zum walnussgroßen Gehirn der Kreatur vorgearbeitet – wie dem auch sein mochte, der Oger griff an. Laut schreiend und die Keule über dem Kopf schwingend, rannte er auf Nachtwind zu.

Voller Entsetzen versuchte der junge Halbelf mit steifen Fingern seinen Bogen abzunehmen und zu spannen, aber er war viel zu aufgeregt, und so wäre der Bogen beinahe auf dem Boden gelandet. Der Oger kam rasch näher. Jemand, der das Geschehen aus der Ferne beobachtet hätte, hätte sicherlich festgestellt, dass die Bewegungen des Menschenfressers plump und langsam waren und man ihm mit Leichtigkeit hätte ausweichen können, aber Nachtwind sah nur diese riesige Masse aus Fleisch und Muskeln sowie die todbringende Keule auf sich zurasen und war wie gelähmt. Erst das Kreischen Oâs brach den Bann, der auf Nachtwind lag. Im buchstäblich letzten Moment warf er sich zur Seite. Er spürte, wie die Keule ihn um weniger als eine Handbreit verfehlte, und er wusste, dass er jetzt erschlagen darunter läge, wenn nicht Oâ im Sturzflug auf das Gesicht des Ogers zugeflogen wäre.

Während er ein bedrohliches Brüllen ausstieß, fuchtelte der Oger mit der freien linken Hand und der Keule herum und versuchte, das Vogeltier zu packen oder zu verscheuchen, aber Oâ war zu wendig für ihn. Mehrmals kamen ihm die Pranken des Ogers bedrohlich nahe, aber er schaffte es im letzten Moment immer wieder, ihnen durch einen sanften Flügelschlag, ein rasches Abtauchen oder eine waghalsige Kehrtwende mitten im Flug zu entkommen.

Nachtwind suchte derweilen sein Heil in der Flucht. Stolpernd – was gar nicht seine Art war – und immer wieder über die Schulter zurückblickend, was ebenfalls nicht zu seinen sonstigen Angewohnheiten gehörte –, hastete er davon. Oâ beschäftigte den Oger noch immer, der in seiner tumben Art die große, lohnendere Beute vergessen zu haben schien und sich völlig auf den schwarzen Federball konzentrierte, der ihn so maßlos ärgerte. Nachtwind hastete weiter. Als er den nächsten Hügelkamm erreicht hatte und sich nach Oâ und dem Oger umdrehte, geschah es: Sein Fuß trat unversehens ins Leere und er vermochte nicht mehr zu reagieren. Sich mehrmals überschlagend, fiel der Junge auf der anderen Seite den Hügel hinunter. Vollkommen überrascht und wehrlos kullerte er über Steine, die seine Haut abschürften, durch niedriges Dornicht, das seine Kleidung zerkratzte, und prallte schließlich gegen einen großen alten Baum, der am Fuß des Hangs aus dem Gras ragte. Ohne einen Laut von sich zu geben, verlor er das Bewusstsein.

Als Nachtwind die Augen wieder aufschlug, lag er auf einem Bett aus Blättern und Moos. Sonnenlicht drang durch ein Laubdach über seinem Kopf und malte freundliche kleine Goldflecken auf den Boden und sein Gesicht, aber dafür hatte er jetzt kein Auge. In seinem Kopf hämmerte ein wildgewordener Schmied wie besessen drauflos und das genügte, jeden Sinn für Schönheit zumindest für den Moment zu vertreiben. »Wo bin ich?«

»Du bist in Sicherheit, im Schatten der Großen Olochtai. Und wenn deine Frage jetzt beantwortet ist, trink das hier, bitte.« Eine Hand griff unter seinen Kopf und hob ihn sanft an, während ihm eine andere eine hölzerne Trinkschale an die Lippen führte. Die Flüssigkeit darin war klar wie Quellwasser, gab aber zugleich noch einen aromatischen Duft ab, der wie Frühling und Sommer zugleich schmeckte. Nachtwind trank gierig, verschluckte sich und musste husten, dass ihm Tränen in die Augen stiegen.

»Nicht so hastig, junger Freund«, brummte die Stimme. Behutsam wurde ihm die Trinkschale wieder entzogen. »Wie fühlst du dich?«

Der Halbelf grinste schwach und, wie er vermutete, eher kläglich. Sein ganzer Körper schmerzte, aber wenn er die pochenden Kopfschmerzen und das Ziehen in den Beinen außer acht ließ, ging es ihm verhältnismäßig gut. »Gut«, antwortete er und betrachtete den graubärtigen Mann genauer, der neben dem niedrigen, grob aus Tannenholz zurechtgezimmerten Bett kauerte.

»Du bist in Sicherheit. Stell keine Fragen. Du musst ruhen.«

»Wer …«

»Ich bin ein … du würdest sagen: Einsiedler. Aber wenn dir viel an Namen liegt, kannst du mich Kiamuk nennen. Kiamuk, ja.«

»Was …« Nachtwind richtete sich halb auf.

»Keine Fragen. Nicht heute. Ruh dich aus.«

Kiamuk drückte ihn sanft, aber bestimmt auf das Lager zurück und deckte ihn zu. »Schlaf.«

Nachtwind war überzeugt, er werde nicht einschlafen können, schloss aber aus Gefälligkeit die Augen. Als er sie wieder aufschlug, ging gerade die Sonne auf. Er musste tatsächlich geschlafen haben und wenn er ehrlich war, fühlte er sich sehr viel besser. Nun ja: *Ein wenig* besser traf es schon eher, aber immerhin war das Geräusch Hunderter im Gleichschritt marschierender und dabei irgendwelche Strophen aus dem Jurga-Lied singender Thorwaler verschwunden, das vorher in seinem Kopf erklungen war. Vorsichtig richtete er sich auf. Neben dem Bett lag seine Kleidung auf einem im Lagerfeuer gewärmten Stein. Rasch schlüpfte er in seine Hose und das Hemd. Sie fühlten sich angenehm auf der Haut an, nicht kalt und klamm, wie er es im Herbst und hier draußen an den Hängen der Großen Olochtai eigentlich hätte erwarten müssen. Er befand sich tatsächlich, wie ihm sein erster Blick verraten hatte, im Freien. Ringsum standen gewaltige alte Steineichen, deren mächtige Stämme hervorragenden Windschutz abgaben, und um diese herum erstreckte sich ein Kiefernwäldchen und das Unterholz aus Weißdorn, Geißblatt und einigen noch immer blühenden Heckenrosen dazwischen wirkte sehr dicht für hiesige Verhältnisse.

Hinter einem der Stämme, *nebenan* – merkwürdig, dass er noch immer in solchen Begriffen dachte, die besser zu einem Haus gepasst hätten – saß Kiamuk auf einem Stein neben einem kleinen Feuer. Er rührte in einem Kupferkessel, aus dem Dampf aufstieg. »Komm. Setz dich.« Der alte Mann deutete auf den Boden. »Wir können essen.«

Nachtwind tat, wie ihm geheißen wurde. Neben sich bemerkte er zwei Holzschälchen, die er Kiamuk reichte und eines davon gefüllt mit heißer Suppe zurückerhielt. Er starrte unschlüssig auf die braune Brühe, in der seltsame Brocken schwammen. Sie roch zwar gut, aber ... der Mann mochte jemand sein, der es trotz des günstigen ersten Eindrucks nicht gut mit Nachtwind meinte. Vielleicht wollte er den Halbelfen, den *Bastard*, umbringen? Nein. Nachtwind schalt sich einen Narren. Das war Unsinn. So wie der Eremit aussah, vermutete er einen Druiden oder einen Hexer in ihm und denen war es bekanntlich einerlei, was die Menschen über sie dachten, sie würden ihrerseits auch sicherlich einem Halbelfen gegenüber keine Vorbehalte hegen. Aber was, wenn ...?

Nachtwind spürte, wie ihm Eiseskälte den Rücken heraufkroch. Vielleicht wurde er für ein *Opfer*, ein unaussprechliches, abscheuliches *Ritual* gebraucht. Man hörte ja viel von den Ritualen der Druiden und den Zeremonien der Hexen. Vielleicht war *Kiamuk* aber auch nur ein anderer Name für *Steldripanja*, in irgendeiner anderen Sprache. Er hatte zwar von Steldripanja nun schon längere Zeit nichts mehr gehört und gesehen, aber er glaubte nicht, dass er ihn sich nur eingebildet hatte. Er bemerkte, dass er Kiamuk anstarrte und senkte rasch den Blick. »Gut.« Der Alte nickte aufmunternd, umfasste seine Schale mit beiden Händen und nippte daran. »Gut«, wiederholte er und nahm einen tiefen Schluck, während er Nachtwind im Auge behielt.

Der Halbelf stellte die Schale ab. »Was bist du?«

»Neugierig, hm? Aber wenn es dich beruhigt: Ich bin ein Druide. Das hast du sicher schon vermutet.«

Nachtwind merkte, wie er rot wurde. Er räusperte sich, wie Faenwulf das immer tat, und versuchte sich in der Kunst des Lügens. »Äh … um genau zu sein, ja, man könnte das so sagen, denn ich habe natürlich bemerkt, wie du … ich meine …«

Kiamuk lächelte. Nachtwind sah zu seiner großen Beruhigung keine zugefeilten Zähne. Zumindest wollte dieser Druide ihn nicht als Nahrungsmittelvorrat verwenden. »Du brauchst nichts zu sagen. Man erzählt sich wohl noch immer viele Märchen über uns Einsiedler. Menschen ändern sich, weißt du? Märchen niemals. Glaubst du ihnen?« Nachtwind sah, wie sich in den Augen des anderen ein Schmerz abzeichnete, der weit jenseits körperlicher Pein war und der ihm irgendwie vertraut vorkam, wie ein verschwommener Umriss im Spiegel. Er antwortete nicht, sondern wartete lieber ab, was Kiamuk sagen würde. »Glaub ihnen nichts.«

Nachtwind räusperte sich verlegen. »Das tue ich auch nicht. Nicht immer, meine ich.« Um die peinliche Gesprächspause zu überbrücken, griff er nach der Schale und kostete von der Suppe. Sie war noch immer heiß und schmeckte süß und würzig zugleich. »Die ist wirklich gut.«

»Pilzsuppe. Frisch gesammelte Pilze.« Kiamuk leerte sein Schälchen mit einem genussvollen Schluck und lehnte sich zurück an einen bemoosten Baumstumpf. Er schien darauf zu warten, dass Nachtwind etwas sagte.

»Man erzählt sich, dass Druiden ein schweigsames Völkchen seien«, versuchte Nachtwind das Gespräch wieder in Gang zu bringen.

»Ach. Sagt man das?«

»Ja.«

»Stimmt vielleicht.« Kiamuks Augen lagen im Schatten zwischen seinen Augenbrauen und dem Widerschein des Feuers, der Mund war durch den Bart und das Flackern der Flammen kaum zu sehen. Und an der

Stimme ließ sich nicht ablesen, ob der Druide einen Scherz gemacht hatte oder nicht. »Man redet nicht viel, wenn man ein Baum ist, weißt du.« Kiamuk schüttelte den Kopf. »Nein, du weißt es natürlich nicht.«

Nachtwind verstand nicht, was Kiamuk meinte, aber er nahm es hin, als hätten sie über das Wetter gesprochen. »Habe ich dir schon gedankt?«

Kiamuk blickte ihm einen Moment lang unverwandt in die Augen, schien darin etwas zu suchen und entspannte sich sichtlich, als er es nicht fand. »Es war meine Pflicht, dir zu helfen. Aber du kannst dich gern erkenntlich zeigen, indem du mir ein klein wenig von dir erzählst.«

»Ich bin nicht sicher, was ich dir erzählen könnte, ich weiß ja selbst kaum etwas über mich.«

»Nun, das scheint mir doch durchaus eine spannende Geschichte zu sein. Wer, wenn nicht du, kann etwas über dich sagen?« Kiamuk gestattete sich ein belustigtes Hüsteln. Nachtwind schwieg unbehaglich, bis er die erwartungsvolle Stille nicht mehr aushielt. »Du siehst sicherlich, dass ich weder ein rechter Mensch noch ein wirklicher Elf bin. Um ehrlich zu sein: Wenn ich mich selbst betrachte, weiß ich nicht, wer ich wirklich bin. Auch die Menschen sehen keinen Menschen in mir und die Elfen keinen Elfen.«

»Und deswegen soll ich das auch tun, eh? Nun, ich sehe zumindest *dich* und weder einen Menschen noch einen Elfen.« Kiamuks Tonfall verriet kein bisschen Heiterkeit.

»Du bist wie die anderen. Die meisten sehen in mir nur das ihnen selbst Fremde.«

»Du missverstehst mich, junger Freund.« Kiamuk stocherte mit einem angekohlten Zweig in der Glut, bis die Funken knackend aufstoben und wie feurige Glühwürmchen gen Himmel tanzten. »Ich sagte, dass ich *dich* sehe. Es schert mich nicht, wie deine Augen, deine Ohren, dein Mund oder deine Hände aussehen.«

»Aber die anderen …«, begann Nachtwind.

»Nein, nicht *die anderen*«, fuhr ihm der Druide ins Wort. »*Du selbst*. Niemals *die anderen*. Die Welt wird zu deiner Welt durch dich. Lerne dich selbst zu erkennen und den Schatten und Glanz deiner Seele zu sehen, ohne die Augen anderer dazu benutzen zu müssen.«

Nachtwind saß wie erstarrt. So hatte noch niemand mit ihm gesprochen, ausgenommen vielleicht Baerhild, aber deren Worte waren Worte an einen künftigen Hetman gewesen, nicht Worte an ein Kind. Nachtwind legte erwartungsvoll den Kopf schief, aber Kiamuk stand nur auf und streckte die Glieder. »Komm mit, ich zeige dir etwas.« Kiamuk führte Nachtwind aus dem Hain hinaus. Nach einer kurzen Weile blieben sie unter einem großen Walnussbaum stehen. Kiamuk bückte sich, las einige Walnüsse auf und drückte Nachtwind eine in die Hand. »Iss.«

Die Nuss war noch von ihrer ledrigen Schutzhülle umgeben, der äußeren Haut, die im Sommer grün von den Bäumen leuchtete und schwarz wurde, wenn die Herbstwinde die Nüsse von den Bäumen rissen. Nachtwind schälte sie vorsichtig ab. Die Hülle war glitschig und färbte ab und noch ehe endlich die eigentliche Nussschale zum Vorschein kam, hatten Nachtwinds Finger dunkelbraune Flecken vom Pflanzensaft. Kiamuk beobachtete ihn aufmerksam, schwieg aber. Nachtwind legte die Nuss auf den Boden und trat mit dem Stiefelabsatz darauf. Mit einem unangenehmen Knirschen zerbrach die Schale und der Stiefel zerdrückte den Kern zu einer mehligweißen Masse, die von kleinen Stücken der Schale und von Erdkrumen durchsetzt war. Unschlüssig hob Nachtwind die Nuss auf. Kiamuk gestattete sich den Anflug eines Lächelns. Stumm zeigte er Nachtwind, wie er eine Walnuss öffnete, ohne Schale und Kern mehr als notwendig zu beschädigen: Er klemmte sie zwischen Daumen und Finger der rechten Hand, wobei er darauf achtete, dass die

Druckpunkte sich an der Nahtstelle der beiden Schalenhälften befanden, dann drückte er einmal kurz zu. Die Nuss öffnete sich fast lautlos – es gab nur einen winzigen Riss in der Schale. Mit spitzen Fingern zog Kiamuk den nahezu unbeschädigten Kern heraus und zerbrach ihn in der Mitte in zwei Hälften. Eine reichte er Nachtwind: »Nimm.«

Nachtwind schüttelte den Kopf, las eine andere Nuss vom Boden auf, säuberte sie von der Schutzhülle und daran klebenden Erdbrocken und knackte sie so, wie Kiamuk es ihm gezeigt hatte.

»Nussbäume wachsen nicht häufig in unserer Gegend«, entschuldigte er sein vorheriges Unvermögen, während er den Nusskern teilte. Eine Hälfte war frisch und prall, die andere verdorrt. Er warf die verdorrte Hälfte weg und bot Kiamuk die wohlgeformte Hälfte an.

»Diese Nuss ist wie jedes andere Lebwesen auch, wie ein Mensch oder ein Elf. Oder ein Halbelf«, meinte der Druide, steckte die Kernhälfte in den Mund und kaute, während er schon die nächsten Nüsse schälte und knackte. Nachtwind wartete einen Moment, musste aber feststellen, dass Kiamuk nichts weiter zu sagen gedachte. Stumm knackte er weitere Nüsse und nur gelegentlich tropfte Nässe durch die Blätter und traf seinen Kopf oder Nacken. Nach wohl gut einer Stunde waren seine Finger schmutzigbraun vom Pflanzensaft. Nachtwind und Kiamuk hockten in einem weiten Kreis aus Nussschalen, von denen nur die wenigsten beschädigt waren.

Der herbe Geschmack frisch gefallener Walnüsse, noch feucht und kaum angetrocknet, kitzelte den Gaumen und Nachtwind war froh, als der alte Mann ihm einen Schluck Wasser aus der Feldflasche anbot. Die weitaus meisten Nüsse waren prachtvoll reif, aber einige waren inwendig verdorrt, fast immer zur Hälfte, manchmal aber auch ganz. Es hatte Nachtwind fast traurig gestimmt, wenn er nach all der Mühe, die er mit dem Schälen und Knacken gehabt hatte, schlussendlich nur auf einen verkümmerten Kern gestoßen war.

»Du kannst in die Nüsse so wenig hineinsehen wie in die Menschen«, erklärte Kiamuk. »Wenn du sie *wirklich* kennen willst, musst du sie zuerst Schicht um Schicht ihres äußeren Scheins entkleiden, wobei du fast immer selbst beschmutzt wirst. Du magst sie gedankenlos zertreten, um den Kern zu sehen, aber damit zeigst du nur, dass sie dir im Grunde nichts bedeuten. Damit missachtest du das Geschenk der Natur. Auf diese Weise wirst du nie erfahren, was es wirklich mit ihnen auf sich hatte. Wenn du jedoch einen Weg gefunden hast, wie du in ihr Inneres schauen kannst, ohne dich selbst zu sehr zu beschmutzen durch die Art, wie du es anstellst, sei immer darauf gefasst, dass es krank und verdorben ist, verdorrt, schlecht und böse. Natürlich kann es auch sein, dass unter einer düsteren, zähen, widerspenstigen und unansehnlichen Schale ein prachtvoller Kern steckt. Das eben ist das Geheimnis des Lebens und der Natur: *Du kannst etwas nie im Voraus wissen.*«

Nachtwind starrte von Kiamuk auf die Nussschalen und zurück. Der alte Mann hatte ihm mit dem Nüsseknacken eine Lektion erteilt und er hatte es nicht bemerkt. Aber er erkannte, wie zutreffend Kiamuks Worte waren, und er nickte ernst. »Dann wäre es das Beste, ich gäbe mich mit anderen nicht ab. Ich beschmutze mich dadurch nicht und werde auch nicht enttäuscht.«

»Aber du wirst auch nicht erfreut sein darüber, was du hättest finden können, wenn du dir die Mühe gemacht hättest, nach dem Guten zu suchen.«

Nachtwind dachte kurz nach. »Und du?«

Kiamuk gestattete sich ein flüchtiges Lächeln. »Ich habe den Weg gewählt, den du nanntest, zumindest früher einmal. Weil ich wusste, dass das Schlechte in vielen Menschen schlummert, habe ich vor vielen Jahren beschlossen, die Gesellschaft der Menschen zu meiden. Aber ich habe erkannt, dass ich mich der Welt nicht völlig entziehen darf.«

»Ich verstehe nicht. Wie meinst du das?«

»Es ist für einen Knaben auch schwierig zu verstehen. Wir alle müssen unseren eigenen Weg finden, und meiner ist – das weiß ich jetzt – der des Hüters und Bewahrers und, wenn man mich lässt, der des Ratgebers und Helfers. Aber ich werde nicht bei den Menschen leben und werde mich ihnen auch nicht aufdrängen.«

»Mir hast du geholfen.«

»Wenn du nicht gegen meinen Stamm gefallen wärst, so hätte ich dich nicht einmal bemerkt. Doch die geheimnisvollen Kräfte, die unser Leben steuern, haben uns zusammengeführt, damit ich dein Leben rette und dir helfe, und das respektiere ich. Das solltest du auch tun.«

»Soll das heißen, ich darf bei dir bleiben und du wirst mir helfen?«

Kiamuk lachte rau. »Du weißt nicht einmal selbst, was du tun willst, wie sollte ich dir da helfen? Nein, unsere Wege trennen sich hier und ob sie wieder zueinander führen, irgendwann, vermag ich nicht zu sagen. Wenn du mich findest, helfe ich dir gern wieder. Und nun: Geh und such deinen eigenen Weg. Du gehörst nicht hierher in die Einsamkeit der Berge, noch nicht«, erklärte er. »Ich habe dir gezeigt, was du wissen musst, aber das Wissen muss aus dir selbst und der Welt erwachsen. Du trägst wie alle die Anlagen zum Guten wie zum Bösen in dir. Gedenke immer deines Wertes und mühe dich, deinen Kern nie verdorren zu lassen, dann wird alles sich zum Guten wenden.«

Nachtwind nickte stumm. Er reichte Kiamuk die Hand und schüttelte sie kräftig. »Walnüsse.« Er verzog leicht das Gesicht. »Ich werde daran denken.«

»Tu das. Vertrau dir selbst und denke an das, was geschehen kann. Und vor allem: Handle danach.«

Nachdem Nachtwind verschwunden war, seufzte der alte Mann in einer Mischung aus Erleichterung und Bedauern. Er war schon zu lange nicht mehr er selbst gewesen. Jede Begegnung mit den Menschen zehrte an seinen Kräften, doch er wusste, dass sie ihm auch zugleich neue Kenntnisse und Kräfte zufließen ließen. Er stand zwischen der Welt, in der er geboren worden, und derjenigen, die ihm bestimmt war. Er schloss die Augen, hob die Arme, spreizte die Finger und versank in tiefer Meditation. Die Kraft Sumus, der Erdriesin, aus der Aventuriens Landmasse geschaffen war, durchströmte ihn und bald raschelten seine Blätter leise im Wind, der spielerisch um seine borkige Haut huschte, und niemand, der die uralte Eiche gesehen hätte, hätte darin den Mann wiedererkannt, der vor wenigen Augenblicken noch mit Nachtwind gesprochen hatte.

Nachtwind wanderte zurück nach Siljen. Die Berge waren nichts für ihn, das hatte Kiamuk ihm gesagt. Auch der Wolfstraum kehrte wieder: Die drei Wölfe saßen wieder um Nachtwind herum und betrachteten ihn aus wissenden Augen. Nachtwind blickte an sich hinab und stellte fest, dass er nackt war. Seine Kleidung lag sauber gefaltet im Gras neben ihm. Der größte Wolf kam zu ihm und senkte vor ihm den Kopf. Nachtwind wusste nicht, was man von ihm erwartete, und so beschloss er, sich ruhig zu verhalten. Der Wolf stieß ihn sanft mit der Schnauze an und ließ ein tiefes Schnurren hören, beinahe wie das einer Katze. Die anderen Wölfe fielen ein, jeder auf seine Weise, aber gemeinsam ergänzten sie sich zu einem Chor, wie ihn Nachtwind noch nie gehört hatte. *Lara*, sangen die Wölfe, *lara e'fey*.

Und in dieser Nacht *erkannte* Nachtwind den Zauber, der in ihm ruhte als Teil von sich, der ihn mit den Jägern des Waldes und der Hügel, der Tundra und des Gebirges verband. Wie von einem unsichtbaren Bann gelenkt, erhob er sich, streckte beide Arme weit von sich und versuchte, in den Chor der Wölfe einzustimmen: *Lara, lara, lara, lara.*

Als er sicher war, das Wort wirklich *verstanden* und *gefühlt* zu haben, drängten plötzlich die Worte des Silberelfen aus seinen Gedanken auf die Zunge und verbanden sich mit dem neuen Begriff. Im gleichen Moment durchzuckten ihn Krämpfe, die seinen ganzen Körper schüttelten: *A'dao valva iama lara.*

Feuerblumen blühten in seinen Waden und Oberschenkeln, Eisespfeile durchbohrten seinen Magen und seine Brust und Ketten aus Schmerz umwanden seine Arme und Hände. Außerstande zu schreien, fiel er auf alle viere zu Boden, japste und wimmerte. Sein Nackenfell sträubte sich, als der Schmerz plötzlich zur Erinnerung verblasste, und er verspürte den unbändigen Drang zu heulen. Seine Rudelgefährten stimmten ein und da wurde Nachtwind bewusst, was geschehen war: Er hatte sich in einen großen schwarzen Wolf verwandelt. Schwarz, nicht hell, das bemerkte er schnell, freilich ohne eine Erklärung dafür zu finden. Aber Erklärungen waren in diesem Augenblick nicht wichtig. Nur die Gemeinschaft des Rudels war wichtig.

*Willkommen, Bruder fey,* knurrte der große Wolf, aber es klang freundlich und vor allem *verstand* Nachtwind jedes einzelne Wort.

*Deine Seele ist bei uns, wie es ihr vorbestimmt war,* lächelte die Wölfin, die Kleinste der drei. *Ich wusste, dass du unser Seelenbruder bist.*

*Lauf mit uns,* hechelte der mittlere Wolf, *und spür die Freiheit. Dann vergisst du deine Fragen.*

»Das kann ich nicht«, wehrte Nachtwind ab, den die Ereignisse völlig überraschten. »Ich …«

In diesem Augenblick kamen die Schmerzen wieder.

*Du weißt jetzt, wie du eins mit dir und der Welt werden kannst,* hörte er den großen Wolf sagen, aber dessen Umrisse verschwammen ihm bereits vor den Augen. Der Schmerz peitschte ihn durch und durch, und als er wieder nachließ – wie lange es gedauert hatte, vermochte Nachtwind nicht zu sagen, es konnten Augenblicke ebenso wie Tage gewesen sein, denn der Schmerz war zeitlos, wenn auch nicht so verzehrend wie beim ersten Mal –, war er wieder er selbst, in seinem eigenen Körper.

Die Wölfe waren – natürlich – verschwunden.

In der kommenden Nacht wurde der Junge von heftigen Erschütterungen aus dem Schlaf gerissen. Es klang wie tölpelhafte polternde Schritte. Sofort stand Nachtwind auf, seine schimmernden Augen wanderten durch die sternklare Nacht, bis sie den Umriss des Ogers fanden, der sich mehr oder weniger geschickt dem heruntergebrannten Feuer näherte. Nachtwind huschte davon und verbarg sich in den Schatten eines Felsens, der von duftendem Heidekraut umgeben war. Auf diese Weise glaubte er sich sicher vor Entdeckung, denn auf einen Kampf mit dem Giganten wollte er es nicht ankommen lassen.

Der Oger humpelte zum Feuer und stocherte in der erkaltenden Asche herum. Nachtwind sah, wie sich seine Nüstern blähten und er den Boden abschnüffelte, als wolle er Witterung aufnehmen. Er glich jetzt mehr einem Tier als einem vernunftbegabten Lebewesen, aber Nachtwind hütete sich davor, ihn zu unterschätzen. Wenn er all das, was er seit frühester Kindheit gelernt hatte, nun befolgte, brachte ihm das wenig: Ein Thorwaler musste forsch und mutig sein, aber das war nicht Nachtwinds Art. Bis vor kurzem hatte er nicht einmal ansatzweise erfasst, was denn seine Art sein konnte. *Bastard, badoc, unerwünscht,* das waren die Worte gewesen, mit denen er beschrieben worden war, aber nun wusste er es besser. Er sah die Gier nach Fleisch in den Augen des Ogers – schwarze, dunkle Augen, Opale im Sternenlicht – und anerkannte im Stillen dessen Recht auf Leben. Er würde ihn nicht mit einem Pfeil niederstrecken, wie er es eigentlich vorgehabt hatte.

*A'dao valva iama lara.* Der Schmerz war diesmal nur kurz und schwach. Sein Körper schien sich bereits an die Magie zu gewöhnen. Knurrend wich er ein Stück vor dem Oger zurück, der sich seinem Versteck bis auf wenige Schritt genähert hatte.

»Uh?«, machte der Oger und wirkte plötzlich ratlos. Nachtwind warf sich herum und rannte davon in die Dunkelheit. Er jagte in Wolfsgestalt über die Hügel und durch die Wiesen. Seine Seele jauchzte, endlich fühlte er sich frei, es war beinahe so, als ob er über die Erde flöge und in der Luft schwämme. Viel zu schnell erreichte er Siljen. Von oben, von einem der letzten Hügel vor dem ersten Haus der Thorwalersiedlung aus, betrachtete er das Dorf, das die Heimat seines Menschseins war. Er fühlte sich frei und glücklich und war bereit heimzukehren, aber er würde den Teil von ihm, den es hinausdrängte, nie mehr unterdrücken und er würde den anderen beweisen, dass er es wert war, von ihnen geachtet zu werden.

Er hatte zu sich selbst gefunden und war sich sicher, dieses Gefühl nie wieder zu verlieren.

Endlich.

*Mein Treffen mit Nachtwind war nur kurz und hatte keinen Bestand und noch heute frage ich mich manchmal, ob sein Leben anders verlaufen wäre, wenn ich mich wirklich* eingemischt *hätte. Damals glaubte ich noch, dass der Junge heimkehren und ein glückliches Leben führen könne, und zunächst schien es auch so, als würde es so geschehen. Das Verhältnis zu Orik besserte sich und wenn es auch nie freundschaftlich wurde, achtete der Hetman seinen Ziehsohn. Nachtwind übernahm kleinere Aufgaben – zumeist die Jagd – und streifte häufig in der Umgebung umher. Oft kam er gar nicht nach Hause und wenn er sich auch wohl fühlte, so war er doch nicht wirklich eins mit sich, denn er pendelte unent-*

*wegt zwischen zwei Welten hin und her. Er hatte seine Schwierigkeiten bei weitem noch nicht gelöst, sondern nur für eine Weile vor sich hergeschoben. Sein Leben und das der Bewohner Siljens geriet erst wieder in Bewegung, als Nachtwinds Freunde aus Olport heimkehrten …*

## Zwischenspiel

# Über Nachtwind

Aus Faenwulfs letztem Brief aus Olport: *Bald komme ich heim, dann sind wir Brüder wieder zusammen. Ich freue mich darauf, dass wir wieder Waffenbrüder sind. Sieben Jahre sind eine lange Zeit. Aber eines habe ich in der Zwischenzeit gelernt: Es ist nicht im Sinne der Götter, wenn wir nur pflügen und säen. Das Leben ist ein Kampf. Herrin Rondra, Mutter unseres Herrn Swafnir, schicke den Sturm des gerechten Zorns, der uns Kraft gibt, wühle die Wogen unseres heißen Blutes auf, damit unser Schwertarm gestärkt werde, und gib, dass wir eins sind mit unserem Volk, unserem Land und dem Ozean. Ich liebe das Geräusch, wenn Metall auf Metall prallt, das Kreischen und Klingen. Dann habe ich das Gefühl, dass ich tatsächlich lebe. Die Stille ist mir verhasst, denn wenn es still ist, versucht immer jemand zu denken. Und ich weiß, dass ich dabei ohne dich nicht mithalten kann – der Glaube und die Kraft sind es, die einen Thorwaler ausmachen. Nicht grübeln, sondern handeln, ja, das ist meine Art, das ist die Art der Thorwaler, so wird es in Olport vermittelt. Obwohl du nicht so bist, bist du so viel Thorwaler wie ich und jeder andere. Du bist schnell, gewandt, kannst unglaubliche Mengen Premer Feuer vertragen und bist ein Waffenbruder, wie ich mir keinen besseren wünschen könnte. Du bist aber auch manchmal so still und grüblerisch, wie ich hier sonst niemanden getroffen habe. Du bist jemand ganz Besonderes. Und was ich auch gelernt habe: Spuck darauf, was andere Leute über dich sagen. Zeig ihnen, wer du wirk-*

*lich bist. Pah! Dumm, wer einen Freund wie dich hat und ihn sich vergrätzt. Wir könnten nicht enger verwandt sein durch Blutsbande als durch unsere Freundschaft. Waffenbrüder, das sind wir! »Hört in der Liebe und in der Schlacht auf den Schlag eures Herzens«, sagen sie immer, »denn seine Warnung vermag euer Leben zu retten.« Ich weiß, dass wir Brüder und Freunde sind. Und ich glaube, dass Freundschaft mehr wiegt als Blutsbande, denn die Freundschaft wähle ich, während ich in die Blutsbande geschlagen bin. Uff, ich fange schon an zu denken ... Ich gehe jetzt rasch noch einen trinken. Nächste Woche finden ein paar Übungskämpfe statt, und dann komme ich heim. Ich bringe die Mädchen mit. Travidja ist schon fertige Geweihte, das war ganz schön heilig, die Zeremonie, aber Hjalka hat ihre Prüfungen bei den Magistern erst in drei Tagen. Deswegen warten wir noch so lange. Aber dann kommen wir heim! Ich freue mich schon drauf.*

*Auf bald, liebster Bruder und teuerster Freund. Dein Faenwulf*

Aus Hjalkas Olport-Tagebüchern: *Ich war zehn Jahre alt, als man mich von Siljen nach Olport brachte. Ich weiß noch wie heute, wie sich vor mir die Portale zur Halle des Windes öffneten. Schönes Holz haben sie hier in Olport, fein geschnitzt, aber längst nicht so schön wie bei uns zu Hause die großen alten Bäume, die noch ihre Borke haben, zerfurcht und moosig, in der Insekten leben und wo Käuzchen schreien. Nachtwind hat mir das alles gezeigt. Als ich noch zu Hause war. Aber jetzt ist hier mein Zuhause. Hier, wo das Holz nur noch ein Schatten seiner selbst ist, aber im Glanz menschlicher Holzwerkkunst schimmert. Das Holz und die Türen hier sind wie die Zauberei – die Magie Nachtwinds ist urtümlich und wild wie die alten schwarzen Bäume. Das, was ich hier gelernt habe, ist künstlich, zusammengestellt, in Formeln gepresst, die sich mit unserem Verstand, den uns unsere liebe Herrin Hesinde verlieh, erfassen lassen. Es ist hier so, dass ich es* verstehen *kann.*

*Sieben Jahre ist es her, seit ich zuletzt in Siljen war. Mein Siljen, das sind Faenwulf und Travidja und Nachtwind. Faen-*

*wulf und Travidja sind hier, bei mir. In Olport. Wir haben uns mitunter getroffen, wenn es die Disziplin erlaubte, und geredet und gelacht und uns erinnert. Nur Nachtwind war nicht hier, niemals, und seltsamerweise vermisse ich ihn am meisten. Es ist merkwürdig, dass ich keine richtigen Gefühle habe, wenn ich an ihn denke, aber die Erinnerung an ihn weitet mir den Busen. Irgendetwas zieht mich zu ihm, es ist ein Drang, eine rechte Gier würde ich beinahe sagen, ein Verlangen wie kein anderes, das ich je gekannt habe. Vielleicht weil er etwas Besonderes ist, ein Kind natürlicher Magie, aber vielleicht auch schlicht, weil er nicht da ist, wie er immer da war in meiner Kindheit – mein großer Freund, mein Beschützer. Sieben lange Jahre ist es nun her. Sieben Jahre … Und ich sehe ihn noch immer vor mir, als wäre es erst gestern gewesen, dass wir uns verabschiedeten. Die Art, wie er mich ansieht aus seinen großen goldenen Augen, die schimmern wie die eines Adlers und die leuchten wie die einer Katze …*

*Ich möchte so gerne sein wie Nachtwind. Er ist so groß, so schön und so geheimnisvoll. Und er vermag auf seine eigene angeborene Art zu zaubern. Er tut es, ohne lange darüber nachzudenken, einfach weil es* richtig *ist, wie er immer sagt. Einmal, ich bin noch ganz klein gewesen, habe ich gesehen, wie er es macht, und es hat damals nicht viel gefehlt, bis auch ich es verstanden hätte. Nachtwind ist die pure Zauberei für mich. Ich liebe ihn wie die Zauberei, oder sollte ich vielleicht sagen: Ich liebe ihn um der Zauberei willen? Aus der Ferne ist meine Sehnsucht, mit ihm zusammen zu sein, vielleicht noch stärker als in seiner Nähe. Es wird schön sein, zurückzukehren an den Ort unserer Kindertage, und das auch noch mit dem Segen der Schule. Meine Feder und das Pergament sind sorgfältig verschnürt und wenn ich zurückkehre zur Schule, wird es erfüllt sein von den Geheimnissen der Elfenmagie und der Magie des Landes, denn wir sind überzeugt davon, dass es noch viele vergessene Geheimnisse gibt, die wir nach dem Willen unserer Herrin Hesinde wieder offenbaren. Ich weiß, dass die anderen es nicht verstehen werden – sie können es auch gar nicht verstehen, denn was wissen sie schon von Magie? –, aber Magie nährt und schützt mich und wird mir die Macht geben, das zu tun, was ich will, auch zum Nutzen der Runajasko.*

Aus Travidjas Tagebüchern, am Tage nach Oriks Verwundung: *Wahrscheinlich hat sich niemand jemals wirklich Gedanken gemacht über Nachtwind. GÜTIGE MUTTER, sehen sie nicht diese Kälte in seinen Augen, den Firunshauch seines Gesichts? Kälte, die wie ein heißes Feuer brennt und ihn verzehren wird, wenn wir ihm nicht die Wärme zeigen, die du, o MUTTER, uns gegeben hast. Wie er dasteht – so streng und kalt, als beträfe ihn das alles nicht. Nachtwind, Nachtwind, mein Freund, mein Bruder, mein heimlich Geliebter, was musst du jetzt empfinden, welcher Schmerz macht dir die Brust nun eng und verdorrt dein Herz? Sehen sie nicht, dass du ihnen nur helfen wolltest? Sehen sie nicht, dass du sein willst wie sie? Sehen sie nicht, dass sie deine Familie sind? MUTTER, vergib ihnen, die unwissend sind und die das wärmende Feuer der Heimat nicht teilen wollen mit ihm, der es doch am allernötigsten hätte.*

*Nachtwind … ich darf ihn nicht vor allen in Schutz nehmen, nicht jetzt und nicht hier. Vielleicht niemals – denn wenn ich das tue, nehme ich ihm seinen Stolz, seine Ehre, das Letzte, was ihm noch Halt gibt. Ich muss mit den anderen reden. O MUTTER, kann es denn wahrlich so sein, dass dies das Dorf meiner Kindheit ist?* Mein *Siljen? Sind* dies *die Menschen, die ich geliebt habe, wie Kinder ihre Eltern lieben? Sie sind mir so fremd geworden und obwohl die meisten älter sind als ich, liebe ich sie nun so, wie eine Mutter ihre Kinder liebt, ganz so, wie deine Lehre es vermittelt. Aber es ist schwierig für eine Mutter, Kinder zu lieben, die nicht so sind, wie sie es erhofft hat und wie sie es erwartet. Nachtwind ist ein wahrer Freund. Aufrichtig und wahrhaftig. Und so traurig. MUTTER, gib mir die Kraft, Nachtwind zu helfen und mit seiner Heilung auch die unseres Dorfes zu bewirken. Wir werden dir folgen, MUTTER, indem wir vergeben und den Fremden – auch jenen in uns selbst – mit offenen Armen empfangen und dadurch zu einem Freund machen.*

# ZWEITES BUCH

# Der Pakt

*Nun sind wir also endlich wieder dort angekommen, wo ich meine Erzählung begann: Bei der Ankunft von Nachtwinds Freunden in Siljen, sieben Jahre nachdem sie gegangen waren, um im fernen Olport zu lernen und zu sich selbst zu finden. Es war ein schöner Tag, als die drei Freunde Nachtwind wiedertrafen, aber es war auch der Tag, an dem sich die ersten Veränderungen abzeichneten.*

# Hjalka

»Nachtwind!«, erscholl der dreistimmige Ruf. Seine Ohren vermochten jede Stimme einzeln zu hören; das hatte er den Menschen voraus.

»Nachtwind!« Hjalkas Ruf berührte eine Saite in seinem Innern, die lange verstummt gewesen war. Er hatte sie nie vergessen, ihr Gesicht, ihre Stimme, ihre Gesten, die Blicke, die sie ihm zuwarf. Zehn Jahre war sie damals alt gewesen, ein hübsches blondes Mädchen mit Zöpfen und roten Wangen. Heute war ihr Haar kaum zu sehen, sie trug es verdeckt unter einer roten Samtkapuze, um sich vor dem Wetter zu schützen. Ein roter Mantel umhüllte sie und klaffte an der Vorderseite auf, sodass er das dunkelblaue, silberbestickte Kleid darunter sehen konnte: Hjalka trug das Gewand einer *Maga*.

»Nachtwind!«, dröhnte Faenwulfs Ruf ihm entgegen. Der unerschütterliche Faenwulf, sein Bruder, der sich wohl am wenigsten verändert hatte, seit er Siljen verlassen hatte, um in Olport zu Ehre und Ruhm zu gelangen. Nachtwind hatte nie verstanden, weshalb jemand *weggehen* musste, um etwas zu finden, das nirgendwo anders zu finden war als *in ihm* selbst. Aber so waren die Menschen nun einmal, selbst seine Freunde. Ein Schwert hing an Faenwulfs Gürtel und es erinnerte den Halbelfen an den Tag, als sie zum Seufzermoos gezogen waren. Die Klinge war heute eine andere, neuer, aber wohl kaum magisch, ebenso wenig wie die Rüstung, die hier und dort silbrig im Sonnenlicht schimmerte; schon von weitem roch Nachtwind den unverwechselbaren Duft von Öl.

»Nachtwind?« Der Anflug eines Lächelns stahl sich in die Gesichtszüge des Halbelfen, als er Travidjas haselnussbraune Augen wieder vor seinem inneren Auge sah, als hätte ihre Stimme einen Schleier von ihm genommen. Die Berufung zu Travia, der Göttin des Herdfeuers, war der guten Travidja praktisch schon mit dem Namen in die Wiege gelegt worden. Sie war mittlerweile neunzehn Jahre alt und hatte ihre dralle Figur behalten, so weit man dies unter dem großzügig geschnittenen orangefarbenen Gewand erkennen konnte.

Seine Freunde waren zurück. Er hatte sie vermisst. Mit Gewalt drängte er die Empfindungen zurück, die er so lange entbehrt hatte. Doch er freute sich kaum weniger als sie.

Jubelnd schlang Faenwulf die Arme um den Bruder und drückte ihn fest an sich. »Nachtwind! Es ist so schön, dich endlich wieder zu sehen! Ich habe dich so vermisst! Hast du meine Briefe gelesen? Oh, Bruder, wärst du doch mitgekommen! Was hätten wir für einen Spaß geh ...« Er verstummte und blickte Nachtwind forschend an. »Was ist mit dir? Du schaust so ernst.«

Nachtwind blinzelte, die Starre verschwand aus seinem Blick. »Ich? Oh, es ist nichts. Du bist nur so ... stürmisch in deiner Begrüßung.«

»Nun, da hört sich doch alles auf!«, erklang eine neue Stimme. »Wärst du einer Geweihten wohl bitte behilflich, die in Kauf nimmt, sich sämtliche Knochen zu brechen, nur um dich undankbaren, wortkargen Burschen endlich wiederzusehen?« Travidja, die noch beinahe genauso aussah wie vor sieben Jahren, nur eben um mehrere Fingerbreit gewachsen, streckte Nachtwind eine Hand hin, damit er ihr half, die letzten Spannen Höhenunterschied zu überbrücken. Ihr Gesicht war rot angelaufen und schweißüberströmt, aber irgendwie schaffte sie es, wahrscheinlich durch einen Trick, den alle Geweihten irgendwann lernten, einen gleichmütigen Ausdruck zu bewahren. »Ich hatte fast vergessen, wie es ist, durchs Hochland zu laufen«, ächzte sie.

»Du meinst den Duft der frischen Kiefern- und Tannennadeln, wenn die Sonne darauf scheint?«, grinste Nachtwind. Er schloss die Augen und atmete tief den würzigen Geruch ein, der über diesem Land lag.

»Nein, du Torfkopf. Ich meinte diese furchtbare Schinderei – das Blut rast mir wie ein verwundeter Wal durch den Körper und treibt mir die Röte ins Gesicht, pocht gegen die Haut und presst mir den Schweiß aus allen Poren.«

»Du warst zu lange fort. Sicherlich hast du nicht mehr daran gedacht, dass man nicht durch den offenen Mund atmet, sondern durch die Nase, wenn man bergauf wandert.«

»Dafür bist du ja da. Ich habe dich schrecklich vermisst.« Travidja umarmte ihn. »Wie geht es dir?«

Nachtwind erwiderte die Umarmung. »Oh, ich …«

»Hast du mich vergessen?«, erklang Hjalkas Stimme und Nachtwind und Travidja ließen einander los, um sich der Vierten im Bunde zuzuwenden. Und da stand sie: Hjalka. Sie schlug ihre Kapuze zurück und Silberfädchen schimmerten in ihrem rotblonden Haar. Seltsamerweise betonten sie dabei die schwarzen Augen noch stärker, als dass sie von ihnen ablenkten. Die Sommersprossen hatten sich zu einer fast maskenhaften Zeichnung verdichtet, die über die schmale Nase hinweg bis zu beiden Wangenknochen reichte.

»Natürlich nicht«, sagte Nachtwind, der von ihrem Anblick wie verzaubert war.

»Das will ich dir auch geraten haben«, sagte sie. Ihre Augen saugten sich förmlich an ihm fest. »Denn ich habe ununterbrochen an dich gedacht.« Mit einem rätselhaften Lächeln reichte sie ihm die Hand. Als er auch sie zur Begrüßung umarmen wollte, wich sie ihm aus. »Vielleicht etwas später«, erklärte sie.

*Es war, als hätten sie sich nie getrennt. Sicher, einiges hatte sich verändert, alle waren größer, erwachsener geworden, hatten mehr über sich und die Welt erfahren, aber es waren doch immer noch die vier gleichen Menschen, die sich damals voneinander hatten trennen müssen. Nur ihr Wesen, ihre Charakterzüge hatten sich stärker herauskristallisiert: Der kräftige, stürmische Knabe Faenwulf war zu einem Krieger herangereift, die gemütliche, gläubige Travidja hatte sich zu einer echten Geweihten der Göttin des Herdfeuers ausbilden lassen und Nachtwind war noch immer von jenem Hauch natürlicher Unnahbarkeit umgeben, den er schon früher besessen hatte, wenngleich dieser jetzt stärker war als je zuvor. Nur Hjalka, zart und zerbrechlich bei ihrem Aufbruch, hatte sich stärker verändert, aber das war auch kein Wunder, denn sie war die jüngste der vier Freunde und es war, als hätte sie eine innere Stärke entwickelt, die ihr damals gefehlt hatte. Vielleicht zeichnete dies echte Magier aus, jene auserwählten Menschen, die sich mit Kräften beschäftigen und diese formen, die weit jenseits dessen liegen, was menschliche Sinne wahrnehmen, ich vermag es nicht zu sagen.*

*Da sich nach den ersten Augenblicken gegenseitigen Betrachtens und Begutachtens das alte Gefühl von Vertrautheit einstellte, das sie seit ihrer Kindheit verband, verbrachten sie diesen Tag nicht damit, sich gegenseitig mit Geschichten aus den vergangenen Jahren zu langweilen (die wohl nur sie selbst lustig gefunden und die sie in Wahrheit eher voneinander entfernt als sie wieder zusammengeführt hätten), sondern sie frischten ihre Bekanntschaft anderweitig auf: Sie streiften durchs Hochland, kehrten zu Plätzen ihrer Kindheit zurück (Faenwulf musste herzlich lachen, als er den Gebirgsbach wiedersah, in den er als Knabe, mit einer Wildkatze ringend, gefallen war) und entdeckten sie wieder für sich. Es war eine ganz neue Sichtweise, die sie entwickelten; jeder trug das seine dazu bei mit dem Wissen, das er in den letzten Jahren gesammelt hatte, und auf diese Weise erfuhren die anderen mehr von ihm als durch tagelanges Erzählen. Zum Abschluss veranstalteten sie ein kleines Wettrennen über den*

*Bach und einen Hügel und wieder zurück, bei dem Travidja die Schiedsfrau spielte. Wie kaum anders zu erwarten, gewann Nachtwind das Rennen, gefolgt von Faenwulf (der zum erstenmal seit sieben Jahren von jemandem im Laufen geschlagen wurde, wie er anschließend behauptete) und schließlich Hjalka (mit gehörigem Abstand). Niemandem außer ihr – selbst Nachtwind nicht – war aufgefallen, wie sich während des Laufens magische Kräfte um ihn herum aufgebaut hatten, und sie erkannte darin verschwommen eine Struktur, die ihr aus einer Thesis, die an der Akademie gelehrt wurde, bekannt vorkam, eine Spielart von* ÜBER EIS UND ÜBER SCHNEE, *und sie wusste, dass sie sich in Nachtwind nicht getäuscht hatte. Travidja bemerkte ihr Zusammenzucken und spürte, dass Hjalka etwas tat, ohne indes feststellen zu können, was sie tat. Sie war sich lediglich sicher, dass es etwas mit Nachtwind zu tun hatte, aber sie hatte keine Ahnung, woher sie diese Gewissheit nahm. Den anderen gegenüber ließ sich Travidja nichts anmerken.*

Sie schlenderten im letzten Licht des Tages nach Siljen zurück. Auf der Hügelkuppe, über die sie an ihrem letzten gemeinsamen Tag in Richtung des Seufzermooses gegangen waren, hielten sie noch einmal kurz inne und blickten über das kleine Dorf, das ruhig und dunkel in der Senke kauerte wie ein dösendes Tier.

»Ich … lasse euch heute Abend allein ins Dorf gehen«, sagte Nachtwind plötzlich. Ihn fröstelte. Orik wäre es bestimmt nicht recht gewesen, wenn Nachtwind an diesem ersten gemeinsamen Abend mit seinem Sohn ebenfalls zu Hause gewesen wäre. Er fürchtete, nicht willkommen zu sein. Orik würde sicherlich sofort an jenen Tag im Seufzermoos zurückdenken und Nachtwind hatte in den letzten Jahren gelernt, dass er dem Hetman in solchen Momenten besser aus dem Weg ging. Sie hatten mittlerweile so etwas wie ein gespanntes Gleichgewicht zuwege gebracht: Orik respektierte Nachtwind, zwar nicht unbedingt freudig und auch nicht als Sohn, aber immerhin als Mitglied der Gemeinschaft.

Faenwulf verzog das Gesicht. Er hatte so etwas geahnt. »Muss das sein? Willst du nicht lieber doch …?«

»Es ist besser so«, sagte Nachtwind. »Ich möchte heute lieber allein sein und du und … Vater habt euch so viel zu erzählen, dass ich mich nur langweilen würde. Und Mutter will dich auch ein bisschen um sich haben. Morgen komme ich zu euch. Mutters Kochkünste sind in den letzten Jahren immer besser geworden, seit sie nicht mehr so viel für dich kochen muss wie für uns andere zusammen.«

Faenwulf grinste und boxte seinen Bruder in die Rippen. »Werd bloß nicht übermütig, nur weil du mich heute ausnahmsweise im Wettrennen geschlagen hast. Also schön, ich gehe allein.«

»Du solltest nach Hause gehen, Nachtwind, das wäre ganz sicher im Sinne der MUTTER Travia. Aber wenn du schon hier draußen übernachten willst, dann lass mich dir wenigstens ihren Segen geben, damit dein Schlaf ruhig und sicher sei.« Travidja legte die Hand auf Nachtwinds Wange und murmelte leise ein kurzes Gebet zur Göttin des Herdfeuers. »Sie wird dich verstehen.«

»Ich kann dir keinen Segen geben, aber etwas viel Besseres.« Hjalka drückte Nachtwind zum Abschied an sich, und das sogar etwas fester als nötig. *Wie passt das zu ihrem Verhalten am Mittag?*, fragte er sich verwirrt und seine Verwirrung wuchs noch, als ihre Lippen dabei wie zufällig sein Ohr fanden. »Ich habe dich *wirklich* vermisst«, flüsterte sie und knabberte zärtlich daran, bevor sie sich mit einer heftigen, schwungvollen Bewegung wieder von ihm löste und laut sagte: »Also dann, bis morgen.«

»Bis … morgen … dann«, stotterte Nachtwind. Er spürte, wie ihm die Röte in die Wangen schoss, als die neugierigen Blicke der anderen auf ihm ruhten. Was sollte das? Was war nur aus dem kleinen Mädchen geworden? Faenwulf und Travidja taten so, als hätten sie nichts bemerkt. Vielleicht hatten sie tatsächlich nichts bemerkt. Hjalka hakte sich bei Travidja unter und drehte sich noch einmal zu Nachtwind um. »Schöne Nachtruhe!«, rief sie fröhlich. Sie zwinkerte ihm zu.

»Du meinst: gesegnete Nachtruhe«, verbesserte Travidja freundlich und bugsierte sie hangabwärts. »Komm schon, es wird sonst noch dunkel. Faen, geh bitte voran. Man guckt Geweihten nicht unter den Rock. Ab, marsch«, kommandierte sie. Ihrem Gesichtsausdruck nach zu urteilen machte es ihr gewaltigen Spaß.

Auch sie hatte sich verändert, fand Nachtwind, war selbstbewusster und stärker geworden, aber sie hatte es verstanden, zugleich die gute alte Travidja zu bleiben. Hjalka dagegen … sie verwirrte ihn. Einerseits war sie Hjalka, andererseits auch wieder nicht, und im Hinterkopf spürte er den plötzlichen Anflug eines Gefühls, das er in dieser Form noch nie gespürt hatte … Verärgert über sich selbst schüttelte er den Kopf, sodass ihm die rabenschwarzen Haare wie ein großes schimmerndes Spinnennetz aus geronnener Nacht um das Haupt flogen, drehte sich um und ging in den Wald, um mit sich und seinen Gedanken allein zu sein. Seine Freunde waren wieder da. Bis zu dem heutigen Wiedersehen war ihm gar nicht bewusst gewesen, wie stark er sie vermisst hatte.

Am nächsten Morgen kam Nachtwind früh ins Dorf. Als Faenwulf mit den ersten müden Sonnenstrahlen einer blassen Praiosscheibe aus Borons Traumreich emportauchte und nach draußen ging, um sich mit Brunnenwasser zu waschen, saß sein Bruder bereits auf dem steinernen Rund und ließ seinen unergründlichen Blick über den Himmel schweifen. Neben ihm hockte Oâ und schaute verdrießlich drein. Auf Faenwulf wirkte Oâ *immer* missmutig und griesgrämig.

»Hei-ho!«, rief Faenwulf und winkte Nachtwind zu. »Bruder!«

Nachtwind winkte mit den Fingern zurück, eher ein beiläufiges, anmutiges Spiel der Hand als Faenwulfs ausladendes Winken.

»Es ist großartig, wieder hier zu sein«, sagte Faenwulf und zog sich das Nachthemd über den Kopf. Nachtwind nahm das Muskelspiel des gestählten Körpers zur Kenntnis, als sein Bruder sich ausgiebig dehnte und streckte und mit beiden Händen seine blonde Mähne zerwühlte. Die Jahre in Olport hatten aus dem kräftigen Knaben einen starken Mann gemacht; die militärischen Übungen waren erfolgreich gewesen. Jeder Spann an ihm schien gebündelte Kraft zu sein, Muskelstränge vernetzten seinen Körper, und die Haut, die vor allem an den Armen mit feinem goldenen Flaum bedeckt war, schimmerte rosig und gesund. Dabei war Faenwulf gar nicht übermäßig mit Muskeln bepackt, er hatte auch keinen Stiernacken, wie viele ihn mit der Zeit bekamen, wenn sie versuchten, sich eine über das gewöhnliche Maß hinausgehende Stärke anzueignen, sondern wirkte lediglich ausgesprochen kraftvoll und auf Frauen bestimmt anziehend. Lachend goss sich Faenwulf einen Eimer Wasser über Kopf und Oberkörper.

»Sei ehrlich, Nachtwind. Du schaust mich schon die ganze Zeit über so merkwürdig an. Habe ich mich arg verändert?«

Nachtwind gestattete sich ein Grinsen. »Körperlich schon. Ich hätte es nie für möglich gehalten, dass ein Mensch so viele Muskeln haben kann«, gab er zu. »Ich dagegen bin ein dünner Hering geblieben.«

»Bei Swafnir, sag das nicht. Du magst dünn aussehen, aber du warst schon immer zäh wie altes Leder. Ich denke allerdings, dass du dich *hier drinnen* verändert hast«, sagte Faenwulf und klopfte sich auf die Brust. »Du bist viel ernster geworden. Ich kann's auch an deinen Augen sehen.«

»Du spinnst«, meinte Nachtwind, ein wenig zu schnell, um überzeugend zu wirken.

»Nein, Brüderchen, mich täuschst du nicht. Ich kann es sehen, hören und fühlen. Du bist ernster geworden, auf eine traurige Art.«

»Was erwartest du eigentlich, nachdem ihr mich allein gelassen habt?«, fuhr Nachtwind ihn an und gab für diesen kurzen Augenblick etwas von dem Schmerz preis, der in den vergangenen sieben Jahren in ihm gebrannt hatte. Sogleich verhüllte er ihn aber wieder, bevor das Gefühl zu stark wurde. Er senkte den Kopf und winkte müde ab. »Entschuldige. Vergiss es, ich war ungerecht.«

Faenwulf seufzte und packte Nachtwind an der Schulter. »Ich vergesse es nicht und es tut mir leid, dass du hiergeblieben bist. Ich wusste nur nicht ...«

»Ich sagte: Vergiss es! Im Übrigen habe ich in den letzten Jahren einiges gelernt, was ich vielleicht nie gelernt hätte, wenn ihr hier geblieben wärt.« Nachtwind umarmte seinen Bruder kurz. »Alles ist so, wie es sein sollte. Ich habe mich nur in der letzten Zeit sehr einsam gefühlt.«

»So schlimm?« Faenwulfs Gesichtsausdruck zeigte, dass er ahnte, wie kalt und abweisend die Siljener Nachtwind behandelt hatten.

»Kannst du's nicht endlich vergessen?«, stöhnte Nachtwind. »Es ist schon in Ordnung.«

»Ist es nicht, ich seh's dir doch an. Ich werde mit Vater reden.«

»Tu das nicht! Sprich mit niemandem! Das macht es nur noch schlimmer. Begreif doch: Was immer du jetzt tätest, man dächte, ich hätte dich darum gebeten, und man würde mich womöglich deswegen hassen. Glaub mir, ich habe in den letzten Jahren reichhaltig Gelegenheiten gehabt, das beurteilen zu können.«

»Wenn du meinst«, gab Faenwulf nach, »aber ich glaube nicht, dass es richtig ...«

Nachtwind sah ihm ernst in die Augen, bis er den Blick senkte. »Du kannst nicht von heute auf morgen etwas bewirken. Aber ich war schließlich nie wirklich allein. Ihr wart in Gedanken immer bei mir und mein Ru …«

»Sag's nicht«, warnte Faenwulf mit gesenkter Stimme und deutete mit dem Kopf auf das Haus von Hjalkas Eltern, wo sich gerade die Tür öffnete und die Magierin heraustrat. Sie steuerte zielstrebig auf den Brunnen zu. »Ich weiß schon, *Rudel*, aus deinen Briefen, aber sonst braucht es niemand zu wissen. Wölfe haben keinen guten Leumund, weder im Frühling, wenn die Lämmer auf die Welt kommen, noch im Winter, wenn der Hunger zu arg wird.«

»Worüber sprecht ihr gerade?«, fragte Hjalka, als sie hinzutrat und jedem der beiden jungen Männern sanft eine Hand auf die Schulter legte.

»Familienangelegenheiten«, versetzte Faenwulf, den die plötzliche Vertraulichkeit verlegen machte. Er griff eilig nach seinem Nachthemd und warf es sich über. »Kommst du mit, Nachtwind? Mutter und Vater warten schon mit dem Frühstück auf dich.«

»Ja«, antwortete Nachtwind und wollte aufstehen, aber Hjalkas sanfte Hand hielt ihn noch einen Augenblick lang zurück. Ein tiefer, durchdringender Blick bannte ihn auf der Stelle. »Ich träfe dich gern heute Abend am Waldrand, südlich von hier.« Ihre Stimme klang tiefer und rauchiger als sonst. Nachtwind nickte nur, machte sich los und eilte Faenwulf nach. Mit Bedauern spürte er den warmen, sanften Druck ihrer Finger auf seiner Haut allmählich schwinden. Er leckte sich unruhig die Lippen, als er seine Wangen erneut heiß werden fühlte. Ja, Hjalka hatte sich eindeutig verändert.

Als die Sonne unterging, verabschiedete sich Nachtwind wieder von seiner Familie, obwohl Faenwulf und Jora ihn zum Bleiben überreden wollten. Besonders

Faen war enttäuscht und erinnerte ihn an sein Versprechen vom Vortag. Nachtwind lehnte zögernd ab. Er wäre gern geblieben, aber er konnte – oder wollte, da war er sich selbst nicht sicher – Hjalkas Einladung nicht ausschlagen. Orik zeigte seine Freude nicht zu deutlich, aber Faen spürte, dass es seinem Vater durchaus recht war, wenn der Halbelf nicht im Haus blieb. Zwischen Vater und Sohn entspann sich deswegen später ein heftiges Wortgefecht, das, ganz Thorwalerart, weder leise noch sachlich blieb und mit dem scheinbaren Sieg des Familienoberhaupts endete. Faen stürmte aus der *Halla* und legte sich zornig zu Bett. Es hatte sich vieles verändert in den vergangenen sieben Jahren, und manches davon zum Schlechteren. Allerdings überlegte er auch, ob nicht auch Nachtwind einen Teil der Schuld trug, weil er sich von den Eltern abgesondert hatte. Zumindest heute Abend hätte er bleiben müssen!

Nachtwind indessen bekam von dieser Auseinandersetzung nichts mit. Er schlenderte an den Südrand des Dorfes und von dort zum nächstgelegenen Wäldchen. Oâ hockte auf seiner Schulter und plusterte sich angeberisch auf. »Niiii«, machte er, »niiiii«, und schüttelte sich, als Hjalkas schlanke Gestalt sich aus den Baumschatten löste. Sie trug ein mitternachtsblaues Gewand mit Silbersternchen und ihr rotblondes Haar bewegte sich leicht in der lauen Abendbrise. Ansonsten war sie wie früher, ganz natürlich, barfuß, ohne Schmuck. Auffordernd streckte sie Nachtwind eine Hand entgegen und lockte ihn spielerisch mit einem Finger. »Komm, mein Held, komm zu deiner Zauberfee«, lachte sie und zitierte dabei Begriffe aus ihrer gemeinsamen Kindheit.

Nachtwind zögerte. Die Worte kamen ihm nicht mehr *richtig* vor, es war, als hätten sie ihren alten Zauber verloren und einen neuen, ihm noch unbekannten angenommen.

»Du hast doch nicht etwa Angst vor mir?« Hjalka breitete beide Arme aus und kam auf ihn zu. Sie umarmte ihn, ohne dass er sich dagegen zur Wehr setzen konnte. Die Bewegung kam keinesfalls überraschend, aber er fühlte sich außerstande, auch nur ansatzweise auszuweichen; sogar das abwehrende Heben seiner Hände wirkte halbherzig. Beinahe willenlos ließ er alles mit sich geschehen, als hätte eine geheimnisvolle Lähmung ihn überfallen. Als sie ihren Körper zur Begrüßung gegen den seinen presste – besser gesagt: ihn zu sich heranzog, mit einer Kraft, die man der zierlichen jungen Frau nicht zugetraut hätte –, schloss er die Augen. Ein wohliger Schauer durchrieselte ihn. Er atmete tief ein, genoss die Hitze, die schlagartig durch seinen Körper floss und ihn zum Singen brachte, und senkte den Kopf leicht zu Hjalka hinunter. Als er den Druck ihrer Arme nun sanft erwiderte, spürte er, wie sie sich in seinen Armen entspannte. Ihr Gesicht wandte sich seinem zu und ohne dass er sich hätte anstrengen müssen, fanden sich ihre Lippen. Zuerst war es ein knappes, schüchternes Zusammenprallen, bei dem er ihren Duft schon zu schmecken glaubte und das ihn dazu antrieb, sich ihr erneut entgegenzudrängen, heftiger diesmal. Er meinte, sie müsse spüren, wie sein ganzer Leib im Takt des Blutes pulsierte und sich ihr entgegendrängte, und es war ihm beinahe peinlich, aber sein Verlangen war nun größer als er selbst. Er schnappte, wie um sie festzuhalten, nach ihrem Mund, presste ihre Unterlippe zwischen seine Lippen und saugte sich an ihr fest. Hjalka reagierte augenblicklich. Ihre Oberlippe legte sich auf die seine und ihre Hände glitten mit weit gespreizten Fingern seinen Rücken hinunter und legten sich wie Klammern auf sein Gesäß, während sie ihm den Unterleib entgegenpresste. So heftig war die Bewegung, dass beide zu Boden fielen. Nachtwind keuchte erschrocken auf und wollte sich losmachen, aus Angst, ihr sei durch den Aufprall etwas zugestoßen, aber Hjalka packte seinen Kopf mit beiden Händen und schlang ihre Beine um seine Hüften.

Nachtwind schwindelte – was geschah nur? Er verlor vollkommen die Herrschaft über sich und das Geschehen und wenn es auch das war, wonach er sich seit Jahren gesehnt hatte – er mochte dabei nicht einmal unbedingt an Hjalka gedacht haben –, so ging ihm dies zu schnell, zu plötzlich.

»Nein«, flüsterte er und ließ Hjalka los. Energisch befreite er sich aus ihrem Griff und klopfte sich die Kleidung ab, aus der Tannennadeln rieselten. Er wich ein paar Schritte zurück. »Nein, Hjalka, verzeih mir, aber versteh mich bitte: Ich weiß nicht, was ich davon halten soll – ihr seid erst zwei Tage wieder hier und …«

»Mein Held«, lächelte Hjalka ihn vom Boden herauf an, »ich bin überzeugt, dass du mir durchaus gewachsen bist.« Sie senkte den Blick vielsagend. »Was ist dabei, dass ich dich begehre, mit jeder Faser meines Lebens? Sei nicht so … langweilig.«

Nachtwind schüttelte den Kopf und bemühte sich um kühle, klare Gedanken. »O Zauberfee, wenn das so einfach wäre! Gib mir ein bisschen Zeit, bitte.«

»Du willst mich also nicht?« Ihre Augen flackerten. Sie sah wunderschön und zerbrechlich aus. Er wollte sie nicht zerbrechen. Nein, er wollte nicht schuld daran sein, wenn sie zerbrach.

»Das ist es nicht, wirklich. Du bist …« Er schluckte, suchte nach einer Lüge, fand aber keine. »… die schönste Frau, die ich jemals gesehen habe, aber ich weiß nicht, ob ich dich liebe.«

»Was meinst du damit?«

»Ich habe keine Ahnung, woran man erkennt, dass man einen anderen Menschen liebt. Verzeih mir, ich muss nachdenken.« Damit fuhr er herum und lief davon, tiefer in den Wald hinein. Hjalka blieb noch für einen Augenblick sitzen. Dann ballte sie die Faust und schlug mehrmals auf den duftenden Waldboden. »Verdammt!«, sagte sie, eher wütend als traurig. »Verdammt, *verdammt*, VERDAMMT!«

Als sich die anderen drei am kommenden Tag am Brunnen trafen, um auf die Jagd zu gehen, blieb Hjalka zu Hause und half ihrer Mutter Marada beim Brotbacken. Trav warf Nachtwind unter einer hochgezogenen Augenbraue einen prüfenden Blick zu, enthielt sich aber jeder Äußerung. Faenwulf tat die Angelegenheit mit einem Achselzucken ab, ihm schien nichts aufgefallen zu sein. Ihr Weg führte sie gut acht Meilen nach Westen. Während Trav am Merek angelte – die einzige Art des Jagens, die ihr nicht schwer fiel –, begaben sich die beiden Brüder auf die Pirsch. Am Abend kehrten sie reichlich mit Hasen und Forellen beladen nach Siljen zurück. Sogar Orik fand lobende Worte für Nachtwind und bestand darauf, dass sein »ältester Sohn mit der Familie zusammen« esse, wie er es ausdrückte. Auch Senda und Travidja waren eingeladen. Die beiden gingen Jora in der Küche zur Hand, sodass es nicht nur lautstark und fröhlich zuging, sondern das ganze Haus auch bald von köstlichen Gerüchen erfüllt war. Orik nahm seine beiden Söhne beiseite und schenkte jedem von ihnen einen Becher Bodirer Eichengalle ein. Die Gegenwart Faenwulfs schien der Familie offensichtlich gut zu tun. Sie führte sie wieder zueinander, und das nur durch die Tatsache, dass Faenwulf anwesend war, nicht etwa weil er sich in einer besonderen Weise verhalten hätte.

Es gab nur ein einziges Ereignis, das den Frieden und die Eintracht des Tages kurzfristig störte (jedenfalls was Nachtwind anging): Sie waren gerade beim dritten Becher Eichengalle, als sich die Tür öffnete und Hjalka eintrat, auf den Händen ein Tablett mit frisch gebackenem, in karierte Tücher gewickeltem Brot.

»Mutter schickt mich, dem Hetman und seiner Familie Brot zu bringen«, sagte sie und stellte das Tablett auf den Tisch. Sie räumte die drei Brotlaibe mit geschickten Bewegungen vom Tablett und schlug das Tuch von einem der Brote zurück. »Ich hoffe, es schmeckt euch.«

Orik griff nach dem Brot und brach es auseinander: eine dunkle Kruste, die einen weichen, lockeren Sauerteig umgab, warm und duftend und ganz ohne Luftblasen. »Bei Swafnir! Maradas Brot ist reinste Zauberei! Das kann sogar Jora nicht besser«, murmelte er. »Na, brauchen wir wenigstens nicht mehr zu raten, woher du dein Talent hast, Mädchen.«

Hjalka verbeugte sich steif, das Gesicht eine ausdruckslose Maske kalter Herablassung. »Wie der Hetman meint.« Sie nickte Faenwulf und Nachtwind knapp zu, woraufhin jener sofort errötete. Dies zauberte ein Lächeln auf ihre Lippen, das die Augen jedoch nicht erreichte. »Auf bald.« Damit nahm sie das Tablett, drehte sich um und ging.

»Hranngars Fluch! Was hat sie denn? Sie hätte doch bleiben können«, wunderte sich Orik. Nachtwind starrte auf eine Maserung in der Tischplatte, die zwar schon seit mehr als zwanzig Jahren dort war, die ihn aber gerade in diesem Augenblick zu fesseln schien. *Auf bald …*

Faenwulf antwortete stattdessen »Weißt du, ich glaube, es war nicht so gesch … schickt, wie du sie angesssprochen hast«, erklärte er mit schwerer Zunge, »sie ist doch jetzt eine von der Runa … Runajasko und sie ist Magierin und so und hat ein Anrecht auf die richtigen Titt … Titel.« Er rülpste lautstark und klopfte sich kurz gegen die Brust.

»Bei Swafnir, da könntest du Recht haben. Habe ich nicht mehr dran gedacht«, knurrte Orik und rieb sich die bärtige Wange. Damit war für ihn das Thema beendet und mit der vierten Runde Eichengalle trugen die Frauen Wildbret und Fischsülzen auf und der Rest des Abends verlief in geselliger Runde.

Nachtwind verabschiedete sich spät in der Nacht von seiner Familie. Er brauchte frische Luft, er vermisste die Freiheit der Natur. Diesmal bestand Orik darauf, dass er eine Decke mitnahm, weil es nachts bereits empfindlich kalt war. Auch wenn er keine Decke brauchte, anerkannte Nachtwind, was der Hetman auf diese unbeholfene Weise zum Ausdruck bringen wollte, und nahm sie dankend entgegen.

Draußen in der kühlen Nachtluft wurde ihm einen Moment lang schwindlig und er blinzelte ein paarmal, bis der Rest Deres aufhörte, sich zu drehen und ihm das Gehen schwer zu machen. Er machte sich mit langsamen, genau abgemessenen Schritten auf den Weg. Er spürte jeden einzelnen Knochen im Leib und in seinem Kopf marschierten Zwerge auf und ab, die fröhlich mit Spitzhacken an die Innenseite seines Schädels hämmerten und lustige Marschlieder pfiffen. Aufgrund dieses Lärms hörte er nicht, wie ihm jemand folgte, und sein Blick war starr nach vorn gerichtet, sodass er die huschenden Bewegungen hinter sich nicht wahrnahm.

Irgendwann erreichte er ein Birkenwäldchen. Merkwürdig. Hatte das nicht immer an der Schafsweide gelegen? Eigentlich hätte er doch mittlerweile an einem ganz anderen Ort sein sollen, am anderen Ende des Dorfes, in seinem windgeschützten Unterschlupf zwischen den großen Bodireichen. Die Schafsweide stand doch viel zu dicht an den letzten Häusern. Da er indessen zum Umkehren zu müde war, beschloss er, sich an Ort und Stelle zur Ruhe zu legen; die Birken würden als Schutz für eine Nacht schon ausreichen. Er legte sich auf den Boden, rollte sich wie eine Katze zusammen und war gleich darauf eingeschlafen. Die Decke lag neben ihm.

In dieser Nacht erwachte er plötzlich von einer Bewegung an seiner Seite. Es war Hjalka, die neben ihm lag und zärtlich das Haar aus seinem Gesicht streichelte. Sein Geist war in diesen ersten Momenten noch zu schlaftrunken, um etwas anderes zu bemerken oder gar überrascht zu sein; ihn umgab nur das Gefühl von Nähe und Geborgenheit. Er seufzte wohlig, streckte sich behaglich und legte einen Arm um sie. Ihre sanfte Berührung tat so gut.

»Das wurde auch Zeit«, flüsterte sie und blies ihm leicht ins Ohr. In diesem Augenblick erwachte Nachtwind endgültig und sah und *begriff* zum erstenmal die Situation. Hjalka – *Hjalka!* – lag neben ihm, unter der Decke, und er sah mehr Haut als Kleidung. Bevor die Überraschung angesichts einer fast … nackten Hjalka von ihm wich, hatte sie schon das Heft in die Hand genommen. Sein Körper reagierte prompt darauf. Mit zwei, drei raschen Griffen löste sie die Knoten, die Nachtwinds Beinkleider an den Seiten festhielten. Ihre Finger zupften sie fort und zuerst fühlte er nur die Kühle der Nacht, die ihm kleine Schauer über die bloße Haut jagte. Dann schob sie sich mit gespreizten Beinen über ihn und ließ eine ihrer Hände unter sein Hemd und aufwärts gleiten. Mit sanften, aber energischen Bewegungen brachte sie seine Hände dazu, sie festzuhalten. Ihr warmes Fleisch fühlte sich fest und glatt an; beinahe ohne bewusstes Zutun glitten seine Hände ihren schlanken, wohlgeformten Körper entlang unter das weiche, seidene Leibchen, das sie noch trug. Sie bäumte sich ihm entgegen und er sah durch den dünnen Stoff jeden Fingerbreit ihres Körpers. Sein gesamter Körper sang, als sie sich beide der Kleidung entledigten, und während ihr Atem nur noch stoßweise ging, drang er mit einer einzigen Bewegung in sie ein. Zugleich trafen sich ihre Münder und ließen nicht wieder los. Zuerst langsam, dann immer schneller bewegten sich ihre Leiber gemeinsam, aufs Engste miteinander verbunden, unter der Decke. Ihre Hände huschten wie eigenständige kleine Lebewesen über die Haut und lösten Empfindungsschauer aus, die Nachtwind niemals erwartet hätte und die Hjalka ein lustvolles Stöhnen entlockten. Schließlich – wie viel Zeit vergangen war, ließ sich schwer schätzen, aber am Horizont zeichnete sich bereits das Grau ab, das bald dem blassen Schein des Morgens Platz machen würde – hielt er es nicht mehr aus. Er barst förmlich in ihr und allmählich kamen sie wieder zur Ruhe, ließen voneinander ab, schweißbedeckt, aber zufrieden. Sie küssten einander tief und leidenschaftlich, dann rollte Hjalka von ihm herunter an seine Seite. Sie schwieg, stützte den Kopf auf eine Hand und starrte ihn aus großen Augen an. Er fand kein Zeichen von Verlegenheit darin. Schließlich konnte er ihrem Blick nicht länger standhalten. »Ich habe dich enttäuscht«, murmelte er.

»*Enttäuscht* ist nicht der richtige Ausdruck«, lächelte sie. »Genauer betrachtet ist es sogar ein vollkommen falscher Ausdruck.«

»Aber das, was wir getan haben …«

»Ich habe mich so lange danach gesehnt«, sagte sie und legte ihm einen Finger auf die Lippen. »Seit ich ein kleines Mädchen war. Und heute Nacht waren wir wirklich Held und Zauberfee.«

»Es war … wie Zauberei.«

»O ja, das ist es für alle beim …« Sie räusperte sich. »Ich spüre deinen Zauber noch immer.«

»Nein, das, was du getan hast. Es hat mich gefesselt und gebannt wie Magie. Lernt ihr so etwas an der Akademie?«

Sie zupfte an ihrem wunderschönen rotblonden Haar und legte es ihm spielerisch um den Hals. »Nicht alle«, sagte sie und er wusste nicht, ob sie es ernst meinte oder nicht. »Aber wir haben beide noch viel zu lernen.« Langsam stand sie auf, sodass er noch einmal jeden Fingerbreit ihres wunderschönen nackten Körpers betrachten konnte. Sein Verlangen nach ihr wuchs erneut. Sie raffte ihre Kleider zusammen, die ordentlich zusammengefaltet einige Schritt entfernt lagen, und schlüpfte rasch hinein. Das Leibchen sammelte sie ganz zuletzt auf. »Bis nachher«, flüsterte sie, beugte sich zu ihm herunter und küsste ihn leidenschaftlich ein letztes Mal. Dann schlenderte sie davon.

Nachtwind blieb wie vom Donner gerührt liegen. Er starrte durch die Birkenäste, die wie ein tauglitzerndes Spinnennetz über ihm im ersten zarten Rosenlicht des Morgens schimmerten, zum Himmel empor, als ob dort alle Antworten auf die Fragen lägen, die sich ihm heute Nacht eröffnet hatten. Oâ segelte krächzend herbei, stolzierte einmal um ihn herum wie ein Hund, der Witterung aufnimmt, schnob missbilligend durch den Schnabel, hockte sich anschließend wenige Schritt entfernt auf den Zaun der Schafsweide und wandte Nachtwind den Rücken zu.

*Die Beziehung zwischen Nachtwind und Hjalka war nicht von Dauer. Sie währte nur bis zum Spätherbst und als die letzten Blätter von den Bäumen fielen, starb mit ihnen auch die Leidenschaft zwischen dem Halbelfen und der Magierin. Nicht auf Nachwinds Beschluss hin, im Gegenteil: Er verstand nicht einmal, was geschehen war. Dabei war es, im Grunde genommen, sehr einfach zu erklären. Hjalka hatte endlich eingesehen, dass der Halbelf ihr niemals das geben konnte, was sie sich mehr als alles andere von ihm erhoffte: Magie.*

»Fürchtest du mich eigentlich nie, so wie die anderen es manchmal tun?«, fragte Nachtwind. Er lag neben Hjalka, die Augen geschlossen, den Arm um die Geliebte gelegt. Eine dicke wollene Decke schützte sie vor der Kühle der Nacht, die von den klaren silbernen Sternen auf Dere herabzusickern schien.

»Wieso sollte ich dich fürchten? Fürchtest du dich etwa vor dir selbst?«

Nachtwind wandte den Kopf ab.

»Was ist?«

»Vielleicht«, antwortete er. »Ich fürchte, dass ich nicht gut für dich sein könnte. Für niemanden.«

»So ein Unfug«, sagte sie und strich ihm über das Haar. »Wie kommst du auf solche Gedanken?«

Nachtwind zögerte. Er hatte bisher das Thema Zauberei tunlich vermieden, weil sein angeborenes Talent – das und seine elfische Abstammung – ihn zu einem Außenseiter im Dorfleben machte. Hjalka hatte in den vergangenen Wochen immer wieder mit diesem Thema angefangen, aber er war nicht darauf eingegangen. Die Magie war zu sehr Teil seines Wesens, zu eng mit seiner Seele verflochten, als dass er darüber hätte *reden* können, und aufs Reden verstanden sich die Magier bekanntlich seit jeher.

»Liebst du mich?«, fragte er. Er hatte die Frage schon mehrmals gestellt, aber sie war ihm ausgewichen wie jemand, der Angst vor der Wahrheit hatte. Oder einer Lüge.

»Du versuchst abzulenken«, flüsterte sie und knabberte zärtlich an seinem Ohr.

Ein Grinsen stahl sich auf Nachtwinds Züge. »Sicher.«

»Du nimmst mich nicht ernst!« Sie strampelte mit den Beinen die Decke weg und trommelte mit ihren kühlen kleinen Fäusten auf seiner Brust herum, bis er lachen musste. »Hör schon auf«, ächzte er, »oder willst du, dass wir hier erfrieren?« Übergangslos wurde er ernst. »Nun gut. Ich schätze, ich muss es dir sowieso eines Tages erzählen.«

»Ich bin ganz Ohr.«

»Es … es geht um meine *Magie*.« Er sah sie erwartungsvoll an, aber sie unternahm keinen Versuch, ihn zu unterbrechen. Im Gegenteil. Ihre Augen, jetzt mehr denn je unergründliche Seen, hingen wie gebannt an seinen Lippen. »Ich habe damit umzugehen gelernt, besser als früher, sodass ich sie jetzt auch bewusst einsetzen kann. Es ist fast so, als ob ich noch einmal laufen lernen würde, nur sehr viel mühsamer. Die … *Magie* ist auf irgendeine Weise *in mir*. Es ist schwer zu erklären, weißt du? Es ist, als ob du in einen Teich schaust und dich auf Anhieb in deinem Spiegelbild erkennst, und dann wirft jemand einen Stein hinein und alles verschwimmt zu einem Bild, das immer noch du bist. Du weißt es, aber du kannst nicht mehr sagen, woran du dich erkennst und ob nicht vielleicht eine fremde Welle dazwischen liegt. Du kannst nur abwartest, dann siehst du dich wieder so klar und deutlich wie vorher. Aber das verzerrte Spiegelbild kannst du trotzdem nicht erklären oder aufzeichnen.«

Sie sah enttäuscht aus. Nicht überrascht oder entsetzt, nur enttäuscht.

»Ich habe jetzt gelernt, manchmal selbst den Stein zu werfen und meine Magie hervorzulocken.«

»Zeig's mir.« Ihre Stimme klang wie ein Befehl.

»Zeigen?« Er war verwirrt.

»Ich will dich verstehen, aber das ist nur möglich, wenn ich deine Magie auch sehe. Wenn du mich liebst, zeigst du sie mir auch – wir wollen doch keine Geheimnisse voreinander haben.«

Nachtwind war erleichtert. Sie würde ihn verstehen. Sie liebte ihn. So wie er sie liebte. Sie würde verstehen. »Nun gut. Du versprichst mir aber, keine Angst zu haben, ja?«

»Warum sollte ich Angst vor dir haben? Los, fang an!«

Ihre Stimme klang merkwürdig anders als sonst, so fordernd und drängend, und eine seltsame *Gier* schwang darin mit, die Nachtwind nie zuvor bemerkt hatte. Er schüttelte den Kopf, ärgerlich über sich selbst. Was sollten diese Gedanken? Sie wollte ihm helfen, ihn verstehen, und er dachte über *Gier* nach. Er kauerte sich auf dem Boden zusammen, schloss die Augen und murmelte die Worte, die er vor Jahren schon gelernt hatte: *»A'dao valva iama lara.«*

Hjalka konzentrierte sich und beschwor Zauber herauf, die sie in der ›Halle des Windes‹ gelernt hatte und die es ihr ermöglichen sollten, die Struktur des Zaubers zu durchschauen und seine Thesis herauszuarbeiten. Endlich, nach all den Jahren des Studierens, nach den Versprechen ihren Lehrern gegenüber, endlich würde sie die elfische Magie lernen, über die Nachtwind gebot. Sie leckte sich aufgeregt die Lippen. Nichts, keine Unze Magie, durfte ihr entgehen. Aufmerksam verfolgte sie, wie Nachtwinds Körper sich in ein Netz aus Zauberei hüllte, das wie Myriaden von Tautropfen aus ihm selbst herauszuquellen schien, die sich zu fasrigen Lichtbahnen vereinigten, ein gleißendes Funkeln wie von abertausend farbigen Sternen, das sich zu einem großen geschlossenen Blütenkelch formte. Dann – von einem Augenblick auf den anderen – entfaltete sich die Blüte mit einer ruckartigen Bewegung und die Magie verströmte und wurde eins mit Nachtwind. Oder besser: mit dem Wesen, das Nachtwind gewesen war.

Denn vor ihr stand ein großer schwarzer Wolf. Ein Wolf mit Nachtwinds Augen.

Hjalka ging unruhig im Haus ihrer Eltern auf und ab. Das durfte doch nicht wahr sein, *das* nicht. Wozu hatte sie geübt und geübt, wenn es zu nichts taugte? Wozu hatte sie sich Nachtwind auf so zudringliche Weise genähert und in Kauf genommen, dass sie damit ihre Freundschaft zerstörte, die ihr noch immer wichtig war? Sie war so *überzeugt* gewesen, sich Nachtwinds Magie aneignen zu können, dass sie an ein Scheitern nicht einmal ansatzweise gedacht hatte. Mit der Kenntnis seiner Magie hätte sie an die Akademie zurückkehren und selbst Lehrerin werden können – und jetzt? Man würde sie auslachen. Aber die Magie, die von Nachtwind ausging, ließ sich, zumindest für sie, nicht identifizieren, strukturieren, analysieren und so kleinschrittig aufbereiten, dass sie sie auf eine Thesis hätte reduzieren können. Fest stand nur, dass die Worte allein – *A'dao valva iama lara* – nicht ausreichten. Und

Nachtwind hatte sich außerstande gesehen, ihr etwas zu erklären. Sie hatte ihn voller Wut verlassen und war nach Hause gegangen. Das war doch kein Geliebter, nicht einmal ein Freund! Er war … sie hieb mit der flachen Hand so heftig auf den Tisch, dass das Tintenfässchen umfiel und seinen Inhalt über die dunkle Holzplatte ergoss. Das Papier, auf dem sie den Brief an die Halle des Windes begonnen hatte, war vollkommen verschmiert und zu nichts mehr zu gebrauchen. Wäre sie doch nur nie aus Olport weggegangen, sondern hätte sich damit abgefunden, die Geliebte ihres Lehrers Haldrunir zu bleiben – welch schönes Leben hätte sie führen können.

Aber sie hatte es besser zu wissen geglaubt und damit geprahlt, sie könne Dinger über elfische Magie herausfinden, die selbst die firnelfischen Lehrer der ›Halle des Windes‹ noch nicht wüssten. Wenn sie jetzt unverrichteter Dinge zurückkäme … Nein. Sie würde niemals den Status erlangen, den sie sich erträumte. *Maga* war nicht genug, Geliebte des Lehrers war nicht genug. Nein, sie hatte sich geschworen, eines Tages an der Spitze zu stehen und Nachtwinds Magie hätte ihr den Weg ebnen sollen. Wenn sie sich hierin als unfähig erwies, würde ihr gesamtes Talent nicht ausreichen, um diese Scharte jemals wieder auszuwetzen. *Magi* konnten *sehr* nachtragend sein. Sie vergaßen nie, wenn sich ein Kollege oder eine Kollegin selbst bloßgestellt hatte. Und genau das würde sie tun, wenn sie nach Olport zurückkehrte ohne das Wissen um Nachtwinds Magie. Hranngars Fluch über ihre vorlaute Zunge! Sie hätte nichts versprechen dürfen, was sie nicht halten konnte! Hjalka wusste, dass ihr Traum, eines Tages die Akademie zu leiten, damit ausgeträumt war, und so schob sie in Gedanken auch Haldrunir beiseite. Er wäre so nützlich gewesen … genau wie Nachtwind, der Freund aus Kindertagen und der Zweckgeliebte der vergangenen Wochen. Aber Nachtwind hatte sich als Enttäuschung erwiesen. In magischer Hinsicht, schränkte sie ein. Ansonsten war er nicht ganz so gut wie Haldrunir, aber ungewöhnlich einfühlsam … und sie wusste, dass er ihr Freund war, und dieses Gefühl tat gut. Nein, schalt sie sich selbst, das durfte jetzt nicht zählen. Sie konnte ihn nicht behalten, ausgeschlossen. Mit ihm würde sie es nicht einmal im Dorf zu Macht und Ansehen bringen. Nicht mit *ihm* …

Hjalka stellte ihre unruhige Wanderschaft durch das Zimmer ein. Ihr war ein Gedanke gekommen. Der Weg zur ›Halle der Winde‹ war ihr versperrt, solange sie nicht den kleinsten Erfolg in Sachen Elfenmagie vorzuweisen hatte. Magie war jedoch nicht alles. Sie war bestens ausgebildet in einer Reihe von Zaubern, die nur wirklich talentierte *Magi* so früh schon bewältigten, und sehr wohl in der Lage, auch außerhalb der Akademie ein gutes Leben zu führen – beispielsweise als Frau eines *Hetmans*.

Hjalka nickte zufrieden. Eine solche Zukunft war vielleicht nicht mit Nachtwind möglich, aber mit seinem Bruder. Faen hatte alle Aussichten, eines Tages Hetman zu werden – sein Aussehen, seine Freundlichkeit allen Menschen gegenüber und seine Kampfstärke waren beste Voraussetzungen. Nun, und als Frau des Hetmans war ihre Stellung nicht allzu schlecht. Außerdem: Wer behauptete denn, dass er immer nur Hetman bleiben musste? Er konnte auch zum Jarl aufsteigen. Das war sogar eine sehr wahrscheinliche Möglichkeit – mit einer Frau wie ihr an seiner Seite. Mit einer willensstarken, klugen und weitsichtigen *Maga* an seiner Seite würde Faen sicherlich auch noch mehr schaffen. Ja, das war ein guter Plan.

Es tat ihr ein wenig leid, dass sie Nachtwind nun nicht mehr brauchen konnte, es war sogar ausgeschlossen, dass sie ihn sich als Geliebten hielt. Er und sein Bruder waren zu eng miteinander verbunden. Sie durfte sich auch nicht zu rasch von ihm trennen, geschweige denn in Feindschaft, denn auch das würde ihre künftige Beziehung zu Faenwulf erschweren, wenn nicht gar verhindern. Außerdem wollte sie Nachtwind nicht als Freund verlieren – sie beide verbanden so viele wunderbare Erinnerungen, dass sie sich ein Leben ohne ihn, und sei es im Hintergrund, nur schwer vorstellen konnte. Aber neben ihm – als seine *Frau* – im Vordergrund, das war ausgeschlossen. Nun, er würde darüber hinwegkommen.

Nachdem sie ihm noch ein-, zweimal beigewohnt hatte, suchte sie, wie sie es ausdrückte, ein offenes Wort mit ihm zu wechseln, vergewisserte sich dabei aber schon zuvor in Einzelgesprächen mit Faen und Trav deren Rückendeckung. Sie erklärte, festgestellt zu haben, dass sie Nachtwind nicht wirklich lieben könne, da er nie Zeit für sie habe. Da alle wussten, wie oft Nachtwind unterwegs war und dass es zu seinem Wesen gehörte, schien diese Erklärung zumindest Faen völlig ausreichend. Dass jemand seinem Bruder weh tun könnte, war ihm gar nicht recht, aber er sah es als die beste Lösung ein und versprach, sich darum zu kümmern, dass ihre gemeinsame Freundschaft darunter nicht leiden musste. Trav schaute zweifelnd drein.

»Die Liebe ist eine Macht, die von den Göttern verliehen und wieder genommen wird«, erklärte sie, als müsse sie jedes Wort einzeln abwägen. »Nichts und niemand vermag sie aufzuhalten, sie zu behindern oder zum Erlöschen zu bringen, wenn sie von reinen, göttergefälligen Herzen ausgeht. Dagegen ist alles andere Tand und Staub und kann nicht bestehen. Es ist an uns, die Liebe zu verbreiten und zu empfangen, für sie zu leiden und für sie zu leben.« Sie senkte die Wimpern über ihre Augen und stand da, die Hände demütig gefaltet. Eine erhabene Aura strömte von ihr aus, machtvoll und bescheiden zugleich.

»Du hast sicher Recht«, murmelte Hjalka. »Aber es ist besser, wenn ich es ihm jetzt sage als später.«

*Nachtwind war anfänglich wie vom Donner gerührt. Er hatte Hjalka seiner Ansicht nach so viel von sich selbst offenbart und ihr ein so großes Maß seiner Zeit gewidmet, dass ihre Worte ihn sehr verletzten. Aber er schien ihren Entschluss schließlich doch zu verstehen. Zwar herrschte nie wieder das gleiche Verhältnis zwischen ihnen wie vor ihrer innigeren Beziehung, sie blieben jedoch Freunde. Aber während Nachtwind glaubte, den Gram bis an sein Lebensende mit sich herumschleppen zu müssen, und Hjalka davon ausging, alle Schwierigkeiten mit leichter Hand und für immer gemeistert zu haben, sodass dieses Kapitel im Buch ihres Lebens abgeschlossen sei, war es in Wirklichkeit genau umgekehrt. Aber das sollten sie erst später erfahren.*

# Wolfswinter

Der Winter kam in diesem Jahr früh über das Thorwalsche Land. Schon in den ersten Tagen des Boron herrschte dichter Nebel, und im Verlauf des düsteren Mondes froren die stehenden Gewässer zu und aus dem Norden schleuderte Firun gewaltige Schnee- und Eismassen gen Süden. Als der Hesindemond anbrach, lag der Schnee bereits mehrere Schritt hoch an den Hängen der Olochtai und die Thorwaler hatten alle Hände voll zu tun, ihre Wege freizuhalten und die Beheizung ihrer Langhäuser sicherzustellen.

Trolske, der mittlerweile älter als achtzig Jahre war, fluchte über die Kälte und erinnerte die anderen daran, wie einstmals, lange vor ihrer Zeit, ein ebensolcher Winter geherrscht hatte, und wie damals die Wölfe – und weitaus Schlimmeres – aus dem Norden herbeigekommen waren. Die Kinder lachten und schauderten bei solchen Erzählungen gleichermaßen, aber die Älteren schauten besorgt drein und hießen ihre Familien gut aufzupassen. Wie wohl sie daran taten, erwies sich schon Mitte Hesinde.

In einer Nacht, sternklar und von einer Grabeskälte, die ärger kaum sein konnte, erscholl aus nicht allzu weiter Entfernung das klagende Geheul eines Wolfes, dann fiel ein zweiter ein, dann ein dritter und so fort, bis schließlich die Nacht ganz von den unheimlichen Lauten erfüllt war. Nach und nach blinzelten träge gelbe Lichter in den Fenstern und Türen Siljens auf, bis beinahe das ganze Dorf wach zu sein schien. Die Menschen, von Unruhe erfüllt und besorgt, kamen aus ihren Häusern und berieten sich mit ihren Nachbarn und mehr als einer dachte bange an die Erzählungen Trolskes. Was hatte all das zu bedeuten? Niemand wusste eine Antwort zu geben und so schlichen sie, begleitet vom unirdischen Geheul der Raubtiere in der Ferne, zum Traviatempel und weckten die beiden Geweihten auf. »Was ist das?«, fragten sie. »Sind die Götter zornig? Und weshalb?«

»Wölfe«, teilte Senda den Wartenden ungnädig mit, »nichts als gewöhnliche Wölfe. Legt euch wieder hin. Deswegen weckt man uns? Die Narrheit muss in diese Menschen gefahren sein!« Eine knochige Hand packte sie am Arm und zog leicht daran. Senda warf dem Mann einen bitterbösen Blick zu, aber der ließ sich nicht einschüchtern. Ausgerechnet der dürre alte Swafnald erdreistete sich zu so etwas! Er hatte zeitlebens weder viel gearbeitet noch viel gegessen und Mut war ebenfalls keine Eigenschaft, die man ihm zugesprochen hätte. »Und wenn sie herkommen?«, wandte er ein. Er schauderte.

»Nun, dann werden sie dich wohl auf der Straße finden. In deinem eigenen Haus wärst du sicherer«, fuhr Senda ihn an und streifte seine Hand mit einer energischen Bewegung ab. Dann wandte sie sich an alle. »Ihr seid wohl nicht recht bei Trost. Geht heim, Leute. Das dort draußen sind bloß Wölfe.«

»Wie kannst du dir so sicher sein? Ich habe gehört, dass es auch Wölfe geben soll, die ganz und gar nicht derisch sind. Bestien sind es, so sagt man, und einige davon sind mächtige dämonische Götzen der Nivesen, die sie auf arglose Wanderer hetzen. Was, wenn *die* das da draußen sind?« Der Sprecher war ein junger Mann mit schütterem rötlichen Haar, das ihm wirr vom Kopf abstand. Er trug eine blauweiß karierte Joppe. Senda winkte ihn zu sich heran. »Klein-Egil, tritt einmal näher.«

Sie packte sein Kinn mit festem Griff und zwang ihn, ihr in die Augen zu sehen. Es dauerte nicht lange, da senkte er die Lider, um ihrem Blick nicht mehr begegnen zu müssen. »Ich möchte nie wieder einen solchen Unsinn von dir oder einem anderen hören«, fauchte sie. »Aber wenn ihr schon einmal alle da seid, dann kommt näher, setzt euch hin und passt auf, was ich euch über die Wölfe zu erzählen habe.« Die Dörfler setzten sich, wenn auch manche widerstrebend. Jeder von ihnen wusste, dass man Wölfe jagen und töten konnte, und viel mehr musste man eigentlich gar nicht wissen.

Ächzend ließ Senda sich neben der Feuerstelle nieder und entfachte das Feuer neu, das sie erst vor wenigen Stunden für die Nacht gelöscht hatte. »So höret denn, was ich euch zu berichten habe, und denkt wohl daran, dass es nur Geschichten sind, Erzählungen von Menschen, die weder die Gastfreundschaft der MUTTER Travia noch die Weisheit Hesindes oder Phexens List ihr Eigen nennen, die aber schon lange vor uns durch dieses Land zogen und einer Form des Glaubens an Firun anhängen, die wir nicht teilen können, denn sie nennen ihn *Firngrimm* und bezeichnen ihn als *Wintermutter*, als ob sich die Herren Firun und Ingerimm mit der GROSSEN MUTTER in einem Bilde vermengen würden.« Senda holte tief Atem und nutzte die Gelegenheit, ihre Besucher zu mustern, in deren Augen sie Neugierde und gespannte Erwartung sah. Sie lauschte für einen Moment dem Heulen der Wölfe draußen.

»Vor langer Zeit«, fuhr sie dann fort, »soll Firngrimm nur an dreißig Tagen des Jahres Macht besessen haben und sanft soll sie gewesen sein, wie man es sich heute nicht mehr vorzustellen vermag. In jenen Tagen waren Himmelswölfe die ersten Bewohner von Himmel und Erde und die Nivesen, von denen diese Mär stammt, sahen in ihnen Gebieter über Wetter, Land und Leben und auch Firngrimm ist eine von ihnen und die Nivesen fürchten und verehren sie bis heute. Einer dieser

Himmelswölfe, die Wölfin mit dem silbernen Auge, Liska genannt, kam zu den Menschen ohne Arg und Trug und sie kam in das Lager von Vaê, der Mutter des Mada.«

»Aber Mutter«, warf die kleine Frenja ein, ein hübsches, etwa sieben Götterläufe altes Mädchen mit blonden Zöpfen, das mit angezogenen Knien und in einem pelzverbrämten, groben Kleidchen zwischen den anderen saß, »Mada ist doch kein Junge, Mada ist ein Mädchen.«

»Nur bei uns«, entgegnete Travidja an Sendas Stelle, »Nicht jeder Mensch hat den gleichen Namen für das gleiche Ding. So nennen die Nivesen den Wolf *nika* oder *nikku* und die Elfen nennen ihn *largra* – so viele Namen für ein einziges Tier, und ich bin sicher, wenn wir uns bei anderen Völkern Deres umhörten, würden wir noch zahlreiche andere finden. So wundersam sind die Wege und der Wille der Götter. Und so, wie wir den Wolf unter einem anderen Namen kennen als die Nivesen, gilt bei jenen unser Mädchenname Mada als Jungenname.« Sie tätschelte Frenjas Kopf und bot dem Kind eine Süßigkeit an, die sie aus einer ihrer vielen Taschen hervorzauberte. Nachdem Frenja sich etwas genommen hatte, holte sie eine weitere Leckerei hervor und stopfte sie sich selber in den Mund. Senda warf sie ein entschuldigendes Grinsen zu.

»Liska kam also zur Sippe Madas. Als Sohn der Sippenführerin musste er für die Wölfin sein Zelt räumen. Nach Liskas erster Nacht im Zelt kam er und erblickte zwei Welpen auf Liskas Lager: kleine Himmelswölfe mit goldenem Fell. Und ihn überkam die Gier. Mada beschloss, die Tiere zu entführen. Kaum aus dem Zelt herausgetreten, unter jedem Arm eines der winzigen Tiere, begannen jene schrecklich zu winseln und die Schuld, die er auf sich geladen hatte, kam Mada nun zu Bewusstsein. Aber er vermochte seine Schuld nicht einzugestehen und auf die Götter zu vertrauen und dadurch beging er seine eigentliche Freveltat: Wiewohl die Götter den Raub verurteilen, so verzeihen sie doch dem, der seine Fehler einsieht und bußfertig und reuig dafür einsteht. Eines indes verzeihen Götter niemals und ebendies tat Mada nun: Er *mordete* die Welpen.«

Senda betonte absichtlich das *Morden*, da in ihren Augen der Begriff *Töten* das Geschehen nur mangelhaft wiedergab. Sie machte eine kleine Pause und ließ ihre Worte auf die Zuhörer wirken. Die religiösen Überlieferungen der Nivesen waren kaum jemandem außer diesen selbst und einigen Geweihten der Zwölfe bekannt und sie konnte nicht umhin, diesem Volk ein gewisses Gespür für dramatische Einfälle zuzugestehen. Viele Münder formten lautlos ein »Oh« und die Blicke hingen gebannt an Sendas fülliger Gestalt. »Mada erschlug die goldenen Welpen der Himmelswölfin Liska aus Angst vor den Folgen seiner Tat. Dies war sein großer Frevel und dessen Folgen waren schrecklich. Denn natürlich entdeckte Liska die Tat, als sie zurückkehrte zum Zelt, und verkündete ingrimmig: *Diesen Tag sollt ihr niemals vergessen*. Danach packte sie die leblosen Körper ihrer Welpen und stieg mit ihnen hinauf ins Himmelsgewölbe und legte sie in die Silberschale, die nächtens am Himmel erschien und sich abwechselnd füllte und leerte. Diese Schale nannte man fortan *Madamal*, das Schandmal des Mada, und wann immer das Madamal mit dem Sternensilber vollgelaufen ist, erscheinen dort die Leichen der Welpen und erinnern die Menschen und Wölfe an das schrecklichste aller Verbrechen. In diesen Nächten, Nächten wie heute, heulen die Wölfe, um die Menschen an Madas schreckliches Verbrechen zu erinnern.«

»Aber wir haben Liskas Kinder doch nicht umgebracht«, wagte Frenja mit der Unschuld eines Kindes einzuwerfen.

»Das haben wir nicht, da hast du ganz Recht«, sagte Travidja. »Und es ist schließlich nur eine Geschichte der Nivesen und nicht die Wahrheit.«

»Hätten die Himmelswölfe nicht die Welt zerstören oder zumindest Mada vernichten können?«, wollte Egil wissen. »Wozu die Geschichte mit dem Madamal?«

»Nun, Klein-Egil, erstens wurde die Welt, wie sie damals war, tatsächlich verwüstet. Und zweitens: Für ein Verbrechen büßen bedeutet leiden und sich an den Grund für dieses Leiden erinnern müssen, damit die Seele geläutert werde. Während unser Leid begrenzt ist, weil wir alt werden und eines Tages sterben, ist Liskas Leid unermesslich und unbegrenzt, so wie sie unsterblich ist.«

Die Zuhörer nickten bedächtig. Ja, das schien alles durchaus einen Sinn zu ergeben, aber dennoch … irgendetwas wirkte falsch oder zumindest nicht *ganz* richtig, wenn es auch schwer in Worte zu fassen war. Einulf versuchte es dennoch. Er war ein großer dicker Mann mit fahlem Haar und blassen Augen, der mit einem Hieb seiner Faust glatt einen Tisch entzweibrechen konnte. Seine Stimme grollte tief in der Brust und stieg empor wie Donner, doch man kannte ihn als umgänglichen und geradezu freundlichen Menschen, der tief im Glauben an Firun verwurzelt war und ein Ifirn-Amulett um den Hals trug. Er saß mitten zwischen den anderen, aber nun stand er auf, und alle Augen richteten sich auf ihn. »Aber weshalb kommen die Wölfe, um gegen uns zu kämpfen? Ich habe einmal einen Nivesen getroffen und der hat mir erzählt, dass die Wölfe den Nivesen heilig seien, fast so wie uns die Delphine und Wale.«

Senda zuckte die Achseln. »Ich weiß es nicht, mein Sohn. Das musst du schon die Nivesen selbst fragen. Wenn nun die Wölfe herabkommen zu uns, dann kann dies natürlich auch eine Prüfung Firuns sein, der unsere Tapferkeit und unser Jagdgeschick herausfordern möchte.« Sie wedelte hastig mit den Armen. »Und nun geht heim und schlaft, bis der Morgen wieder anbricht. Er wird uns weisen, was zu tun ist.«

Am nächsten Morgen sichtete man Wolfsfährten in unmittelbarer Nähe des Dorfes. Eine *Menge* Wolfsfährten von beträchtlicher Größe. Und dabei blieb es nicht. In der kommenden Nacht versuchten die hungrigen Bestien, in eines der weiter außerhalb gelegenen Häuser einzudringen, halb wahnsinnig vor Gier und durch den Geruch der Tiere, die man in das Haus getrieben hatte, völlig außer sich geraten, wie Gund Wallasson berichtete, dem es gelungen war, sie durch Feuer auf Abstand zu halten. Bereits an diesem Tag mehrten sich die Stimmen, die forderten, einen Jagdtrupp zusammenzustellen, um die Wölfe zu vertreiben.

Am darauffolgenden Tag kam es zum ausschlaggebenden Ereignis: Das alte Tantchen Malina war in der Zeit der Abenddämmerung noch draußen unterwegs gewesen; warum, wusste niemand, schließlich war es bitterkalt, und der Hetman hatte allen geraten, rechtzeitig vor dem Dunkelwerden zu Hause zu sein. Aber Malina war in den letzten Jahren immer wunderlicher geworden und so wurde sie weniger als hundert Schritt vom Langhaus seiner Familie entfernt angegriffen und förmlich zerrissen. Gund, der beim ersten Heulen und dem ersten Schrei nach Orknase und Schneidzahn griff und nach draußen stürmte, konnte das Wurfbeil gerade noch einem besonders großen Wolf entgegenschleudern und einen anderen mit einem Hieb der Orknase beiseite fegen, bevor er angesichts des großen, geifernden Rudels den Rückzug antreten musste. Und selbst das hätte er kaum mehr geschafft, wenn ihm nicht seine Söhne, beides große, kräftige Kerle, mit ihren Äxten und Fackeln beigestanden hätten.

Wuchtig donnerten mehrere Wolfskörper gegen die hastig zugeworfene und verriegelte Tür und brachten sie zum Erzittern, aber in jener Nacht war und blieb Malina das einzige Opfer, obwohl das ganze Dorf unter dem Geheul der Tiere zu leiden hatte, die wie große dunkle Schatten um die Häuser strichen. Nur dem Traviatempel blieben sie fern, obwohl sie dort leichte Beute hätten machen können. Senda und Travidja fassten dies als Zeichen der Göttin auf.

Orik wusste, dass er nun schleunigst etwas unternehmen musste. Es konnte nicht angehen, dass sein Dorf von Wölfen heimgesucht wurde und man sogar Menschenleben durch diese Tiere verlor. Es half nichts, als Travidja erklärte, die Wölfe würden von der schieren Not getrieben, und wenn man den bohrenden Schmerz des Hungers in ihren Eingeweiden nicht durch Fleisch besänftigte, würden sie immer und immer wieder angreifen, wie in die Enge getriebene Tiere es stets tun – oder wie ein Thorwaler, der unter der Walswut leidet.

Auch dass Nachtwind einwarf, man solle die Tiere besser zu *verstehen* suchen, ganz so, wie es angeblich die Nivesen täten, überzeugte niemanden, ja, dies brachte die Menschen noch zusätzlich auf. Von solcherlei Vorschlägen wollte niemand etwas hören. Die Wölfe waren Bestien und als solche gehörten sie verfolgt und vernichtet. Als Hjalka sich zu Wort meldete und erklärte, sie habe in der vergangenen Nacht das Wirken starker Magie gespürt, drohten die Herzen der Dörfler beinahe zu verzagen. Nachdem die *Maga* aber versprochen hatte, mit ihnen zu ziehen und sie mit ihren Kräften zu unterstützen, gab es keine Zweifel mehr: So hoch rissen die Thorwaler Recken ihre Waffen, dass sie in der Wintersonne funkelten, und laut schrien sie ihre Wut hinaus und ihren Schwur, die Wölfe zu erlegen und Tantchen Malina zu rächen.

Gegen Mittag brach Hetman Orik mit einem Trupp von gut zwanzig Männern und Frauen auf, unter ihnen auch seine Söhne und Hjalka, die glaubte, sich mit ihren Kenntnissen und Künsten nützlich machen zu können. Der Stahl reichverzierter Schwertklingen und scharfgeschliffener Axtblätter, jede Waffe so tödlich wie die andere, glitzerte im Licht der kleinen weißen Scheibe, die oben am Himmel hing und durch Firuns Macht weit fort von Dere gehalten wurde.

Die Fährten der Wölfe waren im Schnee gut zu erkennen, denn zum ersten Mal seit Tagen hatte es seit Tagesanbruch nicht mehr geschneit. Nachtwind blieb von Zeit zu Zeit stehen und hielt witternd die Nase in den Wind. Der Wolfsgeruch war schwach, deutlich dagegen der von Schnee. Es würde heute noch schneien, sehr bald schon, warnte er die anderen. Orik hieß ihn wütend still zu sein. Die Fährten seien ohnehin deutlich genug erkennbar, und man brauche Nachtwinds Dienste folglich nicht.

Hjalka, die ihn bisher stets verteidigt hatte, schwieg stille. Sie hatte beschlossen, sich dem Dorf als nützlich zu erweisen, und wollte ihre Zukunftspläne nicht gefährden, indem sie Nachtwind beisprang. Außerdem hatte sie noch etwas mit ihm zu klären. Sie nahm den Halbelfen beiseite und hielt ihn ein paar Schritte zurück, bis sie außer Hörweite waren.

»Verschweigst du mir etwas?« Sie blickte ihn forschend an. Seit ihren gemeinsamen Nächten vermochte sie noch besser in seinen Zügen und seiner Haltung zu lesen als damals, in ihrer Kinderzeit. »Warst du in dieser Nacht ... *draußen*?«

Nachtwind drehte den Kopf weg. Für einen anderen als sie hätte es so aussehen können, als spähe er aus, doch sie wusste es besser. Er wich ihr aus oder versuchte es zumindest. »Nachtwind!« Sie packte ihn an den Oberarmen und schüttelte ihn. »Dies ist kein Spiel! Es geht um unser Leben. Um *dein* Leben.«

Er machte sich unwirsch los und strich sich eine blauschwarz schimmernde Haarsträhne aus dem Gesicht. »Für mich war es nie ein Spiel.«

Nun war sie es, die den Kopf wegdrehte. »Es ist, wie es ist. Aber ich spreche von der Magie, die ich gespürt habe, und ich will wissen, ob *du das warst*.«

»Welche Rolle spielt es, ob ich es war – für dich, für

die anderen? Würdest du mir glauben? Und selbst wenn du es tätest – du hast den anderen ja schon davon erzählt. Was, glaubst du, werden sie sagen, wenn sie alles erfahren? Nein, du brauchst nicht zu antworten, ich weiß es ja schon genau: ›Mörder‹, werden sie sagen und auf mich deuten und ich glaube nicht, dass du mir dann beistehen wirst.«

»Du bist ungerecht. Ich dachte, du würdest mich besser kennen.«

»Das dachte ich auch.« Er richtete seinen Blick auf sie. Sie las die stumme Anklage darin. »Früher.«

»Nachtwind«, bat sie und warf den anderen unruhige Blicke zu, ob jemand zurückkäme, um sie zu holen, und dabei etwas von ihrem Gespräch mitbekäme, das ihr mittlerweile schon viel zu lange dauerte. »Bitte sag mir endlich, ob du heute Nacht draußen warst. Sag es. Bitte.«

»*Ich* oder *ich*?« Er dehnte die Worte, als lege er größten Wert auf eine kaum erkennbare Unterscheidung.

»Du als *du* oder du als *es*«, flüsterte sie. »Das macht für dich doch keinen Unterschied.«

»Du wirst wohl nie begreifen, dass es sehr wohl einen Unterschied macht.«

»Warst nicht immer du es, der betont hat, die Magie sei ein untrennbarer Bestandteil von dir?« Hjalkas Stimme klang mittlerweile gereizt. Nachtwind lachte leise und traurig auf. »Für mich hat die Gestalt keine Bedeutung, da hast du Recht, aber für *euch* hat sie eine Bedeutung, und euch soll ich hier Rechenschaft ablegen. Versuch nicht, mich zu täuschen.«

Die Magierin schüttelte den Kopf. »Du bist der unvernünftigste vernünftige Mensch, der mir je begegnet ist«, schalt sie ihn, »und noch spitzfindiger als alle Magister Olports.«

»Aus deinem Mund klingt es beinahe wie ein Kompliment«, erwiderte er ungerührt. »Aber ich möchte nicht mit deinesgleichen verglichen werden, selbst wenn es freundlich gemeint ist.«

Einer plötzlichen Eingebung folgend streckte Hjalka die Hand aus, um Nachtwinds Wange zu berühren, aber sie zwang diese Regung kraft ihres Verstandes nieder. Sie wollte weder in ihm noch in ihr Erinnerungen an ihre gemeinsame Zeit der Zärtlichkeit wachrufen. Rasch ließ sie die Hand wieder sinken. »Das wohl«, murmelte sie und wandte sich ab. Sie wusste, dass sie nicht mehr aus ihm herausbringen würde. Aber sie ahnte, dass er in jener Nacht draußen gewesen war. Was, wenn *er* Tantchen Malina getötet hatte? In der Gestalt des Wolfes war es für ihn sicherlich ein Leichtes gewesen, die Bestien ins Dorf zu locken und Malina zu reißen wie ein Beutetier. Aber … täte Nachtwind so etwas? Hjalka war ehrlich genug zuzugeben, dass sie es nicht wusste. Sie hatte Nachtwind nie wirklich *verstanden*, sondern ihn stets als etwas betrachtet, das man benutzen konnte, ohne sich lange Gedanken darüber zu machen, weshalb er auf eine bestimmte Weise reagierte. Es hatte ihr genügt, dass er reagierte, und dieser Fehler schien nun schwerwiegende Folgen zu haben. Zum ersten Mal war sie sich wirklich unsicher. Es war kein besonders angenehmes Gefühl.

Als sie zu den anderen aufschloss, bemerkte sie, dass etwas nicht stimmte. Die Männer und Frauen wirkten unruhig und ratlos und murmelten einander Bemerkungen zu. Sie gab Nachtwind Zeichen, sich zu beeilen, und betrachtete die Umgebung näher. Sie hatten eine weitere Hügelkuppe überquert und sahen nach allen Seiten sanft ansteigendes Land mit vereinzelten Waldstücken. Merkwürdigerweise teilten sich hier die Spuren der Wölfe, sodass es fast so schien, als habe das Rudel sich in mindestens sieben kleinere Gruppen aufgeteilt, die in verschiedene Richtungen verschwunden waren. Sie zupfte Tjalva am Ärmel.

«Was ist hier los?«

»Siehst du das nicht selbst?«, knurrte die Frau zurück. Hjalka wartete ab, weil sie wusste, dass nur

Schweigen eine ausführlichere Antwort hervorrufen würde. »Die Fährte teilt sich«, erklärte Tjalva schließlich nach einigem Zögern. »Und das Verflixte ist, dass es so etwas eigentlich nicht gibt, bei Swafnirs Flossen und Firuns Jagdgeschick!« Sie wies auf eine Reihe von Fährten, die von ihnen aus schräg nach rechts verlief auf ein nahegelegenes Wäldchen zuliefen. »Die Spur ist verhältnismäßig frisch, wie die anderen auch. Schätze, die Biester sind jetzt noch in der Nähe. Aber welcher Spur sollen wir folgen?«

»Die Spur ist nur wenige Stunden alt«, erklärte Nachtwind von hinten, der sich unbemerkt genähert und sofort in das Gespräch eingemischt hatte. »Die Wölfe sind sicherlich noch in der Nähe. Ihr solltet einen Kundschafter losschicken, denn es ist in der Tat ungewöhnlich, dass sich die Tiere wieder in einzelne Gruppen teilen.«

»Ja«, pflichtete Tjalva verdrossen bei. »So schlau sind wir auch, Halbelf. Jetzt zeig uns, was du kannst.«

Orik stapfte näher, gefolgt von Faenwulf. Er musterte seine beiden Söhne durchdringend. Seine düstere Miene schien sich nicht aufhellen zu wollen, besonders dann nicht, als er Faenwulfs flehenden Blick bemerkte. »Gib acht, geh keine Gefahren ein und warne uns, verstanden?« Damit drehte er sich um und kehrte an die Spitze der kleinen Gruppe zurück, wobei er mehrmals fluchte, gerade so laut, dass man es noch verstehen konnte.

Faenwulf nickte Nachtwind zu und legte ihm eine Hand auf die Schulter. »Gib gut acht auf dich, Bruder«, sagte er, »und geh keine Gefahr ein, nur um Vater etwas zu beweisen.«

Nachtwind streifte die Hand ab, aber er lächelte dabei dankbar. »Schon gut, ich weiß, was zu tun ist.« Er nahm Faenwulfs Hand und legte sie in Hjalkas Hände. »Pass du gut auf unsere Magierin auf. Ich befürchte, sie ist nur allzu gern bereit, etwas Dummes zu tun.«

Hjalka riss sich empört von dem verdattert dreinschauenden Faenwulf los. »Was bildest du dir eigentlich ein?«, empörte sie sich. Zu spät bemerkte sie das Grinsen, das auf den Gesichtern der Umstehenden aufblühte. »Ihr macht euch über mich lustig!«, beschwerte sie sich aufgebracht. So etwas war ihr noch nie widerfahren. »Ihr seid … seid … ach! Ich kann doch wohl verlangen, als Angehörige der magischen Zunft entsprechend respektiert zu werden!« Noch während sie sprach, merkte sie, dass die anderen sich einen harmlosen Scherz erlaubt hatten. Für ihre Freunde war sie noch immer eher die kleine Hjalka denn die erwachsene *Maga*. Und sie war eigentlich selbst schuld daran. Solange sie in Siljen war, hatte sie ihre Magie so gut wie niemals offen eingesetzt. Nun, das würde sie ändern. »Ach, lasst mich doch in Ruhe«, sagte sie schließlich und stolzierte durch die Gruppe grinsender Thorwaler davon.

Orik sah Nachtwind nach, bis dieser in einem der Wäldchen verschwunden war. Dann gab er Faenwulf und vieren seiner Leute Zeichen, ein anderes Wäldchen aufzusuchen. Er selbst nahm ebenfalls vier Männer und Frauen mit und folgte Nachtwind. Es war nicht auszuschließen, dass da etwas nicht mit rechten Dingen zuging. Eindara bemerkte zuerst, wie sich der Himmel grau färbte wie geschmolzenes Blei. Sie wies Orik darauf hin, worauf dieser beschloss, den Heimweg anzutreten. Er ließ ein kurzes Sammelsignal mit dem Horn blasen und beobachtete zufrieden, wie sich die einzelnen Trupps wieder zusammenschlossen. Dann bemerkte er noch etwas anderes: Lautlose, weißgraue Schatten, die über den Schnee huschten wie Geister. Ein unnennbares Grauen schnürte ihm die Kehle zu. Er hatte schon vieles gesehen und so manchen Wolf gejagt, aber Vergleichbares war ihm noch nie begegnet. In einer exakten Formation jagten die Wölfe heran, große, ausgemergelte Tiere, gegen Schnee und Himmel nahezu unsichtbar. Unwillkürlich griff seine Hand nach dem Schwert, das singend emporsirrte. Die anderen bemerkten erst jetzt, dass etwas nicht stimmte.

»Hetman!«, rief Eindara. »Was ist …?« Weiter kam sie nicht. Von hinten, jenseits der Hügelkuppe, waren weitere Wölfe aufgetaucht und einer von ihnen war der Thorwalerin in den Rücken gesprungen. Lautlos stürzte sie vornüber in den Schnee und entging nur dadurch um Haaresbreite dem Zuschnappen der fahlen Fänge.

Endlich kam Leben in die anderen. Äxte, Skrajas und Orknasen wurden gezückt, einige zu spät, um einen ersten Angriff des Wolfsrudels abzuwehren, andere rechtzeitig genug, um mit wuchtigen Hieben die heranspringenden Körper zur Seite zu schlagen. Oriks runenverziertes Schwert sang sein tödliches Lied und obwohl er auch noch darauf achten musste, kein Mitglied seines Trupps zu erschlagen, beendete es in den ersten Momenten des Kampfes schon zwei Wolfsleben. Nicht alle hatten solches Glück.

Schreie ertönten, aber so kurz und röchelnd, dass Orik das Blut in den Adern gefror. Es war ihm unmöglich zu sagen, wer die Opfer waren, aber er flehte zu Swafnir und Firun, dass Faenwulf nicht darunter war. »Kämpft!«, rief er seinen Leuten zu. »Für Siljen und für unsere Familien!« Der Wind, der plötzlich auffrischte, riss ihm die Worte von den Lippen und entführte sie weitab jedes menschlichen Lebens in die Weiten der thorwalschen Landschaft. Ein Wolf sprang ihn an, aber Orik drehte sich weg, sodass das Tier mitten in seinen Rückhandschlag hineinlief. Aufjaulend sprang es ein Stück zurück und knurrte Orik an. Es war ein besonders großer grauer Wolf mit bernsteinfarbenen Augen und dichtem langen Fell, das sicherlich einen Teil des Hiebes abgefangen hatte. Orik beobachtete das Muskelspiel unter dem breiten Rücken des Tieres, wie es sich spannte, zum Sprung ansetzte und wieder verharrte.

Orik tat einen Satz auf das Tier zu und schwang sein Schwert. Der Wolf tänzelte mit Leichtigkeit zur Seite und schnappte nach der freien Hand des Hetmans, die dieser benutzte, um das Gleichgewicht nicht zu verlieren. Als der Schmerz ihn durchzuckte, verfluchte Orik seinen Leichtsinn. Ein so dummer Fehler wäre ihm früher niemals passiert. Aber dem Hetman blieb keine Zeit zum Nachdenken, denn der Wolf griff erneut an.

Schneefall setzte ein, dicht wirbelten die dicken, großen Flocken vor den Windböen her. Orik versuchte dem Wolf auszuweichen, als er bemerkte, dass er einer Finte aufzusitzen drohte: Der graue Wolf hatte ihn zu *täuschen* versucht. So etwas hatte er noch nie erlebt – aber weshalb …? Ein schweres Gewicht prallte von hinten gegen ihn und Schmerz erblühte in seinem Nacken wie eine üppige Sommerblume. Es gelang dem Hetman, sich zur Seite abzurollen, was sein Glück war, denn dadurch klackten die Fänge neben seinem Ohr ins Leere und der andere Wolf wurde von ihm heruntergeschleudert. Orik hörte das Blut in den Ohren rauschen und versuchte sich aufzurichten, als Wolfszähne sich in sein rechtes Bein gruben und es nach hinten zerrten.

»Hranngars Brut!«, brüllte Orik vor Schmerz auf und bemühte sich, wieder hochzukommen, um nicht hilflos vor den Wölfen zu liegen. Längst war ihm das Schwert entfallen und so fuhr seine Hand zum Gürtel, wo das Jagdmesser steckte, das er einst von einem Firungeweihten mit dem Hinweis erhalten hatte, der Segen des grimmen Gottes liege auf der Klinge. Die suchenden Finger gerieten stattdessen in das Maul eines Wolfes. Sollte so das Ende aussehen?

Orik fluchte und machte sich zum Sterben bereit.

Nachtwind konnte die Wölfe beinahe *riechen*. Der *lara* war sein Freund und Gefährte, wie alle Tiere. Aber die Witterung war anders heute, nicht mehr *lara*, eher *largra*, böse, wild, gefährlich. Der Halbelf pirschte sich näher an das Wäldchen heran, jede sich bietende Deckung nutzend. In der Ferne erklang ein leises Heulen und ohne Vorwarnung waren plötzlich die Schmerzen wieder da. Erschrocken blickte Nachtwind auf seine Hand, von der der Schmerz ausging.

Der Wolfsring! Der Schmerz brannte unerträglich heiß und gleichzeitig voll süßer Verlockung. *A'dao valva …*

Er … musste ihn … abstreifen … musste … Ein schreckliches Zucken durchlief seinen Körper, Nachtwind fiel zu Boden. Schmerz! *Lass es sein. Gib dich deinem Erbe hin. A'dao valva iama …*

Nachtwind stöhnte vor Qual. »Ich … werde … standhaft … bleiben«, presste er zwischen zusammengebissenen Zähnen hervor. »Dies …mal. Ich muss Nachtwind bleiben, um zu helfen.« So gewaltig wurde der Schmerz, dass er sich in die Zunge biss. Roter, warmer Schmerz rann ihm den Rachen hinab, quoll zwischen den Zähnen hindurch und dampfte in der kalten Luft. »Die Herrschaft … behalten.« Das Blut rauschte und brauste durch seinen Kopf, laut und machtvoll wie eine uralte Melodie, es pochte und schlug den Rhythmus des Lebens dazu und pulste so verlockend durch seinen Körper wie jedes Mal, wenn … *A'dao valva iama lara.*

»Nein!«, knirschte Nachtwind oder wollte es zumindest tun – heraus kam ein unmenschliches Gurgeln und Heulen wie von einem Tier. Es war so leicht, einfach nachzugeben und zu vergessen … Nachtwinds verzweifelter Schrei ging im einsetzenden Schneegestöber unter. »Neiiiiiiin!«

Faenwulf handelte mit der Entschlossenheit eines Kriegers. Er dankte den Göttern für seine Ausbildung und schwang seine Klingen mit der Erfahrung eines alten Kämpen. Wie durch ein göttliches Wunder blieb er unverletzt. Sein Mut und seine Erfolge steckten die anderen an. Auch Hjalka tat das ihre: Sie zeigte erstmals offen die Magie, über die sie gebot. Rasch ging sie die Möglichkeiten durch, die sich ihr boten. Unterstützende Zauberei zu weben, einen *Sensattacko* möglicherweise, der die Kampfkunst der Thorwaler verstärkte, erschien ihr wenig eindrucksvoll, ebenso wie der klassische *Blitz dich find*, bei dem man nur die Auswirkungen beobachten konnte. Mit feuerbetonten Kampfzaubern, in denen sie es unter Haldrunir Anweisung zu einer Meisterin gebracht hatte, würde sie die Krieger möglicherweise verwirren, die so etwas sicherlich nicht erwarteten. Außerdem bestand die Gefahr, unabsichtlich in die Ziellinie zu geraten. Sie entschied sich darum für eine andere Formel, die zwar in ihrer Reichweite begrenzt und nicht besonders aufsehenerregend war, aber eine deutlich sichtbare magische Auswirkung hatte. Konzentriert stand sie inmitten der waffenschwingenden Dörfler, klatschte in die Hände und rief ein ums andere Mal die Formel, sobald ein Wolf einem der Dörfler gefährlich zu werden drohte.

»*Corpofrigo Kälteschock! Kalt und steif wie Stein und Stock!*« Das Klatschen und die Worte gingen zwar im allgemeinen Lärm vollkommen unter, aber die Auswirkungen waren offensichtlich: Schlagartig überzog glitzernder Reif die Wolfspelze, sodass sie gepeinigt aufjaulten und in ihrem wilden Ansturm innehielten. Die zusätzliche Kälte biss wie mit Messern durch ihr Fell, verwirrte sie und bot den Dörflern die Möglichkeit zu einem weiteren Hieb.

Wolf auf Wolf stürzte heran und wurde zurückgeschlagen. Der ganze Spuk dauerte nicht lange, aber allen kam es vor wie eine Ewigkeit, als hätte Satinav in einer unergründlichen Laune beschlossen, den wasserschnellen Zeitenlauf wie dicken Rübensirup fließen zu lassen.

Inmitten des Kampfes gab es für Faenwulf nur ein Ziel: seinen Hetman und Vater zu erreichen und zu schützen. Nichts konnte ihn aufhalten; er pflügte durch

Schnee, Wind und Tierleiber wie ein Schnitter. Dennoch reichte die Zeit nicht aus.

Der junge Krieger war nur wenige Schritte entfernt, er erkannte Orik bereits durch das Schneegestöber, als dieser fiel. Faenwulf wollte hinspringen, musste sich aber zuvor der verbissenen Attacke eines Wolfes erwehren; es war ein großes Tier mit gelblich schimmerndem Fell, struppig und mager, als hätte es seit Wochen nichts mehr zu fressen bekommen. Schaum stand ihm vor dem Maul, als es heiser knurrend und wild um sich schnappend auf Faenwulf zusprang.

Obwohl er überrascht worden war, wich Faenwulf mit Leichtigkeit aus. Das entkräftete Tier war kein Gegner für ihn. Er streckte es mit einem einzigen Hieb nieder. Jaulend klatschte der Wolf in den Schnee, schnappte aber noch immer nach dem jungen Thorwaler. Blut und gelber Geifer färbten den Schnee. Faenwulf erlöste das Tier von seinen Qualen. Er achtete darauf, es nicht zu berühren. Obwohl er sich nie besonders gründlich mit der Krankheitskunde befasst hatte, erinnerte ihn Schaum vor dem Maul eines Wolfes an den Raschen Wahn, eine tückische und zumeist tödliche Krankheit.

Als Faenwulf sicher war, dass ihm keine unmittelbare Gefahr drohte, eilte er auf seinen Vater zu. Geifernd stand ein gewaltiger tiefschwarzer Wolf über dem Hetman und knurrte ihn heiser an. Blut rann aus zahlreichen Wunden des reglosen Körpers und färbte den Schnee dunkel. Brüllend vor Wut und mit hoch erhobenem Schwert rannte Faenwulf auf den schwarzen Wolf zu. Dieser wandte den zottigen Schädel und starrte dem Thorwaler aus grausamen gelben Augen entgegen, in denen ein boshafter Geist zu leuchten schien. Das Tier duckte sich zur Seite und verschmolz mit dem Schnee wie ein Gespenst. Dann ertönte ein Heulen. Im gleichen Augenblick erstarben Wind und Schneefall und nichts war mehr am Nachthimmel zu sehen als ein Heer glimmender Sternenlichter.

Im Schnee lag Orik, ringsum rappelten sich verwundete Thorwaler auf, aber von den Wölfen war nichts mehr zu sehen, nicht einmal ihre Spuren im aufgewühlten, blutgetränkten Schnee, kein einziges verwundetes Tier, nichts.

»Firun steh uns bei!«, murmelte ein dicker Mann neben Faenwulf. Blut tropfte ihm aus einer fingerlangen Wunde an der Schläfe. »Das waren keine gewöhnlichen Wölfe, niemals.« Dann fiel sein Blick auf Orik. »Was …?«

Faenwulf bedeutete ihm zu schweigen und sank neben dem Körper seines Vaters nieder, um zu überprüfen, ob dessen Herz noch schlug. Doch der Mann schwieg nicht. Er sah die reglose Gestalt und begriff. Er hatte schon von vielen ähnlichen Situationen gehört und wusste, was zu tun war.

»Der Hetman ist tot!«, scholl es durch die frostklirrende, sternklare Nacht. »Der Hetman ist tot!«

Nachtwind stellte erleichtert fest, dass er noch er selbst war. Die Schmerzen waren verebbt, der Ring fühlte sich wie immer an. Da hörte er den Ruf und begriff schließlich dessen Sinn. Er eilte zum Jagdtrupp zurück. »Was? Wie kann das …?« Er drängte die anderen beiseite, schlüpfte zwischen ihnen hindurch, bis er den reglosen Körper des Mannes erreichte, den er Vater nannte und neben dem ein zerschundener, erschöpfter Faenwulf kniete. Er nahm sofort das Geräusch schwachen Atmens wahr und sah, wie sich die Brust Oriks langsam und leicht hob und wieder senkte. »Wir müssen ihn nach Hause bringen. Er lebt noch«, sagte er.

»Travia sei Dank«, seufzte Faenwulf, bleich und reglos. »Alles ging so schnell. Ich wollte ihm noch helfen, aber …«

»Vater lebt, das ist die Hauptsache«, versuchte Nachtwind zu trösten.

»Ja, er lebt, aber das ist nicht dein Verdienst, Halbelf«, knurrte Tjalva und die meisten anderen nickten grimmig. »Wo warst du, als er deine Hilfe brauchte?«

Nachtwind zuckte zusammen, als hätte man ihn geschlagen, aber sein stolzer Blick zeigte allen, dass er nicht im entferntesten daran dachte, sich auf ein solches Gespräch einzulassen oder eine Erklärung anzubieten. »Ich werde ihm die Wunde notdürftig verbinden«, erklärte er mit kalter Stimme, worauf die anderen zurückzuckten, »und ihr mögt euch in der Zwischenzeit um eine Trage kümmern. Die Zeit drängt, sonst erfriert er uns hier draußen noch.«

Wie auf ein geheimes Stichwort hin setzte da unversehens wieder heftiger Sturm ein; dichtes Schneetreiben und wilder Wind verwandelten das Land in eine tödliche Eiswüste. Die niederhöllische Kälte drang durch Mark und Bein und brachte selbst tapfere Herzen zum Gefrieren. Die Männer und Frauen des Jagdtrupps standen reglos da, als überlegten sie erst noch, was der Halbelf zu ihnen gesagt hatte.

Hjalka, die sich unangenehm bewusst war, dass sie nach dem Einsatz des *CORPOFRIGO* nicht mehr über ihre volle Macht gebot, trat zu Nachtwind, formte mit den Händen ein Dach über dem Kopf und sprach die Zauberformel, die dem Toben des Wetters Einhalt gebot: »*STURMGEBRÜLL, BESÄNFT'GE DICH! ALLE WINDE LEGEN SICH!*« Sekunden darauf befanden sie sich in einem Bereich völliger Windstille. Ehrfürchtig starrten die Menschen sie an. Jetzt, das wusste sie, hatten sie alle *erkannt*, wer – und vor allem: *was* – sie war. Es würde keine unerwünschten Scherze auf ihre Kosten mehr geben. Seltsamerweise spürte sie keinen echten Triumph, sondern nur den Schmerz des Verlusts, den sie hatte vermeiden wollen: Wieder versickerte ein Teil ihrer Macht und ohne den köstlichen Trank, den sie zu Hause aufbewahrte, würde es Tage, wenn nicht Wochen dauern, wieder zu vollen astralen Kräften zu gelangen. Sie hasste es, dieses langsame Schwinden zu spüren, ebenso wie sie es liebte, die Magie zu umfangen und sich davon durchströmen zu lassen. Es war dieses bittersüße Erleben, das sie so herbeisehnte und zugleich verabscheute. Aber es würde hoffentlich so bald nicht mehr notwendig sein. Für die anderen war sie jetzt endlich die *Maga*.

»Ich kann diese Sphäre nicht lange aufrechterhalten«, flüsterte sie, als koste jedes Wort sie unerhört viel Kraft, »also solltet ihr euch besser beeilen. Er muss auf der Liege und gut zugedeckt sein, bevor Firuns eisiger Griff ihn zermalmt.«

Noch immer standen die anderen reglos da. Faenwulf legte Nachtwind und Hjalka je eine Hand auf die Schulter.

»Verliert keine Zeit«, befahl er mit ruhiger Stimme und in diesem Moment hörte er sich fast wie sein Vater an, »und tut, was man euch gesagt hat. Oder wollt ihr am Tod des Hetmans schuldig sein, ihr, die ihr ihn ebenso wenig habt beschützen können wie seine Söhne? Stört die beiden nicht, sondern tut das eure.«

Schließlich, es war nicht viel Zeit schweigender, verbissener Arbeit vergangen, waren alle bereit. Gemeinsam luden sie Orik auf eine rasch zusammengezimmerte Trage, die unter dem schweren Körper ächzte und knirschte. Und in diesem Augenblick setzte wie aus heiterem Himmel wieder der heftige Schneesturm ein, denn Hjalka hatte ihren Zauber beendet. Sie war bleich und wirkte erschöpft, aber ein glückliches Lächeln lag auf ihrem Gesicht. Sie hatte unter Beweis gestellt, was sie konnte – nicht nur den Siljenern, die ihr im Grunde gleichgültig waren, sondern auch sich selbst und ihren Freunden gegenüber. Gerade der Umstand, dass sie firnelfische Magie anwenden konnte, sollte Nachtwind eigentlich davon überzeugen, dass sie alles zu tun vermochte, was sie sich in den Kopf gesetzt hatte, und nun würde er ihr vielleicht endlich beibringen, wonach sie sich schon so lange sehnte.

Die Männer trugen Orik zurück ins Dorf. Nachtwinds Hilfe lehnten sie brüsk ab und mehrmals streiften ihn finstere Blicke. Der Halbelf konnte es nicht fassen. Wie betäubt blieb er stehen, mit leerem Blick und unverständliche Worte murmelnd. Sanft schob Hjalka eine Schulter unter seinen rechten Arm und lehnte sich haltsuchend an ihn. Jetzt erst kam wieder Leben in ihn und gemeinsam folgten sie dem Jagdtrupp, der den Hetman nach Hause brachte.

Jora saß mit dem alten Trolske vor dem Herdfeuer und plauderte mit ihm, um sich die Zeit bis zu Oriks Rückkehr zu vertreiben. Gerade als sie dem Alten den Becher mit schäumendem Bier füllte, flog die Tür auf, und in einer Schneeböe, mit dem Rücken voran, drängten zwei zum Schutz vor der Kälte vermummte Männer herein, deren Kleidung zerfetzt wirkte wie nach einem gewaltigen Kampf und die etwas Schweres, Menschenähnliches schleppten. Hinter ihnen waren Faenwulfs blonder Schopf und die Haarmähne Tjalvas unter Fellkapuzen zu erkennen, auch sie schienen an der Last zu tragen. Trolske ließ den halb zum Mund geführten Becher fallen, als er gewahr wurde, dass wahrscheinlich Orik von dieser Jagd als Beute heimgebracht wurde, und auch Jora schien genau zu wissen, dass etwas geschehen war. »Orik!«

Die vier Thorwaler schleppten Oriks leblosen Körper wortlos herein und legten ihn behutsam auf einen Stapel Felle. Weitere Thorwaler, allesamt Mitglieder des Jagdtrupps, drängten hinterher, bis schließlich die letzten, Nachtwind und Hjalka, die Tür schlossen und das Geheul des Nordwinds draußen ließen. Noch ehe jemand etwas sagen konnte, war Jora bereits bei ihrem Mann.

»Was ist ihm widerfahren?« Ihre Stimme klang gefasst, aber sie bebte vor Zorn. »Wie konnte so etwas geschehen?«

Die anderen wichen zurück.

Jora hatte nicht geschimpft, als sie die Geschichte zu hören bekam. Das war ungewöhnlich. Sie hatte nicht einmal anklagend geschaut oder jemanden hinausgeworfen. Auch das war ungewöhnlich. Stattdessen hatte sie sich nur neben ihren Mann gekauert und seine Hände umfasst gehalten. Leises Murmeln erklang, als spreche sie ein Gebet. Unruhig drängten sich die Männer und Frauen des Jagdtrupps um sie und den bleichen Hetman und wechselten besorgte Blicke. Nachtwind, Hjalka und Faenwulf verschwanden in der Küche und brühten Kräuter mit heißem Wasser auf. Dann tränkten sie einige Tücher mit der stark riechenden Flüssigkeit und brachten sie zu Jora, die Orik damit sofort Stirn und Wunden betupfte.

Plötzlich wurde es unnatürlich kalt in der *Halla*. Isliva kam herein, in ihrem Gefolge ein völlig Fremder, groß, in weite schwarze Gewänder gekleidet. Die versammelten Thorwaler drehten sich zu ihm um. Nachtwind erstarrte bei dem Anblick förmlich. Diese Gestalt … sie *kam ihm bekannt vor*, wie ein Phantom aus Kindheitstagen, wie … Ihm wurde kalt.

»Dieser Fremde kam zu mir«, erklärte die füllige Frau verschüchtert. »Er sagte, dass er zum Haus des Hetmans müsse, und bat mich, ihn hierher zu bringen. Bei Swafnir! Was ist mit dem Hetman los?«, setzte sie hinzu, als sie Orik auf den Fellen liegen sah. »Ist er …?«

»Nein«, schüttelte Jora den Kopf, »den Göttern sei Lob und Preis, das ist er nicht. Aber er hat viel Blut verloren und die Wunden sehen schlimm aus. Aber er wird wieder gesund werden.«

»Nein.«

Die Stimme klang dumpf und bestimmt, drang wie eine Geruchswolke unter der Kapuze des Fremden hervor und verteilte sich im Raum, sodass niemand sich ihr entziehen konnte, auch wenn er eigentlich nicht hinhörte. Für jeden klang die Stimme anders und in jedem erzeugte sie schwache Gefühle von Lust und Leid zugleich. Die schwarze Gestalt kam einige Schritte näher. Ihr bodenlanger Umhang hing glatt und faltenlos herab, die unförmige Kutte darunter verhüllte jeden Hinweis darauf, ob es sich bei dem fremden Besucher um einen Mann oder eine Frau handeln mochte. Auch die Stimme war nicht eindeutig: eine dunkle Frauenstimme oder eine helle Männerstimme. Beides war möglich. Vergeblich bemühte sich Jora, einen Blick in die Schatten der Kapuze zu werfen, aber das flackernde Licht des Feuers machten dies unmöglich und der Fremde dachte nicht daran, sein Gesicht zu enthüllen.

»Was weißt du denn schon?«, murrte Trolske. »Bist du ein Medicus?«

»Nein. Wer ich bin, tut nichts zur Sache. Ich sehe nur, dass er sterben wird.«

Jora umfasste schützend ihren Mann. »Wie kannst du das behaupten? Niemand hat dich eingeladen oder gerufen. Was willst du?«

»Das ist eine gute Frage. Du solltest sie dir selbst stellen.«

Die Gestalt hob den Arm, streckte einen schwarzbehandschuhten Finger aus und deutete auf Orik. »Dieser Mann wird sterben, wenn ihr ihm nicht helft.«

»Er wird nicht sterben«, behauptete Hjalka. Sie stellte sich dem Fremden in den Weg. »Und du solltest hier verschwinden. Ich bin eine Adeptin der Künste, *Maga* der Runajasko, und lasse nicht zu, dass du ihm schadest.«

Die unheimliche Gestalt lachte leise, was den Eindruck von Grauen nur noch verstärkte. »Oh, ich werde ihm nicht schaden. Ich nicht.« Dabei wandte sich die Kapuze nach und nach jedem einzelnen Anwesenden zu. Auf Nachtwind und Hjalka blieb der unsichtbare Blick einen Moment länger haften als auf den anderen. »Aber ihr vielleicht.«

»Bist du ein Zauberer, ein Geist oder ein Dämon?«, fragte Hjalka, vollführte hastig einige einfache magische Schutzgesten und tat drohend einen Schritt auf ihn zu. »Dann gib es zu und verschwinde! Deinesgleichen wird hier nicht benötigt!«

Der Fremde kicherte fast weibisch. »Du bist doch selbst in Zauberei bewandert.«

Hjalka kreuzte die Arme vor der Brust. Sie musste erneut ihre Macht einsetzen. Die Zauberin starrte den Fremden an, der nun eine Hand an die Stirn hob, und flüsterte die alte Formel, die die meisten Magier beherrschen und die dennoch ihrem Wesen nach von den Elfen stammt. *»ODEM ARCANUM SENSEREI – WEHT DA EIN HAUCH VON ZAUBEREI?«*

Ein Erfolg blieb aus. Hjalka spürte zwar, wie ihre magische Kraft schwächer wurde und ihr astraler Blick flackerte, aber nichts, nicht der Hauch eines rötlichen Schimmers, zeigte sich rings um den Fremden. Sie betrachtete zum Vergleich ihre Hand, von der ein sanfter rötlicher Schein ausging, und Nachtwind, dessen Gestalt in malvenfarbenem Licht leuchtete. Demnach hatte sie keinen Fehler begangen. Aber sie misstraute dem Fremden. Was, wenn er sich vor einem so einfachen und weitverbreiteten Zauber geschützt hatte? So etwas war möglich. Sie atmete tief durch und zwang sich zur Ruhe. Hastige Entscheidungen konnten den Tod eines Magiers bedeuten, ebenso wie langsame Entscheidungen. Sie musste schnell und entschlossen handeln und sprechen und dennoch mit der Bedachtsamkeit, die man sie gelehrt hatte. Ihr klarer Verstand war dabei ihre größte Stütze, doch augenblicklich half er ihr kaum weiter: Einerlei, was sie tat, es konnte ebenso verheerend wie segensbringend sein. Um tatsächlich eine Entscheidung zu treffen, musste sie den Fremden besser einschätzen können.

»Bleib, wo du bist«, zischte sie ihm zu. Sie war sich bewusst, dass die Aufmerksamkeit der anderen auf ihr ruhte. Nun konnte sie beweisen, wie wertvoll sie für Siljen war. Ihr war kaum noch astrale Kraft verblieben und sie war sich nicht einmal sicher, ob diese für einen so schwierigen Zauber genügen würde, aber sie musste es versuchen. Sollte sie, wie eine innere Stimme ihr riet, diesen Fremden fortschicken oder durfte sie ihm vertrauen?

Sie versenkte sich in den magischen Fluss, der die Welt durchdringt. Langsam und stockend, als müsse sie sich vergewissern, dass ihre Macht in die rechten Bahnen fließe, sprach sie die Formel, die die Kraft einer alten, gelehrten Thesis in sich konzentrierte und nun auf einen Schlag freiließ. *»Oh, Oculus Astralis, du Auge der Sphären, gib die Macht mir, mein Wissen zu mehren.«*

Noch während sie sprach, fühlte sie, dass die Magie sich ihr diesmal ganz besonders willig ergab, wie sie förmlich durch sie hindurchschoss, begierig darauf, ihrer steuernden Hand zu Diensten zu sein. Hjalkas Augen glühten in eisblauem Feuer. Sie ließ den brennenden Blick über alle Anwesenden schweifen, auf der Suche nach einer magischen Matrix, und streifte dabei auch all die Schattenabbilder, die das Gewöhnliche, Derische in der jenseitigen Welt hinterließ, hässliche stumpfe Flecken in einer Welt der Farbspiele. Die Zeit dehnte sich für sie, so klar und geschärft nahm sie alles innerhalb weniger Augenblicke wahr, was dem Menschen sonst nicht zu sehen gestattet ist. Die ganze Szenerie wirkte wie erstarrt, nur sie selbst konnte sich frei bewegen. Sie selbst und … der Fremde.

Wie plumpe Daumenabdrücke, halb verschmiert von Tinte, standen die anderen Siljener herum, Nachtwind neben ihr schimmerte wie eine Lichtgestalt aus den Sagen, ein unerhört komplexes, filigranes Muster aus kristallinen Lichtfäden, von einer Spinne zu einem Kunstwerk fremdartiger Schönheit gesponnen, das dennoch in vielem dem Muster Hjalkas glich. Hjalka hatte in der Halle des Windes bereits die Struktur von Firnelfen im Limbus gesehen und wusste, dass diese sich trotz aller Ähnlichkeiten stark von Nachtwinds

Struktur unterschied. Die magischen ›Abdrücke‹ reinblütiger Elfen im Drüben waren noch sehr viel fremdartiger und verwirrender als die Nachtwinds. In Nachtwinds Matrix erkannte sie eine Menge bekannter Elemente, die magisch begabten Menschen eigen waren, während die Lichterbogen und zweigdünnen Kaskaden aus kristallisierter Magie der Elfen ihr rätselhaft und unbegreiflich blieben. Zwischen ihrer und Nachtwinds Matrix bestand eine Ähnlichkeit, das ahnte sie, eine Seelenverwandtschaft, die durch mehr zustande gekommen sein musste als durch ihre körperliche Vereinigung. Trotzdem hatte diese ihr nichts genützt, als sie versucht hatte, sich Nachtwinds Magie anzueignen. Irgendetwas an ihrem Plan war fehlgeschlagen und obwohl sie schon mehrere Monde lang darüber nachgedacht hatte, was es gewesen sein mochte, war sie noch keinen Deut schlauer. Vielleicht war ihre körperliche Beziehung auch nur eine Folge jener Ähnlichkeit in der Matrix gewesen und nicht umgekehrt, darüber musste sie noch nachdenken.

Für den Moment galt Hjalkas Aufmerksamkeit aber dem Fremden. Ein Schleier schien über ihm zu liegen, der seinen Abdruck in den astralen Sphären verhüllte und verbarg, aber für winzige Augenblicke riss dieser Schleier auf oder wurde am Rand für kaum messbare Zeit weggezogen, sodass Hjalka einen Blick auf die Matrix werfen konnte. Sie war sich sicher, Vergleichbares noch niemals gesehen zu haben. Der Fremde funkelte und gleißte wie ein Kokon aus Kraftlinien, der etwas verbarg, möglicherweise nur den gewöhnlichen Abdruck eines Sterblichen, womöglich aber auch etwas vollkommen anderes. Was es sein mochte – und erst recht welches magische Muster die Matrix erkennen ließ –, entzog sich ihrer Kenntnis. Doch schon die Tatsache, dass irgendetwas ihn schützte, machte Hjalka misstrauisch. Wenn sie doch nur mehr hätte erkennen können!

»Du solltest nicht mich betrachten«, sagte der Fremde mit seiner undeutbaren Stimme, die so abstoßend und anziehend wirkte, als sprächen ein Geliebter und eine Nebenbuhlerin gleichzeitig. »Sieh dir den Hetman an.«

Erfüllt von Freude und Widerwillen zugleich lenkte Hjalka ihren Blick mit den brennenden Augen geradewegs auf den Hetman. Rasch versuchte sie, ihre Gefühle zu verbergen, obwohl sie wusste, dass niemand in dem gleißenden Blau ihres Blickes lesen konnte, solange sie den Zauber aufrechterhielt.

»Da ist nichts zu sehen«, sagte sie, »was mir Aufschluss über dich geben könnte.« Dann ließ sie den Zauber fahren und der gewöhnliche Zeitverlauf kehrte zurück, die magische Kraft verschwand und ließ sie mit einem Gefühl von Mattig- und Kraftlosigkeit zurück, wie immer wenn sie ihre Reserven erschöpft hatte. Kein Magier tauchte gern bis auf den Grund des dunklen und zugleich so köstlich erfrischenden Gewässers in seiner Seele, das er im Lauf seines Lebens an astraler Kraft ansammelte, denn dort, wo alles begann und alles endete, versiegte schließlich das, was ihn von allen anderen unterschied, das den Kern seines Seins ausmachte. Es war ein langer, quälender Prozess, bis sich aus dem ersten Sickerwasser der Teich allmählich wieder füllte und zum labenden Born wurde, der eng mit dem Selbstbewusstsein jedes Zauberers verknüpft war.

Hjalka kannte viele Zauberer, die nicht anders konnten als sich selbst und ihre magische Kraft als Einheit zu begreifen, und wann immer ihre magische Macht sank, sanken auch ihr Lebensmut und ihre menschliche Kraft. Sie hatte sich geschworen, diesen Fehler niemals zu begehen. Anfangs war es leicht gewesen, den Brunnen ihrer magischen Kraft zu erschöpfen. Doch je mehr Kraft sie angesammelt hatte, umso schwerer war es ihr gefallen, sie auch wieder herzugeben. In kleinen Teilen, ja. Aber je tiefer sie kam, je weniger Magie ihr im Vergleich zu ihrer gesamten Kraft verblieb, umso schwerer wurde es für sie, das Gefühl grenzenloser Leere und völliger Erschöpfung zu ertragen.

»Was hast du gesehen?«, erkundigten Nachtwind und Faenwulf sich gleichzeitig. Hjalka spürte, wie ihr die Röte ins Gesicht schoss. Hastig senkte sie den Kopf. »Nichts«, antwortete sie und hoffte, man möge ihr die Lüge nicht ansehen.

»Ich biete euch meine Hilfe an. Ich vermag den Verwundeten zu heilen.«

»Das tätest du für uns?«, fragte Jora zweifelnd und hoffnungsvoll zugleich. »Dank dir, guter Mann!«

»Es kostet nur wenig.«

Ein Stimmengemurmel erhob sich. Er wollte sich *bezahlen* lassen! Der Fremde wartete geduldig, bis das Raunen sich gelegt hatte. Jora sprach. »Schön. Nenn deinen Preis. Das Leben meines Mannes ist es wert.«

Der Fremde schüttelte den Kopf. Seine Kapuze raschelte geheimnisvoll. »Der Preis ist von dem ganzen Dorf zu entrichten. Ich will nur wenig. Ich will das erste Kind, das an einem der heiligen Tage hier im Dorf geboren wird, und ich will, dass ihr es mir noch vor Sonnenuntergang übergebt. Ich will es sodann erziehen nach meinem Willen. Schlagt ihr ein?«

»Ein Kind?« Jora hob die Augenbrauen. »Was willst du mit einem Kind?« Die Siljener wichen angsterfüllt zurück. Dieser Fremde forderte ein *Kind*? Er musste wahnsinnig sein. Oder von einem Dämon besessen. Wie dem auch sein mochte: Er war unheimlich und mit Sicherheit gefährlich.

»Schlagt ein. Es soll genügen, wenn ein Einziger unter euch mir das Versprechen für alle gibt und mit seinem Leben dafür und für euch alle bürgt.«

Jora schüttelte den Kopf, ohne die anderen zu befragen. Sie wusste ohnehin, was sie geantwortet hätten. »Einen solchen Preis können wir nicht zahlen. Wir müssen zumindest erst darüber nachdenken. Können wir dir nichts anderes anbieten? Ein Rind vielleicht oder ein Schaf oder …«

»Wie ihr wollt«, sagte er ohne erkennbare Regung. »Sucht mich im Seufzermoos. Ich halte mein Angebot drei Tage lang aufrecht. Danach … hat es sich ohnehin erledigt.«
Mit diesen Worten drehte er sich um und ging. Mit ihm verschwand die Aura der Bedrohung, aber Orik war damit nicht geholfen. Er lag bewusstlos und blutend auf seinem Lager und es war zu sehen, dass es ihm ganz und gar nicht gut ging. Er würde sterben, wenn man ihm nicht half, das konnten alle sehen. Aber wie?

Nachtwind trat an das Lager seines Stiefvaters, nachdem der Fremde – *Steldripanja!* – gegangen war. Vielleicht konnte er ihm helfen. Vielleicht waren seine elfischen Zauberkräfte, die sich gewöhnlich nur dann zeigten, wenn *sie* es für richtig hielten, ausgeprägt genug, um die Verletzungen zu heilen. *Tu das, was du für richtig hältst, ohne dafür Dank oder Lohn zu erwarten,* hörte er die Worte seiner Großmutter wieder aus den Tiefen des Gedächtnisses aufsteigen. Ja, er würde es tun. Zwar fühlte er sich noch immer etwas schwach nach den Ereignissen der letzten Stunden, aber er wollte es versuchen. Oriks Leben hing davon ab und er würde alles tun, um ihn zu retten, so viel stand fest. Zitternd vor Anstrengung und Konzentration streckte Nachtwind die rechte Hand über das Lager. Verbissen tastete er in sich selbst nach der unsichtbaren Kraft der Magie, versuchte sie aufzustören und zu benutzen und … ein kräftiger Schlag traf seine Hand. Er zuckte zurück und suchte ärgerlich nach demjenigen, der ihn geschlagen hatte.

»Hände weg!« Es war Hjalka. Nachtwind sah, wie sich alle Blicke auf ihn richteten.

»Du darfst ihn nicht berühren. Wer weiß, was du anstellen könntest. Du hast mir selbst gesagt, dass du deine Magie nicht beherrschen oder erklären kannst, also halt dich zurück, damit nichts passiert.«

Das Blut schoss dem Halbelfen in die Wangen. Wie konnte sie das sagen, hier, vor allen anderen? Er hatte so hart um seine Anerkennung gekämpft und zumindest die stillschweigende Duldung erreicht und sie machte alles mit wenigen gedankenlos dahingesagten Worten zunichte! Er starrte sie flehend an, aber sie achtete nicht darauf. Hjalka sah tatsächlich aus, als meine sie jedes Wort ernst, das sie gesagt hatte. »Ich wollte doch nur …«

»Wenn du es wagst, hier drinnen Magie gegen ihn einzusetzen …«

»Ich will sie *für* ihn einsetzen«, versuchte Nachtwind zu erklären, aber sein Versuch wurde erbarmungslos zunichte gemacht – von jemandem, dem in den letzten Minuten niemand mehr irgendeine Äußerung zugetraut hätte.

»Der … Bastard soll … mich nicht … anfassen … bei Swafnir!«, flüsterte Orik. Seine blassen Lippen bewegten sich kaum, die Augen blieben geschlossen, aber jeder im Raum verstand seine Worte. Nachtwind erbleichte, sein Blick umflorte sich, als er Hjalkas triumphierendem Grinsen begegnete. Was hatte er ihr angetan? Wortlos stürmte er aus dem Haus. Die Siljener machten ihm schweigend Platz. Erst als die Tür donnernd hinter dem Halbelfen ins Schloss fiel, hörte man wieder jemanden etwas sagen: Faenwulf.

»Nachtwind! Komm zurück!« Der junge Krieger wollte hinter seinem Bruder herlaufen, aber Hjalka hielt ihn zurück.

»Lass ihn. Er kann uns und wir können ihm nicht helfen. Er kommt schon zurück, wenn sich alles beruhigt hat, aber jetzt müssen wir zunächst einmal deinem Vater helfen.« Triumphierend sah Hjalka sich um. Brav so. Die Siljener lauschten jedem ihrer Worte, beinahe so ehrfürchtig wie Magieradepten in der großen Halle der Akademie ihren Lehrern. So musste es sein. Sie lächelte ein dünnes, schmallippiges Lächeln, ehe sie sich wieder dem Hetman und seinen Verletzungen zuwandte, obwohl sie genau wusste, dass ihr Talent – und das jedes anderen hier, ausgenommen vielleicht Nachtwinds Gabe – nicht ausreichen würde, ihn zu heilen.

In der Mitte des Tempels brannte mit steter Flamme ein kleines Feuer. Der würzige Qualm der Buchenholzscheite stieg anmutig empor zur Kuppel, wo er durch eine überdachte Öffnung nach draußen entschwand. Die Konstruktion war so geschickt ersonnen, dass der Qualm zwar ungehindert abziehen konnte, aber nur wenig Kälte eindrang und so kaum etwas von der Wärme innen verloren ging. Nur bei besonders stürmischem Wetter regnete oder schneite es gelegentlich herein.

Travidja hatte nach dem letzten starken Schneefall alle Fenster und Türen mit Wolltüchern verhängt. In einer Nische neben dem kleinen Standbild der GROSSEN MUTTER TRAVIA war sorgfältig trockenes Feuerholz nach Sorten aufgeschichtet: Rotbuchenholz wurde nur sparsam benutzt, denn die Rotbuche war der Baum der Travia und hatte deswegen einen besonders hohen Wert für die Geweihten. Dann gab es noch einen Stapel mit duftendem, harzigem Tannenholz, einen Stapel mit dem Holz des Thosapfelbaumes, der hier reichlich wuchs, und den größten mit Birkenholz, das die geringste Brenndauer hatte. »Aber die kürzesten Feuer sind oft auch die heißesten«, sagte Senda. Zwischen, vor, hinter und neben den beiden Geweihten hatten es sich die Tiere des Tempels gemütlich gemacht: Die Wildgänse hatten ihre Hälse unter die Flügel gesteckt und lagen als kleine Federberge unmittelbar neben Senda, auf deren anderer Seite sich eine stolze, braunweiß gefiederte Trappe und ein halbes Dutzend kleiner brauner Rebhühner niedergelassen hatten. Gegenüber kauerte Smigill, der junge Silberfuchs mit dem verkrüppelten Vorderlauf, den Trav im Herbst gefunden und aufgepäppelt hatte, neben Capronion, dem alten Schwarzen Olporter, der den Tempel seit Jahren trefflich bewachte und augenscheinlich nichts gegen einen Hühnerdieb in der Nachbarschaft einzuwenden hatte. Zwei Wühlschweine rekelten sich wohlig auf einigen Wolldecken, die Trav eigentlich für sich und Senda auf dem Boden ausgebreitet hatte, und gelegentlich erhielt die junge Geweihte auch einen sanften Stoß von Saldar, dem Premer Mähnenschaf, das sich aus unerfindlichen Gründen zwar nirgends einsperren ließ, aber immer wieder zum Tempel kam (was ihm wohl auch das Leben gerettet hatte, als die Wölfe durch das Dorf gestreift waren). In einem kupfernen Kesselchen köchelte ein Eintopf aus getrockneten, kleingeschnittenen Thosäpfeln, sauer eingelegten Rübenstückchen, Dinkelbrei, Ziegenmilch und Honig und erfüllte den Tempel mit seinem Duft. Senda schenkte sich und Travidja ein wenig von einer goldgelben Flüssigkeit in die Trinkbecher mit dem Gänsesymbol.

»Mmmh«, staunte Travidja, »du hast echten Waskir im Tempel, Mutter?« Sie leckte sich die Lippen.

»Genau das Richtige in einer so fürchterlichen Nacht wie dieser, da Firun uns mit seinem Zorn überzieht«, winkte Senda ab, reichte der jungen Geweihten einen Becher und goss einen guten Schuss Waskir in den Eintopf. Die beiden Geweihten prosteten einander zu und schluckten den scharfen Dinkelbranntwein hinunter, ohne eine Miene zu verziehen. In diesem Moment hob Capronion den Kopf und stieß ein tiefes Blaffen aus; seine Ohren waren halb aufgestellt. Smigill winselte leise und blickte in die gleiche Richtung wie der Olporter. Senda bedeutete Trav, ruhig sitzen zu bleiben, und ging zur Tür – bei dieser Kälte durch eines der Fenster schauen zu wollen, war von vornherein ein aussichtsloses Unterfangen. Vorsichtig schob sie die Wolldecke zur Seite und streckte den Kopf hinaus in die Nacht.

Als sie den Kopf wieder zurückzog, war ihr Gesicht blass vor Sorge. Travidja erschrak. So bekümmert hatte sie die Mutter des Tempels noch nie gesehen. Bevor sie eine Frage stellen konnte, sagte Senda: »Ich muss zum Hetman gehen.« Sie ergriff ihren Mantel, eine Mütze und ein Paar Handschuhe. »Und du achtest auf den Tempel. Es kann sein, dass wir heute Nacht noch Besuch bekommen von einem, den sie wieder einmal vertrieben haben, diese Dummköpfe.«

Travidja begriff. »Nachtwind?«

Senda nickte. »Er lief hier am Tempel vorüber, weg von seinem Elternhaus. Was haben sie nur jetzt wieder angestellt? Ich will nur hoffen, um seinet- und um ihretwillen, dass er rechtzeitig zur Vernunft kommt und Zuflucht in einem Haus sucht. Firuns Atem kann er nie und nimmer standhalten.« Sie schlüpfte in ihre Stiefel und schnürte sie zu. »Ich verlasse mich auf dich, Schwester Travidja. Ich spüre eine große Dunkelheit heraufziehen und ich will nicht, dass sie über Nachtwind oder das Dorf hereinbricht.«

*Bastard!* Das Wort klang wie der Schall einer gewaltigen ehernen Glocke durch Nachtwinds verzweifelte Gedanken. Er hatte helfen wollen! Nur helfen! Was war nun wieder geschehen?

*Bastard!* Blind vor Tränen rannte er davon, seine Gefühle schwemmten jeden klaren Gedanken wie eine Woge fort.

*Bastard!* Nachtwind stolperte in die Nacht hinaus. Salz brannte in seinen Augen, Eis auf seiner Haut. Plötzlich kam ihm Siljen klein und düster vor, die flackernden Lichter durch das Schneetreiben wie die gelbglotzenden Augen von Schlangengezücht.

*Vater ...!* Sein Herz pochte wie wild, als wolle es aus seinem Gefängnis ausbrechen. Er stürzte in den Schnee. Eiskörner, herbeigetragen vom kalten, peitschenden Wind, raspelten entlang seiner Haut und rissen winzige blutige Striemen hinein. Sein schwarzes Haar flatterte und raubte ihm die Sicht, als er sich in den Schnee kniete, um aufzustehen.

*Du gehörst nicht hierher!* Mühsam kam er wieder auf die Beine, schwankte, unschlüssig, wohin er sich wenden sollte. Die Gesichter der Menschen dort drinnen ... so abweisend wie Firuns grimmer Blick ...

*Bastard!* Er senkte den Blick, um der Kälte und dem Schnee zu entgehen, und blinzelte erfolglos die Tränen fort. Hier draußen gab es keinen Funken Wärme mehr, nicht die des Feuers, nicht die menschlicher Herzen. Er war allein. *Allein.* Seine Alpträume, die Ängste seiner Kindheit wurden wieder wahr.

*Nein.* Beherrschten Schrittes entfernte Nachtwind sich von Siljen. Er ging so, wie ein erfahrener Jäger geht, wenn er sich unverhofft einer tödlichen Bestie gegenübersieht und weiß, dass sowohl Angriff als auch hastige Flucht ihn das Leben kosten werden und dass seine einzige Möglichkeit darin besteht, der Bestie Ruhe und Sicherheit vorzugaukeln und sich wachsamen und gemessenen Schrittes von ihr zu entfernen.

*Verschwinde, Bastard!* Je länger der Halbelf ging, umso kälter wurde ihm, aber die Kälte betäubte den Schmerz in seinem Innern zumindest für eine Weile. Die Worte seines Ziehvaters und Hjalkas hatten eine klaffende Wunde gerissen und es war, als schösse sein Herzblut unaufhaltsam aus ihr heraus. Nur die Kälte vermochte sein Herz in einen gefühllosen Panzer zu hüllen und Nachtwind war sich sicher, dass er sterben würde, sollte dieser Panzer jemals wieder reißen. Im gleichen Moment war ihm auch klar, dass er die Kälte immer mehr verstärken musste, denn der Panzer allein konnte die Wunde nie mehr schließen.

Senda kämpfte sich durch die Schneeverwehungen bis zum Haus des Hetmans. Durch die geschlossenen Fensterläden drang stetes Licht nach draußen, unbeeindruckt von Nacht und Finsternis. Sie musste mehrmals anklopfen, ehe ihr aufgetan wurde. Der Sturm heulte so laut, dass sie drinnen wohl niemand gehört hatte.

Isliva, entfernt um einige Ecken mit Orik verwandt, öffnete die Tür und bedeutete Senda mit einer Handbewegung einzutreten.

»Wir haben ihn gerade in sein Zimmer gebracht, Mutter«, murmelte sie und schlug rasch hinter Senda die Tür wieder zu.

Senda zog ihre Fäustlinge aus, klopfte sich den Schnee vom Mantel und trat rasch zur Feuerstelle mitten in der *Halla*, um sich die Hände zu wärmen. Isliva kam hinterher und nahm eilfertig alles an sich. Senda nickte knapp. Ihre Augen tränten ein wenig von der furchtbaren Kälte draußen und dem beißenden Qualm der Feuerstelle hier drinnen. Sie zwang sich, ruhig durchzuatmen, und konzentrierte sich auf das Feuer. Es war eine alte Übung, die den Geweihten helfen sollte, ihre innere Ausgeglichenheit und ihren Seelenfrieden wiederzufinden und zu erhalten, und jede junge Frau und jeder junge Mann, der eines Tages die orangefarbenen Gewänder tragen wollte, musste sie im Schlaf beherrschen.

Senda schloss alle Wahrnehmung nach und nach aus ihrem bewussten Denken aus und reduzierte sie auf eine einzelne Flamme. Die Bruchsteinwände, die Pelzbehänge, die Vorhänge, Truhen, die Tische und Bänke, die Dachgiebel, die Stützsäulen, alles verschwand vor ihrem inneren Auge und dann schwebte nach wenigen Augenblicken eine einzelne Flamme in der Leere. Senda spürte, wie Wärme, Zuversicht und der Segen Travias auf sie übergingen. Sie blieb so lange in diesem Zustand, bis sie von der Kraft beinahe überfloss und dann zog sie sich langsam wieder zurück. Mit einem Lidschlag war alles wieder da, die Welt, ihre Sorgen und Nöte.

Die alte Frau seufzte laut auf und reckte sich, als wäre sie aus einem tiefen Schlaf erwacht. Dann ging sie zielstrebig auf den Vorhang in der hinteren linken Ecke der *Halla* zu und schob ihn vorsichtig zur Seite. Es war ein dichtgewebter, farbenfroher Vorhang, ein Erbstück von Baerhild. Senda musste oft an die alte Hetfrau denken. Ob wohl irgendetwas anders geworden wäre, würde Baerhild heute noch leben? Sie blinzelte die Gedanken an die Vergangenheit fort und zwang sich, an die Gegenwart zu denken. Hinter dem Vorhang umstanden Jora und Faenwulf sowie einige andere Dorfmitglieder die Lagerstatt – im Dunkeln konnte sie nicht alle erkennen, aber das Hakennasengesicht Hjores, Ragnulds lichtes Haar und die Haarmähne Tjalvas bemerkte sie auf den ersten Blick. Einige der Anwesenden trugen dicke weiße Wachskerzen, um ein wenig Licht und Wärme zu spenden. Nichts war schlimmer für einen Verletzten als Firuns Atem, der allzu oft nur zu Borons Mund hinströmte. Noch war es aber für Orik nicht so weit und wenn es nach Senda gegangen wäre, würde es auch nicht so weit kommen. Mit Erleichterung sah sie, wie sich die Decke, mit der man ihn zum Schutz vor der Kälte umhüllt hatte, schwach und unregelmäßig hob und senkte.

Senda wandte den Blick von links nach rechts und wieder zurück. Sie legte den Kopf schief, kniff beide Augen zu schmalen Schlitzen zusammen und stellte die Frage, deren Antwort sie schon längst kannte, von der aber so vieles abhängen mochte: »Wo sind Oriks Söhne?«

»Hier.« Faenwulfs Stimme klang verlegen, als er einen Schritt vortrat. Er war das Ebenbild seines Vaters, das wurde Senda wieder einmal klar, und er machte aus seinem Herzen ebenso wenig eine Mördergrube wie der Hetman. Unwillkürlich musste sie lächeln. Sie streckte die runzlige Hand aus und tätschelte den jungen Krieger liebevoll.

»Ich weiß, mein Sohn, ich weiß.« Sie richtete den Blick auf Jora. »Und wo ist dein Bruder?«

Faenwulf erschauerte, Jora senkte verlegen den Blick. Senda hob die Stimme und ließ den Blick anklagend in die Runde schweifen; an jedem blieb er eine kleine Weile haften und jeder sah weg. »Wo ist Nachtwind?«

Die Stille in der kleinen Kammer wurde drückend, nur das Knistern des Feuers aus der *Halla* und das leise Stöhnen des Hetmans erklangen. Senda schnalzte ärgerlich mit der Zunge. »Thorwaler wollt ihr sein? Feiglinge seid ihr! Hat es euch die Sprache verschlagen? Ihr habt ihn fortgejagt, gebt es zu! Warum frevelt ihr Travias Geboten? Ich sehe es euch an!«

Ragnuld räusperte sich unbehaglich. »Mutter, wir …«

»Schweig mir still mit ›*Mutter*‹, Bube!«, schalt die alte Geweihte. »Nennt mich nicht ›Mutter‹, wenn ihr es nicht so meint! Wo ist euer Glaube geblieben? Wie *konntet* ihr Oriks Sohn fortjagen? Los, sagt es mir! Hranngars Brut, das seid ihr, wenn ihr mir die Wahrheit verweigert!«

»Er ist nicht Oriks Sohn«, erklärte Ragnuld voller Überzeugung. »Er ist keiner von uns.«

»Er war schuld an dem Unfall«, fügte Hjore hinzu und Marada meinte kategorisch: »Er hat immer nur Unglück gebracht, der Elfenbastard. Wenn Orik jetzt stirbt, ist das allein *seine* Schuld.« Sie legte jeden Abscheu in ihre Stimme, zu der sie fähig war.

»Er … musste … fort.«

Orik! Sie hätte es wissen müssen, dass der Groll des Hetmans gegen den Halbelfen im Laufe der Jahre niemals versiegt und nun erneut zum Ausbruch gekommen war. Orik selbst war es gewesen! Orik hatte Nachtwind davongejagt! Ein kalter Schauder überlief sie.

»Hetman! Erinnere dich der Worte: *Ohne Liebe und Heim aber zu leben bedeutet, ohne diese zu sterben und alsdann als ruheloser Geist umherzustreifen, ohne Sinn und Zweck, doch ein Schrecknis jeder lebenden Kreatur.* Willst du das für deinen Sohn?«

»Er … ist nicht … mein *Sohn*«, keuchte Orik; Fieberschweiß überzog sein Gesicht. »Dies … ist mein Sohn.« Er streckte die Hand nach Faenwulf aus.

»Du bist ein sturer, dickschädeliger Dummkopf, Hetman«, fauchte Senda, »und das wird uns alle eines Tages noch mehr kosten, als wir zahlen können.«

»Die Götter sind meine Zeugen ...«, flüsterte Orik, aber Senda fiel ihm sofort wieder ins Wort.

»Die Götter haben Besseres zu tun! Sie sind nicht deine Untergebenen und sie helfen nur dem, der den Glauben rein wie eine Flamme in seinem Herzen trägt und nicht dem, der damit alles verbrennt, was ihm im Wege steht. Und du, Hetman, du verbrennst gerade deinen Sohn.«

Orik stemmte sich auf. Schweiß glitzerte auf seiner Stirn. »Ich hätte ihn schon längst wegschicken sollen!«, brüllte er mit einer Kraft, die ihm niemand mehr zugetraut hätte. »Warum habe ich nur auf dich alte Ente gehört? Du bist ja völlig blind gegenüber dem wirklichen Leben!«

Jora fiel neben seinem Bett auf die Knie und brach in Tränen aus. »Versündige dich nicht gegen die Mutter«, schluchzte sie und griff nach seinen Armen, um ihn aufs Lager zurück zu zwingen. »Beruhige dich doch, Mann!«

Senda stemmte die Arme in die Hüften. Plötzlich wirkte die dicke alte Frau beträchtlich größer als sonst; in ihren Augen glommen orangefarbene Feuer. »Die Göttin vergibt große Sünden nicht so leicht, wie du zu glauben scheinst. Behalte ihre Lehren in deinem Herzen oder lass es bleiben, aber ich warne dich: Wer in glücklichen Tagen der Göttin spottet, dem wird sie in den Tagen der Verzweiflung auch nicht beistehen.«

Orik reckte kampflustig das Kinn. Für den Moment schienen alle Schmerzen von ihm abgefallen zu sein. »Glückliche Tage? Weißt du eigentlich, was vor sich geht? Du bist von Sinnen!«

Die Aura von Macht und Erhabenheit, die Senda umgab, schien leicht zu flackern und erlosch dann. Jetzt war sie eine alte, müde Frau, die viel zu dick war und deren Stimme man nur dann hörte, wenn sie nach dem eigenen Herzen redete. »Du bist es, der von Sinnen ist«, sagte sie traurig. »Dein Schmerz macht dich blind. Er lässt dich nicht erkennen, dass deine Söhne dich beide in gleichem Maße lieben und dass ihr, du und ganz Siljen, tatsächlich keinen Grund habt, mit eurem Schicksal zu hadern. Noch lächeln die Götter – oder zumindest zürnen sie euch nicht. Aber ihr befindet euch auf einem Pfad, der nicht mehr zu den hohen Mächten hinführt. Besinne dich, Hetman, und besiege deinen Zorn.«

»Du drohst dem Hetman?« Tjalva und Hjore traten von zwei Seiten an sie heran. Senda beachtete sie kaum. Ihr Augenmerk galt Faenwulf. Dieser zitterte am ganzen Leib; er hatte die Fäuste geballt. Nach einigen bangen Augenblicken meldete er sich aber zu Wort.

»Vater, ich weiß, dass Nachtwind nicht die geringste Schuld trägt an deinem Unfall, ebenso wenig wie ich. Ich werde – für ihn und für mich – tun, was ich kann, um dir zu helfen. Ich werde nach Waskir reisen und Medizin für dich besorgen.« Er schlug sich mit der Faust vor die Brust. »Die Götter seien meine Zeugen, dass ich dies für dich und für Nachtwind tue. Wenn ich rechtzeitig mit der Medizin wieder hier sein sollte, so betrachte dies auch als Beweis für Nachtwinds Unschuld und Lauterkeit. Das schwöre ich bei meiner Ehre.«

»Er hat Recht, Hetman«, meldete sich eine andere Stimme flüsternd aus dem Dunkel hinter Jora und ihrem Sohn. Es raschelte leise, als Hjalka vortrat. »Ich werde ihn begleiten und wir werden mit der Medizin zu dir zurückkehren.«

»*Die Götter seien meine Zeugen* – pah!« Orik schüttelte sich. »Meint ihr nicht, die Götter hätten Besseres zu tun?«

»Ich denke, nicht«, versetzte Senda. »Sie wissen, wann etwas einem lauteren Herzen entspringt.«

Orik starrte sie böse an. Vielleicht war es Faenwulfs

entschlossene Miene, vielleicht der bittende Griff seiner Frau, das wieder einsetzende Gefühl von Schwäche oder gar seine Ehrfurcht vor der Traviageweihten, die ihn dazu bewogen, aber schließlich nickte er. »So mag es denn sein. Ich akzeptiere.«

Senda nickte zufrieden. »Du wirst es nicht bereuen, Hetman.«

Der Wind trug noch immer Eiskörner mit sich, doch Nachtwind spürte sie nicht. Er stand auf einem Hang und sah hinunter auf Siljen, schon seit Stunden. Die Sonne ging als verwaschener blassgelber Fleck in einem bleigrauen Himmelsozean unter und verbarg sich in den länger werdenden Schatten. Kreischend segelte Oâ herbei, taumelte in den Windböen und landete mit weit ausgespreizten Krallen auf Nachtwinds Schulter. Er krächzte verstimmt. Sanft streichelte der Halbelf das Gefieder und löste Eis und Schnee heraus, die schon eine regelrechte Kruste bildeten. Oâ entspannte sich sichtlich, ohne indessen seine schlechte Laune aufzugeben. Der Halbelf spürte, wie sich die moosgrünen Krallen tief in seine Schulter gruben, wieder entspannten und sich schließlich erneut festkrallten. Es war, als spüre das Tier die Unruhe und Besorgnis, die von Nachtwind ausging, und als teile es beide Gefühle. Aufgeregt flatterte es mit den Flügeln, als eine besonders kräftige Bö es beinahe von Nachtwinds Schultern fegte. Schlagartig spürte Nachtwind die innere Kälte wieder, die einem Abgrund glich, in dem er fiel und fiel, ohne jemals den Grund oder die Wände zu sehen. Er schloss die Augen und murmelte verzweifelt die Namen seiner Familie vor sich hin, um an der Wirklichkeit festzuhalten und nicht in dem Meer aus Gefühlen unterzugehen, die in ihm aufgewirbelt worden waren. Erschrocken musste er feststellen, dass ihm dies nicht gelang; sein Menschenblut schoss zu heftig durch die Adern und die hilflosen Gefühle, Wut und Enttäuschung, trieben ihm die Tränen in die Augen. Oâ jammerte leise mit.

»Du stehst am Abgrund der Verzweiflung.« Steldripanja war da, wie ein blinder Fleck, unberührt von der Natur, von Wind und Wetter. Sein langer Mantel hing reglos an ihm herab, Gesicht und Haare lagen im Schatten, Hände oder Füße waren nicht sichtbar. Er stand einfach da, unbewegt, und Nachtwind *wusste,* dass er ihn aus den Schatten der Kapuze heraus anblickte und wartete.

»Ich bin jenseits aller Verzweiflung«, entgegnete Nachtwind mit – wie er hoffte – gleichgültiger Stimme. Der Wind heulte, tobte und rüttelte pfeifend an Nachtwinds Kleidung und Haar. Oâ krallte sich fester in seine Schulter und duckte sich tiefer, um dem ungehaltenen Wehen möglichst wenig Angriffsfläche zu bieten. Die Kapuze bewegte sich hin und her, als lache der andere, aber Steldripanja schwieg. »Du glaubst mir nicht.« Nachtwind trat einen Schritt näher, aber Steldripanja bewegte die Hand, rauchgrau und schattenhaft, und eine heftige Schneebö trieb den Halbelfen sofort wieder zurück.

Wieder bewegte sich die Kapuze, langsam und bedächtig. »Ich glaube gar nichts. Ich weiß. Aber du – du weißt nicht das Geringste.«

»Wieso sagst du das? Du hast behauptet, du seist mein Freund.«

»Wenn ich das behauptet habe, dann ist es auch zutreffend gewesen. Lass uns reden.« Steldripanja wandte sich um und bedeutete Nachtwind mit stummer Geste, ihm zu folgen. Als Nachtwind zögerte, blieb er einen Lidschlag lang stehen, vollführte eine unbestimmte Handbewegung und der fürchterliche Sturm ließ ein wenig nach, so als lüde auch er den Halbelfen ein, seinem fremden, unheimlichen Gönner zu folgen. Alles war besser, als Siljen von außen betrachten zu müssen wie ein Fremder. Er folgte Steldripanja durch knöcheltiefen Schnee in Richtung Seufzermoos. Der Weg war lang, länger als im Sommer, wie es schien, aber die Kälte machte Nachtwind weniger aus, als er vermutet hatte, und endlich, endlich hielt Steldripanja an. Mit einer knappen Geste wies er den Halbelfen an, stehen zu bleiben. Sie waren am Rand des Seufzermooses angekommen.

# Der Pakt

Hjalka trank einige hastige Schlucke aus der Phiole, die sie in ihrem Zimmer aufbewahrt hatte. Nur nichts vergeuden, dachte sie und verstöpselte das kleine Kristallgefäß sorgfältig. Die Magierin spürte, wie sich der ausgetrocknete See ihrer Macht neu füllte, viel schneller als gewöhnlich.

Dann wählte sie mit leichter Hand einige Kleidungsstücke aus und seufzte in genau bemessener Lautstärke und Länge, um Faenwulf auf sich aufmerksam zu machen. »Ob du das einmal halten könntest?« Sie drehte und wand sich voll weiblicher Anmut, stand kurz darauf nur noch in ihrem Unterzeug vor ihm und hielt ihm ihr Gewand hin. Unsicher griff er danach, dann wandte er rasch den Blick ab – nicht ganz, wie sie sehr wohl bemerkte. »Leider kenne ich mich nur in Olport gut genug aus, um gleich zu den richtigen Leuten zu gehen, aber in Waskir werde ich sie wohl auch finden.« Sie schlüpfte in eine gefütterte Lederkluft, die sich nach den gewohnten wallenden Gewändern so merkwürdig anfühlte, als zwänge sie sich in eine Krötenhaut oder Ritterrüstung des Mittelreichs. Sie drehte sich so, dass das Profil ihres schlanken, kraftvollen Körpers gerade im richtigen Maß vor Faenwulf zur Geltung kam. Sorgfältig wählte sie aus dem halben Dutzend Handschuhpaaren zwei aus. Sie war sich selbst gegenüber ehrlich genug zuzugeben, dass sie hier nicht nur nach rein praktischen Gesichtspunkten vorging. Unter ihren langen seidigen Wimpern hervor streifte ihr Blick Faenwulf, der schräg hinter ihr stand und sie aufmerksam musterte. Sie schlüpfte in einen dichten weißen Pelzumhang, der glockenförmig um ihren Körper schwang, und schob sich dicht an Faenwulf vorbei zum Ausgang. Sein Blick folgte ihr nun ganz offen. *Wie schön sie ist,* dachte er, *und so beherrscht und klug. Eine echte Thorwalerin.* Nachdem auch er seine Reisevorbereitungen abgeschlossen hatte, ging er ihr hinterher, anfangs noch etwas steifbeinig, doch schon bald waren seine Bewegungen wieder so geschmeidig und flüssig wie eh und je.

Der Sturm hatte sich in den frühen Morgenstunden, kurz vor Anbruch des Tages, bereits so gut wie gelegt. Die Sonne ging in ihrem Rücken auf. Lange, gespenstische blauschwarze Schatten huschten als verzerrte Abbilder ihrer selbst vor ihnen her, als Hjalka und Faenwulf den verschneiten und verharschten Weg nach Südwesten einschlugen.

»Die Nivesen besitzen angeblich viele Worte, um den Schnee zu benennen«, meinte Hjalka, als sie die erste Hügelkuppe erreicht hatten. »Und heute bin ich zum ersten Mal fast geneigt, dies zu glauben.« Sie machte eine weitausholende Geste. »Ich wusste nie, dass Schnee so viele Farben haben kann.«

Faenwulf, der gedankenverloren dahingestapft war, drehte ihr den Kopf zu. »Hm?«

Hjalka lachte leise. »Schon gut.«

»Wie du meinst.« Faenwulf ging mit gleichmäßigen Schritten weiter und Hjalka fiel ein Stück zurück. Sie ließ den Blick über Faenwulfs Körper schweifen. Der junge Mann sah gut aus, das musste man ihm lassen. Vielleicht war er nicht ganz so schlau wie sie oder Nachtwind – niemand konnte das sein, das spürte sie –, aber er war tapfer und mutig und kannte kein Falsch. Es würde einfacher sein als gedacht.

»Hast du dir wehgetan? Soll ich dir helfen?« Faenwulf war stehengeblieben, um auf sie zu warten. Seine Stimme klang aufrichtig besorgt.

»Nein, nein«, erwiderte sie, »ich habe nur gerade über etwas nachgedacht.«

Faenwulf würde der neue Hetman werden, da war sich Hjalka sicher. Aber würde er auch bestehen? Das Amt eines Hetmans verlangte einem Menschen viel ab. Hetman zu sein, bedeutete auch, Verantwortung zu tragen, mit anderen Hetleuten zu sprechen, Weichen zu stellen, die das Schicksal vieler Menschen und ganzer Dörfer beeinflussen würden. Allein wäre Faenwulf verloren, so viel stand für Hjalska fest, aber er wäre ganz sicher – nach Nachtwind – die beste Wahl für dieses Amt. Und für sie. Die Menschen von Siljen würden Nachtwind niemals anerkennen, das stand außer Frage. Ja, es war klug gewesen, sich von Nachtwind zu trennen, und mittlerweile war genügend Zeit verstrichen, um Faenwulf an sich zu binden. Sie mochte Nachtwind nach wie vor, wie man einen treuen Hund, einen Freund oder einfach ein nützliches Werkzeug mag, aber er konnte nichts für sie und ihre Zukunftspläne tun. Außerdem sah sie ihn seit heute beinahe in einem anderen Licht. Ihr magischer Blick hatte ihr gezeigt, dass der Wunde des Hetmans zumindest eine Spur Magie anhaftete – und deren Struktur, so weit sie das aufgrund ihrer flüchtigen Eindrücke beurteilen konnte, ähnelte sehr stark derjenigen von Nachtwinds Abbild in der astralen Sphäre. War es denkbar, dass Nachtwind in seiner Wolfsgestalt den Hetman angegriffen hatte? Sie konnte es eigentlich nicht glauben, aber hatte Nachtwind nicht selbst gesagt, dass er die Magie nicht immer bändigen konnte? Sie musste darüber nachdenken. Und darüber, wie sie nun handeln sollte.

»Kommst du? Bleib dicht bei mir, dann kann dir nichts geschehen.« Faenwulf war etwa hundert Schritt vor ihr stehengeblieben und winkte ihr zu. Im orangeroten Morgenlicht stand er vor der glitzernden bläulichen Weiße der unendlichen Landschaft wie ein Leuchtfeuer aus dunklen Flammen, das ihr den Weg weisen sollte.

Nun, dachte die Magierin bei sich, mag es sein, wie es ist, Faenwulf wird jemanden brauchen, der ihm beisteht und der ihn lenkt. Das bin ich ihm und dem Dorf schuldig.

Mit großen Schritten beeilte sie sich, zu Faenwulf aufzuschließen. Als sie nur noch einen Schritt entfernt war, stolperte sie plötzlich und sank in die helfend ausgestreckten Arme des blonden Hünen.

»Danke«, hauchte sie, wobei leichte Röte ihre Wangen färbte. Faenwulfs Gesicht glühte.

»Das wohl«, brachte er hervor und konnte sie nicht rasch genug wieder aufrichten. Verlegen wischte er die Handschuhe am Wams ab. »Komm, lass uns gehen. Wir wollen Vater und Nachtwind helfen und müssen uns beeilen.«

»Ja ... natürlich«, sagte sie und glättete mit hastigen Bewegungen ihre Kleidung. »Verzeih meine Ungeschicklichkeit.«

»Hm«, brummelte er, ganz wie sein Vater es immer tat, wenn ihm ein Thema unangenehm war und er lieber über etwas anderes oder gar nicht gesprochen hätte, und stapfte weiter gen Südwesten.

»Faenwulf?«

»Hm?«

»Glaubst du, nur ganz allgemein gesprochen, dass Nachtwind imstande wäre, eurem Vater etwas anzutun?«

»Ich weiß nicht, worauf du hinaus willst, aber wenn du glaubst, Nachtwind könne jemandem etwas antun, dann haben sie dir in der Akademie das Hirn verdreht. Komm schon, wir müssen laufen und Reden kostet nur Kraft.« Hjalka eilte dem großen, breitschultrigen Mann leichtfüßig hinterher. Während der weiteren

Reise nach Waskir stolperte sie kein zweites Mal. Faenwulf bemerkte dies mit einer Mischung aus Erstaunen und Zufriedenheit, die er sich selbst nicht recht zu erklären wusste. Aber ein merkwürdiges Gefühl breitete sich in seinem Magen aus und machte ihn schwermütig, wann immer er an Nachtwind und Hjalka dachte.

Schnee und Eis hatten es nicht ganz geschafft, das Seufzermoos zum Verstummen zu bringen. Wie ein widerlicher schwarzer Fleck dräute der Sumpf, ein von krüppligen Büschen und niedrigen Bäumen umgebenes Gebiet übler Gerüche und schreckerregender Kreaturen, ein nässendes, bösartiges Geschwür in der weißen Weite der Landschaft.

»Komm nur, folge mir.« Mit schlafwandlerischer Sicherheit bewegte sich der Verhüllte über die erstarrte Schwärze des trügerischen Sumpfes und achtete kaum darauf, ob Nachtwind ihm folgte oder nicht. Schaudernd dachte Nachtwind daran, was geschehen war, als er und seine Freunde zum ersten Mal das Seufzermoos hatten betreten wollen. Faenwulf hätte damals sterben können.

*Geh nicht mit ihm,* flüsterte eine leise Stimme in seinem Innern. *Sei nicht töricht!* Nachtwind zögerte. Was hatte er denn zu verlieren? Niemand war da für ihn und wenn jemand dem Hetman helfen konnte, dann Steldripanja. *Der Preis ist zu hoch,* mahnte die Stimme und mehr denn je klang sie wie das Krächzen Oâs. Nachtwind streichelte dem Vogel zärtlich das Gefieder. *Nein,* entgegnete er, *Steldripanja mag sich für schlau halten, aber ich bin es auch. Er wird mich nicht übervorteilen, ganz sicher nicht. Ich werde einen Weg finden, damit alles gut wird.*

*Du kennst ihn nicht,* hielt ihm die Stimme entgegen. Nachtwind betrachtete argwöhnisch Oâs Gesicht. Ob der Vogel wirklich …? Nein, sicherlich nicht. Vielleicht war es das, was die anderen immer ihr Gewissen nannten.

*Aber ich kenne mich*, begehrte er auf. *Er hat gesagt, er sei mein Freund. Selbst wenn er ein Kind fordert – was sollte er ihm antun? Wenn es an einem heiligen Tag geboren wurde, dann werden die Götter schon dafür sorgen, dass ihm nichts zustößt.*

*Du machst es dir zu leicht*, tadelte die Stimme. Nachtwind schnaubte ärgerlich durch die Nase und folgte Steldripanja. *Wieso sollte ich auf dich hören? Wer bist du überhaupt?*

Die Stimme schwieg. Sofort taten Nachtwind seine zornigen Gedanken wieder leid. *Stimme …?*, dachte er, aber seine Gedanken eilten als leere Echos davon. Die Stimme hatte sich zurückgezogen.

Völlig überraschend blieb Steldripanja stehen. Nachtwind merkte es erst, als seine Füße glatten Stein berührten. Steldripanja stand vor ihm, schweigend. »Und nun?« Nachtwind blickte zu Steldripanja auf und versuchte zum wiederholten Male ein Gesicht unter der Kapuze zu entdecken. Steldripanja wandte sich um und stieg eine Treppe zwischen mehreren Boronsweiden hinauf, die vor wenigen Augenblicken noch nicht da gewesen war. Oder die Nachtwind zumindest *nicht gesehen hatte*. Um genau zu sein: Er hatte diese Treppe noch *niemals* gesehen, obwohl sie sich weit in den Himmel wand, über die Kronen der schwarzen Bäume hinaus. Welch ein Ort war dies? Verzweifelt wünschte er sich Hjalka herbei. Sie hätte ihm sagen können, ob Magie im Spiel war – was er vermutete – und um welche Art von Magie es sich handelte. Möglicherweise erschuf aber weniger Magie diesen Ort als etwas gänzlich *Fremdes*. Es schien beinahe so zu sein, als ob ein eigener Wille das Seufzermoos beherrschte, und was sprach dagegen, dass dieser *Wille* auch für die Existenz der Treppe verantwortlich war?

Die steinerne Treppe wirkte alt, Moos und Flechten

wuchsen zwischen den einzelnen Steinen, die längst nicht mehr glatt geschliffen waren, sondern so viele Schrunden und Rillen aufwiesen wie das Gesicht des ältesten Menschen. Oâ krächzte kläglich und erhob sich flatternd in die Luft. Es schien, als wolle er Nachtwind sagen, dass dies hier kein Ort sei, an dem man bleiben könne. Mehrmals umkreiste er den Kopf des Halbelfen und gluckerte dabei schmeichlerisch vor sich hin. Erst als Nachtwind nicht reagierte, schraubte sich der Vogel höher und höher in die Luft und flog davon. Mehrmals schien es, als griffen die alten schwarzen Bäume nach ihm, doch jedes Mal entkam er den düsteren Klauen. Dann war er fort und als letztes erstarb sein trauriges Krächzen in der Ferne. *Auch er verlässt mich also,* dachte Nachtwind verbittert, *an dem Ort, an dem wir uns zum ersten Mal trafen.* Er lächelte grimmig. *Also gut. Welche Wahl habe ich denn noch?*

Er stieg die Treppe hinauf und mit jedem Schritt empfand er ein größeres Gefühl der Befriedigung, das sich in seine Trauer und Verzweiflung mischte. Das Gefühl war überwältigend und hätte ihm sicherlich Trost gespendet ... *wenn es aus ihm selbst gekommen wäre.* Aber es kam nicht aus ihm, es wirkte wie das Echo eines weitaus stärkeren Gefühls, so als triumphiere dieser Ort hier selbst. Stufe um Stufe erklomm der Halbelf die Treppe, bis er schließlich vor einer Tür stand. Schwere Eisenbänder, völlig verrostet, zierten das massive Holz, doch die Tür öffnete sich leicht und schwang nach innen, als hätte sie auf ihn gewartet.

Hinter der Tür, weit oberhalb des Seufzermooses – wenn er die Anzahl der Treppenstufen richtig gezählt hatte, so weit, dass man ihrer eigentlich schon von weitem hätte ansichtig werden müssen – lag ein kreisrunder Raum aus grauem Stein. Wenn er die Augen zusammenkniff, konnte Nachtwind einen Augenblick lang durch den Stein hindurchblicken wie durch dünnen Nebel, aber dann wirkten die Mauern wieder so solide wie zuvor. Irgendetwas war hier *falsch,* so als unterliege die Kammer nicht mehr den Gesetzen der Wirklichkeit, aber Nachtwind konnte nicht feststellen, *was* hier tatsächlich falsch war. In der Mitte des Raumes, auf einem grauen Podest, stand eine große graue Steinschale – und dahinter Steldripanja, der beinahe mit dem Raum verschmolz. Langsam ließ Nachtwind den Blick schweifen. Obwohl der Raum leer wirkte, war er nicht leer. Aber alles, was der Halbelf sah, war *grau* und bildete mit den Steinen und Formen des Raumes eine nahezu vollständige Einheit. Ein merkwürdiger Ort , so viel stand fest.

»Tritt näher, Nachtwind.« Steldripanja winkte ihn mit einer rauchigen Hand zu sich heran. »Und nun sprich. Was belastet dein Herz, mein Freund?«

Nachtwind tat ein paar zögernde Schritte und sah sich unbehaglich um. »Was … was ist das hier?«

»Das ist es zwar nicht, was dein Herz belastet, aber sei's drum.« Steldripanja lachte rau. Er vollführte eine herrische Geste und Lichter glommen an den Wänden auf, kleine farbige Lichtkügelchen, die die Einrichtung aus dem Grau rissen und ins Leben trugen. Nachtwind sah Reihen von Büchern und Pergamenten, Stifte, Federkiele, Tintenfässer, alchimistische Gerätschaften, absonderliche Dinge, deren Sinn und Zweck er nicht annähernd zu erahnen vermochte, und vieles mehr. »Dies ist meine … Forschungsstätte.«

Nachtwind hörte Steldripanja zum ersten Mal stocken. Dieser Ort mochte vieles sein, aber sicherlich nicht nur eine ›Forschungsstätte‹. Kiamuks ›Forschungsstätte‹ war der Wald gewesen und dort hatte sich Nachtwind wohl gefühlt, dort hatte er tatsächlich etwas *lernen,* etwas *erforschen* können. Aber das hier war … *falsch.* Und unheimlich. Er trat langsam näher an eines der Wandborde heran und streckte die Hand nach einem Folianten aus.

»Fass nichts an!«, befahl Steldripanja in scharfem Tonfall. »Ich sagte dir doch, dass es MEINE Forschungsstätte ist. Du bist hier nur geduldeter Gast!« Nachtwind zuckte gekränkt zusammen. Einen solchen Ton hatte er weder erwartet noch verdient.

»Du hast mich hierher gebracht. Wenn du mich nicht mehr willst, kann ich ja wieder gehen!«, entgegnete er in ähnlich schroffer Weise.

»Nein, warte. So war das nicht gemeint.« Steldripanja schlug einen versöhnlicheren Ton an. »Aber ich bin Gäste nicht gewohnt und habe Angst, dass du mir etwas durcheinander bringst. Komm, erzähl mir, was dich bewegt.« Der Geheimnisvolle trat auf Nachtwind zu und berührte ihn am Arm. Eine Woge der Kälte flutete durch Nachtwinds Körper, sodass er beinahe aufgeschrien hätte. Der andere schien davon nichts zu bemerken, sondern führte ihn zu einem Stuhl, der unter einem Fenster stand, durch das ein wenig Sternenlicht fiel. *Fenster?* Nachtwind war sich sicher, dass dort eben noch kein Fenster gewesen war! Der Halbelf setzte sich und Steldripanja zog einen weiteren Stuhl heran, auf dem er sich ihm gegenüber niederließ.

»Sieh nach draußen«, ermunterte er Nachtwind, »dann siehst du, was mich bewegt. Vielleicht fällt es dir dann leichter zu sprechen.«

Nachtwind blickte nach draußen. Unter ihnen, wo eigentlich das Seufzermoos liegen sollte, sah er ein Dorf – aber es war mitten im Sommer! Die Häuser sahen merkwürdig aus, anders, als er es von Siljen her gewohnt war, und die Menschen machten ebenfalls einen anderen Eindruck. Ihre Haut war ein wenig dunkler, ihre Kleidung zwar ebenso farbenfroh wie die der Thorwaler, aber auf eine ganz andere Art zugeschnitten. Die Leute hatten etwas an sich, das an Norbarden oder Nivesen erinnerte. Auch Steldripanjas Name klang norbardisch, wenn er es sich recht überlegte. Sie gingen offensichtlich ihrem gewohnten Tagwerk nach.

Nachtwinds Blick wanderte nach unten. Jetzt konnte er erkennen, dass er aus einem Turmfenster sah. Der Turm war nicht allzu hoch, niedriger jedenfalls, als die Treppenstufen hatten vermuten lassen (es sei denn, sie wären von einem Kellergewölbe aus emporgestiegen), gelbweiß verputzt und an vielen Stellen von schmalen fensterähnlichen Schlitzen durchbrochen. Fröhliches Geschnatter, unverständlich in der Vielfalt der Worte und Stimmen, drang nach oben wie ein Flüstern. Nachtwind konnte jeden einzelnen Menschen gut erkennen; er sah Händler mit Einkäufern um Waren feilschen, er sah Pelzhändler, die mit frisch gegerbtem Leder und mit Fellen den Platz betraten, auf dem sich der Turm erhob, Mädchen, die mit tönernen Krügen zu einem Brunnen eilten, um Wasser zu schöpfen, Männer mit Heugabeln, die träge Ochsengespanne führten; er sah auch die Alten des Dorfes, wind- und wettergegerbte Gestalten, dürr, gebeugt und schwarz gekleidet, am Rand des Platzes beieinander sitzen und schwatzen. Hier und dort tollten kleine Kinder durch die Menge. »Das ist dein Dorf?«

Steldripanja nickte.

»Aber ich dachte … es sei verschwunden.«

»Nichts verschwindet, so lange es jemanden gibt, der sich daran erinnert«, erwiderte der Vermummte leise. »Wusstest du, dass wir fast neunzig Schritt tief graben mussten, bis wir Wasser entdeckten? Zuerst wollten wir schon aufgeben und unser Wasser lieber weiterhin vom Merek holen, aber wir taten es nicht. Wir sind stolz und störrisch, musst du wissen. Auch als die ersten drunten im Schacht starben und mancher meinte, die Erdgeister hätten ihn getötet, dachten wir nicht daran aufzugeben.« Er machte eine Pause, beinahe so, als wolle er Nachtwind Gelegenheit geben, nachzudenken oder eine Zwischenfrage zu stellen. Als nichts geschah, fuhr er fort: »Ich habe eine brennende Kerze hinabgelassen, um mich besser umsehen zu können, und als sie erlosch, wusste ich, dass keine Geister dort unten waren, sondern dass irgendetwas uns dort die Luft raubte. Unsere Männer und Frauen unten im Loch waren jämmerlich erstickt.«

Steldripanja lachte wehmütig. »Sinnlos, so ein Tod, nicht wahr? Dabei hätten wir es vermeiden können, wenn ich vorher schon genügend gewusst hätte. Wissen ist Macht, verstehst du? Wir bauten eine große Pumpe und pumpten Luft nach unten, sodass wir weitergraben konnten. Ein ganzes Jahr mussten wir graben, aber dann wurde unsere Geduld belohnt: Wir fanden Wasser. Und was hat es uns gebracht?«

Steldripanja hatte sich mittlerweile gänzlich dem Dorf zugewandt. Seine nachtschwarze Gestalt hob sich seltsam krass gegen das helle Grau der Mauern und das bleiche Blau des Himmels ab. Eine Welle der Kälte drohte Nachtwind zu überspülen, aber er beachtete sie nicht.

Steldripanja war sicherlich kein schlechter Mensch, er hatte stets das Beste für sein Volk getan. Woher auch immer die Kälte rührte, sie hatte ihren Ursprung ganz sicher nicht in der Person Steldripanjas. Nachtwind beschloss, ihm sein Vertrauen zu schenken. »Ich weiß jetzt, was dich bewegt.« Er stockte und versuchte, in das Gesicht unter der Kapuze zu schauen. Nur das Schimmern der Augäpfel war auszumachen. »Ich weiß es jetzt«, wiederholte er, »und ich weiß, dass uns ähnliche Gefühle verbinden.«

Nachtwind wartete darauf, dass Steldripanja darauf etwas entgegnete, aber der geheimnisvolle Fremde sagte kein Wort und bewegte sich nicht.

»Auch ich sorge mich um die meinen, meine Leute, besonders meinen Vater, meinen Bruder, meine ganze Familie und meine Freunde. Sie alle sind dort draußen und ringen um Vaters Leben. Ich kann nicht zulassen, dass einer von ihnen deswegen stirbt.«

»Sie sind deiner Liebe nicht wert, wenn sie nicht an dich glauben.« In den Worten schwang ein Hauch von Bitterkeit und Betroffenheit mit »Vergiss sie, ehe du etwas tust, was du bereuen könntest.«

»Ich *muss* ihnen helfen. *Du* musst ihnen helfen.« Nachtwind blickte Steldripanja fest an.

»Helfen? Nun gut. Du weißt, wie. Schwöre mir ein Kind zu.«

»Das kann ich nicht. Nenn mir einen anderen Preis.«

»Das werde ich nicht tun.«

»Dann müssen wir darauf hoffen, dass die anderen erfolgreich sind und ein Heilmittel finden.«

»Ja. Das wäre gut, nicht wahr?« Steldripanja lachte leise. Er deutete auf eines der Fenster. »Ich habe da etwas für dich.«

Nachtwind trat hinzu und blickte hinaus auf eine windgepeitschte Schneeebene. Zwei winzige Punkte bewegten sich dort und kamen näher: Faenwulf und Hjalka.

»Sie kommen gerade aus Waskir zurück, wo sie nach einem Heilmittel gesucht und es auch gefunden haben«, erläuterte Steldripanja und Nachtwind fragte sich, woher er das wusste. »Aber ich fürchte, sie werden euer Dorf nicht erreichen.«

»Wie meinst du das?«

»Sieh nur hin. Wie schade …«

Der Halbelf sah nach draußen und obwohl die Kälte nicht einzudringen vermochte, fröstelte ihn. *Nein!* dachte er. *Wenn ich ihnen doch nur helfen könnte!*

»Hjalka! Faenwulf!«, schrie er, aber er wusste, dass sie ihn weder hören noch sehen konnten, und er konnte nicht zu ihnen gelangen, um ihnen zu helfen.

Sie waren auf dem Rückweg nach Siljen und hatten Schneeschuhe untergeschnallt, die sich als ungemein nützlich erwiesen. Der Pfad war längst wieder zugeschneit, der alte Schnee war verharscht und es hätte sie einige Mühe gekostet, sich hindurchzuarbeiten. Hjalka, die den Pulverschnee auf dem Hinweg bereits für beschwerlich gehalten hatte, schwitzte bald vor Anstrengung trotz der bitteren Kälte. Faenwulf, der sie auf eigenen Wunsch hatte vorgehen lassen, schob sich langsam an ihr vorbei und übernahm die Führung. Hjalka atmete erleichtert auf.

Wind blies ihnen ins Gesicht und stäubte den Neuschnee zu kleinen Wolken auf und so kamen sie nur langsam voran. Bis zum Einbruch der Dämmerung schafften sie kaum fünf Meilen. Faenwulf, der gern weitergewandert wäre und dessen Angst um den Vater so groß war, dass er jeglichen Schmerz verbissen missachtete, machte schließlich östlich eines Wäldchens Halt. Hier bot ein Hügel Schutz vor dem Wind und der Schnee lag nicht ganz so hoch wie andernorts. »Wir sollten hier unser Nachtlager aufschlagen.«

Hjalka seufzte erleichtert. Jeder Knochen im Leib tat ihr weh. Wenn es darum ging, sich zu konzentrieren und nachzudenken, konnte sie lange durchhalten, aber körperliche Anstrengung ... Faenwulf verzeichnete ihr Seufzen mit einem kaum merklichen Nicken. Er hatte also richtig beobachtet und geschlussfolgert. Auch wenn er noch hätte weiterlaufen können, Hjalka war am Ende ihrer Kräfte.

Er ließ seinen Rucksack bei ihr zurück und stapfte hangaufwärts zum Wäldchen. Wenn sie heute Nacht nicht erfrieren wollten, musste er zusätzliches Brennholz besorgen. Er hatte zwar in Waskir einige Scheite eingekauft und in seinem Rucksack verstaut, aber es war nicht allzu viel Platz gewesen. Sorgfältig suchte er die trockensten Zweige aus und schlug sie ab. Von gefallenen Baumstämmen brach er Borke und dort, wo viel Windbruch lag, nahm er ebenfalls Holz mit, das ihm geeignet erschien.

Die Dunkelheit brach schnell herein. Sie kam beinahe übergangslos, so als hätte jemand die Sonne in ein tiefes finsteres Loch geworfen. Nur vereinzelt blinkten Sterne und die fahle Scheibe des Madamal schaute nur manchmal durch dichte Wolkenbänke. Als Faenwulf zu Hjalka zurückkam, hatte sie bereits Schnee zur Seite gescharrt, rings um einen kleinen Platz aufgetürmt und festgeklopft, sodass der Windschutz noch verbessert worden war. Zwar hatte sie die Arbeit ein wenig ungeschickt ausgeführt, aber das Lager erfüllte seinen Zweck. Faenwulf lobte Hjalka. Das hätte er besser nicht getan. Sie bedachte ihn mit einem lodernden Blick. »Ich weiß genau, was du jetzt denkst. Du musst mich nicht loben für etwas, das du viel besser gekonnt hättest. Hältst du mich etwa für eine Art Haustier?«, fuhr sie ihn zornig an.

Faenwulf zuckte zusammen, als hätten ihn statt der Worte Peitschenhiebe getroffen. »Bei Swafnir, Frau«, sagte er leise, »so war das nicht gemeint.«

»Doch, das war so gemeint«, beharrte sie. Er öffnete den Mund zu einer Entgegnung, aber sie kam ihm zuvor. »Sag es gar nicht erst. Lüg mich nicht an. Wer sich verteidigt, klagt sich an.«

Faenwulf schwieg, drehte sich um und machte sich daran, das Feuerholz aufzustapeln.

»Schweigen ist ein Schuldeingeständnis, ich hoffe, du weißt das«, zeterte Hjalka weiter, aber Faenwulf, der nicht mehr wusste, wie er sich ihr gegenüber verhalten sollte, versuchte sich auf seine Aufgabe zu konzentrieren und *nichts* zu tun, was sie in irgendeiner Weise zum Klagen herausfordern konnte. Natürlich war dieser Versuch von Anfang an zum Scheitern verurteilt und so hörte er göttergeben zu, wie Hjalka dem Ärger, der sich in ihr angestaut hatte, Luft machte und … seine Ohren fingen plötzlich ein Geräusch auf, das nicht hierher gehörte. Er erstarrte und hob die Hand.

Hjalka verstummte sofort. Mit einer geschmeidigen Bewegung, die man der Magierin bei all ihrem Gejammer gar nicht zugetraut hätte, stand sie auf und drehte sich lauernd hin und her. Jetzt hörte sie es auch: Pfoten, die auf Schnee trafen, Hecheln.

Mit einem Satz war sie bei Faenwulf und hielt ihren Magierstab kampfbereit in der Hand. Ein Wort, und die

Spitze des Stabes glomm in grünlichgelbem Licht auf. Faenwulfs Schwert glitt aus der Scheide. Rücken an Rücken standen sie da und warteten.

Und dann waren sie da. Als hätte die Niederhöllen selbst sie ausgespien, kamen sie über die beiden Menschen: große Wölfe, grau und schwarz, mit rotglühenden Augen und schimmernden Fängen und von einer Wildheit, der sie nichts entgegenzusetzen hatten. Faenwulfs Klinge biss dem ersten förmlich in die fellige Schulter, aber das Tier jaulte nur kurz auf und sprang, das Schwert noch in der Wunde, zur Seite weg, womit es auch die Waffe wegschlug und einem Rudelgefährten die Möglichkeit zum Angriff gab. Knurrend fiel der große schwarze Wolf über Faenwulf her, der so rasch keine Abwehrbewegung mehr machen konnte. Mit einem lauten Aufschrei stürzte er zu Boden. Die Kiefer des Wolfs schlossen sich krachend um seinen Unterarm. Schmerzgepeinigt schrie er auf und ihm kam zu Bewusstsein, dass er Hjalkas Rücken nun nicht mehr schützen konnte.

Hjalka, die sich bereits auf ihre Magie konzentriert hatte, als der erste Wolf auf sie zustürmte, ließ ihren Magierstab in die linke Hand gleiten, zog ruckartig die rechte wie abwehrend an die Schulter und schoss dann wie eine Schlange nach vorn. Zeige- und Mittelfinger wiesen auf das Raubtier, das sich ihr rasend schnell näherte, aber irgendwie schaffte sie es, schneller zu sein.

Brüllende Flammen schossen aus ihren Fingern, ein alles verzehrender Feuerstrahl, der den Kopf des Wolfs einhüllte. Dem Tier blieb nicht einmal Zeit für einen Laut des Schmerzes oder der Überraschung. In vollem Lauf wurde es emporgehoben, nach hinten geschleudert, krachte wuchtig in den aufstiebenden Schnee und in zwei andere Wölfe hinein. Der Geruch nach verkohltem Fleisch und Fell, das Lodern der Flammen, die den Körper des Tiers verzehrten, schlug die beiden anderen in die Flucht, aber ein vierter Wolf sprang Hjalka in den Rücken. Kopfüber stürzte sie zu Boden, der Magierstab entglitt ihrem Griff.

»Hilf ihnen!«, forderte der Halbelf mit erstickter Stimme. »Meine Freunde werden sterben, wenn niemand ihnen hilft.«

»Und weshalb sollte ich?« Der Geheimnisvolle wandte sich halb ab.

»Ich bin bereit zu tun, was zu tun ist, wenn du ihnen hilfst.«

»Du versprichst mir ein Kind aus dem Dorf? Ein Kind aus deinem Dorf, an einem heiligen Tag geboren und am selben Tag übergeben?« Steldripanja beugte sich ein wenig vor.

»Wenn du ihnen hilfst und der Hetman gesund wird. Beides oder nichts.«

»Und wenn du deinen Schwur nicht halten kannst? Dann versprich mir, dass du mir dienst und mir alle bringst, die dir Leid zugefügt haben.«

Nachtwind warf Steldripanja einen argwöhnischen Blick zu. Die Forderung kam ihm merkwürdig vor, aber er war sicher, dass er eine Möglichkeit finden würde, sie zu umgehen, wenn sie sich als unredlich oder undurchführbar erweisen würde. »Ich gelobe es.« Nachtwind hob eine Hand zum Herzen, die andere streckte er zum Schwur aus.

»Nicht so.« Steldripanja lachte. »Ich will keinen heiligen Schwur. Das wäre … unpassend. Lass mich den Pakt auf meine Art besiegeln.« Er legte einen Arm um Nachtwinds Nacken und zog ihn zu sich. Behutsam bog er ihn ein Stückchen zurück und legte seine andere Hand auf die Brust des Halbelfen. Dann schlug er die Kapuze zurück. Rabenschwarzes langes Haar mit einem bläulichen Schimmer quoll wie ein Wolkenband hervor, der süße Duft von frisch mit Kräuterseife gewaschener Haut lag plötzlich in der Luft, sanft schimmerte leicht gebräunte Haut und Steldripanja sah Nachtwind aus großen dunkelbraunen Augen mit seidigen langen Wimpern an. »Mit einem Kuss.«

Sie presste die Lippen auf Nachtwinds Wange und küsste ihn so inbrünstig, dass er erstaunt aufkeuchte. Wogen aus Feuer und große Platten aus Eis schlugen gleichzeitig über ihm zusammen und er ertrank beinahe in dem köstlichen Gefühl, das Tage anzudauern schien. Es war ein fast gewaltsamer Akt, ein schmerzhaftes Reißen und Ziehen, als sie die Lippen von seiner Wange löste. Verwundert strich er sich darüber, aber die Haut war glatt und unverletzt, obwohl ein Schmerz darunter tobte, der nicht von dieser Welt war. Das Feuer brannte nach allen Seiten fort, der Kern bestand jedoch aus Eis.

Für einen winzigen Augenblick verblasste die Wirklichkeit wie ein ferner Traum und er sah vor seinem inneren Auge ein wunderschönes dunkles Elfengesicht, männlich und stolz, das ihn an den größten der drei Wölfe erinnerte. *»Das hättest du nicht tun dürfen. Wir werden uns nun nicht mehr sehen können. Du bist* badoc«, sang eine immer leiser werdende Stimme in seinen Gedanken. Dann war das Bild verschwunden. Es klimperte. Der Wolfsring war von seinem Finger gerutscht. Steldripanja griff danach und warf ihn mit einer raschen Bewegung aus dem Fenster. »Den brauchst du nicht mehr. Schon dein Vater brauchte ihn nicht.« Sie lächelte düster.

»Mein Vater? Du kennst ihn?«

Steldripanja zog die Kapuze über den Kopf; aus der schönen Frau wurde wieder eine unförmige, geschlechtslose Gestalt.

»Unser Pakt gilt. Ich werde binnen eines Jahres ein Kind am Tag seiner Geburt aus Siljen bekommen, sofern es an einem der heiligen Tage geboren wird. Dafür helfe ich deinen Freunden und tue das meine, damit euer Hetman wieder gesund wird und du von jedem Verdacht freigesprochen wirst. Alles wird gut werden.«

Ein Feuer brannte und spendete Wärme und Licht. Der Krieger regte sich, spürte eine Berührung und schreckte hoch. Er schlug die Augen auf. Hjalka saß neben ihm, eine Hand auf seinem verletzten Arm, während sie den Heilzauber vollendete. Die Wunde pochte zwar noch wie ein zweites Herz, aber der Schmerz verging zusehends und neue Haut bildete sich. Er musste bewusstlos geworden sein, kein Wunder bei all dem Blut ringsum. Aber wie war es ihr gelungen, gegen das Rudel zu bestehen? Sie schien seinen Blick zu lesen, denn sie antwortete auf die unausgesprochene Frage: »Ich kann es nicht erklären, aber plötzlich waren sie verschwunden, wie Geister. Ich ...«

Faenwulf griff nun seinerseits nach Hjalkas Hand. »Du zitterst ja.«

»Es ist nichts«, wehrte sie ab.

»Nichts da. Dein Gewand ist zerfetzt und blutdurchtränkt. Ich muss mir die Wunden ansehen, sonst bekommst du am Ende noch Wundbrand oder ...« Er zog seine Handschuhe aus und untersuchte gewissenhaft ihre Schulter. Er tat es natürlich auf die Art und Weise, wie alle Krieger so etwas tun, handwerklich zwar geschickt, aber natürlich längst nicht so einfühlsam und kenntnisreich wie ein echter Medicus. Auf Hjalkas Haut war nichts zu sehen als eine Reihe bereits gut verheilender Wunden. Natürlich, wie dumm von ihm: Sie war eine *Maga.*

»Oh.«

Hjalka atmete tief ein. Sie erkannte die Gelegenheit, die sich ihr bot. Vielleicht hatte die Lage auch ihre Vorteile ...

»Bleib bei mir«, bat sie, umfasste seinen Arm und zog ihn zu sich hinab. »Bleib ganz dicht bei mir.«

»Hm?« Faenwulf wirkte unsicher und hilflos. Sie lächelte ihn an, während das Madamal, wolkenlos jetzt, sein glänzendes Silber über sie ergoss.

»Du warst so tapfer«, sagte sie, »und als du mich gegen das Wolfsrudel schütztest, wurde mir klar, dass ich nicht nur Freundschaft für dich empfinde.« Faenwulfs Gesicht war ein einziges Fragezeichen. »Ich *will* dich, Faenwulf, Oriks und Joras Sohn, Enkel Baerhilds.«

In den Zügen Faenwulfs spiegelten sich zur gleichen Zeit Entsetzen und überschäumende Freude. Seine Reaktion überraschte Hjalka dennoch. Schroff riss er die Hand zurück. »*Nachtwind* ist dein Mann.«

Hjalka hielt seinem Blick stand. »Er *war* es. Wir Thorwalerfrauen wählen unseren Mann selbst aus. Das hast du wohl vergessen.«

»Er liebt dich. Er ist mein *Bruder*.« Verzweiflung beherrschte seine Stimme.

»Ich weiß«, meinte sie. Ihre Wimpern flatterten und ein paar dicke Tränen rollten ihr langsam die Wangen hinab. »Glaubst du, dass es mir leicht fällt, dir das zu sagen?«

Faenwulf keuchte überrascht auf. »Aber …«

Sie verschloss seinen Mund mit ihren Lippen. Gierig saugte sie an ihm, sog seine Zunge in ihren Mund, während ihre Hände, schlank, kühl und geschickt, unter sein Hemd glitten und es öffneten. Faenwulf schloss die Augen. Er umarmte Hjalka und zog sie mit sich zu Boden.

»Siehst du es?« Steldripanjas Stimme klang hämisch. Nachtwind drehte den Kopf weg. Er empfand eine tiefe, endlose Leere und durch diese licht- und gegenstandslose Finsternis echote das Gelächter Hjalkas und Faenwulfs, als ob sie sich über einen besonders guten Witz amüsierten. Ein Witz. Ja, das war er für sie. Ein Witz. Kälte kroch an ihm hoch und ihn schauderte. Er wollte nicht daran denken. Jetzt nicht und niemals wieder.

»Du opferst dich für sie auf und wie danken sie es dir? Ja, sieh genau hin. Es sind nur Menschen.«

»Ich will das nicht sehen. Es geht mich nichts an.«

»So, denkst du so? So schnell vergeht deine Liebe?«

»Du hast versprochen, dass sie gerettet werden und dass der Hetman geheilt wird. Alles andere berührt unseren Pakt nicht.«

Für einen Moment stand Steldripanja wie erstarrt. Er – sie? – neigte den Kopf, als lausche er in sich hinein und nickte dann.

»Du hast natürlich Recht, mein Freund.« Eine spinnenartige schwarze Hand legte sich auf Nachtwinds Schulter. »Es sind deine Freunde, ich weiß. Verzeih mir.«

Das Mitgefühl schmerzte beinahe noch mehr als der Spott. »Schon gut. Aber … ich möchte jetzt gehen.«

»Du weißt, wo du mich findest. Und erinnere dich stets des Paktes, den ich durch dich mit deinem Dorf geschlossen habe.«

*Wie könnte ich ihn vergessen?* dachte Nachtwind. Er verabschiedete sich nicht, sondern ging stumm davon. Mit schlafwandlerischer Sicherheit fand er seinen Weg aus dem Seufzermoos, und als er dessen Grenze hinter sich gelassen hatte und heimisches Gebiet betrat, kam auch Oâ angesegelt. Der schwarze Vogel landete neben ihm im Schnee und hüpfte einige Schritt weit mit, die Schwingen grotesk gespreizt und dumpfe Laute ausstoßend. Er trug den goldenen Wolfsring im Schnabel und sah Nachtwind aus klugen Augen an. Vorsichtig nahm Nachtwind den Ring entgegen, starrte ihn unschlüssig an und steckte ihn dann ein. »Danke, mein Freund.« Er tätschelte Oâs Kopf. »Es war mutig von dir, noch einmal da hinein zu fliegen. Wie hast du den Ring gefunden? Woher wusstest du …?«

Er brach ab, weil Oâ, jetzt ohne Ring im Schnabel, lautstark keckerte und krächzte, als wolle er Nachtwind ausschimpfen. Schließlich, als er genug geschimpft hatte, ohne dass der Halbelf darauf antwortete, flatterte er auf dessen Schulter und rieb den Kopf zärtlich an seiner Wange.

»Du vergibst mir, mein Freund, obwohl nicht einmal ich weiß, was aus meiner Tat erwachsen wird«, seufzte

Nachtwind. »Aber ich hoffe, dass ich die richtige Entscheidung getroffen habe. Orik muss leben, ebenso wie Faen und Hjal. Ich habe allerdings ein ganz merkwürdiges Gefühl dabei, gerade so, als sei das Rechte zugleich das Falsche gewesen.«

Ôa gurrte leise.

»Wenn du wüsstest, was ich getan habe, würdest du mir nicht verzeihen.« Nachtwind streichelte liebevoll seinen schwarzgefiederten Freund. »Ich weiß ja nicht einmal, ob ich mir selbst jemals verzeihen kann.«

Hjalka flößte dem Hetman ein wenig von der sirupartigen grünen Flüssigkeit ein, die sie aus Waskir mitgebracht hatten. Die anderen standen stumm und bangend daneben. Orik war bereits sehr schwach, sein Atem ging nur noch flach und unregelmäßig, seine Haut hatte eine ungewohnte Blässe angenommen und unter den Augen war die Haut lila gefärbt. Jora saß Tag und Nacht neben ihrem Mann und hielt seine Hand und Senda betete zu Travia und allen Zwölfen, sie sollten ihn gesunden lassen und die bösen Säfte aus seinem Blut vertreiben.

Bevor Hjalka und Faenwulf mit rotgefrorenen Nasen und einem glücklichen Lächeln auf den Lippen in Siljen eintrafen, hatten die ersten schon offen überlegt, wie man den Hetman am würdevollsten beisetzen solle.

Orik schluckte mühsam. Plötzlich verschluckte er sich, hustete und würgte und wollte sich schon übergeben, aber Hjalka hielt ihm ein kühles Tuch an die Stirn und zwang ihn, sich wieder zurückzulegen. »Entspann dich, Hetman. Du darfst dich nicht verkrampfen.«

Orik gehorchte. Er war auch zu schwach, um sich zu wehren. Jora warf Hjalka und ihrem Sohn einen fragenden Blick zu. Hjalka zuckte die Achseln. *Wir können nur abwarten*, schien das zu besagen.

Faenwulf kniete sich neben seine Mutter und nahm

sie in den Arm. »Es wird alles gut«, flüsterte er ihr beruhigend zu. Jora nickte langsam. Sie schien die Wunden und die zerrissene Kleidung ihres Sohnes gar nicht wahrzunehmen, ihr Blick galt Orik allein. In diesem Moment flog die Tür zur *Halla* auf. Bevor die Kälte richtig eindringen konnte, schlug der Neuankömmling die Tür wieder zu und eilte an Oriks Lager. »Wie geht es … Vater?«

Es war Nachtwind.

## Zwischenspiel

# Hjalkas Qual

*Ich weiß nicht, was ich tun soll. Schreiben hilft, habe ich festgestellt. Merkwürdig. Je mehr ich mir von der Seele schreibe, umso klarer wird mir, was ich eigentlich will. Es ist wie mit der Magie – der Weg ist mühsam und gewunden und die eigentliche Lösung doch immer überraschend einfach. Diesmal scheint es mir aber nicht so. Meine Hoffnungen und Pläne sind zerstört. Ich werde es nie schaffen, Nachtwinds Magie zu erkennen und in eine verständliche Thesis zu formen, dazu ist sie mir zu fremd. Dazu ist er selbst mir zu fremd, immer noch und trotz allem. Ich kenne ihn, seinen Geist und seinen Körper, wohl besser als jeder andere, aber trotzdem verstehe ich ihn nicht. Es ist zum Verzweifeln. Ohne die Formeln an die Akademie zurückzukehren – undenkbar. Und auch ihn werde ich nie wiedersehen, wenn ich versage, das hat er mir ja gesagt, als ich ging. Seltsam, dass mich das jetzt, da diese Zukunft feststeht, kaum mehr berührt.*

*Es ist merkwürdig, aber jetzt, da ich es weiß und da ich bereits in der Magie geübt bin, macht es mir weniger aus, als ich gedacht hätte. Ich bin noch immer neidisch auf Nachtwind, weil er sich die magischen Formeln durch jahrelanges Studieren und Üben nicht aneignen musste wie ich, aber es ist nicht mehr so schlimm. Als ich hierher zurückkam – ja. Der Ehrgeiz hat mich beinahe besessen gemacht. Vielleicht liegt es an Siljen, daran, dass ich hier zu Hause bin. Aber ich hoffe, es liegt an meinen Freunden, dass es jetzt weniger schlimm ist. Ich fühle mich hilflos zwischen meinen Sehn-*

*süchten. Mutter wird sicherlich enttäuscht sein, sie war so stolz, als ich die Magierakademie besuchte. Sie sagte immer, dass ihr früher niemand eine solche Gelegenheit geboten habe, und ich nehme an, es war mehr ihr Beschluss als der des Dorfes, der Vater veranlasste, mich dorthin zu schicken. Seltsam, dass ich heute nicht mehr mit ihr reden kann. Sie ist mir eher fremder geworden, nennt mich ein närrisches Mädchen. Dass ich mich mit Nachtwind traf, war ihr schon nicht recht, aber dass ich mich von ihm trennte, scheint ihr noch weniger in den Kram zu passen.*

*Wahrscheinlich wird es jetzt endlich Zeit, dass ich mich auf mich selbst besinne. Ja, ich denke, ich werde jetzt tun, was ich möchte, und nicht das, was andere von mir erwarten. Soll Nachtwind seine Magie behalten, ich würde sie wohl sowieso nicht verstehen. Es tut mir leid, dass ich nicht ehrlich zu ihm gewesen bin. Und das trotz unserer alten Freundschaft. Jetzt noch darüber zu reden wird unsere Freundschaft vielleicht zerbrechen. Er wird mir nicht mehr vertrauen können und ich werde seine Magie nie verstehen. Verdammt – was schreibe ich da eigentlich? Ich will seine Magie doch gar nicht mehr. I-C-H W-I-L-L S-I-E N-I-C-H-T M-E-H-R!*

– Aus Hjalkas geheimen Siljen-Tagebüchern.

# DRITTES BUCH

# Travidja

Sie saßen die ganze Nacht beisammen und wachten über Oriks Schlaf. Die ruhigen, gleichmäßigen Atemzüge verrieten, dass der Hetman von seinem tagelangen Fieberschlaf in einen Heilschlaf hinübergeglitten war. Als er am nächsten Morgen die Augen aufschlug, waren sie ganz klar und blau, ohne die Spur eines Schleiers oder eines getrübten Blicks. Hjalka fühlte seine Stirn und nickte zufrieden. Es war, als sei er niemals krank gewesen, als wären alle Verwundungen nur ein Nachtmahr, den das Licht des neuen Tages endgültig vertrieben hatte. Ein erleichtertes Grinsen stahl sich auf das Gesicht Faenwulfs und Jora fiel ihrem Mann jubelnd um den Hals; lediglich Nachtwinds Mimik verriet nichts von der Erleichterung, die er verspürte.

»Danke«, sagte Orik und packte mit festem, sicherem Griff nach Hjalkas Hand, mit der anderen nahm er Faenwulfs Rechte. »Ihr wart es doch, die mir Beistand leistete, oder?«

Faenwulf bejahte zögernd. »Nicht alleine …«, begann er.

»Was er meint, ist Folgendes«, mischte sich Hjalka ein: »Wir wurden unterwegs von einem Wolfsrudel angegriffen, ausgehungerten, gefährlichen Bestien, aber bevor sie uns töten konnten, verschwanden sie wieder, als hätte sie ein unsichtbarer Herr zu sich gerufen. Wir denken beide, dass es kein Zufall gewesen sein kann, aber wir wissen nicht, wer uns in dieser verzweifelten

Lage beigestanden hat, ob einer der Zwölfe, ein guter Geist, ein mächtiger Magier oder was auch immer. Fest steht nur, dass wir ohne die Hilfe des Unsichtbaren nicht mehr unter den Lebenden wären.«

»Dann sollten wir diesem Helfer wohl dankbar sein«, meinte Orik. »Und ihr seid euch sicher …?«

»Vollkommen«, bekräftigte Faenwulf. »Wir haben uns auf der restlichen Heimreise mehrmals darüber unterhalten, aber wir wissen nicht, wer der Unsichtbare war.«

»Diese Frage kann ich euch beantworten«, sagte Nachtwind. »Ich habe … den Fremden aufgesucht.«

»Das ist nicht dein Ernst, Junge.« Joras Stimme klang verzweifelt. Sie wusste genau, was er getan hatte, Nachtwind erkannte es deutlich. Verlegen senkte er den Blick.

»Doch. Es ist sein Ernst und das erklärt alles«, meinte Hjalka mit gepresster Stimme. Sie klang gleichermaßen bewundernd wie missbilligend. »Er hat einen Pakt mit ihm geschlossen. Oriks Leben gegen ein neugeborenes Kind …«

»Nicht nur Oriks Leben. Eures auch.« Nachtwind machte eine vage Handbewegung. »Er … hat mir Bilder gezeigt, wie ihr um euer Leben kämpft und verliert. Ich wusste, dass ihr in Not wart und dass ihr das Heilmittel für Vater dabei hattet. Ich musste euch helfen.«

»Du hast …? Bist du noch recht bei Sinnen?«, grollte Orik.

»Du warst dir wohl der Tragweite deines Tuns nicht bewusst«, sagte Hjalka. »Dieser Pakt wird uns alle ins Unglück stürzen!«

»Beruhigt euch doch«, sagte Faenwulf. »Nachtwind hat sicherlich einen Hintergedanken gehabt. Stimmt's, Bruder?«

»Ihr seid meine Familie, meine Freunde«, war alles, was Nachtwind hervorbrachte.

»Faen hat Recht. Es gibt noch einen anderen Grund«,

stellte Hjalka fest. »Vielleicht etwas, das wir nicht bedacht haben? Etwas, das nur du wissen konntest?«

»Steldripanja verlangte ausdrücklich ein Kind, das an einem der heiligen Tage geboren wird«, erklärte Nachtwind, »und solange ein solches Ereignis nicht eintrifft, brauchen wir uns vor der Einlösung des Paktes auch nicht zu fürchten.«

»Schlau gedacht«, musste Orik zugeben, »wir sollten es den anderen ebenfalls sagen. Der Pakt war sehr leichtsinnig von dir, aber ich sehe ein, dass du nicht unüberlegt gehandelt hast. Es war wahrscheinlich der beste von vielen schlechten Wegen.« Er grunzte unwillig. »Übrigens: Danke.«

# Marada

Die Siljener reagierten nicht ganz so, wie Orik es sich vorgestellt hatte. Zwar waren die meisten, unter ihnen einflussreiche Männer wie Trolske und Olvir, erfreut, Orik wieder gesund zu sehen, aber man war nicht überzeugt davon, Steldripanja tatsächlich narren zu können.

»Das Schicksal ist ein launisches Wesen«, orakelte Trolske, »und wenn es uns Knüppel zwischen die Beine werfen kann, dann tut es das auch. Hört auf meine Worte und erinnert euch!«

Olvir ergänzte: »Es war nicht gut, ohne Einwilligung der Siljener für das Dorf zu handeln. Schau mich nicht so an, junger Nachtwind, ich weiß, dass du Orik ebenso sehr bewunderst wie wir anderen, auch wenn das Orik selbst noch nicht aufgefallen ist, aber ein solcher Pakt birgt Fallstricke in sich, die dir heute noch nicht bewusst sind. Halt, halt«, fügte er hastig hinzu, als er sah, dass Nachtwind ihm etwas entgegnen wollte, »sag es nicht. Ich habe keine Angst um mich oder um das Dorf. Wir wissen uns unserer Haut zu erwehren, das haben wir oft genug bewiesen. Aber ich habe Angst um dich. Denn was auch geschieht: Du stehst im Wort.«

Nachtwind verkrampfte sich. Der Dicke hatte in Worte gekleidet, was er selbst die ganze Zeit über befürchtet hatte. Da ergriff Orik wieder das Wort.

»Vergesst nicht: Wir *alle* sind an den Pakt gebunden. Ich bin Nachtwind dankbar – in Maßen, denn es war leichtsinnig von ihm –, und ich bin ihm sogar sehr dankbar, das könnt ihr mir glauben, ebenso wie meinem Sohn Faenwulf und seiner Freundin Hjalka. Was sie getan haben, war so tapfer wie töricht, und wenn ich es hätte verhindern können, hätt ich's getan. Bei Swafnir! Wie konntet ihr das alle zulassen? War denn niemand Manns genug, sie zu begleiten?« Er senkte seine Augenbrauen zu einem finsteren Blick, der jeden einzelnen Anwesenden traf und genau so lange auf jedem verharrte, dass er sich schuldig fühlte. »Ich kann nicht gutheißen, dass Nachtwind einen Pakt mit einem Fremden geschlossen hat, dessen Ziele und Absichten niemand kennt, aber er war einer der Wenigen, die überhaupt etwas getan haben. Thorwaler! Wenn ihr wirklich Thorwaler sein wollt, dann verhaltet euch auch so! Wir beugen uns nicht und halten unser Wort! Nachtwind gehört zu unserer Ottaskin wie meine ganze Familie, und die Ottaskin ist alles, was zählt.«

Die Leute standen wie vom Donner gerührt. Ausgerechnet Orik, der nie einen Hehl daraus gemacht hatte, dass er Nachtwind für einen Unglücksbringer hielt, setzte sich nun für ihn ein. Mancher wechselte einen bedeutungsvollen Blick mit seinem Nachbarn, aber niemand widersprach dem Hetman. Er hatte sie an ihrer Ehre gepackt, sodass sie gewissermaßen hilflos waren. Was wären sie für Thorwaler, würden sie einen aus der Ottaskin verraten und sein Wort in den Schmutz ziehen. Viele erkannten, dass diese Aussage Orik mehr Überwindung gekostet haben musste als der Kampf gegen die Wölfe.

»Wir hätten den Bastard schon längst verstoßen sollen«, klagte eine weibliche Stimme aus der Menge, »er wird uns noch ins Unglück stürzen!«

»Wer war das?«, donnerten Orik und Faenwulf gleichzeitig. Der junge Krieger hielt bereits eine Hand am Heft seines Schwertes, und jene, die um ihn herum standen, wichen angesichts des zornigen Funkelns in seinen Augen zurück. Schweigen antwortete. »Noch einmal: Wer war das?«

»Das ist doch unwichtig, Hetman. Wer es auch war, er hat nicht Unrecht«, sagte Egil. »Viele denken genauso.«

»Ihr werdet den Namen meiner Familie nicht …«, begann Orik, aber eine Frauenstimme, leise und bestimmt, unterbrach ihn.

»Ich war es. Und es gäbe noch eine andere Möglichkeit, den Pakt aus der Welt zu schaffen.« Marada trat vor. Ihr Schlangenblick huschte kurz zu Nachtwind und dann über die Menge, bevor er sich auf Orik richtete. »Tötet ihn.«

Ihre Hand deutete auf Nachtwind.

»Nein!«, schrien Hjalka und Faenwulf wie aus einem Mund und sprangen vor Nachtwind, als wollten sie ihn schützen; aber Nachtwind wusste, dass ihre Verteidigung vergeblich wäre, sollte es hart auf hart kommen. Seltsamerweise musste er in diesem Augenblick an Travidja denken. Schade, dass sie als Geweihte dem Treffen fern geblieben war, wie Senda auch. Sie hätten mehr Einfluss auf die Bevölkerung gehabt, ihr Wort hatte Gewicht. Jeder hier wusste, dass Faenwulf und Nachtwind wie Brüder füreinander empfanden, und dass zwischen ihm und Hjalka etwas vor sich gegangen war, das über reine Freundschaft hinausging, hatten die meisten wohl auch mitbekommen. Nein, alles, was die beiden taten, konnte sogar gegen ihn gerichtet werden. Ein Blick zu Marada zeigte ihm, dass die Frau genau das beabsichtigte. Was hatte er ihr angetan, dass sie ihn so hasste?

Marada lächelte dünn. »Er ist nicht gut für uns. Er verhext unsere Söhne und Töchter – sogar meine Hjalka hat er umgarnt, glaubt mir, ich weiß es – und er bringt das Böse über uns. Ich sage euch: Tötet ihn und der Pakt ist gebrochen. Es sollte mich nicht überraschen, wenn er die Wölfe geschickt hätte …«

»Niemals«, sagte Hjalka fest. »Mutter, du weißt nicht, was du da redest.«

»Ich weiß es sehr genau. Ich …«

»Halt dein Schandmaul!« Orik war kreidebleich. Wie konnte Marada es wagen, so etwas auch nur anzudeuten? »Niemand wird hier getötet. Nicht, solange ich Hetman bin.«

»Vielleicht ist gerade *das* unser Problem.« Marada wich keinen Fingerbreit zurück, aber sie wandte sich an die anderen. »Die wenigsten werden sich noch daran erinnern, bis auf Trolske vielleicht, aber bevor Baerhild Hetfrau wurde, war es mein Großvater, der das Dorf führte. Damals wussten wir noch, was gut für uns war. Wir taten das, was getan werden musste, und alles hatte seine Ordnung.«

Orik wusste, worauf sie anspielte, aber er musste sie reden lassen, wenn er seine eigenen Worte von Ehre beherzigen wollte, auch wenn sie das womöglich als Schwäche auslegen würde. Er kniff ärgerlich die Augen zusammen. Wie hatte ihm die Situation nur so entgleiten können? Bei Swafnir!

»Trolske, sag uns doch mal, was Baerhilds erste Handlung als Hetfrau war.« Marada legte Trolske freundschaftlich die Hand auf die Schulter. Der Greis, der gar nicht zu begreifen schien, worauf sie hinauswollte, plusterte sich stolz auf. »Tja, damals, das waren noch Zeiten, als Baerhild und ich nebeneinander schritten. Wir haben die Opferungszeremonien eingestellt. Seitdem haben wir keines unserer Kinder mehr an das Seufzermoos gegeben.«

Marada nickte zufrieden. Ihre Augen glitzerten kalt, als sie zum Todesstoß ausholte. »Und welches Kind wäre als Nächstes geopfert worden?«

Trolske ignorierte alle Alarmhinweise, obwohl er sie längst hätte spüren müssen. Orik durchschaute Marada, aber es gab nichts, womit er sie hätte aufhalten können, ohne ihr zugleich Recht zu geben. Sie alle hatten gedacht, diese alten Zeiten wären Vergangenheit, aber offenbar war dem nicht so. »Baerhild war damals mit Orik schwanger, unserem tapferen Hetman …«

Trolske brach verwirrt ab, als aufgeregtes Stimmengemurmel aufbrandete. Marada lächelte breit und der Todesglanz ihrer Augen verstärkte sich. Sie wartete, bis die erste Aufregung sich gelegt hatte.

»Sehr richtig. Das Moor hat seine Opfer damals und in den folgenden Jahren nicht mehr bekommen und was haben wir davon? Ist es uns seitdem auch nur um eine Winzigkeit besser gegangen? Haben wir mehr Ackerland? Waren die Sommer wärmer und die Ernten reichhaltiger? Nein, natürlich nicht. Im Gegenteil: Erinnert ihr euch noch an die Missernte vor zehn Jahren? Damals wären wir verhungert, wenn wir kein Getreide aus Waskir bekommen hätten. Und als vor fünfzehn Sommern die Herde von Ogil Weißzahn einging und niemand wusste, weshalb …? Und vergessen wir nicht den Winter in diesem Jahr! So kalt war es nie zuvor.«

Orik hätte beinahe laut losgelacht. Das, was Marada hier aufzählte, war so offenkundiger Unsinn, dass niemand ernsthaft in Erwägung ziehen konnte, ihr zuzustimmen. Aber das Lachen blieb ihm im Hals stecken. Nicht nur, dass die Leute ihr zu glauben schienen, nun fingen die ersten schon an, ähnliche Unglücksfälle aufzulisten – alles Dinge, die ganz offensichtlich in keinem Zusammenhang mit den eingestellten Kindsopfern standen.

»Soll das heißen, dass unser Hetman eigentlich gar nicht mehr am Leben sein dürfte?«

Egil.

Orik bedachte den einfältigen jungen Mann insgeheim mit einer Reihe unflätiger Schimpfworte. Egil verhalf Maradas Angriffen nur noch zu mehr Durchschlagskraft. Bei Swafnir, wo sollte das hinführen?

Marada nickte bedeutungsschwer. »Ja. So wie Svenna und Baerhild bereits tot sind. Es ist Makel an Baerhilds Kindern.« Die Menge verstummte und hing wie gebannt an ihren Lippen. Marada sprach Dinge aus, die vorher noch niemand bedacht hatte. Wie hatten sie alle so blind sein können? Dabei lag alles so deutlich vor ihnen.

»Vielleicht würde alles wieder gut werden, wenn wir das tun, was Marada vorgeschlagen hat«, überlegte Wisgulf laut. Der Mann war so dumm, dass er nur zum Schweinehüten bei Nacht taugte, und jeder wusste das, aber zu Oriks wachsendem Entsetzen erntete er Zustimmung.

»Mag sein«, sagte Marada und sorgte damit für sofortiges Schweigen, »aber wir können doch wohl nicht unseren Hetman opfern. Er ist schließlich kein Kind mehr. Allerdings könnten wir das Moor auch auf ganz einfache Weise milde stimmen: Lasst uns Nachtwind opfern – er ist ebenfalls Baerhilds Nachkomme und kann stellvertretend für seinen Oheim sterben.«

Orik erbleichte. Diese Frau wollte ihn und seine Familie demütigen, aber weshalb? Sie wusste genau, dass sie Faenwulf nie hätte vorschlagen dürfen, da hätte ihr kaum jemand zugestimmt. Bei Nachtwind war das eine ganz andere Sache. War ihr Hass auf den Halbelfen so groß?

»Aber es geht doch um Orik, dachte ich?«, fragte Egil.

Marada tat, als dächte sie angestrengt nach. »Orik? Ach ja … es dürfte genügen, wenn wir ihn absetzen und stattdessen jemand anderen wählen. Jemanden, der in der Tradition unserer großen Hetleute steht …«

»Du meinst doch nicht etwa zufällig dich?«, erscholl Sendas Stimme von der Tür her. Sie troff vor Spott. »Schlau eingefädelt. Dir geht es gar nicht um das Wohl des Dorfes. Seht ihr das denn nicht? Seid ihr blind, dass ihr das nicht erkennt?« Ächzend watschelte die Geweihte hinein und glich mehr denn je einer fetten alten Ente. Ihr orangefarbenes Gewand leuchtete fackelgleich. Der finstere Blick Maradas prallte wirkungslos an ihr ab. Vor der Menge angekommen, richtete Senda ihre Kleidung und tat ganz unbeteiligt. Niemand traute sich ein Wort zu sagen, selbst Marada nicht, die böse zischend zwischen den anderen untertauchte.

»Ich habe gehört«, begann Senda mit ruhiger Stimme, »was ihr hier zuletzt besprochen habt. Aber ich würde gern wissen, wie alles begann. Hat jemand einen Stuhl?« Dankbar ließ sie sich auf das hölzerne Möbelstück fallen, das ein gequältes Ächzen von sich gab. Mit gelassener Ruhe lauschte Senda, was nun von allen Seiten auf sie eindrang. Orik bewunderte sie in diesem Augenblick dafür, dass sie allein durch ihre Gegenwart und ihre Ruhe beinahe das ganze Dorf beeinflussen konnte. Flüchtig nahm er wahr, wie Marada sich aus dem Versammlungsraum stahl. Ihre Blicke trafen einander für einen flüchtigen Moment. *Warte, du Schlange!* dachte Orik. *Es ist noch nicht vorbei. Aber jetzt hast du dich verraten und ich werde gewappnet sein.* Ihm war, als hätte jemand eine ungeheure Last von seinen Schultern genommen. Er bemühte sich um ein entspanntes Gesicht und stellte sich an Sendas Seite. Alle sollten sehen, dass er stark war und auf die Unterstützung der Geweihten zählen konnte.

Schließlich war alles erzählt. Senda nickte. »Nachtwind hat höchst unbedacht gehandelt, und ich weiß nicht, ob die Göttin so etwas verstehen wird. Aber sie kann ihm vergeben, denn er hat aus ehrlichem Mitgefühl und aufrichtigen Herzens gehandelt. Was er getan hat, war tapfer, und er tat es für seine Familie; das ist etwas, das Travia schätzt. Und der Preis … nun, nach allem, was ihr mir erzählt habt, glaube ich Folgendes: Wir können und dürfen den Pakt nicht brechen, denn sonst zieht es uns weg von den Göttern und in die Verdammnis. Vielleicht ist es das, was der Fremde will. Wir dürfen den Pakt aber auch nicht erfüllen, denn wer auch immer dieser Fremde ist, er führt sicher nichts

Göttergefälliges im Schilde, wenn ich seine Forderung bedenke. Ich fürchte, er ist bereits in den Sog der Verdammnis geraten, und jedes Kind, das wir ihm geben, wird seinem Weg folgen. Aber solange kein Kind an einem der heiligen Tage geboren wird, braucht uns der Pakt nicht zu scheren. Und sollte, was Travia verhüten möge, doch binnen Jahresfrist ein Kind an einem heiligen Tage geboren werden, so gibt es noch eine Möglichkeit: Ich werde das Kind in Travias Namen segnen und im Tempel der Göttin weihen, und kraft der Götter wird nichts Böses dem Kind widerfahren.«

»Du willst es der Göttin weihen? Was bedeutet das?«, erkundigte sich jemand. Egil natürlich.

Senda suchte einen Augenblick nach Worten. Sie war sich selbst nicht sicher, ob es gelingen würde, aber allein die *Möglichkeit* spendete Trost und Hoffnung. »Es ist ein Versprechen, dass das Kind eines Tages in einem Tempel der Götter leben und ihnen dienen wird. Ein solches Versprechen, an einem heiligen Tag gegeben, vermag dem Bösen ganz gewiss zu widerstehen.« Sie zögerte. Die Thorwaler waren nicht gerade dafür bekannt, dass sie den Göttern – geschweige denn den Geweihten – den ihnen gebührenden Respekt entgegenbrachten, aber zumindest an *einige* der Zwölf glaubten sie. Und die MUTTER Travia gehörte – hoffentlich – zu diesen.

»Du meinst also, das Kind muss ein Geweihter werden?« Die Frage kam aus einer anderen Ecke. Diesmal war es zumindest nicht Egil. Senda atmete leicht aus. Sie hatte die entscheidende Frage erwartet. Entweder war sie den Siljenern in der Vergangenheit ein gutes Beispiel gewesen – und Travidja hatte sicher ebenfalls dazu beigetragen –, oder man würde ihren Vorschlag nun verlachen und ablehnen. »Ja. Das ist der Preis, um es vor einem Schicksal zu bewahren, das schlimmer ist als der Tod.«

»Du scheinst dir deiner Sache ziemlich sicher zu sein«, warf eine weibliche Stimme ein.

»Sie hat Recht«, entgegnete eine andere Frau. »Denk doch nur – dieser Fremde ... Sein Angebot klang für mich ganz wie eines aus Hranngars Schlund.«

»Hranngar!«, echote einer und ein anderer griff das Wort auf. Flüsternd machte der Name der Gottschlange, der ewigen Widersacherin des Götterwals Swafnir, die Runde. Hranngar – das wäre eine Erklärung für die merkwürdige Forderung. Schließlich nickten die Thorwaler einträchtig. Sie mochten zwar Zweifel daran haben, dass die Laufbahn eines Geweihten besonders ruhmreich war, aber sie vertrauten der guten Göttin Travia mehr als einem Fremden, der möglicherweise von Hranngar geschickt worden war.

»Das Kind ... es muss ein Geweihter Travias werden?« Die Frage klang schon schüchterner, beinahe verlegen. Senda fasste die Fragerin genauer ins Auge. Es war die junge Lingard, die Frau von Cern Brandsson. Die Geweihte sah auf den ersten Blick, dass sie schwanger war. Einem weniger geübten Beobachter wäre es vielleicht noch nicht aufgefallen, denn sie war höchstens im vierten Mond, aber Senda sah so etwas.

»Aber nein, das Kind ist den Göttern versprochen. Das ist etwas Besonderes. Wenn es alt genug ist, wird es seine Bestimmung spüren und darf wählen, welchem der zwölf Pfade es folgen wird, aber welcher es auch ist, es wird ein Pfad sein, der ihm und dem Dorf Ehre und Ansehen bei den Zwölfgöttern bringt.«

Lingard nickte mehrmals heftig, als müsse sie schwer schlucken, aber sie gab sich mit der Erklärung zufrieden. Orik räusperte sich. »Außerdem tun wir sicherlich nicht schlecht daran, wenn wir vorsorglich eine weiße Wiege mit dem roten Zeichen des Drachen und rote Kleidung für ein Neugeborenes bereithalten. Die Farben Swafnirs und des Geflügelten Drachen bieten Schutz vor dem Bösen, und die Göttin Travia wird sicherlich nichts dagegen haben, oder?«

Senda schüttelte den Kopf. »Im Gegenteil. Die Göttin

wird es begrüßen, wie sehr ihr euch um ein Kind aus eurer Mitte sorgt.«

»Dann ist es beschlossen«, verkündete Orik. »Oder hat jemand Einwände?« Sein Blick schweifte über die Anwesenden. »Na?«

Trolske sprach aus, was alle dachten. »Nein, Hetman. Du hast weise entschieden.« Die Thorwaler klopften kräftig auf die Tische und johlten Zustimmung. Der Hetman und die Geweihte tauschten einen langen, nachdenklichen Blick. Heute war es sehr knapp gewesen. Marada hatte es beinahe geschafft, Unfrieden zu stiften und das ganze Dorf in finstere Zeiten zurückzuführen. Beim nächsten Mal mochte es anders ausgehen.

Sie verließen den Versammlungsort zu viert. »Es tut mir leid«, sagte Hjalka draußen zu Nachtwind, ohne ihn anzublicken. Nachtwind sah starr geradeaus. »Was?«

»Alles. Ich hätte nie an dir zweifeln dürfen. Was Marada da gesagt hat …«

»Sie hat nur ausgesprochen, was du selbst dachtest. Du hast es mir sogar *gesagt*. Weißt du noch?«

»Was denn?«, fragte Faenwulf erstaunt. Senda nahm ihn beiseite.

»Das ist eine Sache zwischen den beiden. Lass sie.«

Nachtwind war stehen geblieben, Hjalka ein paar Schritte hinter sich. Sie schloss rasch zu ihm auf und berührte ihn an der Schulter. Eine Woge bittersüßer Erinnerungen stieg in ihm auf. Er schluckte hart.

»Was ist denn?«

»Zwischen uns ist mehr gewesen als Freundschaft. Lass es jetzt nicht weniger als das werden. Bitte.« Hjalka sah ihn mit unergründlichen Augen an. »Ich bin nicht wie meine Mutter. Ich habe dich geliebt, Nachtwind, und ich tue es noch, aber auf eine andere Art.«

»Wie eine Schwester?«, erkundigte er sich mit rauer Stimme. »Ist es das, was du mir sagen willst?«

»Vielleicht. Ich *kann* es dir nicht sagen, weil ich es selbst nicht weiß.«

»Oder ist es nur, damit ich nichts sage, wenn du und Faen …?« Er ließ die Frage offen. Er konnte sehen, wie ihr Gesicht sich erschrocken verzerrte.

»Woher weißt du davon? Niemand vermutet es bisher.«

»Ich habe euch doch gesagt, dass der Fremde mir … Einblicke gewährt hat.«

Sie straffte sich und bemühte sich, ihre Züge wieder zu glätten. »Das mit Faen und mir ist etwas, das zunächst uns beide angeht. Verstehst du, Nachtwind? Ich habe das Gefühl, dass er der Richtige ist. Aber ich liebe dich noch immer, wie ein Freund einen Freund nur lieben kann. Als ich dich fragte, ob *du* vielleicht verantwortlich sein könntest und du mir antwortetest, da wusste ich, dass du die Wahrheit gesagt hast. Bei unserer Freundschaft, mein Held: Deine Zauberfee glaubt und vertraut dir noch immer. Kannst du ihr denn nicht auch vertrauen?«

»Ja, das ist wohl die alles entscheidende Frage: Kann ich meiner Zauberfee noch vertrauen?« Er sah sie an mit seinen schräg gestellten bernsteingelben Augen, gelb wie wilder Honig, und sie sah die Tränen in seinen Augenwinkeln. Sie stellte sich auf die Zehenspitzen und küsste ihn sacht auf die Wange. »Du kannst es.« Dann wandte sie sich mit einer raschen Bewegung ab und lief zu Senda und Faenwulf hinüber. Nachtwind folgte ihr ein wenig später.

Trav wartete bereits am Tempel. Sie hatte eine Hand auf Capronions schwarzen Kopf gelegt. Der Olporter hechelte glücklich und warf der jungen Geweihten immer wieder schmachtende Blicke zu. Meckernd stolzierte Saldar an ihnen vorbei und kam auf Nachtwind zu. Auf seinem Kopf hockte Oâ, als ob er dem Mähnenschaf die Richtung wies. Schließlich hüpfte der schwarze Vogel mit unbeholfenem Flügelschlag von Saldars Kopf auf Nachtwinds Schulter und krächzte vergnügt.

»Nachtwind wird heute bei uns bleiben, das dürfte besser für ihn und alle anderen sein. Möchtet ihr mit hineinkommen?« Senda machte eine einladende Handbewegung. Hjalka und Faenwulf schüttelten hastig den Kopf. Sie wurden sogar ein wenig rot, als sei es ihnen peinlich, das Haus der Göttin, die auch als Schutzpatronin für die eheliche Liebe galt, zu betreten. Faenwulf umarmte seinen Bruder herzlich. »Ich werde bei dir sein. Immer«, versprach er. »Morgen hole ich dich nach Hause. Vater und Mutter werden sich gewiss freuen.«

Hjalka schüttelte dem Halbelfen die Hand. »Vertrau deinen Freunden«, riet sie ihm. »Wir sind für dich da.« Danach nahm sie Faenwulfs Hand und verbeugte sich kurz vor den Geweihten; sie lächelte harmlos. »Würdet ihr so gut sein und bald den Traviasbund zwischen uns beiden besiegeln? Wir wollen heiraten«, sagte sie.

Faenwulf nickte überrascht. Alles war so schnell gegangen und jetzt das … ohne dass bereits ein Kind unterwegs war … diese Frau sorgte immer wieder für Überraschungen.

Senda blickte die beiden jungen Leute prüfend an. »Euch ist es ernst?«

Hjalka bejahte, aber Faenwulfs stummer Blick ruhte auf Nachtwind. Dieser nickte. Sein Gesicht war nicht mehr ganz so ernst. Er vermutete, dass Hjal ihm damit ein Zeichen geben wollte. Er verstand. Es war ihr wirklich ernst mit dem, was sie zu ihm gesagt hatte, und damit er es glaubte, wollte sie es nun auch öffentlich kundtun. »Wenn du sie liebst, zögere nicht.«

Faenwulf strahlte erleichtert. »Ja, ich liebe sie, und ich will sie heiraten.«

»Dann kommt morgen noch einmal zu mir und wir besprechen die Angelegenheit mit euren Eltern. Irgendjemand muss schließlich für den Schmuck und alles andere aufkommen.«

Smigill, der Silberfuchs, schlief zusammengerollt auf Nachtwinds Schoß, Capronions Kopf ruhte auf Travidjas Knien; auch der Schwarze Olporter schlief. Sie waren alleine im Tempel. Senda war an diesem Abend noch einmal zu Lingard gegangen.

Leise knisterte das brennende Holz. Der Rauch des Feuers kräuselte sich behäbig der Kuppeldecke entgegen. Niemand sprach ein Wort. Nachtwind kniff angestrengt die Augen zusammen. Die Stelle, an der Steldripanja ihn geküsst hatte, brannte wie Feuer, seit er den Tempel betreten hatte. Aber er würde sich nichts anmerken lassen, nicht Trav gegenüber. Er saß da und blickte ihr fortwährend in die grüngrauen Augen, die wie herbstlicher Himmel waren, rau und stolz und frei. Und während er so dasaß, fiel ihm auf, dass er in der letzten Zeit immer wieder an sie gedacht hatte. Nicht an Faen oder Hjal, sondern an sie. Es war verrückt. Trav war eine Freundin, mehr nicht. Sie war auch gar nicht die Art von Frau, in die Männer sich verliebten. Sie war … nun, eben Trav. Die dicke, gemütliche, freundliche Travidja. Eine Geweihte und eine Freundin. Mehr nicht.

Er wusste selbst, dass er sich etwas vormachte. Aber wenn sie so war wie Hjalka und ihn wieder verließ? Oder wie Steldripanja, die ihn nur *benutzt* hatte?

»Wie geht es dir?«, brach Travidja das Schweigen.

»Ich bin zufrieden.«

»Sieh mich an, Nachtwind. Ich bin es, Travidja.« Ihre Stimme war weich und umfing ihn wie eine warme Decke. Sie sperrte die Kälte des Winters aus und milderte das Brennen auf seiner Wange. »Du kannst mir alles erzählen. Ich glaube an dich. Du bist …« Sie brach ab, als habe sie bereits zu viel gesagt. Als Nachtwind weiterhin schwieg und die Stille zu drückend wurde, erklärte sie: »Ich kann sehen, dass du leidest. Ich kann das nicht ertragen. Komm schon, sprich mit mir. Gemeinsam finden wir sicher eine Lösung.«

Nachtwind sah die Verzweiflung in ihren Augen. Sie wollte ihm helfen, mit aller Macht, aber sie kam nicht an ihn heran. Wenn er nur wüsste, ob es Mitleid war, das er jenseits des grüngrauen Augenhimmels sah, oder … Er holte tief Atem. »Ich habe ihm versprochen …«

Travidja berührte sanft seine Wange. Ihre Hand spendete ihm herrliche Kühle, die das Feuer erstickte, das seit dem Kuss an dieser Stelle brannte. »Ja?«

»Ich musste es versprechen, oder Orik wäre gestorben und Hjalka und Faenwulf mit ihm. Ich … ich hatte keine Wahl …« Er stockte, unsicher, ob er ihr sagen durfte, was er dachte. »Vielleicht wäre mein Tod das beste für alle. Marada hat womöglich Recht. Vielleicht bin ich der Fluch dieses Dorfes.«

Travidja hob erschrocken eine Hand zum Mund. »Das ist wider die Götter!«, brachte sie hervor. »Ein solcher Wunsch …« Sie umarmte den Halbelfen, der mit hängenden Schultern dasaß und weinte. Smigill wachte auf und sprang von seinem Schoß herunter. Capronion hob müde den Kopf. Sein trauriger Blick wanderte zwischen den beiden Menschen hin und her. Er ging ein paar Schritte weg und ließ sich dann geräuschvoll wieder auf den Boden fallen. Seine alten Knochen ertrugen die Kälte nicht mehr so gut wie noch vor wenigen Jahren, es war dunkel und kalt, und er wollte gerne weiterschlafen. *Sagt es schon,* dachte der Schwarze Olporter, dessen Schweif mehrmals träge auf den Steinboden klopfte, *es kann doch wohl nicht so schwer sein.* Aber natürlich hörten die Menschen ihn nicht. Smigill kam zu ihm und kuschelte sich an seinen Bauch. Wenige Augenblicke später waren die beiden Tiere wieder eingeschlafen.

»Nein, mein Nachtwind, nicht… Es war nicht dein Fehler. Komm, bitte, hör auf. Du musst leben.«

Nachtwinds Gestalt schüttelte sich in verzweifeltem Schluchzen. »Ich wollte das alles nicht. Wenn der Pakt erfüllt werden muss – meine Wange brennt, wo Steldripanja mich berührt hat, um den Pakt zu besiegeln –, dann ist mein Leben nichts mehr wert.«

»Lebe, mein Nachtwind, lebe! Ich ertrüge es nicht, wenn du stürbst. Ich liebe dich.«

»Steldripanja gebietet über schreckliche Magie, da bin ich sicher. Wenn sie … was hast du gesagt?«

»Dass du leben musst.« Travidja ließ ihn ruckartig los.

»Nein, das meinte ich nicht.« Er musterte sie aufmerksam. Es war, als sähe er sie zum ersten Mal richtig. Sein Tränenstrom versiegte, denn etwas erstickte die Düsternis über seinem Geist, ein Gefühl, das so stark und intensiv war wie keines bisher. »Ich liebe dich auch. Ich habe es nur nicht erkannt.« Es klang albern, das musste selbst er zugeben. Bessere Worte fand er jedoch nicht. Travidja schien es nichts auszumachen. Sie spürte wohl die Wahrheit hinter den hohlen Worten.

»Ich weiß. Ich wusste es immer.« Sie küsste ihn, lang und süß. »Versprich mir, dass du lebst – um meinetwillen.«

Nachtwind war außerstande, etwas anderes zu tun, als zu nicken. Er wollte sie umarmen, aber sie streifte seine Hände sanft und nachdrücklich ab. »Ich bin nicht Hjalka. Ich liebe dich, aber lass uns ein bisschen Zeit, einverstanden?« Sie strich ihm das Haar zurück und küsste ihn wieder und diesmal war der Kuss womöglich noch süßer als beim ersten Mal.

# Sommersonnenwende

*Die Eltern des jungen Paares kamen mit Senda überein, dass Faenwulf und Hjalka im Tsa heiraten sollten, jenem Mond, da die klirrende Herrschaft der Eiswinde und der heulenden Schneestürme Firuns nicht mehr ganz so streng war. Natürlich fiel weiterhin Schnee und es war noch immer kalt, aber die Siljener wussten, dass es ein* anderes *Wetter war. Es war nicht mehr der gleiche Schnee wie noch vor wenigen Wochen. Fremde hätten davon sicherlich nichts bemerkt, aber Fremde sah man nur selten im Hochland, und wenn man sie sah, so hörte man ganz sicher nicht auf sie. Kurzum: Der Tsa war zwar immer noch kalt, aber auf angenehme Weise, gerade so viel, dass es sich noch nicht lohnte, auf die Felder zu gehen, dass man aber den Getränken, welche die Magenwände brennen ließen und wohlige Wärme herbeiführten, bedenkenlos zusprechen konnte. Die Hochzeit war eines der beherrschenden Themen im Dorf. Zum einen heiratete der Sohn des Hetmans und einer der begehrtesten Junggesellen. Zum zweiten heiratete er eine Zauberin und die Tochter einer angesehenen Familie. Zum dritten wusste niemand zu sagen, ob Hjalka ein Kind erwartete oder nicht, und das war ungewöhnlich. Förmliche Hochzeiten wurden eigentlich nur abgehalten, wenn das erste Kind unterwegs war – wenn überhaupt. Die Dörfler tuschelten bereits, dass die beiden jungen Leute von ›der großen Stadt‹ verdorben worden seien, aber alles in allem stand doch die Vorfreude auf das Ereignis im Vordergrund.*

*Niemand hätte zu sagen vermocht, dass Marada sich als*

*Hjalkas Mutter besonders gefreut hätte, andererseits war sie auch längst nicht so verstimmt, wie Orik erwartet hatte. Insgeheim begann er zu fürchten, dass sie an einer neuen Intrige gegen ihn spann. Fjolnir, ihr Mann, wusste zu all dem nichts zu sagen, und selbst die Bemühungen des Hetmans, ihn unter Zuhilfenahme starker alkoholischer Getränke auszuhorchen, endeten nur mit der Gewissheit, dass Fjolnir von den Zielen und Plänen seiner Frau keine Ahnung hatte. Was Nachtwind betraf, waren die Wochen bis zu Faenwulfs Hochzeit eine Zeit der Freude: Nicht nur, dass er und Travidja sich häufig trafen und kein Geheimnis aus ihrer Liebe machten, sie waren auch oft mit dem Hochzeitspaar zusammen, und wenn Hjalkas Trennung von Nachtwind beinahe das Kleeblatt zerrissen hätte, so wuchs es jetzt wieder zusammen. Auch Oriks Verhältnis zu Nachtwind besserte sich – Maradas Hetze während der Versammlung hatte das eher gefördert als verhindert, und Travidja als mögliche Schwiegertochter (damit hätte Orik nun schon eine Zauberin und eine Geweihte in der Familie, wieder ein Vorteil gegenüber Marada) steigerte diese Wirkung nur noch.*

*Die Hochzeit wurde ein unvergessliches Fest, besonders für diejenigen, die Braut und Bräutigam hatten entführen wollen, aber nicht mit deren Gegenwehr gerechnet hatten. Trinksprüche, alte thorwalsche Gesänge und Geschichten, die jeder kannte und die eigentlich keiner mehr hören wollte, machten die ganze Veranstaltung ausgesprochen kurzweilig, und Orik war sicher, dass man sich noch lange daran erinnern würde. Der Hetman hatte sich in seiner Spendierfreudigkeit schier selbst übertroffen.*

*Alles hätte wunderbar sein können, hätte nicht der Schatten des Paktes über dem Dorf gelegen. Freilich vergaßen die meisten den Pakt wieder, der das kommende Jahr zu einem der schrecklichsten in Siljens Geschichte machen sollte. Einige Wochen später war Lingards Zustand kaum noch zu übersehen, und nur sie, Senda und Nachtwind waren, wenn auch aus unterschiedlichen Gründen, in Sorge, dass ihr Kind womöglich pünktlich zur Sommersonnenwende auf die Welt kam. Als kurz darauf im Peraine die Zeichen auch bei Hjalka und Travidja auftraten, dass sie über kurz oder lang Kinder gebären würden, machte sich nur noch Senda Gedanken. Kinder wurden nicht so häufig geboren und nun drei in so kurzer Zeit … sie witterte förmlich, dass hier etwas vorging, das ihr alles abverlangen würde. Sie hatte nur keine Ahnung, was sie dagegen tun konnte außer zu beten und ihren Glauben zu stärken.*

Die Zeit der Sommersonnenwende kam rasch heran, Peraine, Ingerimm und Rahja, die Monde des Frühlings und Frühsommers, flogen über der Feldarbeit dahin. Als der Rahjamond sich seinem Ende zuneigte und alle mit Vorbereitungen für die fünf Namenlosen Tage und für das sich anschließende Sommersonnwendfest begannen, das am ersten Tag des Praios stattfinden würde, der zugleich der erste des neuen Jahr war, begann sich Lingards Schwangerschaft ihrem Ende zu nähern. Jeden Tag konnte es soweit sein. Cern war in diesen Tagen häufig im Tempel und betete darum, dass das Kind nicht an einem der fünf götterlosen Tage zur Welt käme, denn dass aus einem solchen Kind nichts Gutes entstehen konnte, war allgemein bekannt.

Im gleichen Maße, wie Lingard trotz Cern Brandssons Pflege unleidlicher wurde und der Niederkunft entgegensah, begann Nachtwinds Wange zu brennen. Sie brannte wie eine Lohe aus Glut und Eis und umso schlimmer, je näher er dem Tempel war. Unwillkürlich fuhr er sich immer wieder mit der Hand übers Gesicht, aber niemand sah etwas, nicht einmal Travidja, die ihm nun näher war als jeder andere Mensch. Üble Träume peinigten die gesamte Dorfbevölkerung in jenen schrecklichen fünf Tagen, aber Marada und Senda, die wieder einmal zusammenarbeiteten, schafften es, die Geburt des Kindes immer weiter durch Gebete und Kräuter zu verzögern.

Dann neigten sich die Namenlosen Tage ihrem Ende zu. In der Nacht vor dem ersten Praios fuhr Nachtwind schweißgebadet aus unruhigen Träumen auf, zumindest glaubte er das. Vielleicht träumte er auch nur. Ihn fror. Das Land um ihn herum – er schlief im Wald, wie so häufig – schien in Kälte und Eis erstarrt. Dann sah er ihn. Oder sie. Er war unfähig, seinen Blick von der Gestalt abzuwenden. »Bringe das Kind zum Seufzermoos. Erfülle deinen Teil des Paktes.«

Dann war die Gestalt wieder verschwunden und die Kälte verging. Aber Nachtwind konnte nicht mehr einschlafen. Schließlich brach der erste Tag im Monat des Sonnengottes an – und während die ersten Strahlen der Praiosscheibe sich noch zaghaft über die Berge schoben, setzten die Wehen bei Lingard ein. Cern holte sofort Senda und diese schickte Travidja aus, die weißrote Wiege und das rote Kleidchen zu holen, die vorbereitet worden waren.

Mitten auf der Straße brach Nachtwind plötzlich zusammen. Oâ kreischte gellend auf, dass es beinahe wie ein menschlicher Schmerzensschrei klang. Olvir, der gerade in der Nähe war, ließ das Huhn, das er zu Ehren dieses Tages geschlachtet hatte, achtlos fallen und stürzte hinzu. Nachtwinds Körper bebte, Schaum stand ihm vor dem Mund. Irre Augen starrten Olvir an, ein gelbes Funkeln, das eher zu einem Tier denn zu einem Menschen zu passen schien. »Ich … muss …«, stammelte er und griff mit klauenartig gespreizten Fingern nach dem älteren Mann. Olvir wollte ihm hochhelfen, aber Nachtwind stieß ihn von sich, als neue Krämpfe seinen Körper schüttelten. Er schrie unaufhörlich und wand sich auf dem staubigen Boden.

Weitere Leute kamen hinzu, aber keiner wagte sich dem Tobenden zu nähern.

»Wir dürfen … dürfen das nicht …«, keuchte der Halbelf zwischen den Schreien. Jeder konnte sehen, dass seine Wange unnatürlich geschwollen war. Sie leuchtete wie ein glotzendes, böses, rotes Feuerauge.

»Lasst mich durch!«, rief eine Stimme. Faenwulf bahnte sich einen Weg durch die dicht stehenden Menschen. Hinter ihm kamen Hjalka und Travidja, beide mit von der Schwangerschaft bereits leicht gerundeten Bäuchen. Travidja trug das rote Kleidchen über der Schulter, Hjalka die Wiege. Sie waren gerade auf dem Weg zu Lingard gewesen, als sie die Schreie gehört hatten.

»Was ist mit ihm?«, fragte Faenwulf und starrte entsetzt auf seinen Bruder.

»Plötzlich fiel er um – es war geradezu unheimlich. Er lässt sich nicht helfen und stammelt wirres Zeug«, berichtete Olvir, der käsebleich war.

»Versucht nicht mich zu betrügen. Ich weiß, dass die Geweihte beim Kind ist. Tut es nicht. Gebt mir das Kind! Jetzt!«, sagte Nachtwind in diesem Augenblick, aber es war nicht seine Stimme, die ihm über die Lippen kam. Alle, die sie einmal gehört hatten, erkannten sie wieder. *Steldripanja.*

»Ich habe euch gesagt, dass wir ihn töten sollten. Vielleicht seid ihr jetzt dazu bereit.«

Hjalka fuhr herum. *Mutter!* Auch Travidja drehte sich der Sprecherin zu. Sie wusste, dass man von ihr als Geweihter und Gefährtin von Nachtwind erwartete, nun zu widersprechen, aber in diesem Augenblick fühlte sie sich hilflos und schwach. Sie konnte es kaum ertragen, Nachtwind so leiden zu sehen. Aufgrund der Schwangerschaft war ihr unwohl und es fiel ihr schwer, in ihrem derzeitigen Zustand einen klaren Gedanken zu fassen. Sie sah Marada. Zwei Burschen aus dem Dorf begleiteten sie, mit Dreschflegeln in der Hand.

»Du wirst ihn nicht anrühren«, hörte Travidja Hjalka sagen, »niemand von euch. Was er durchmacht, macht er euretwegen durch.«

»Das Kind«, forderte Nachtwind, der nun wie leblos auf der Erde lag, mit monotoner Stimme. »Gebt mir das Kind.«

»Erschlagt ihn!«, befahl Marada ihren Begleitern. Zu Travidjas Entsetzen schritten die Burschen ohne Zögern auf Nachtwind zu. »Thure! Herm! Haltet ein! Versündigt euch nicht!« Die Worte kamen ihr kaum über die Lippen. Was sich da abspielte, konnte doch unmöglich wahr sein! Faenwulf ging wortlos auf die Burschen zu, aber es gelang ihm nur, Thure wegzuzerren. Rasch gerieten beide zwischen den anderen außer Sicht.

Hjalka konzentrierte sich auf Herm, der unbeirrt weiterging. Die Magierin wusste, dass weder sie noch Travidja in der Lage waren, körperlich gegen den bulligen Herm vorzugehen. Niemand anders würde einschreiten und weder ihr noch Travidjas Ansehen konnte ihn abhalten. Also handelte sie so, wie sie es gelernt hatte, und benutzte ihre Magie. Der Entschluss kostete sie nicht viel Kraft, obwohl ihr das Zaubern in letzter Zeit schwerfiel und es ihr jedesmal so schien, als strömte mit der astralen Energie die Lebenskraft aus ihr heraus. Herm drängte an ihr vorbei, schob sie beinahe mühelos zur Seite. Sie beschrieb mit der rechten Hand einen schwungvollen Bogen über Nachtwind und schlug sich mit der Faust in die linke Handfläche. *»Paralü-Paralein: Sei starr wie Stein!«*

Der Dreschflegel sauste pfeifend auf den reglos daliegenden Nachtwind nieder. Trav schrie entsetzt auf, aber der Dreschflegel prallte mit einem dumpfen Knall am Gesicht des Halbelfen ab und schleuderte zurück. Mit ärgerlichem Knurren drosch Herm erneut auf den Wehrlosen ein, doch wieder geschah nichts. Mit wachsender Wut starrte er von seiner behelfsmäßigen Waffe zu Nachtwind und danach zu Hjalka. Die Magierin wich einen Schritt zurück. Sie fühlte sich schwach und elend.

»Hexenwerk!«, geiferte Herm und holte erneut aus, aber diesmal war Hjalka das Ziel seines Angriffs. Die Magierin konnte nicht mehr weiter zurückweichen. Das

»Nein!« Maradas, die mit ansehen musste, wie statt des verhassten Halbelfen ihre eigene Tochter angegriffen wurde, verhallte wirkungslos. Dafür handelte ein anderer: Plötzlich packte eine mächtige Faust Herm am Kragen, hob ihn um eine Winzigkeit vom Boden hoch, sodass seine Füße in der Luft strampelten, und schleuderte ihn mehrere Schritt weit weg, in die umstehenden Zuschauer hinein, die kaum Zeit fanden wegzuspringen. Ehe der verdutzte Bursche wusste, wie ihm geschah, hatte Faenwulf schon nachgesetzt, zerrte ihn halb in die Höhe, schmetterte ihm erst den Schädel gegen die Stirn und anschließend die Faust gegen das Kinn. Ein dumpfer Knall und Herm sackte mit verdrehten Augen in sich zusammen. Faenwulf ließ ihn fallen, griff sich den Dreschflegel und hieb ihn so heftig auf den Boden, dass er in zwei Teile zerbrach. Der junge Krieger richtete sich auf. »Noch jemand?«, fragte er. Ein dünner Blutfaden rann an seiner Stirn herab und seine Stimme klang gefährlich ruhig. Marada starrte ihn in einer Mischung aus Zorn und Erleichterung an und hielt seinem Blick mühelos stand. Schließlich trat Olvir zwischen die beiden.

»Es ist besser, wenn du jetzt gehst, Marada, bevor die Ottaskin sich gegen dich wendet. Los, verschwinde! Du hast hier nichts mehr verloren.« Der dicke Mann klang selbstsicher und stark. Seine Meinung hatte Gewicht im Dorf, denn Olvir neigte nicht zu unüberlegten Handlungen, obwohl man sich erzählte, dass er in seiner Jugend häufig bei kleinen Prügeleien in Walswut verfallen war. Niemand würde diese seltene göttergegebene Krankheit in dem ausgeglichenen, freundlichen Mann vermuten, aber jeder wusste davon. Marada duckte sich unter Olvirs Blick weg und beeilte sich, den buschig überdachten Augen zu entkommen, die jede ihrer Bewegungen verfolgten. Die Menge schwieg. Für einen Moment hätte man glauben können, dass Borons Atem Siljen umfangen hielt.

Und dann schrie ein Neugeborenes.

Jora war bei Lingard und tat die Dienste einer Hebamme. Senda stand daneben und ging ihr zur Hand. Von dem, was sich unweit des Hauses auf der Straße abspielte, nahmen sie keine Notiz, denn die Geburt war schwierig. *Heißes Wasser, Blut, Schweiß und heftiges Atmen.*

Plötzlich wurde es kalt in der engen Kammer. Das Kleine schrie nach Leibeskräften.

Es war nicht möglich, dass es plötzlich *kalt* wurde. Außer …

Das Kind schrie. Es wurde *kälter*.

Jora legte den Knaben rasch in Sendas ausgestreckte Arme. Die Geweihte wickelte es in ein derbes rotes Tuch und legte ihm ein geweihtes Medaillon aus Buchenholz um, das eine fliegende Graugans zeigte. »Im Namen Travias, der Göttin der Gastfreundschaft, der Bewahrerin aller Geheimnisse des Herdes, der treusorgenden Behüterin der Heimstatt, der Wächterin von Sitte und Anstand, der Hüterin der Treue und Heimat, segne ich dich und gelobe dein Leben in den Dienst der ZWÖLFE zu stellen, auf dass du immer im Licht wandeln mögest. Hier ist dein Zuhause, doch die Kirche wird stets ebenfalls dein Heim sein, und hier wie dort wirst du den Frieden der Seele finden, den die Göttin gewährt und über den deine Ahnen wachen.« *Heißes Wasser, Blut, Schweiß, keuchendes Atmen.*

Die Kälte wich schlagartig von Senda und dem Knaben. Das Geschrei des Neugeborenen ging in ein glückliches Krähen und danach in ein Glucksen über. »Nein!«, schrie da Jora. »Nein! Nicht …«

Senda fuhr ruckartig hoch und hielt das Kind fest. Entsetzt krallten sich ihre Finger in das weiche, neugeborene Fleisch. Die Kälte war beinahe sichtbar, ein leichter blauer Schimmer, der sich jetzt um Lingard legte. Die Gegenwart des Bösen war stark, fast schon greifbar. »Weiche! Du hast hier nichts verloren! Weiche! Weiche im Namen der MUTTER Travia und des Heiligen Badilak!«

Senda hielt ihr eigenes Medaillon aus Kupfer, Linden- und Buchenholz empor. Sie konnte spüren, wie es sich in ihrer Hand erwärmte. Für einen Augenblick schien die Kälte nicht darauf anzusprechen, sich im Gegenteil bereitzumachen, sich wieder auszudehnen. Aber dann verschwand der blaue Schimmer wie Nebel in der Morgensonne. Lingards Atem beruhigte sich und Jora und Senda atmeten erleichtert auf.

Von draußen, von der Straße, erklang ein gellender Schrei.

Nachtwind lag starr auf dem Boden. Die meisten Dorfbewohner hatten sich umgewandt in die Richtung, aus der die Schreie des Neugeborenen gekommen waren, nur Travidja und Hjalka hatten sich um Nachtwind gekümmert. »Danke. Du hast ihn gerettet.«

»Der Zauber wird bald verfliegen.« Hjal bemühte sich zuversichtlich zu klingen, obwohl die letzten Geschehnisse sie mehr mitgenommen hatten, als sie zugeben konnte. Was ihre Mutter getan hatte, war unentschuldbar, nicht einmal für sie … Und dann geschah es.

Nachtwinds Wange platzte auf. Es gab einen lauten, trockenen Knall, als die Haut barst, aber es floss kein Blut. Stattdessen kam, wimmelnd und krabbelnd, eine Unzahl kleiner schwarzer Kreaturen zum Vorschein. Sie verfügten über eine Vielzahl von Füßchen, die mit trockenem Kratzen über den Boden scharrten. Auf den ersten Blick erinnerten sie an Spinnen, aber es waren keine. Die Kreaturen waren nicht größer als ein Daumennagel, doch wo sie gingen, knisterte es unheilvoll, und eine schwarzrußige Spur zeichnete sich auf dem Boden ab. Travidja gab einen erstickten Schrei von sich und rang nach Luft. »Was … ist das, gütige MUTTER?«

Die schwarzen Kreaturen beachteten sie nicht, sondern suchten sich zielstrebig ihren Weg.

»Böse Zauberei«, zischte Hjalka und zertrat eines der

schwarzen Wesen mit dem Fuß. Es knirschte und zischte hörbar und ein übler Geruch stieg in die Luft. Als sie den Stiefel hob, sah sie einen feucht glänzenden schwarzen Fleck, in dem sich etwas *bewegte*. Bevor sie noch in Gedanken bis zehn gezählt hatte, erhob sich eine neue schwarze Kreatur aus dem schmutzigen Überrest der alten und setzte ihre Wanderung fort. Auch die anderen Siljener waren aufmerksam geworden, als Travidja aufschrie, und sahen nun das unheimliche Geschehen. Viele waren vor Schreck wie gelähmt. Obwohl die Kreaturen niemandem etwas zuleide taten, ging der Hauch des Bösen von ihnen aus. Sie waren schnell. Obwohl einige der Umstehenden ihren Schrecken überwanden und Hjalkas Beispiel folgten, konnten sie nicht alle zertreten, und jede zertretene Kreatur entstand erneut aus dem schwarzen Schleim, zu dem sie zermalmt worden war. Schlimmer noch, der von den zertretenen Wesen ausgehende Geruch sorgte für Husten und starken Brechreiz. Die Kreaturen huschten dahin – und Travidja erkannte als Erste, wohin sie wollten.

»Lingard!«, schrie sie. »Die Spinnen wollen sie und das Kind!«

»Sie … werden töten … weil sie … Steldripanja … das … Kind nicht bekommen konnte …«, röchelte Nachtwind hinter ihnen, von dem auch die letzten Spuren die Zauberlähmung abgefallen waren. Blut quoll schwarzrot aus der Wunde und verkrustete seine Wange. »Es … tut mir leid.« Dann verdrehte er die Augen und versank in Bewusstlosigkeit.

Als sie aus dem Fenster schaute, sah Senda Travidja näher kommen. An dem schreckverzerrten Gesicht der jungen Geweihten konnte sie erkennen, dass etwas Entsetzliches passiert sein musste. Hinter ihr war ganz schwach eine Bewegung auf dem Boden auszumachen, eine dünne schwarze Linie, aber mehr war nicht zu erkennen. Senda hielt den Säugling dicht an sich gepresst und öffnete die Tür. Als Travidja sie sah, huschte Hoffnung über ihr Gesicht. »Ich bin so schnell gekommen, wie ich konnte, Mutter. Nachtwind … er ist umgefallen und aus ihm heraus sind entsetzliche schwarze Wesen gekrochen, wie Spinnen. Sie sind auf dem Weg hierher. Ich bin sicher, sie wollen das Kind holen.«

»Du täuschst dich auch gewiss nicht, meine Tochter? Nein, ich sehe es in deinen Augen. Was ist mit Nachtwind? Lebt er?«

»Ich weiß nicht … ich hoffe es. Aber ich musste euch warnen. Seht nur – da kommen sie!« Travidja deutete auf die näher kommende schwarze Linie.

Senda warf den anderen einen bedeutungsvollen Blick zu. »Wir müssen hier fort. Ich habe mich anscheinend getäuscht. Das Amulett und der Segen der Zwölfe mögen vielleicht nicht ausreichen, das junge Leben hier zu schützen und dem Zugriff des Bösen zu entziehen. Jetzt bleibt uns nur noch eine Möglichkeit: Wir müssen in den Tempel. Und du – geh zu Nachtwind. Wenn er noch lebt, gibt es Hoffnung für ihn. Geh mit Travias Segen, meine Tochter.«

Travidja wollte etwas entgegnen, aber Senda machte eine gebieterische Geste. »Geh!«

Travidja verstand und lief davon, ohne zurückzublicken.

»Der Tempel Travias? Wozu? Ich kann meine Familie selbst verteidigen«, sagte Cern und nahm rasch eine Axt von der Wand.

»Gegen krabbelndes Ungeziefer wirst du damit schwerlich etwas ausrichten können«, wies ihn Senda zurecht. Cern musterte sie abfällig. »Du hast schon einmal Unrecht gehabt, Entenmutter. Dein Segen hat dem Kind nichts genützt, wenn Schwester Travidja die Wahrheit sagt, im Gegenteil. Lass uns hier bleiben. Diese kleinen schwarzen Dinger können nicht besonders gefährlich sein.«

»Wir haben keine Zeit zu verlieren«, erklärte Senda ruhig. »Die Mächte, die hinter dem Pakt stehen, scheinen bedrohlicher zu sein, als ich angenommen habe. Gerade deswegen dürfen wir nicht zögern. Ob du mitkommst oder nicht, ich werde jetzt gehen und dein Kind retten. Folgt mir, rasch.« Damit watschelte sie eilig über den Hof. Cern war zu überrascht, um auch nur den Versuch zu machen, sie aufzuhalten. Jora packte Lingard am Arm und zerrte die völlig erschöpfte Frau mit sich. Sie erreichte die Tür nicht, denn Cern hielt sie fest.

»Lass meine Frau in Ruhe!«, brüllte er, aber Jora drehte sich nur um und gab ihm eine schallende Ohrfeige. »Hör auf! Wenn Senda sagt, dass wir im Tempel sicher sind, dann sind wir dort sicher.«

»Lingard …«

»Deine Frau und dein Kind müssen in Sicherheit gebracht werden.«

»Aber sie sind sicher hier bei mir … o nein.« Cern wies auf den Hof, auf dem gackernd die Hühner durcheinander liefen. Die schwarze Linie, unzählige Einzelwesen, war nur noch wenige Schritt von der Tür entfernt, und wo sie entlangkamen, da starben die Tiere des Hofes. Sogar der stolze große Hahn mit den schillernden rotbraunen Federn, mit dem sich kein Tier gerne anlegte, lag stumm und steif auf dem Boden und würde sich nie wieder rühren. Endlich verstand Cern die Gefahr, in der sie alle schwebten, vor allem seine Frau und sein Kind. »Wir haben die Namenlosen Tage so gut überstanden und ausgerechnet heute …«, flüsterte er. Dann erhob er die Stimme und sprach zu den Frauen: »Ihr könnt nicht mehr durch die Vordertür hinaus. Geht nach hinten, durch die *Halla* und die Schlafkammern. Dort ist eine kleine Tür, die nach draußen führt. Schnell. Beeilt euch und nehmt Lingard mit. Hier ist es zu gefährlich.«

»Zu gefährlich?« Lingard blickte auf. Ihre Augen

waren gerötet und wirkten trüb, das Haar hing ihr strähnig und schweißverklebt in die Stirn. Sie schien noch immer nicht ganz bei sich zu sein. Die Geburt war nicht einfach gewesen.

»Keine Fragen mehr, lauft!« Cerns Stimme klang schrill. Er zertrat ein winziges schwarzes Wesen, das gerade unter der Tür durchkrabbelte. Das Geräusch, das dabei entstand, klang gespenstisch und *böse*.

»Ich kann nicht weg«, beharrte Lingard. »Das ist mein Haus … mein Heim. Und mein Kind … Ich kann hier nicht weg, schon gar nicht ohne dich. Wir werden gemeinsam hier bleiben und …«

»Du musst gehen«, drängte Jora. »Dein Kind braucht dich! Komm schon, Cern, du auch!«

»Geht ihr. Ich komme nach.« Cern grinste schief. »Ich will, dass meine Frau und mein Kind in Sicherheit sind. Versprichst du mir das?« Jora nickte verbissen. »Natürlich. Aber du …«

»Nicht jetzt. Jemand muss die Biester aufhalten. Lingard ist zu erschöpft. Sie würden sie im Handumdrehen einholen. Da sind sie schon!« Es knackte mehrfach, als er mit dem Stiefel zutrat.

Jora schubste die erschöpfte Lingard voran. »Wir können sie tragen«, schlug sie vor.

»Nein, ich habe einen besseren Einfall. Los, geht schon!« Cern griff nach dem Reisigbesen, der hinter der Tür lehnte, und hielt ihn in die Flammen der Feuerstelle. Weitere schwarze Kreaturen kamen unter der Tür hindurchgekrochen. »Das hier wird sie aufhalten. Ich komme nach, so schnell ich kann.«

»Cern …«, flüsterte Lingard.

»Lauf!«, schrie Cern, »mach schon!« Er schlug und fegte mit dem brennenden Reisigbesen über den Boden. Zischend verbrannten die schwarzen Kreaturen. Es stank erbärmlich. Aber so sehr er sich auch bemühte, Cern konnte nicht überall sein. Während Lingard Schritt um Schritt zurückwich und ihn noch aufmunternd lächeln sah, erreichten ihn die ersten der winzigen Spinnenwesen. Sie krabbelten sofort an seinen Stiefeln hoch und verschwanden in seiner Kleidung. Cerns heftige Abwehrbewegungen fruchteten nichts. Nun setzte der Reisigbesen auch das Haus selbst in Brand. Gierig leckten die Flammen am trockenen Gebälk empor. Lingard zögerte, sah ihren Mann an – und erbleichte. Cern, der gute, sanfte, tapfere Cern, der ihr versprochen hatte, bei ihr zu bleiben und sie zu beschützen, sie und ihr Kind, der so viele Pläne gehabt und immer den Göttern geopfert hatte, dieser Cern, den sie über alles in der Welt liebte, starb vor ihren Augen. Plötzlich, von einem Moment auf den anderen, lief er purpurfarben an. Seine Augen traten weit aus den Höhlen, dann sackte er in sich zusammen wie ein Getreidesack, in den jemand ein großes Loch geschnitten hat. Einfach so, aus und vorbei. Er fand nicht einmal mehr Zeit für ein Wort des Abschieds.

Im Tode noch machte er ihr sein letztes Geschenk: Sicherheit. Das Feuer, das er entzündet hatte, wütete unter den schwarzen Kreaturen ebenso wie am Haus. Ein regelrechter Feuerring war entstanden, der sie verbrannte oder doch zumindest ihr Vorwärtskommen behinderte.

»Wir müssen los«, sagte Jora und hielt Lingard eine Hand vor die Augen, damit sie den Anblick ihrer zerstörten Zukunft nicht mehr länger ertragen musste. »Wir können nicht länger bleiben.«

»Cern wurde doch gar nicht ernsthaft verwundet. Alles, womit er in Berührung gekommen ist, sind diese winzigen Tiere …«, stammelte Lingard fassungslos. Dann sah sie durch Feuer und Rauch eines dieser winzigen Tiere auf sich zukommen. Obwohl sie am ganzen Körper zitterte, wandte sie sich um und lief, so schnell sie konnte, gemeinsam mit Jora davon. Beinahe wären sie nicht schnell genug gewesen. Die tödlichen Kreaturen waren schon sehr nahe und sie liefen in einer niederhöllischen Geschwindigkeit. Zumindest empfanden die Frauen das so. In Wahrheit waren sie selbst so ausgelaugt und erschöpft von der Entbindung, dass sie viel langsamer rannten als sonst. Ihr Lauf glich eher einem müden Wanken. Doch obwohl das Feuer in seinem ungeheuren Appetit das Haus verzehrte, bot es ihnen Schutz und verschaffte ihnen Zeit, und vorerst entkamen sie den Kreaturen. Senda, das Kind im Arm, erwartete sie im Eingang des Traviatempels. »Herein mit euch, rasch!« Sie drückte Jora den Säugling in den Arm und schob die beiden Frauen durch die Öffnung ins Innere. Dann stellte sie sich breitbeinig in den Eingang und reckte abwehrend die Arme nach vorne, die Handflächen nach außen gerichtet. Die schwarzen Kreaturen, von einer bösen Macht geschaffen und gelenkt, kamen auf der Jagd nach Lingard und deren Kind herbei, aber je mehr sie sich dem Tempel näherten, der so alt, verfallen und unscheinbar wirkte, umso langsamer wurden sie. Sie glichen Insekten, die in einen Honigtopf gefallen waren und nun versuchten, sich daraus wieder frei zu strampeln. Es gab nur einen Unterschied: Insekten im Honigtopf begannen, wenn ihre Bewegungen erlahmten, nicht lichterloh in grüner, kalter Flamme zu verbrennen. Die Kreaturen taten es. Sie kamen und verbrannten, bis keine von ihnen mehr übrig war. Fettiger schwarzer Qualm stieg von den schwarz verbrannten Überresten auf und ein frischer Wind wirbelte die Asche auf und trieb sie davon. Senda atmete tief aus. Sie konnte ihr Herz schmerzhaft pochen hören – sie wurde allmählich zu alt für solche Abenteuer. Aber es war ja geschafft, sogar leichter als erwartet. Möglicherweise *zu* leicht, was allerdings erst die Zukunft erweisen würde. Sie wusste nur eines: Travias Haus hatte den Bedrohten wieder einmal Zuflucht geboten und das war gut so.

Senda murmelte ein Dankgebet an die GROSSE MUTTER und eine Fürbitte für Nachtwind, dann ging sie hinein zu Mutter und Kind. Sie mussten nur noch heute im Tempel aushalten, am kommenden Morgen wäre das Kind nicht mehr vom Pakt betroffen, wenn sie Nachtwinds Worten glauben konnte: Das Kind musste am Tag seiner Geburt übergeben werden. An den genauen Wortlaut hätte sie schon vorher denken können. Nur weil niemand daran gedacht hatte, war ein guter Mann gestorben. Warum müssen immer wieder gute und gläubige Menschen wie Cern so einen sinnlosen Tod sterben? fragte sie stumm die GROSSE MUTTER. Weil die anderen Menschen unvollkommen sind? Nur deswegen? Aber die Göttin schwieg.

Stimmen – *Schmerz.*

Glühende Hitze, tödliche Kälte toben in meiner Wange. Verwaschen am Himmel die Praiosscheibe, unendlich fern, schwach, kraftlos. Ein Gesicht. *Tränen.* Tropfen herab. Das Gesicht … *Travidja?*

Travidja. Viele *Stimmen*. Viele *Gesichter*. Ich verstehe sie nicht. *Noch* nicht. Nicht *mehr*. Verstehen … sie mich?

Zorn. *Wut*. Entsetzen.

Ich kann sie spüren. Es tut mir leid. Leid! Leid!! Leid!!! Schreie, ferne Stimmen der Qual. Ich kann sie nicht mehr hören. Ich will sie nicht mehr hören. *Travidja …*

Leid! Es wird euch noch Leid tun. Sehr Leid tun.

Neeeeeeeeeeeiiiiiiiiiiiiiin …

»Er ist jetzt eingeschlafen«, sagte Travidja, als die Sonne aufging. Sie sah blass und erschöpft aus, die Nachtwache am Lager des Freundes war anstrengend gewesen. Immer wieder zusammenhanglose Worte, das Fieber … jetzt war all das vorüber. Sanft tupfte sie das Blut von Nachtwinds Wange. Darunter kam frische, rosige, narbenlose Haut zum Vorschein.

»Merkwürdig«, meinte Hjalka nachdenklich, die neben ihr saß und Nachtwinds Hand hielt. »Ich konnte die ganze Zeit über das Fieber spüren, aber jetzt ist seine Haut kalt. Hier ist Magie im Spiel, die ich nicht kenne und die ich nicht verstehe. Verzeih mir, Trav«, fügte sie hinzu, als sie die Tränen im Gesicht der jungen Geweihten schimmern sah. »Ich habe nicht an dich gedacht. Ich spreche hier über Nachtwind wie über … über …«

»… über einen magischen Gegenstand oder ein Objekt wissenschaftlicher Neugierde«, beendete Travidja den Satz. Sie wischte die Tränen ab und blinzelte entschlossen. Man konnte sehen, wie sich ihre Gestalt straffte. »Du hast ganz Recht damit. Wir müssen uns auf das Problem konzentrieren und nicht auf die Person. Das lenkt uns nur ab. Ich bitte dich, Hjal, kannst du das für uns beide übernehmen? Ich bin mir nicht sicher, aber ich glaube nicht, dass ich es alleine schaffe. Ich liebe ihn, Hjal. Ich liebe ihn wirklich.«

»Ich weiß«, sagte Hjalka. Ihre harten schwarzen Augen schimmerten plötzlich feucht. »Ich weiß.« Dann saßen die beiden Frauen eine Weile schweigend nebeneinander. Jede hing ihren eigenen Gedanken nach.

Von draußen erklang ein Klappern. Jora kam herein. Sie hatte zwei dampfende Trinkschüsseln in den Händen. »Ich habe euch Suppe gebracht. Ihr müsst endlich etwas essen, Mädchen.« Sie stellte die Schüsseln ab und umarmte nacheinander Travidja und Hjalka. »Es ist niemandem geholfen, wenn ihr bis auf die Knochen abmagert. Wisst ihr was? Ich setze mich für eine Weile zu euch und Nachtwind. Vielleicht spürt er, dass wir bei ihm sind, und wir können ein bisschen über ihn sprechen. Ihr kennt ihn vermutlich besser als ich oder Orik, aber ich kenne ihn schon länger. Vielleicht erfahren wir so gegenseitig etwas Neues. Also, Mädchen, nehmt jetzt eure Suppe und macht einer alten Frau ein wenig Platz.«

Oâ hockte auf dem First des Hauses und krächzte jämmerlich. Gegen den dunkler werdenden Himmel war er kaum mehr als ein zerrupfter Schemen vor einem Schatten. Doch sie wussten, dass er dort oben war und um Nachtwind trauerte.

»Er ist ein Unglücksbringer, das habe ich von Anfang an gesagt.« Orik lehnte draußen an einem Türpfosten und sah zu, wie die Schatten länger wurden und sich anschickten, die Herrschaft über Dere anzutreten. Gedankenverloren rieb er sich die Oberarme und schob die Armreifen hin und her. Faenwulf, der neben ihm stand, hörte die Worte, aber er konnte den rauen Unterton in Oriks Stimme ausmachen. Er wusste auch, dass der Hetman nicht über Oâ sprach. Wenn er auch sonst immer widersprochen hatte, diesmal hielt Faenwulf den Mund. Er ließ seinen Vater weiterreden. Orik räusperte sich kurz, aber als keine Entgegnung seines Sohnes kam, beschloss er weiterzusprechen. Er konnte jetzt alles ertragen, nur keine Stille. »Er hat seine Mutter umgebracht, als er geboren wurde. Der Junge ist keiner von uns. Ich bin als Hetman dafür verantwortlich, Schaden vom Dorf abzuwenden, aber ich habe ihn aufgezogen. Ich habe erlaubt, dass er bleibt. Vielleicht hat Marada doch Recht. Vielleicht hätten wir ihn dem Seufzermoos opfern sollen. Vielleicht war es ein Fehler von Mutter …«

Faenwulf schüttelte ernst den Kopf. Kein Thorwaler sprach so, wie sein Vater es gerade getan hatte, außer vielleicht in Augenblicken höchster Verzweiflung. So kannte er seinen Vater nicht. Vieles hatte sich verändert in den letzten Jahren, und er war nicht dagewesen, um daran teilzuhaben und es zu lenken, wie es Baerhild getan hätte. Seine Großmutter hatte ihnen ein schweres Erbe hinterlassen, wobei sie von Maradas Gier und Hass sicherlich nichts geahnt hatte. Baerhild war in dem Bewusstsein gestorben, dass Siljen ungefährdet und ruhig war. Wie grausam hatte sie sich getäuscht. Unter der Oberfläche hatte all die Jahre Marada gewühlt, unbemerkt, aber unermüdlich. War sie alleine gewesen? Faenwulf konnte es nicht glauben. Hinter Marada musste mehr stehen, weitaus mehr. Es konnte doch kaum möglich sein, dass der Hass eines einzigen Menschen so großes Unheil hervorbrachte ... Er sah, wie ihn sein Vater musterte. In den Schatten der einbrechenden Nacht wirkte sein blondes Haar schlohweiß und jede Falte des wettergegerbten Gesichts tiefer, als sie tatsächlich war. Im bleichen, fernen Sternenlicht wirkte Orik wie ein alter verwitterter Fels.

»Bei Swafnir! Eines Tages werde ich noch verrückt. So weit kann es mit einem kommen, Junge. Vergiss, was ich gerade gesagt habe. Es ist wirklich verrückt.«

»Vielleicht.« Die beiden sahen einander in die Augen und verstanden, was der andere fühlte. Niemand sprach es aus, aber sie wussten um die Angst in ihrem Herzen. Angst um Siljen und das, was daraus werden würde, sollten Menschen wie Marada jemals etwas zu sagen haben. Angst um ihre Familie, auch um Nachtwind. Angst um Faenwulfs Kind und die Zukunft, in der es aufwachsen würde, wenn nicht etwas geschah.

»Wir müssen etwas tun.« Oriks Stimme war leise, aber bestimmt.

Es war keine offizielle Versammlung. Der Hetman hatte nur einen Teil der Männer und Frauen bestellt und sie trafen sich außerhalb des Dorfes. Die Siljener traten nervös von einem Fuß auf den anderen. Sie wechselten bedrückte Blicke.

»Ich verlange, dass der Elfenbastard getötet wird.« Marada stellte sich herausfordernd vor Orik. Der Hetman stemmte seine Hände in die Hüften. Dies war der Augenblick der Auseinandersetzung. Er hatte es gewusst und er hatte Ort und Zeitpunkt gewählt. Es wäre leicht gewesen, Marada auszuschließen, aber das war es nicht, was er bezweckte. Er musste sie überwinden, ganz offen, nur dann würde das Gift, das sie in die Seelen der Menschen spritzte, künftig wirkungslos versickern. »Dummes Geschwätz!«, wies er sie zurecht. »Du weißt, dass wir so etwas nicht mehr tun, und du weißt ebenso gut, dass damit der Pakt noch längst nicht aus der Welt wäre. Wenn wir Nachtwind töten, ist damit nichts gewonnen, im Gegenteil. Das Unaussprechliche, das hinter der Welt regiert, würde dennoch über uns kommen.«

»Und was willst du tun, *Hetman*?« Marada betonte das letzte Wort besonders spöttisch, sodass der dicke Olvir ihr beinahe an die Gurgel gefahren wäre. Ein rascher Wink Oriks ließ ihn innehalten.

»Kannst du dir das nicht denken? Was schlägst du denn vor?«

Marada hob überrascht die Augenbrauen. Sie hatte Orik unterschätzt. Es war leicht gewesen, gegen den Hetman zu hetzen, ohne selbst eine bessere Lösung vorweisen zu müssen. Es hatte genügt, den Hass auf Nachtwind zu schüren und seinen Tod zu verlangen – damit hätte sie zugleich auch dem Hetman geschadet, denn was sollte man von einem Hetman halten, der ein Mitglied der eigenen Familie in den Tod schickte? Vor allem, wenn das Opfer vollkommen nutzlos war. Marada wusste natürlich so gut wie Orik, dass Nachtwinds Tod nichts ändern würde. Ihre Ziele ließen sich zunehmend schwieriger miteinander vereinbaren. Sie war jetzt schon zweimal so *dicht* am Ziel gewesen, mit Intrige und Geduld, und beide Male war sie gescheitert. Es war bedauerlich, dass die alte Geweihte noch lebte, und auch, dass Marada es nicht geschafft hatte, ihre eigene Tochter auf ihre Seite zu ziehen. Marada blieb zunächst keine Wahl als den einmal eingeschlagenen Kurs weiter zu verfolgen. In einem entfernten Winkel ihres Denkens entsprang ein leises, irres Lachen und hüpfte weiter und weiter und wurde lauter und lauter. Sie kannte dieses Lachen und versuchte es niederzuzwingen. Nach jedem Sieg wurde es lauter, und sie konnte absehen, dass es eines Tages nicht mehr ersterben würde. Diesen Tag fürchtete Marada. Mit Mühe unterdrückte sie ein Kichern. Sie würde eines Tages Hetfrau sein. Ja, das würde sie. »Ich bleibe dabei: Nachtwinds Tod würde genügen.«

Sie spürte sofort, dass dies die falsche Antwort gewesen war. Irgendwie war es dem Hetman gelungen, sie in diese Falle zu locken. Das irre Kichern tobte in ihrem Innern. Aber was hätte sie sonst …? »Folgt Sendas Beispiel: Begebt euch in den Schutz des Tempels. Ihr müsst nur einen Tag dort warten und schon kann dieses Kind den Pakt nicht mehr erfüllen.« Marada lächelte unverbindlich. Wahrscheinlich hatte der Hetman genau das vorschlagen wollen. Wenn er ihr jetzt zustimmte, hatte er ebenso verloren wie durch Ablehnung. Wie auch immer: Sie konnte nicht verlieren. Orik und Nachtwind würden so oder so sterben und sie würde Hetfrau sein.

Orik schüttelte den Kopf. »Nein, das ist kein Ausweg. Ihr habt alle gesehen, was geschehen ist. Beim nächsten Mal – wer weiß? Vielleicht stirbt Nachtwind und seine Seele wird von der Finsternis verschlungen, von Hranngars Dienern. Vielleicht sterben auch wir – ihr habt doch alle Cerns Leichnam gesehen, oder? Nein, so kann es nicht gehen. Habt ihr schon einmal daran gedacht, dass alles eine Prüfung sein könnte?«

»Eine Prüfung?« Deorn der Haarlose kratzte sich fragend an seinem blanken Schädel.

»Ja, bei Swafnir! Vielleicht wollen die Götter nur prüfen, ob wir zu unserem Wort stehen. Der Pakt ist ekelerregend und gegen die Götter gerichtet. Lasst es also die Götter austragen – sollen sie doch zeigen, dass sie unseres Vertrauens würdig sind. Wir sind durch unsere Ehre gebunden, das habe ich eingesehen. Senda – eine gute Frau, das wisst ihr so gut wie ich – kann sich irren. Wir alle können das. Wenn die Götter etwas wollen, sollen sie es sich holen!«

Trolske blickte verwirrt zu Orik. »Du willst ihm also allen Ernstes ein Kind geben?«

»Ja«, bestätigte Orik. »Das ist die einzige Möglichkeit, um unser Dorf zu schützen.«

»Wessen Kind?«, verlangte Gunn Einauge zu wissen. »Wie sollen wir festlegen, wer sein Kind hergeben muss?«

»Das nächste Kind, das an einem heiligen Tag geboren wird, soll es sein. Wir wissen nicht, wessen Kind es sein wird. Das Schicksal wird für uns entscheiden.«

»Aber Senda? Was ist mit der Geweihten?«

»Wir müssen sie ablenken und Nachtwind die Möglichkeit geben, den Pakt zu erfüllen. Wenn es der Wille der Götter ist, wird es geschehen. Wenn nicht, dann nicht.«

»Aber ein *Kind*«, widersprach Erkenhild. »Du warst selbst vor nicht allzu langer Zeit dagegen.«

Andere stimmten zu. »Ja, das warst du, Hetman. Aber warum redest du heute so anders als vorher?«

Orik seufzte. Er hatte diese Fragen erwartet, aber er war darauf vorbereitet. Er hatte sich lange und ausführlich mit Jora beraten. Es war ganz und gar nicht leicht, alle hinters Licht zu führen, aber es musste sein, wenn er gegenüber Marada glaubhaft sein wollte. Die falsche Schlange durfte keine Gelegenheit haben, ihre eigenen Pläne durchzusetzen oder ihn bei einer Fehlentscheidung zu erwischen. Es war ein riskantes Spiel, das er spielte, aber trotzdem hatte er jetzt endlich wieder das Gefühl, die Fäden in der Hand zu haben. Er wusste zwar genau, wie trügerisch dieses Gefühl sein konnte, aber alles, was er jetzt brauchte, war Zeit. Und der Entschluss würde ihm die Zeit verschaffen, einen Boten nach Olport oder anderswohin zu schicken und magische Unterstützung zu erbitten, die Hjalka derzeit nicht leisten konnte. Es war nicht zu erwarten, dass ein Kind an einem der nächsten heiligen Tage geboren werden würde – der nächste hohe Feiertag war der Tag der Heimkehr, der höchste Ehrentag Travias, und der würde erst in drei Monden stattfinden. Travidja und

Hjalka, die beiden einzigen schwangeren Frauen im Dorf, würden ihre Kinder bald darauf bekommen, wenn keine Schwierigkeiten auftraten. Aber diesmal, dieses eine Mal, würde er sich auf das Glück verlassen müssen.

Steldripanja stand stumm an einem der unsichtbaren Fenster hoch über dem Seufzermoos. Er – sie? – wirkte zufrieden. »Bald. Bald schon gehörst du IHM, und du wirst IHM ganz Siljen opfern, das Dorf der Mörder. Sie sind Abschaum, sie denken wie Abschaum und sie handeln wie Abschaum. Sie haben mein Dorf ausgelöscht und sie haben ihr eigen Fleisch und Blut geopfert, Jahrhunderte hindurch. Und sie werden es wieder tun oder sterben.«

*Nein!* wollte Nachtwind rufen, aber er brachte keinen Ton hervor. Es war ihm, als hätte sein Herz aufgehört zu schlagen, als wäre sein Atem erloschen. *Nein! Das kannst du nicht tun!*

»Schade um dich, du hast mir sogar gefallen. Aber ER wird schon ungeduldig. IHM wirst du noch besser gefallen, Enkel der Frau, die die Menschenopfer beendet hat, Sohn des verdammten Elfen. Vielleicht vergibt er dann das Ausbleiben der Kindsopfer. Dank dir wird es bald wieder so sein wie zuvor – aber du wirst die Schulden, die dein Dorf hat, begleichen. Niemand wird dir helfen, du wirst schon sehen, und das ist dann der Untergang aller.«

*Niemals!*

Steldripanja drehte sich um. Die Kapuze fiel zurück und Nachtwind sah ihr Gesicht nun in seiner ganzen Schönheit. »Wirklich? Nun, ihre Seele haben wir schon …« Sie deutete auf eine schemenhafte Gestalt, die neben ihr in der Luft erschien. Baerhild.

*Großmutter …!*

»… und deine werden wir auch bald haben.« Nachtwind schrie auf, und diesmal erschütterte sein machtvoller Schrei die ganze Wirklichkeit, die unversehens wie eine Spiegelscheibe zersplitterte und auseinanderbrach und ihm die Gesichter seiner Familie und aller Einwohner

Siljens zeigte, in namenlosem Grauen erstarrt – und er erwachte.

»Wir haben beschlossen, dass du das nächste Kind, das an einem heiligen Tag geboren wird, Steldripanja bringen sollst. Niemand von uns wird etwas dagegen unternehmen. Wir werden sogar Senda ablenken und dir Zeit geben, das Kind fortzubringen, ehe sie es segnen kann. Bist du einverstanden?«

»Aber gegenwärtig sind doch nur Travidja und Hjalka schwanger«, sagte Nachtwind. Er hatte ein ungutes Gefühl bei dem Angebot. Wenn Travidja oder Hjalka etwas geschähe …

»Beide werden erst im Travia niederkommen«, meinte Orik. »Ich denke nicht, dass sie in Gefahr sind. Aber wenn es der Wille der Götter ist …« Er nickte bedeutungsschwer.

»Ich habe wohl kaum eine andere Wahl.«

»Es scheint so.«

»Ich möchte nicht, dass so etwas passiert.«

»Das hättest du dir vorher überlegen müssen.« Als Orik gewahrte, wie betroffen der Halbelf aussah, legte er ihm begütigend die Hand auf die Schulter. »Aber das haben die Männer in unserer Familie ohnehin nur selten geschafft.«

Nachtwind blickte überrascht auf. »Hast du gerade gesagt: In *unserer* Familie?« Orik nickte. »Aber das Kind …«

»Das letzte Wort ist noch nicht gesprochen, was diese Angelegenheit angeht. Überlass das deinem alten Vater – wenn du mich jetzt noch so nennen willst, nach all der Zeit.«

Nachtwinds Augen weiteten sich vor Erstaunen und plötzlich offenbarte er das mütterliche Erbe in seinen Zügen. Ja, Orik konnte tatsächlich seine Schwester in Nachtwind erkennen, wenn auch nur schwach, aber sie war da. Es hatte ihn viel gekostet, dies endlich zu sehen. Er schnauzte Nachtwind an: »Wenn du mich jetzt umarmen willst – denk nicht mal dran! Bei Swafnir!« Aber er lachte dabei. Nachtwind lächelte zögernd zurück. Er wusste nicht, wie es dazu gekommen war, aber jetzt, endlich, schien die Kluft zwischen ihnen beiden geschlossen. Endlich.

Zu spät.

## Tag der Heimkehr

Am Tag vor dem Tag der Heimkehr, dem ersten Tag des Monats Travia, brachten sie Klein-Egils und Karvas Leichname. Man hatte sie nahe des Merek gefunden, halb verborgen unter einem Busch und schon stark verwest. Orik war bemüht, sich seine Fassungslosigkeit nicht anmerken zu lassen. »Wie sind sie gestorben? Kann man das sagen?«

Marada schüttelte den Kopf. Als Kräuterkundige verstand sie auch einiges von Wunden. »Tut mir leid, Hetman.«

»Hranngars Brut!« Orik traute Marada zwar nicht unbedingt, aber hier war er auf ihre Mitarbeit angewiesen. Außerdem hatte die Frau niemals etwas getan, das sich schädlich für das Dorf ausgewirkt hatte. Zudem würde sie nur ihrem eigenen Ansehen schaden, wenn sie etwas verschwieg. Faenwulf schüttelte den Kopf. »Keine Waffen, soweit ich das sagen kann. Vielleicht ein Tier.«

Orik war bereits zum gleichen Schluss gekommen, aber er hatte auch seinen Sohn gefragt, weil der in der Hetgarde vermutlich einiges über Waffenverletzungen gelernt hatte. Die Körper waren schon stark verwest und Knochenbrüche nicht erkennbar. »Zauberei?«

»Ich kann nichts feststellen. Wenn es Zauberei war, dann ist es schon lange her. Klein-Egil hat Siljen vor zwei Monden verlassen.« Hjalka runzelte die Stirn. »Weiß eigentlich jemand, wohin er unterwegs war?«

»Niemand. Geht jetzt.« Orik sah blass aus.

Senda winkte Faenwulf und Tevil und noch zwei kräftige Burschen heran. »Na los, helft mir, sie in den Tempel zu bringen. Dort wollen wir für sie beten. Wir werden die beiden noch heute bestatten, bevor die Sonne untergeht. Sagt es den anderen.«

»Und sagt ihnen auch, dass sie auf sich Acht geben müssen: Was immer sie getötet hat, könnte noch in der Nähe sein«, befahl Orik.

Als er mit Jora allein war, tauschten sie sorgenvolle Blicke. »Hranngars Brut!«, brummte er und sie sah in seiner Miene eine Panik, die sich schon seit Tagen immer stärker bemerkbar gemacht hatte. Aber jetzt stand sie kurz davor auszubrechen. Sie hatten so lange auf Egils oder Karvas Rückkehr gewartet, doch nun mussten sie feststellen, dass sie tot waren und ihren Auftrag nicht hatten ausführen können.

Egil und Karva waren die Boten gewesen, die Hilfe – starke magische oder starke göttliche Hilfe – aus einer der großen Städte hätten holen sollen. Jetzt war es zu spät, einen neuen Boten auszuschicken, zumindest für morgen. Wenn morgen ein Kind geboren würde – was die Götter verhüten mochten! –, müsste Orik zu seinem Ehrenwort stehen und das Kind opfern. Es schien fast so, als hätten sie ihren geheimnisvollen Gegner im Dunkeln unterschätzt.

Denn Karva und Egil waren in unterschiedliche Richtungen aufgebrochen.

Der Tag der Heimkehr begann alles andere als verheißungsvoll. Noch vor Morgengrauen setzten bei Travidja die Wehen ein. Senda lief sofort los, um Marada zu holen. Vielleicht gab es irgendeine Möglichkeit, die Geburt um einen Tag zu verzögern. Gegenüber dem Haus des Hetmans, am Brunnen, traf sie Nachtwind, der ihr mit verschleiertem Blick entgegenwankte. Es dauerte einen Moment, bis er sie erkannte. Dann wich das Grau schlagartig aus seinem Blick. Die schönen mandelförmigen Augen waren rot, als ob er geweint hätte. Tiefe Falten hatten sich in seine feinen Züge eingegraben. »Senda! Ist etwas mit Trav? Ist sie ... hat sie ...?«

»Sie bekommt ihr Kind heute, Nachtwind, wenn wir nicht schleunigst etwas dagegen unternehmen. Hol Marada, ich bitte dich. Nur sie kann jetzt noch helfen. Ich laufe zurück zu Travidja.«

»Heute?« Nachtwinds Augen weiteten sich entsetzt. »Aber es ist doch noch zu früh ... *heute*?!« Er atmete tief ein. »Ob sie es gewusst hat ...?«, flüsterte er wie zu sich selbst, um dann laut fortzufahren: »Ich bin schon unterwegs. Hoffentlich kann Marada ihr helfen. Bitte Travia darum, dass sie mich anhört und nicht zurückweist. Sie kann mich nicht ausstehen, das weißt du doch.«

»Sie wird kommen. Ich bin viel langsamer als du und kann Travidja am besten im Tempel selbst helfen. Los, beeil dich!«

Nachtwind rannte los. Zuerst waren seine Schritte noch unsicher, aber schon bald rannte er, wie man es von ihm kannte. Maradas Haus lag am anderen Ende des Dorfes und es kam tatsächlich auf jeden Augenblick an. Senda schnaufte tief durch. Sie war zu alt für solche Anstrengungen. Ihr Herz klopfte heftig und der Atem kam stoßweise und viel zu schwach. Sie sehnte sich nach mehr Luft und ließ sich für einen Moment am Brunnen nieder.

»Senda! Gut, dass ich dich sehe«, wurde die Geweihte kurz darauf angesprochen. »Du musst kommen und helfen. Draußen auf dem Feld – ein Mähnenschaf, das beste meiner ganzen Herde. Bitte.«

Müde wandte sie sich dem Sprecher zu. Es war Starkad, ein für gewöhnlich wortkarger Mann, der unweit des Tempels wohnte, ihn aber selten besuchte. Gütige Mutter, weshalb musste immer alles auf einmal geschehen? Sie zwang sich zu einem milden Lächeln, das ihre Erschöpfung verbergen sollte. »Ja, mein Sohn?«

»Ich bitte dich, Mutter, komm und schau es dir an. Wenn's eingeht ...«

»Ich kann es mir denken«, sagte sie und dachte dabei: *Wenn es um die Götter geht, lachst du, aber bei einem Schaf sieht alles ganz anders aus.* Sofort bereute sie diese Gedanken. Vielleicht war es ein Zeichen. Vielleicht würde sie es heute schaffen, diesen Mann zum echten Glauben zu bekehren. Es wäre schön, wenn die Thorwaler endlich alle regelmäßig in den Tempel kämen und nicht nur eine knappe Mehrheit des Dorfes. »Also gut, ich komme mit. Lass uns nur rasch am Tempel vorbeigehen, damit ich es Schwester Travidja sagen kann.«

»Keine Zeit, Mutter. Außerdem liegen meine Weiden dort drüben.« Er wies in die entgegengesetzte Richtung. Diese Thorwaler waren und blieben ein schwieriges Völkchen. Wieso bei allen Zwölfen musste ein Viehhirt seine Weidegründe so weit entfernt haben? Das war so ... *unpraktisch.* »Na schön«, seufzte sie, »lass uns gehen. Ich will tun, was ich kann. Aber zuerst sage ich noch Travidja Bescheid, damit sie sich keine Sorgen macht.«

»Aber Mutter ...«

»Keine Widerrede, mein Sohn. Es wird schon werden.« Mit diesen Worten drehte sie sich um und ging zurück zum Tempel. Sie bemerkte nicht, dass sich in Starkads flehenden Blick für einen kurzen Moment ein Gefühl des Triumphes mischte. Er hatte seinen Teil erfüllt, jetzt waren die anderen an der Reihe.

Marada sagte kein Wort zu Nachtwind, aber sie kam sofort mit ihm, einen Korb voller Kräuter und Essenzen im Arm. Das Erste, was sie tat, war Travidja aus dem Tempel heraus und an die Sonne zu schaffen. Drinnen sei es viel zu dunkel, behauptete sie, und die frische Luft wäre besser für sie als der dumpfe Geruch des Tempels.

Travidja trat aus dem Tempel, Nachtwind stützte sie

liebevoll und fürsorglich. »Was können wir denn tun?«, fragte er und blickte besorgt von einer zur anderen.

»Ich fürchte, es ist schon zu spät, um noch etwas zu unternehmen«, sagte Marada. »Die Wehen kommen in immer kürzeren Abständen. Sie jetzt aufzuhalten würde bedeuten, dass wir es riskieren, Mutter und Kind zu verlieren. Tut mir leid. Wirklich.« Ihr kalter Blick verriet nichts von Mitgefühl. »Also lasst uns wenigstens versuchen, das Kind gesund zur Welt zu bringen.« Sie gab Nachtwind mit herrischen Gesten zu verstehen, was er tun sollte. Nachdem er verschwunden war, um das Gewünschte zu besorgen, wandte sie sich ärgerlich an Travidja. »Wo ist denn Senda? Sie müsste doch hier sein und sich um dich kümmern!«

»Starkad hat sie geholt. Eines seiner Tiere auf der Südweide …«

»Ihr Geweihten seid doch gutgläubig wie Karnickel! Starkad *hat* keine Tiere auf der Südweide.«

»Aber wieso sollte er dann so etwas behaupten?«

»Weil die Südweide am weitesten von hier entfernt ist, natürlich.«

Travidja biss die Zähne zusammen, als die nächste Schmerzwelle sie überrollte. »Wieso …?«

»Weil sie alle wollen, dass Nachtwind euer Kind diesem Kerl opfert. Stell jetzt keine Fragen, sondern hör mir einfach zu: Sobald du das Kind in deinen Armen hältst, lässt du es nicht mehr los, bis Senda eintrifft, und ziehst dich in den Tempel zurück. Dorthin kann nichts Böses kommen. Dein Kind ist dort in Sicherheit. Aber du darfst es Nachtwind nicht geben, nicht einen Augenblick lang, denn dann wird er es opfern, um den Pakt zu erfüllen. Ich werde sofort nach der Geburt loslaufen und Senda holen.«

»Nachtwind doch nicht. Nicht Nacht… Was …?« Sie schloss die Augen und atmete heftig. Das Kind drängte hinaus. Es würde nicht mehr lange auf sich warten lassen.

»Nein, keine Fragen, hab ich gesagt. Tu es einfach, dann wird euch beiden nichts geschehen.«

Travidja schrie laut auf. Es war beinahe soweit.

Das kleine Mädchen lag dunkelrot und runzlig in Travidjas Armen. Die junge Mutter sah es erschöpft und glücklich an. Die Kleine hatte Nachtwinds Augen geerbt, so viel stand fest, aber ihre Ohren waren wie die jedes Menschen, und auch ansonsten wirkte sie ganz normal. Vielleicht würde ihr eine Kindheit wie die ihres Vaters erspart bleiben.

Nachtwind stand bleich neben ihr. Seine Wange war noch dicker aufgeschwollen und violett angelaufen. Er schien große Schmerzen zu erdulden, beklagte sich aber keinen Augenblick lang.

»Jetzt geh hinein«, befahl Marada streng, »und Nachtwind bleibt draußen. Du wirst ihm das Kind unter keinen Umständen geben, Travidja, hast du mich verstanden? Unter *keinen* Umständen. Ich gehe los und hole Senda. Was muss die blöde Entenmutter auch weggehen, wenn sie am meisten gebraucht wird?«

Sie wartete, bis Travidja, die zu erschöpft war, um Widerworte zu geben, im Tempel verschwunden war, dann machte sie sich auf den Weg. Wohin, hatte das dumme kleine Mädchen gesagt, waren sie gegangen? Zur Südweide? Bei der dunklen Erfüllung! Sie musste sie aufhalten, sonst waren die Dörfler noch imstande und würden den Pakt erfüllen – und Oriks Stellung wäre wieder gefestigt! Das durfte nicht geschehen, und wenn sie schon wieder mit der dreimal verfluchten Geweihten zusammenarbeiten musste! Wenn sie erst einmal Hetfrau war, würde sie dafür sorgen, dass alle Probleme beseitigt wurden.

Travidja sah Nachtwind vor dem Tempel stehen, so allein und verloren. »Komm rein«, bat sie ihn. »Du bist nicht böse. Dir wird sich der heilige Boden nicht verwehren.«

Er schüttelte schwach den Kopf. Er sah sehr mitleiderregend aus, hager, eingefallen, grau. Die Schmerzen in ihm mussten wahrhaft niederhöllisch sein, schlimmer als jeder Geburtsschmerz. »Unser Kind ... es soll leben.«

Travidja strahlte. Das war Nachtwind! *Ihr* Nachtwind. Marada hatte sie belogen. Niemals würde Nachtwind ihr Kind opfern, seine Tochter. »Ich weiß. Ich will ja auch, dass die Kleine lebt. Komm schon, du bist ihr Vater.«

»Ich ... kann ... nicht.« Nachtwinds Hände krallten sich verzweifelt in die Säulen des Tempels, sein Haar hing ihm schweißverklebt in die Stirn.

*Willst du der Göttin wohlgefällig sein, dann strebe danach, dir ein Heim zu schaffen und es zu wahren und dir einen Gefährten zu suchen, um mit ihm sein Leben zu teilen,* sagte die Göttin. Nun, Nachtwind war Travidjas Gefährte, und wenn er diesen innigen Bund nicht spürte, fände seine Seele niemals die Kraft, dem bösen Pakt zu widerstehen. Sie glaubte an ihn und würde ihm helfen, denn eine liebende Familie war etwas, dessen Macht selbst über den Tod hinaus Bestand hatte, so hatte sie es stets gelernt. »Aber ich kann«, sagte sie und trat nach draußen.

Travidja war wie betäubt. Ihre Gedanken wirbelten durcheinander wie ein Wind, der Belangloses und Wichtiges mit sich trug, vermengte und davonschleuderte. *Senda ...!*

Jemand hatte Senda geholt. Ein verletztes Tier, hatte er gesagt. Es war Starkad gewesen, aber sie war sich sicher, dass es auch jeder andere hätte sein können. Travidja wusste nun, dass es nur ein Vorwand gewesen war. *Nachtwind ...!*

Sie konnte nicht begreifen, weshalb er das tat und warum die anderen es zuließen. Sie waren doch im Tempel in Sicherheit gewesen. Wenn sie nicht so schwach gewesen wäre, dann wäre sie ihm hinterhergelaufen. Sie stand taumelnd auf und ging zur Tür des Tempels. *Marada ...!*

Wieso hatte sie nicht auf Marada gehört? Sie hätte der Frau trauen sollen, aber jeder wusste doch, dass Marada Nachtwind hasste und alles getan hätte, um ihm zu schaden. Wieso hatte Marada heute die Wahrheit gesagt? In diesem Augenblick kam Marada herein, gefolgt von Senda, Hjalka und Faenwulf. »Wo ist das Kind?«, fragte Marada.

»Er ... hat sie«, sagte Travidja schwach.

»Du törichtes Mädchen!«, zischte Hjalkas Mutter. »Ich habe dich doch davor *gewarnt*, ihm deine Tochter zu geben!«

Faenwulf stützte die junge Geweihte. »Es ist auch seine Tochter! Wieso hätte sie ihm das Baby nicht geben sollen?«

»Weil es eine Falle war, ihr Dummköpfe. Orik hat das alles so geplant«, sagte Marada, und es gelang ihr, kaum hämisch zu klingen.

»Du lügst!«, fuhr Faenwulf sie an. »Hjal, sag mir, dass sie lügt!«

»Tut mir leid. Sie sagt die Wahrheit. Meine Mutter würde uns nicht anlügen, nicht wahr, Mutter?« Hjalka beobachtete Marada genau. Ihr war es nie entgangen, wenn Marada nicht genau bei der Wahrheit geblieben war. Aber heute deutete nichts darauf hin, dass sie log oder etwas Wesentliches verschwieg.

»Darüber werde ich noch mit dem Hetman zu sprechen haben, ebenso wie mit diesem Starkad«, sagte Senda aufgebracht. »Da war gar kein verletztes Tier auf der Weide; er hat dann noch die Göttin gepriesen und ... ach was, vergesst es. Wir müssen uns auf das Naheliegende beschränken. Mit Starkad und Orik können wir später abrechnen. Wie konnte der Hetman so etwas Dummes zulassen?«

»Während ihr hier Zeit verschwendet, ist Nachtwind

auf dem Weg zum Seufzermoos, um seine Tochter diesem Steldripanja zu überreichen. Wollt ihr nichts dagegen tun?«

»Du hast Recht«, sagte Hjalka. Senda nickte grimmig. »Das Böse darf nicht triumphieren. Wenn Nachtwind das Kind übergibt … ich wage nicht auszudenken, was dann geschieht.« Alte Erinnerungen trieben in ihrem Gedächtnis nach oben. Heute war der Tag, den ihr die Prophezeiung angekündigt hatte, der Grund, weshalb sie damals nach Siljen gekommen war. Ihr Herz schlug heftig. Sie wusste nicht, wie das alles enden würde. Sie wusste nur, dass sie gehen musste. Für Travia. Für die Zwölf. Für Nachtwind und für alle Menschen Siljens.

»Ich komme mit«, flüsterte Travidja. Sie war noch geschwächt von der Geburt, versuchte aber stark und tapfer zu erscheinen.

»Du musst hier bleiben, falls er es sich doch noch überlegt und zurückkommt. Außerdem bist du viel zu schwach«, widersprach Senda. »Ich werde gehen. Alleine.«

»Unmöglich. Du brauchst Hilfe«, warf Faenwulf ein.

»Travia wird bei mir sein. Gegen das Böse sind Schwerter nutzlos. Unsere einzigen Waffen sind unsere tapferen Herzen und unser starker Glaube ist der Schild«, entgegnete Senda. »Streite nicht mit mir, junger Mann. Du wirst hier bleiben, genau wie diese Geweihte. Ich bin bald zurück.« Mit diesen Worten ging sie und eilte nach Norden, wohin auch Nachtwind unterwegs war. Hjalka und Faenwulf tauschten einen grimmigen Blick des Einverständnisses.

Blind vor Schmerzen, aber das Kind – *sein* Kind! – fest im Arm, taumelte Nachtwind nach Norden, fort aus dem Dorf. Er musste den Ort der Übergabe erreichen, musste … musste … Steldripanja das Kind übergeben. *Diese Schmerzen!* Er stöhnte. Diese Schmerzen, sie mussten einfach enden, sonst würde er noch wahnsinnig werden! Wenn er sich wenigstens in seine Wolfsgestalt hätte verwandeln können, aber das gelang ihm nicht mehr. Es lag bestimmt an diesem verfluchten Pakt, ganz wie der Elf-Wolf ihm gesagt hatte, vor vielen Monden, als … *Wir werden uns nicht mehr sehen …*

Das Kind in seiner Armbeuge lag still, es jammerte und greinte nicht, und er konnte den regelmäßigen, kräftigen Schlag des kleinen Herzens spüren. Es lebte, alle Götter seien gepriesen. Sein Kind, seine *Tochter*, lebte und war gesund. Nach dem ersten Hügel hielt Nachtwind kurz inne. *Was habe ich getan?* fragte er sich zwischen zwei Wogen des Schmerzes. Auf dem Wellenkamm des entsetzlichen Gefühls tanzte Travidjas Gesicht und begrub ihn unter sich, riss ihn in eine grauenhafte Leere, tiefer und immer tiefer, schwärzer als die schwärzeste Nacht und kalt wie der Tod. Die Leere war beinahe noch schlimmer als der Schmerz. Er merkte kaum, dass er schwankte. Aber … er … musste … weitergehen. Weiter … gehen.

»Komm.« Je weiter er sich vom Dorf entfernte und je näher er dem Seufzermoos kam, desto mehr schwanden die körperlichen Schmerzen, aber seine Seele wurde stärker denn je gepeinigt.

Senda rannte, wie sie noch nie gerannt war. Fest umklammerte ihre Hand das geweihte Medaillon. Ihr Herz hämmerte wie rasend, ihre Lungen pfiffen wie ein löchriger Sack im Wind. Sie würde es schaffen, weil sie es schaffen *musste*. Schweiß rann ihr ins Gesicht und ließ die Umgebung vor ihren Augen verschwimmen, aber sie ließ sich durch nichts aufhalten. Der Glaube verlieh ihr übermenschliche Kräfte, und sie konnte spüren, dass die Göttin ihr heute nahe war wie nie zuvor. Mit dem Beistand der Göttin würde sie es schaffen. Sie konnte Nachtwind am Flussufer sehen und ihm gegenüber eine Gestalt in einem Kapuzenmantel. Sie konnte es nicht genau erkennen, aber sie *spürte,* dass dieser Mensch böse war, dass er in einem Kreis der Verdammnis steckte, aus dem ihm selbst die Götter nicht wieder heraushelfen konnten. Der Feind war nahe!

»HALT!« Ihre Stimme flog den Hang abwärts bis zum Fluss und ließ Nachtwind tatsächlich innehalten. »HALT EIN!«

Hjalka drückte ihrem verdutzten Mann einen flüchtigen Kuss auf die Wange. »Gib gut Acht auf sie«, sagte sie und wies mit einer Kopfbewegung auf Travidja.

»Soll nicht besser ich …?«

»*Ich* werde Senda helfen. Magie ist besser als jedes Schwert.«

»Du hast doch gehört, dass sie allein gehen will.«

»Sie hat es *euch* verboten, aber *mir* nicht. Das ist ein feiner Unterschied. Glaub mir, als Magierin kenne ich mich darin aus.«

»Das ist viel zu gefährlich. Du bist schwanger und wirst bald …«, sagten alle drei wie aus einem Munde. Hjalka spuckte spöttisch aus.

»Ich bin Thorwalerin und ich werde ihnen helfen. Senda, Nachtwind und dem Kind.«

»Lass mich mitkommen«, bat Marada, »ich kann dir helfen.«

»Du nicht, Mutter, du am wenigsten. Du hieltest mich nur auf, und so gut, wie du mit Nachtwind und Senda auskommst, wirst du mir keine große Hilfe sein.« Hjalka sah ihre Mutter kalt an. Diese lenkte überraschend ein. »Nun gut. Ich wünsche dir Glück.« Damit rauschte sie hinaus. Was weiter geschah, schien sie kaum zu kümmern. Marada war und blieb eine merkwürdige Frau, selbst für ihre eigene Tochter.

»Damit ist alles gesagt. Ich bin bald zurück.« Hjalka eilte hinaus nach Norden, wo eine finstere Wolkenwand von einem nahen Sturm kündete.

Steldripanja stand vor ihm und streckte die Hände aus. »Gib mir das Kind und deine Qual hat ein Ende.«

Ein kalter Wind griff in Nachtwinds Haar und wirbelte es umher. Die schwarzen Haare peitschten ihm ins Gesicht. In seiner Wange pochte heimtückisch der Schmerz. *Spürs nur*, schienen wispernde bösartige Stimmen zu sagen, *wir warten nur darauf, dass du uns freilässt.*

Der Himmel war bedeckt und grau. Vereinzelt zuckten Blitze, Donner grollte. Es war, als griffe eine Hand aus Düsternis nach der Welt. Die Kleine in seinen Armen greinte. Sie war ein hübsches Kind. Nachtwind hätte sogar gesagt, dass sie das hübscheste Kind von allen sei, aber er war außerstande, ein Wort herauszubringen. *Wie kann ich so etwas nur tun?* fragte er sich. *Sie ist mein Kind. Ich liebe sie. Ich liebe sie so sehr.* Er zögerte kurz und wich einen Schritt zurück.

Steldripanja schüttelte lachend den Kopf. »Du bist nicht hierher gekommen, um abzulehnen. Dazu bist du nicht imstande.«

Sie kam einen Schritt auf Nachtwind zu. Er wich wieder zurück und barg das Kind schützend in seinen Armen, er versuchte sich trotz des wühlenden, pochenden Schmerzes auf seine Magie zu konzentrieren. Es misslang. Die Magie entzog sich ihm. Sogar sie floh vor ihm, wie alle. Außer Travidja.

*Vergib mir*, flehte er im Stillen, *vergib mir, ich kann nicht anders.* Er sah ihr Gesicht vor seinem geistigen Auge.

»Gib mir das Kind!«, befahl Steldripanja jetzt in schärferem Ton. Ihre Hand griff nach Nachtwind und riss an seinem Ärmel. Schlagartig durchflutete ihn Kälte. Gepeinigt stöhnte er auf. Schmerzen krochen durch seine Arme, seinen Körper, seine Beine, doch der schlimmste Schmerz strahlte von seiner Wange aus. »Du hast in den Pakt eingewilligt bei deinem Leben und bist nun unwiderruflich an meinen Herrn und mich gekettet. Du kannst dich nicht länger widersetzen.«

Nachtwind hörte sie gar nicht. Seine Gedanken waren bei Travidja. *Wenn ich nur wüsste, was ich tun soll … Was wird aus dir, wenn ich in den Tod gehe? Und wenn ich lebe, wirst du mir jemals verzeihen, was ich dazu habe tun müssen?*

»HALT! HALT EIN!« Das war Sendas Stimme! Nachtwinds Kopf flog herum. Er konnte den dicken orangefarbenen Fleck ausmachen, der den Hang hinab und zu ihm hin stolperte. Senda! Beinahe hätte er gelacht. Was glaubte sie ausrichten zu können? Steldripanja war so viel mächtiger als sie und würde sicherlich …

Steldripanja pfiff böse wie eine in die Enge getriebene Ratte, aber auch voll Unsicherheit und Furcht. Die Geheimnisvolle plusterte sich auf wie ein Tier in der Klemme, das größer zu erscheinen versucht, um seinem Gegner Angst einzujagen. »Es gehört mir!«, kreischte sie und ihre Stimme klang nun eindeutig angsterfüllt. Ihre Hände schossen vor und griffen nach dem Kind. Nachtwind entriss es ihr wieder. »Das wirst du mir büßen«, zischte sie und schlug in einer blitzschnellen Bewegung von unten nach oben gegen Nachtwinds Kopf. Der Schmerz war unbeschreiblich, aber Nachtwind hielt seine Tochter fest umklammert.

In diesem Augenblick stürzte Senda herbei und drang zwischen Steldripanja und Nachtwind. Sie hielt ihr Medaillon hoch erhoben und zitierte mit machtvoller Stimme immer und immer wieder den Namen der GROSSEN MUTTER und die der anderen Zwölfgötter. Mit der freien Hand machte sie segnende Bewegungen in Richtung Nachtwinds, des Kindes und Steldripanjas. Nachtwind floh einige Schritte weit hangaufwärts. Steldripanja kreischte und fuchtelte in der Luft herum, als müsse sie Schläge abwenden, die auf sie herabprasselten. Dann fauchte sie ein einzelnes, *düster* klingendes Wort, und Senda wurde zwei Schritt weit bis zu Nachtwind zurückgeschleudert. Ein hässliches Knacken ertönte. Die alte Frau stöhnte unterdrückt auf.

Ein gewaltiger Donnerschlag grollte, und mitten in den Hall mischte sich eine klare, helle Frauenstimme, die einige wenige Worte sagte. Von der Hügelkuppe sauste ein großer, lodernder Feuerball hinunter, direkt auf Steldripanja zu. Diese versuchte noch auszuweichen, aber es war zu spät. Mit einem gewaltigen Knall, als wolle die Welt untergehen, traf der Feuerball auf die verhüllte Gestalt. Eine Hitzewelle verbrannte das Gras rings um Steldripanja und versengte noch Nachtwind und Senda, so weit reichte ihre Gewalt. Steldripanja brannte wie eine Fackel. Sie stieß ein schreckliches Geräusch aus, das ebenso gut Lachen wie Weinen sein konnte, und sprang in den Merek. Augenblicke später war sie verschwunden.

Nachtwind, dessen Haar und Haut versengt waren, sah zuerst nach seiner Tochter. Er hatte sie dicht an sich gedrückt gehalten und von Steldripanja abgewendet, sodass der Feuerhauch sie nicht getroffen hatte. Sein zweiter Blick galt Senda. Die dicke Geweihte lag schnaufend neben ihm, auch sie angesengt, aber lebendig. Dann sah er nach oben, auf die Hügelkuppe. Dort lag reglos eine menschliche Gestalt. *Hjalka.*

»Die Wehen haben eingesetzt«, sagte Senda. »Auch das noch.« Sie versuchte möglichst unauffällig mit der Hand nach der Brust zu tasten. Ihre Herzschmerzen waren schlimmer geworden, aber das zählte jetzt nicht. Nachtwind war beinahe noch übler dran. Die Beule auf seiner Wange hatte Gesellschaft bekommen. Überall an seinem Körper blühten weitere Blasen auf, einige rot entzündet, heiß, trocken und schmerzhaft, andere von Eiterflüssigkeit nässend. Und Hjalka – dummes Ding, einfach in ihrem Zustand hinterherzulaufen! – war völlig entkräftet. Der Zauber, den sie eingesetzt hatte, musste nicht nur ihre gesamte astrale Kraft aufgezehrt haben, sondern auch einen Teil der eigenen Lebensenergie, die sie dringend für die anstehende Geburt brauchte.

Senda wünschte sich beinahe Marada herbei. Die kam zwar nie in den Tempel zum Gebet, aber sie half, wo sie konnte. Das bedeutete zwar nicht, dass Senda sie deswegen besser hätte leiden können, aber es war beruhigend, sie in einer solchen Situation in der Nähe zu wissen. Hjalka war erschöpft und kam nur manchmal für wenige Augenblicke zu Bewusstsein. Die Wehen kamen nun in immer kürzeren Abständen. Senda atmete tief ein. Die Schmerzen in der Brust raubten ihr beinahe den Atem, aber sie musste etwas tun – hier draußen, ganz alleine. Nachtwinds Töchterchen lag neben ihr auf einem roten Tuch im Gras und schlief friedlich. Sie küsste das Kind auf die Stirn, segnete es und betete kurz zu Travia und Tsa, damit diese ihr bei der Geburt halfen.

Dann machte sie sich ans Werk.

Hjalka erwachte wie aus einem tiefen Schlaf. IGNISPHAERO FEUERBALL – GLEISSEN, BRAND UND DONNERHALL – das waren die letzten Worte, an die sie sich erinnerte. Sie sah den Fremden in Flammen aufgehen und dann nichts mehr. Das Wimmern eines Säuglings drang an ihre Ohren. Mühsam stemmte sie sich hoch. Sie sah Nachtwind verkrümmt und zitternd daliegen. Er bot einen grausamen Anblick. Keine Stelle seines Körpers, die nicht von Pusteln und Beulen entstellt gewesen wäre. Sie blinzelte mehrmals und versuchte sich auf das junge Leben in ihrem Bauch zu konzentrieren, aber da war nichts mehr. Entsetzt fuhr sie herum – und sah Senda, die zwei Säuglinge auf dem Schoß hatte und sie in den Schlaf wiegte. »Was ...« Sie fuhr mit der Hand über ihren Bauch. Nichts.

»Du hast einen entzückenden Sohn, Hjalka. Die Geburt war ganz unkompliziert. Aber mach so etwas nie wieder mit mir. Du hast einer alten Frau einen gehörigen Schrecken eingejagt.«

»Ich versprech's.« Hjalka ging zu Senda hinüber. Es

ging schon recht gut, obwohl sie noch immer eine entsetzliche Leere in sich spürte. Sie hatte ihre Magie einfach losbrechen lassen, sich ihr völlig hingegeben, um Nachtwind zu retten. Es war ein schreckliches Gefühl. Ihr Brunnen an Zauberkraft schien völlig ausgetrocknet zu sein und diese Schwäche in ihren Gliedern … kein Wunder, dass die Lehrer eine solche Thesis streng unter Verschluss hielten. Nur ihren einzigartigen Beziehungen war es zu verdanken gewesen, dass sie, noch dazu eine höchst mittelmäßige Schülerin, einen Blick darauf hatte werfen dürfen. Sie ließ sich neben Senda ins Gras fallen und betrachtete zärtlich ihr Kind. Senda überreichte ihr den Knaben, der rot und runzlig in ihrem Schoß lag und friedlich schlummerte.

»Danke.« Hjalka summte leise ein Lied und wiegte ihr Kind.

»Ist nicht notwendig, meine Liebe.« Senda lächelte mild. Sie sah alt und verhärmt aus, mindestens so verbraucht, wie Hjalka sich fühlte. Hjalka musterte sie wortlos und wandte sich dann wieder ihrem Kind zu. Faenwulfs Sohn. Sie wünschte, Faenwulf wäre hier. Dann schalt sie sich, dass sie Wunschträumen nachhing, anstatt an die Gegenwart zu denken. Sie wandte sich wieder Senda zu. »Dir ist nicht gut, Mutter«, stellte sie nüchtern fest. »Vielleicht solltest du dich ein wenig ausruhen.«

»Nein-nein, lass nur, es ist schon gut. Es ist nichts«, wehrte die Geweihte ab. »Es war nur ein bisschen viel für mich auf meine alten Tage. Kannst du bitte einmal nach Nachtwind sehen? Ich vermag ihm nicht zu helfen. Wenn ich nur in seine Nähe komme, schreit er schon vor Schmerzen auf.«

Hjalka legte ihren Sohn vorsichtig auf einer Decke, die aus einem Fetzen orangefarbenen Stoffs aus einer von Sendas Kleiderschichten bestand, ins Gras. Sie drehte sich wieder zu Senda um und sah sie fragend an.

Die Geweihte wandte ihr Gesicht ab, als könne sie Hjalkas Blick nicht ertragen. »Ich fürchte, wir müssen das Schlimmste annehmen. Nachtwind ist durch den Pakt in die *Kreise der Verdammnis* geraten und ich weiß nicht, ob wir ihn da jemals wieder herausbekommen.«

»Es gibt Fachleute, die auf dem Feld der Antimagie bewandert sind«, meinte Hjalka ohne rechte Überzeugung, »vielleicht könnten die …«

»Sieh ihn dir an.«

»Ich fürchte, das wird nichts nutzen.« Die beiden Frauen fuhren überrascht herum. Steldripanja stand hinter ihnen und hielt Hjalkas Sohn auf dem Arm. Sie vollführte eine verschlungene, aber beiläufig wirkende Geste mit der freien Hand, und Hjalka spürte, wie eine unsichtbare Gewalt sie zu Boden drückte.

»Lass … mein … Kind … los!«, keuchte sie. Jedes Wort kostete sie unerhörte Mühe. Sie spürte, wie ihr allmählich die Luft ausging. Das tonnenschwere Gewicht raubte ihr den Atem. Senda neben ihr erging es kaum anders.

»Ihr werdet mich weder stören noch aufhalten. Ich nehme jetzt auch das andere Kind an mich. Um das erste habt ihr mich betrogen, da ist es doch nur gerecht, wenn ich nun beide Kinder nehme.« Kalter Wind unter dem sturmgrauen Himmel peitschte das Gras, doch das halb verbrannte Gewand Steldripanjas beugte sich den Gewalten nicht. Es hing glatt an ihr herunter. Wie helle weiße Kugeln schimmerten die Augen der Unheimlichen aus den Schatten der Kapuze. Ein greller Blitz zerriss die Wolkendecke und tauchte für einige wenige Wimpernschläge ihre entstellten Züge in Licht, schrecklich zugerichtet durch die Wut der Flammen: Glimmende Haare hatten sich in die Stirn eingefressen wie entsetzliche schwarze Tätowierungen; halb verschmort war das Gesicht mit gekräuselter Haut, nässenden Brandblasen und blutigen Stellen an den aufgerissenen Wangen; vom Kinn hingen Hautfetzen herab, und man sah bleiche Knochen durchschimmern. Angst packte Hjalka. Was für ein Wesen war Steldripanja? Doch sicherlich kein Mensch – kein Mensch hätte den FEUERBALL überlebt.

»Du bist schwach, Sterbliche. Meine Wunden werden heilen, denn ich verfüge über Wissen, das deines oder das jedes anderen Menschen bei weitem übersteigt.« Steldripanja lächelte raubtierhaft in einen weiteren Blitz hinein. Das Gewitter kam näher und näher, Blitze zuckten unablässig, ein grollender Donner jagte den nächsten, nur Regen wollte sich nicht einstellen.

Wenn sie doch nur noch genügend Kraft gehabt hätte, einen zweiten FEUERBALL nach ihr zu werfen oder ... oder überhaupt *irgendetwas* zu zaubern. Mit äußerster Mühe drehte Hjalka den Kopf zu Senda. Die Geweihte schien keine Furcht zu empfinden. Ihr Gesicht hatte einen kämpferischen Ausdruck angenommen, ihre Schmerzen schienen vergessen. Senda würde nicht aufgeben, ebenso wenig wie Hjalka. Aber was konnten sie schon ausrichten? Hjalka stemmte sich gegen den unheimlichen Druck, bis ihr der Schweiß auf die Stirn trat, aber vergebens.

Steldripanja ging neben Nachtwinds Kind in die Hocke und langte danach. Das Mädchen, das bisher brav geschlafen hatte, unbeeindruckt von Wind und Wetter, erwachte, als die schwarz behandschuhte Hand wie eine finstere Spinne über ihm auftauchte, und schrie. Es war mehr ein Jammern oder Wimmern als ein wirklicher Schrei, und inmitten des entfesselten Wetters drang es keinen Schritt weit, doch einer hörte das Weinen, denn er verfügte über das Gehör eines Elfen.

Nachtwind lag in Agonie; er spürte, dass eine fremde Kraft, stärker als er selbst, von seiner Wange in den ganzen Körper ausstrahlte und dort etwas *bewirkte*, das er nicht verstand, das ihn aber in einem feurig-eisigen Schmerztaumel gefangen hielt. Dennoch drang das Greinen seiner Tochter zu ihm durch. Es war merkwürdig, aber in diesen Augenblicken sah er sich und sein Umfeld plötzlich aus vielen Blickrichtungen gleichzeitig, so als stünden hundert seiner Ebenbilder um ihn herum und beobachteten das Geschehen oder als schaute er aus hundert Augen in die Welt. Die Sinneseindrücke verwirrten ihn und schmerzten, stachen tausendfach in sein Hirn, aber auch wenn er selbst in diesem Strudel aus Schmerzbildern unterging und in diesem wilden Reigen alles nur noch verschwommen wahrnahm, war etwas klar und deutlich zu sehen: Seine Tochter. *Tochter …*

Er sah die Hand der Finsternis nach ihr greifen, und in diesem Augenblick zerbrach etwas, das ihn bisher gefesselt hatte. Nachtwind federte aus seiner verkrümmten Haltung heraus hoch und schneller als ein Gedanke trat er nach Steldripanjas ausgestreckter Hand. Ein trockenes Knacken ertönte. Aus hunderttausend Augen in gewölbten, *fremden* Bildern und Wahrnehmungen, sah er sie einige Schritt entfernt auf dem Boden sitzen und sich die Hand reiben. Seine Kiefer klackten aufeinander. Speichel tropfte über seine Lippen und er musste wieder an den Kuss denken. Sie war so … *appetitlich.* Trotz der Schmerzen, die ihn mittlerweile durchzuckten, drehte er den Kopf witternd nach links und rechts. Die Kinder … wo war seine Tochter? Dann sah er sie.

Ein Kind – *wessen* Kind? nicht seines, das roch er – lag im Gras und schrie. Es schien verletzt zu sein. Woher war es gekommen? Unwichtig. Ein anderes, seine Tochter – ganz sicher, kein Zweifel möglich – lag unverletzt da. Er richtete sich ein Stück weit auf, obwohl jede Bewegung mit Wellen aus Schmerz gegen sein Bewusstsein brandete, und ging zu seiner Tochter und dem anderen Kind. Beide waren unschuldige Geschöpfe, die er retten musste. *Retten …* Seine Glieder wirkten plötzlich seltsam unfertig, roh und *falsch.* Er streckte seine Beine aus und winkelte sie *richtig* an;

es knirschte, als ob Knochen brächen, doch es schmerzte ihn nicht, er fühlte sich seltsam befreit. Er tat das Gleiche mit seinen Armen und atmete erleichtert aus, als er sie endlich so bewegen konnte, wie sie gedacht waren. Die Blitze störten, also versuchte er die Augen zu schließen, die vielen hundert Augen, aber es misslang. Er knurrte ärgerlich und knirschte mit den Kiefern. Plötzlich wurde er sich bewusst, dass er Hunger hatte. Er sah zu den beiden Frauen im Gras und zu Steldripanja.

*Nein*, dachte er. *Meine Tochter. Muss meine Tochter retten.* Es fiel ihm unendlich schwer, sich weiter auf den Beinen zu halten, und so ließ er sich auf alle viere nieder und kroch auf sein Kind zu.

Steldripanja rappelte sich wieder hoch. Der Halbelf überraschte sie stets auf Neue. Nun, das würde bald der Vergangenheit angehören. Bald würde er ihr gehorchen. Für die schmerzende Hand würde er noch bezahlen, das schwor sie sich. Sie ging auf die Kinder zu.

Ein Fauchen warnte sie und die Hand Nachtwinds schlug ins Leere. Es war amüsant, sein in hilflosem Schmerz und Unverständnis verzerrtes Gesicht zu sehen, das noch viel zu menschlich war. »Zur Seite!«

Nachtwind schlug erneut nach ihr; sie sah eine grünliche Flüssigkeit, die unter seinen verquollenen Fingern hervorsickerte. Nun, vielleicht hatte sie sich getäuscht. Möglicherweise dauerte es länger, als sie erwartet hatte, aber der Kuss würde seine Wirkung nicht verfehlen. Sie würde jedoch nicht mehr länger warten. Sie würde die Kinder bekommen. *Jetzt*.

Senda spürte, wie sich der unsichtbare Griff lockerte. Der Zauber von Steldripanja ließ nach, da diese abgelenkt wurde oder ihn nicht mehr aufrechterhalten konnte. Die rasenden Herzschmerzen hörten zwar nicht auf, aber Senda war daran gewöhnt, auch wenn sie schlimmer waren als jemals zuvor. Sie sah, wie Nachtwind, der schrecklich aussah, seltsam missgestaltet und krumm, Steldripanja mit einem heftigen Schlag zu Fall brachte. Rasselnd und keuchend umfing er die beiden Kinder und stolperte auf die Geweihte zu. Hinter ihm erhob sich die Fremde.

»Rette … sie«, verstand Senda, »segne und schütze … mein Kind … sie darf nicht triumphieren.« Sie sah das grausam verzerrte Gesicht Nachtwinds und wusste, dass sie ihm nicht mehr helfen konnte. Aber sie wollte versuchen, die Kinder zu schützen.

»Du hast einen Pakt geschworen, du Narr! Zu mir, Kreatur! Du wirst alle töten, die dir ein Leid zugefügt haben, und ihre Seelen werden uns gehören«, zerschnitt Steldripanjas Stimme die Luft. Es klang wie klapperndes Blech im Sturm. Nachtwind schrie, ein unirdischer, gellender Laut, den eine menschliche Stimme nicht hervorbringen konnte. Er bäumte sich auf und wollte weiter auf Senda zugehen, aber er wankte und torkelte, und seine Beine zwangen ihn zu Steldripanja.

»Vergebt mir«, keuchte er. »Ich flehe … um den Schutz der Göttin für meine Kinder in großer Not und …« Er schrie voller Pein auf, als Steldripanja mit der zertretenen Hand auf ihn deutete und ein einziges Wort sagte, in einer Sprache, die so alt und *böse* klang, dass Senda beinahe vor Schreck tot umgefallen wäre. In diesem einen Wort lagen so viel Hass und Niedertracht, dass ihr erst jetzt bewusst wurde, wie weit die Verbrannte bereits in den Kreis der Verdammnis eingetreten war. Denn das Wort, wenn auch unbekannt, enthielt den Namen eines der großen *Verderber*, einer Wesenheit, deren Macht so finster wie die der Götter licht war. Aber nun wusste sie, wer ihr Gegner war, und sie würde ihm das Feld nicht überlassen. Sie war keine Kämpferin wie die Geweihten der Rondra, und sie war auch nicht so mächtig wie die stolzen Priester des Sonnengottes weiter im Süden, aber ihre Stärke kam aus dem tiefen Glauben und der Liebe zu allen Kreaturen und aus der Aufrichtigkeit. Und es gab nichts, was dieser Große Feind mehr hasste als Aufrichtigkeit und Liebe.

»Bei Travia, der GROSSEN MUTTER!«, brüllte Senda dem Donner entgegen. »Heilig ist der Ort, an dem der Verfolgte um Gastfreundschaft bittet! Zurück, du Geschöpf der Kreatur mit dem Auge Mhek'Thagor und den drei Zungen der Verdammnis! Diese Kinder sind nicht für dich bestimmt!« Ein heiliges Feuer durchströmte sie und riss sie vorwärts. Orangefarbene Flammen umloderten sie, während sie vorwärts drang, doch die Flammen waren nicht heiß wie die der sengenden Gerechtigkeit und nicht kalt wie die der Niederhöllen, sondern sie waren warm und weich und sie umfingen die Kinder und Nachtwind so schnell, dass sogar sie selbst darüber erstaunt war. Die Kinder schwebten plötzlich in der Luft und der Himmel riss auf. Nachtwind schrie in Todesnot. Die Flammen zuckten über seinen Körper und verzehrten die Haut. Es war entsetzlich anzusehen. Steldripanja stand reglos vor der Geweihten.

»Weiche! Deine Macht endet hier!« Senda deutete auf Steldripanja. Diese lachte trocken.

»Noch ist es nicht vorüber. Du glaubst, du hast gewonnen? Nein, es beginnt gerade erst. Jetzt erfüllt sich der Pakt, doch deine Kraft ist verbraucht. Siljen wird mir gehören, und ich werde es vernichten, so wie ihr meine Heimat vernichtet habt, und danach werden die Opfer wieder beginnen.« Steldripanja verschwand in einer stinkenden, schwefligen Rauchwolke.

Die Flammen um Senda erstarben rasch. Mit ihnen verging die Kraft, welche die Göttin ihr gegeben hatte, und die Schmerzen kehrten zurück. Nein, es waren keine Schmerzen mehr, sondern nur noch ein einziger, reißender, brennender Schmerz in ihrer Brust. Sie rang nach Atem und … atmete flüssiges Feuer ein. *Nein!* Das durfte doch nicht sein! Sie *begriff* jetzt. Sie konnte *sehen*, was der Pakt Nachtwind antat. Die Kinder mussten in Sicherheit gebracht werden und …

Mit einemmal stand eine Frau vor ihr. Sie hatte weizenblondes Haar, in das Blüten vom roten Fingerhut geflochten waren, und lächelte freundlich. Sie streckte eine von innen heraus leuchtende Hand nach ihr aus. KOMM.

*Die Kinder …*

SIND SICHER.

Senda verstand. Sie ergriff die Hand und ging.

Hjalka japste erleichtert auf, als Steldripanja in einer Rauchwolke verging und der Druck, der sie am Boden hielt und ihr den Atem raubte, schwand. Sie eilte zu Senda, die beide Kinder im Arm hielt, sicher und geborgen. »Die Kinder …«, sagte sie. Ein seltsam entrücktes Lächeln legte sich auf ihre Züge, dann sank sie in sich zusammen. Hjalka griff rasch nach den Kindern und legte sie sanft ins Gras. »Senda? – Senda! Entenmutter!«

Starre Augen. *Nein.* Das *durfte* nicht sein. Nicht *das.* »Senda?«

Hjalka griff nach der Hand, die schlaff auf dem Boden lag, und tastete nach dem Rhythmus des Blutes, aber nur Schweigen antwortete ihr. Das Herz hatte zu schlagen aufgehört.

Sanft schloss sie Senda die Augen. *Gütige MUTTER! Wie konntest du das zulassen?* Jetzt musste sie zusehen, wie sie die Kinder und Nachtwind nach Siljen zurückbrachte. Der Himmel hatte sich noch stärker verfinstert. Die Kinder schienen gesund zu sein, ein rosiger Schimmer lag auf ihnen wie eine zweite Haut. Sie schlummerten friedlich. Nun würde sie sich um Nachtwind kümmern. Travidja würde sich freuen, ihn wiederzusehen, und mit ein wenig Glück würde er wieder gesund werden. Sie drehte sich zu Nachtwind um, der leblos, mit grotesk verdrehten Gliedmaßen im Gras lag.

Ekel überkam sie, aber sie bezwang ihn und trat näher. Nicht auch Nachtwind noch! Da! Bewegte sich nicht etwas?

Nein, ihre überreizten Sinne mussten ihr einen Streich gespielt haben. So etwas war schlechterdings nicht möglich. Für einen Augenblick hatte sie eine … Da war es wieder, wie eine wellenförmige Bewegung, die einen Arm und ein Bein durchlief. Sie wusste, dass so etwas anatomisch nicht möglich war, zumindest nicht *so*, aber … Nachtwind erhob sich rasselnd. Er wurde *größer*, was eigentlich nicht geschehen konnte, er *blähte* sich geradezu auf und …

… zerplatzte, um etwas *anderes* freizugeben. Hjalka schrie und schrie und schrie, sie konnte gar nicht mehr aufhören. Sie drehte sich um, packte die Kinder und rannte schreiend davon.

Nachtwind erwachte wie aus einem tiefen Traum. Er hatte keine Schmerzen mehr.

*Freiheit*. Ja. *Endlich*.

*Hunger*. Ja. *Immer*.

Den Kopf drehen. Nein.

Alles sehen. Die Beine strecken. Kratzen auf Stein. Ja.

Aufrichten. Nein.

Körper schaukelt. Gleichgewicht. Tasthaare spüren Bewegung. Wittern Duft. Sehen Opfer. Ja. Ja. Ja.

Eine Stimme. *Siljen*. Ja.

*Siljen*. Hunger. Nein.

Erinnerung. *Gier*. Ja.

Hjalka wusste nicht, woher sie die Kraft nahm, nach allem, was heute geschehen war. Zum Glück merkten die Säuglinge nichts. Sie schlummerten friedlich und selbst das heftige Schaukeln und ihre Schreie machten ihnen nichts aus.

*Nachtwind!* Jetzt verstand sie, was Steldripanja gemeint hatte.

Die Worte Sendas hatten ihr einen Schleier von den Augen gerissen. Wie hatte die Geweihte gesagt? *Zurück, du Geschöpf der Kreatur mit dem Auge Mhek'Thagor und den drei Zungen der Verdammnis!* Wenn sie sich nicht irrte, waren sie alle im Netz eines Plans gefangen, den nur *einer* hatte ersinnen können: Der Herr des Irrsinns und Wahns, der Hüter verbotenen Wissens, jene Kreatur, deren Versuchungen schon viele Zauberer erlegen waren. Sie selbst hatte, als das Studium ihr schwer zu werden begann, mit dem Gedanken gespielt – nur gespielt! –, wie es wohl wäre, mit diesem Wesen einen Pakt zu schließen. Nun, jetzt wusste sie es. Steldripanja war mit Sicherheit einen solchen Pakt eingegangen und Nachtwind wohl ebenso, auf eine Weise, die ihr nicht begreiflich werden wollte. Nachtwind war nicht im mindesten jene Art Wesen, die sich auf ein solches Geschäft einließen oder die dessen Folgen nicht abzuschätzen wussten. Nachtwind war zu *gut* dafür. Aber vielleicht waren es gerade die *Guten*, auf die ein Wesen wie ER wartete. Es wäre ganz und gar nicht ungewöhnlich gewesen, wenn all das, was geschehen war, letztendlich zu SEINEM Plan gehörte, denn ER war auch ein Meister der Illusionen und der geschickten Winkelzüge, ER verwirrte die Menschen und besiegte sie in dieser Verwirrung von Leib und Seele. ER hätte alles viel einfacher haben können, aber ER hatte diesen Weg vorgezogen, um sie alle immer tiefer in Schuld zu verstricken und von den Göttern fortzuführen.

Während sie rannte, begriff sie, wie unendlich elegant dieser Plan doch eigentlich war und welch großer Planungskunst und Raffinesse es bedurfte, ihn von Anfang bis zum Ende zu ersinnen. Hinter sich konnte sie die KREATUR rascheln hören, die sich an die Verfolgung gemacht hatte. Die KREATUR, die einmal Nachtwind gewesen war. Der Halbelf war verloren, und wenn sie sich nicht beeilte, würde sie die Nächste sein.

Regen setzte ein. Der Regen, der sich schon lange angekündigt hatte. Sie unterdrückte einen Fluch auf den

Lippen. Sie durfte nicht aufgeben, musste das Dorf erreichen, sonst würde die KREATUR Siljen überraschen. Gemeinsam konnten sie vielleicht noch einen Ausweg finden, auch wenn ihre stärkste Verbündete, Senda, nicht mehr lebte. Sie spürte ein vages Gefühl der Traurigkeit, als sie daran dachte, wie sie die leblose alte Frau hinter sich hatte zurücklassen müssen, aber es hatte nichts gegeben, was sie noch hätte für sie tun können. Verbissen kämpfte sie sich durch Windböen und Wasserwände, während der Boden sich unter ihren Füßen immer mehr in Schlamm verwandelte. Die KREATUR blieb immer weiter hinter ihr zurück. Der Regen schien ihr stärker zu schaffen zu machen als der Magierin. Vielleicht war sie es auch noch nicht gewohnt, auf acht Beinen vorwärts zu staksen. Beinen, die in mörderischen Dolchen endeten.

Hjalka ignorierte ein Schaudern, drückte die Kinder fest an sich, um sie vor dem Regen zu schützen, und eilte weiter. Schließlich, nach einer Ewigkeit, sah sie aus dem Dunkel Lichter auftauchen. Siljen! Sie war zu Hause. Mit letzter Kraft erreichte sie den Tempel. Ein Hund schlug an. Sie hatte seinen Namen vergessen, obwohl sie den schwarzen Olporter schon so oft gesehen hatte. Selten war sie so froh über das tiefe, beruhigende Hundegebell gewesen. Eine große, breitschultrige Gestalt trat aus dem Licht heraus in die Dunkelheit der Regennacht. Auf seiner Schulter hockte ein zerzauster Oâ. Für einen Augenblick blieb ihr schier das Herz stehen. Konnte das …?

»Hjalka?«

Sie seufzte erleichtert und fiel ihrem Mann besinnungslos in die Arme.

»Das ist eine böse Geschichte«, sagte Orik. Faenwulf hatte seinen Vater sofort benachrichtigt, als außer Hjalka niemand mehr auftauchte. Travidja kümmerte sich um die Säuglinge und sang ihnen mit leiser Stimme vor. Die Magierin lag bewusstlos und fiebrig auf Sendas Lager. Jora saß neben ihr und verabreichte ihr kühlende Umschläge. Marada war nicht bereit gewesen, ebenfalls zu kommen, obwohl sie eigens darum gebeten hatten. Die Tiere des Tempels, sogar Saldar, der wieder einmal nicht alleine draußen hatte bleiben wollen, machten einen verstörten Eindruck, als ob sie spürten, dass etwas nicht stimmte. Das Prasseln des Regens hätte normalerweise eine gleichmäßige beruhigende Geräuschkulisse gebildet, aber so recht wirken wollte es diesmal bei den Männern nicht.

»Eine böse Geschichte«, wiederholte Orik. »Ausgerechnet am Tag der Heimkehr muss das passieren. Alles ist in heller Aufregung wegen der Geburten und des Pakts. Und jetzt plötzlich zwei Kinder, aber keine Spur von Senda und Nachtwind.«

»Trav sagt, Hjal sei niedergekommen«, meinte Faenwulf. »Dann ist das wohl mein Sohn. Aber was ist mit meiner Frau geschehen? Warum kam sie allein und so erschöpft hier an?«

Jora neigte leicht den Kopf. »Ich wünschte, ich könnte es dir sagen. Sie hat Fieber und ist völlig entkräftet. Mehr weiß ich nicht.«

»Mein Bruder ist irgendwo da draußen, und die Einzige, die etwas weiß, ist Hjal, doch die können wir jetzt nicht fragen.« Faenwulf warf sich einen Mantel über und griff nach einer Laterne. »Ich muss ihn suchen gehen.«

»Du weißt doch gar nicht, wo er sein könnte. Und bei diesem Wetter wirst du ihn nur durch eine gütige Fügung des Schicksals finden«, wandte sein Vater ein. »Warte bis morgen oder zumindest, bis deine Frau wieder wach ist.« Im Widerschein der Flammen sah Faenwulf deutlich die tiefen Sorgenfalten im Gesicht seines Vaters. Der Hetman stand langsam auf und rieb sich die schmerzenden Knochen. Seit seiner Verwundung im Winter spürte er feuchtes und kaltes Wetter in allen

Gliedern, ein Ziepen und Reißen, das er zutiefst verabscheute, gegen das er aber auch nichts unternahm. Insbesondere würde er niemals Marada fragen. Wenn Svenna noch leben würde … Immer wieder dieser Gedanke, aber endlich flammte der Hass auf Svennas Sohn nicht mehr auf, den er endlich auch in seinem Herzen als Familienmitglied anerkannt hatte. Langsam ging er zu Travidja hinüber, die die Kinder nebeneinander in ein Bett gelegt hatte. »Meine Enkel«, sagte er. Seine Stimme klang rau.

»Sie schlafen. Travias Segen liegt auf ihnen. Sei unbesorgt, es geht ihnen gut.« Travidja nahm einen Krug mit Wasser und schenkte sich und dem Hetman einen Becher voll ein. Sie hatte seit Stunden nichts getrunken und ihre Kehle war vom Singen ganz ausgedörrt.

In diesem Augenblick schreckte Hjalka aus ihren Fieberträumen auf. *»Nicht gut!«*, schrie sie. *»Nichts ist gut! Nachtwind … Senda …«* Ihre Augen waren weit aufgerissen und sie starrte auf die Wand, als spielten sich dort die unglaublichsten Szenen ab.

»Was ist mit Nachtwind?«, fragte Faenwulf und trat zu ihr. Das Schreien brach ab. *»Nachtwind?«*, echote Hjalka erschöpft.

»Was ist mit ihm?«

»Mit ihm? Was mit ihm ist?« Sie kicherte schrill. »Nichts. Alles. Senda ist tot. Tot. Und Nachtwind auch.« Der Becher zerschellte auf dem Boden. Orik fing den Krug gerade noch auf, ehe ihm das gleiche Schicksal widerfuhr.

»Tot?« Travidja war weiß wie Kalk. »Das kann nicht sein.«

»Tot, nichttot, tot, nichttot«, kicherte Hjalka weiter, »alles egal, wir sind bald alle tot. Tottotototototototot.« Sie brach ab, nach Atem ringend.

»Was ist mit dir?«, fragte Faenwulf, doch als er das irre Flackern in ihren Augen erkannte, wandte er sich an die anderen. »Was ist mit ihr geschehen?«

Jora zuckte die Achseln. Sie war ebenfalls bleich geworden, hatte sich aber besser in der Gewalt als Travidja.

»Wir sind tot«, sagte Hjalka und fiel dann wieder zurück in ihren unruhigen Schlaf. Irgendetwas war geschehen. Sie wussten nur noch nicht, was. Aber es stand außer Frage, dass es etwas Schreckliches gewesen sein musste.

Am nächsten Morgen wachte Hjalka auf. Ihre Stirn war zwar noch heiß, aber das Fieber war bereits abgeklungen, und der Blick ihrer Augen war klar.

»Habt ihr es gesehen?«, war ihre erste Frage, und als sie nur verständnislose Blicke erntete, wusste sie, dass jenes Wesen, das einmal Nachtwind gewesen war, aus irgendeinem Grund das Dorf noch nicht erreicht hatte. Sie erzählte, so gut sie es vermochte, die Geschehnisse des letzten Tages, aber bei Sendas Opfer und Nachtwinds Verwandlung versagte ihr die Stimme und es dauerte eine geraume Weile, bis sie wieder zusammenhängend sprechen konnte. Tränen standen ihr in den Augen.

»Also ist Nachtwind ... tot?«, fragte Travidja mit erstickter Stimme. »Wie Senda?«

»Der Nachtwind, den wir kannten, ist tot«, bekräftigte Hjalka. Sie sah wieder und wieder die riesige, abscheuliche Kreatur vor ihren Augen.

»Und du bist sicher, dass dieses Ungeheuer hierher kommen wird?«

Hjalka nickte. »Ganz sicher.«

»Hranngars Brut! Wir müssen Maßnahmen treffen«, entschied Orik. »Wenn das Biest uns unvorbereitet erwischt ... nicht auszudenken. Faenwulf, geh, hol mein Schwert. Diesem Wesen können wir nur mit Magie entgegentreten, Magie, wie sie im Hetmansschwert ruht.«

Hjalka schüttelte den Kopf. »Davon rate ich ab. Es ist durch Magie entstanden und das Schwert ist nicht besonders mächtig. Schau mich nicht so an, ich wusste es, seit ich zurück bin. Es ist nichts anderes als ein altes, verziertes Schwert mit einem schwachen Kampfzauber. Aber wie man ihn auslöst, weiß ich nicht. Wahrscheinlich ist der Zauber schon so alt, dass er nicht einmal mehr richtig funktioniert.«

»Missachte unsere Traditionen nicht«, sagte Orik streng. »In diesem Schwert steckt mehr Magie, als du glaubst.«

»Das werde ich wohl besser wissen«, begehrte die Magierin auf, aber Orik brachte sie mit einem düsteren Blick zum Schweigen. Dies war seine Angelegenheit und er duldete keinen Widerspruch.

»Es ist die Magie der Ehre und der Tradition. Davon verstehst du nichts. Das Schwert wird den anderen Mut machen und dadurch werden sie tapferer kämpfen und länger standhalten als ohne das Schwert.«

»Vielleicht hast du Recht«, gab Hjalka zu. »Von so etwas verstehe ich wenig.«

»So wird es sein.«

Orik rief alle Dorfbewohner zusammen und berichtete ihnen, was er erfahren hatte.

»Ich wusste es doch gleich«, meinte Marada, aber die anderen sahen sie nur böse an und so schwieg sie wieder. Allen war klar, dass dies weder die Zeit noch der Ort war, über den Hetman herzuziehen. In dieser Notlage war vor allem eines erforderlich: Zusammenhalt. Die Männer und Frauen griffen sich alles, was sich als Waffe verwenden ließ, selbst einfache Mistgabeln, Dreschflegel und Sensen.

»Wir müssen auf alles gefasst sein«, erklärte Orik. »Geht nur zu zweit oder besser noch zu dritt auf die Straße. Achtet auf alles Ungewöhnliche und gebt sofort Bescheid, wenn ihr etwas bemerkt. Unser aller Sicherheit steht auf dem Spiel. Wir müssen das Ungeheuer erlegen, ehe es uns töten kann.«

So wurde es gemacht. Aber das Ungeheuer ließ sich den ganzen Tag über nicht blicken, und manch einer fragte sich, ob die Magierin nicht vielleicht gelogen hatte.

Eindara und Ragnar gingen zusammen »auf Streife«, wie das der junge Faenwulf nannte. Eindara hielt nichts von solch neumodischen Ausdrücken, aber sie gab gerne zu, dass ihr auch kein besserer eingefallen wäre, also nahm sie ihn hin. Ragnar war gar nicht so hässlich und wenn es ruhig blieb … wer weiß? Es ging bereits auf Mitternacht, doch bislang war nichts geschehen. Ragnar hielt eine Lampe in der Hand und leuchtete den Weg ab.

Eindara hatte vorgeschlagen, dass sie um das Dorf herumgehen sollten. Nachts konnte sich wer weiß was für ein Monstrum nähern, ohne dass man es sofort sah. Die Geschichte mit Klein-Egil und Karva war übel genug gewesen, aber zu wissen, dass sich irgendwo hier draußen eine Kreatur herumtrieb, die einmal Nachtwind gewesen war und nun auf Menschenblut aus war … Wahrscheinlich war diese Geschichte nur eine Ausgeburt von Hjalkas Fieberwahn, dachte Eindara bei sich.

Plötzlich erlosch das Licht der Laterne und Ragnar ließ ein deutliches »Autsch!« hören.

»Was ist?«, flüsterte Eindara, der es plötzlich kalt den Rücken herablief.

»Irgendetwas hat mir die Laterne aus der Hand geschlagen, glaub ich.« Die Stimme des Mannes klang unsicher und verängstigt.

»*Glaubst* du?« Eindara war reichlich ungehalten. Ragnar war ein Schwächling. »Sind wir hier etwa im Tempel?«

»Nein-nein, entschuldige«, lenkte Ragnar ein. Er war tatsächlich ein Schwächling! Sie wusste jetzt wieder, weshalb sie sich nie an ihn herangemacht hatte. »Ich hatte nur das Gefühl, dass da … etwas war.«

»Lass deine Gefühle aus dem Spiel. Ich heb sie mir auch für andere Sachen auf«, raunzte sie ihn an. »Wegen dir müssen wir jetzt diese blöde Laterne suchen. Sie muss ausgegangen sein, als sie hingefallen ist.«

»Tut mir leid. Ich hab's doch gesagt.«

»Los, bück dich. Vom Herumstehen wirst du sie nicht finden.« Eindara ging mit gutem Beispiel voran. Sie glaubte zwar nicht, dass er sie sehen konnte, denn die Nacht war finster, aber je eher sie diese verflixte Laterne wieder fanden, umso besser. Aber sie fand die Laterne nicht. Zumindest nicht sofort. Ein mulmiges Gefühl machte sich in ihrer Magengrube breit.

»Eindara!«, keuchte Ragnar unversehens. »Hier ist etwas. Ich *spüre*, dass uns etwas ansieht.« Hinter ihnen erklang ein Geräusch, erschreckend und grausig inmitten der stillen, friedlichen Nacht, gurgelnd, brodelnd, zischend. Aber es war nichts zu sehen.

»Das ist das Ungeheuer!« Eindara packte ihre Orknase fester. Die Orknase war eine Streithacke, deren langes, schmales und bärtiges Blatt eine grausame Waffe war. Nichts als Dunkelheit war um sie herum, und inmitten dieser Dunkelheit war eine andere Dunkelheit, lauerte, beobachtete, eine Dunkelheit, die schwärzer und finsterer war, als Verzweiflung und Wut es sein konnten. Das Gurgeln, Brodeln und Zischen kam näher, ohne dass sie eine Richtung hätte ausmachen können, und nun hörte sie sogar ein Knacken, als ob sich im Dunkeln etwas Großes mit Insektenbeinen bedächtig und entschlossen bewegte. Ein übler Geruch mischte sich in die würzige klare Herbstluft. »Ich hab sie!«, rief Ragnar. Seine Stimme klang erfreut. »Die Laterne!«

Ganz schwach erschien ein Licht in der Dunkelheit, das sich ausbreitete, als Ragnar die Laterne aufblendete. Die Dunkelheit wich ein Stück vor dem Licht zurück und enthüllte zwei große Trauben von Augen, wie zu Kuppeln zusammengeschichtet, die das Licht spiegelten und zu tödlichem Schimmer bündelten. Hinter dem Schimmern schien ein bleiches, verzehrendes Feuer zu brennen, genährt von Hass und Verzweiflung, unmenschlich und von boshafterer Schläue als bei jedem Tier. Es waren schreckliche und grausame Augen, in denen die Entschlossenheit zum Töten zu lesen stand. Und irgendwie schienen sich diese Augen am Anblick der beiden Menschen zu weiden, in genüsslichem, mörderischem Frohlocken, wissend, dass sie Beute gefunden hatten. Ein schabendes Geräusch erklang, gefolgt von einem Klicken, als ob sich ein horngepanzerter Mund langsam öffnete und wieder schloss, öffnete und wieder schloss.

Entsetzt wichen Eindara und Ragnar langsam zurück. Doch in unheimlicher Faszination starrten sie unverwandt in die Augen, die plötzlich und ruckartig auf sie zukamen. Als sie weiter in den Kreis des Lichts vordrangen, wurde mehr von der Kreatur sichtbar. Die beiden Thorwaler gewannen einen ersten, schattenhaften Eindruck von stahlharten Borsten, brodelndem, giftigem Schleim, glitzernden, tödlichen Klauen und einem Maul, das einem Menschen mit einem Bissen den Kopf hätte abreißen können. Aber die Kreatur tat es nicht. Noch nicht. Es war fast, als spiele sie mit ihnen.

»Lauf!«, zischte Eindara Ragnar zu, »sag im Dorf Bescheid. Das Vieh ist hier!«

Ragnar warf ihr einen unsicheren Blick zu. »Wäre es nicht besser, wir beide …?«

»Einer muss es aufhalten, sonst schnappt es uns beide. Ich bleibe und halte die Stellung.«

»Gut. Aber behalte du die Laterne.« Ragnar reichte Eindara die Laterne, die diese entgegennahm, während sie versuchte, das Ungeheuer im Auge zu behalten, das sich immer nur kurz in den Lichtschein hineinzuwagen schien. »Viel Glück.«

»Wünsche ich dir auch«, entgegnete Eindara.

Ragnar drehte sich um und rannte los.

Und das Ungeheuer schlug zu.

Eindara konnte es kaum verfolgen, so schnell war es. Mit einem gewaltigen Satz sprang es an ihr vorbei, sodass sie nur einen vagen Eindruck von vielen gewaltigen, borstigen Beinen gewinnen konnte und von einem großen, stinkenden, sackartigen Leib und einem hornbewehrten Kopf. Dann ertönte unweit von ihr ein Knirschen und Gurgeln, ein Todesschrei, der rasch verklang, und dann ein Schmatzen. All das geschah so rasch hintereinander, dass Eindara kaum reagieren konnte. Sie sparte sich das Rufen, denn Ragnar konnte sie schon nicht mehr hören. Verdammt! Das Biest war schnell und tödlich, Hjalka hatte nicht übertrieben.

Nun lag es an ihr, das Dorf zu warnen. Sie konnte Ragnar nicht mehr helfen, ihre Treue gehörte dem Dorf. Sie machte auf dem Absatz kehrt und rannte, so schnell sie ihre Füße trugen, in Richtung Siljen. Schon glaubte sie, es geschafft zu haben, da stand die Kreatur plötzlich vor ihr, schrecklicher als alles, was sie je gesehen, bedrückender als jede Traurigkeit, die sie je überkommen hatte. Das, was einmal Nachtwind gewesen war, schien nun nur noch aus einem Fetzen geronnener Nacht zu bestehen, eine undurchdringliche, furchtbare Finsternis, ein Abgrund aus Schatten und Gift, beängstigender als ein Albtraum und tödlicher als die schärfste Klinge. Wenn auch nur vage, glich es einer großen Spinne, größer als ein Wolf, größer gar als ein Mensch, wie es da vor ihr auf dem Weg hockte und sie anstarrte. Die Augen der Kreatur waren unbarmherzig auf sie gerichtet, grausame, vielfenstrige Augen, zwischen denen fahle Pusteln und Blasen und schrundige Hörner saßen wie Dornen. Direkt hinter dem Kopf blähte sich ein von blauen Äderchen überzogener, schwarzer, riesiger, sackartiger Leib, der von acht gewaltigen Beinen schaukelnd in der Luft gehalten wurde. Auch die Beine waren schwarz und in sich verdreht, mit stachelartigen Haaren aus Eisen überzogen und mit großen, knotigen, mit zusätzlichen Krallen versehenen Gelenken, und selbst in angewinkeltem Zustand überragten sie den höchsten Punkt des Rückens um eine halbe Manneslänge. Sie liefen in einzelnen glänzenden Dornen aus, die sich mehrere Finger tief in die Erde gruben. Gestank nach Tod und Verwesung umgab das Wesen. Eindara musste würgen, als sie grünlich schimmernden Speichel aus den Winkeln des Mauls tropfen sah.

Das Geschöpf drehte mühsam den Kopf, als wolle es jede ihrer Bewegungen genau verfolgen, obwohl das angesichts der traubenförmigen Augen wohl kaum erforderlich war. Ein klebriger, weißlicher Faden schoss aus dem Maul der Kreatur auf Eindara zu. Sie schaffte es in einer unbewussten Abwehrbewegung, sich aus der Bahn dieses Fadens zu drehen, aber nicht völlig; er streifte sie am Arm und rief dort ein scharfes Brennen hervor. Die Thorwalerin hatte keine Zeit, nach der Verletzung zu schauen, denn nun kam die fürchterliche Kreatur mit einem Satz näher – sie stand hoch über Eindara, schaukelnd auf den mörderischen Beinen, welche die Frau wie ein Käfig umgaben.

Im flackernden Laternenschein sah sie voller Entsetzen nach oben und wurde der Dornen gewahr, die am Unter- und Hinterleib des Monstrums saßen und von denen wie grüne Perlen giftiger Schleim tropfte. Ein wenig davon traf den Schaft ihrer Waffe. Zischend löste sich das Holz an dieser Stelle auf. Eindara hatte das mörderische Maul für die größte Gefahr gehalten, aber nun musste sie erkennen, dass die Bestie ihr von allen Seiten den Tod bringen konnte.

Eindara hob ihre Waffe, bereit, sie in die Kreatur zu rammen, als der Leib plötzlich heruntersackte. Es geschah so schnell, dass Eindara kaum noch mitbekam, wie der Schaft zersplitterte.

Die Kreatur betrachtete voller hämischer Freude die Ansammlung von Holz und Steinen, die von den Menschen *Dorf* genannt wurde. Hinter ihr erhoben sich, schwarz schimmernd und vor Gift strotzend, ihre *Kinder*. Ein flüchtiger Gedanke von ihr genügte und sie alle setzten sich in Bewegung. Schaukelnd gingen sie auf das erste der Häuser zu, aus dessen Fenstern Lichtschein drang. Ihre *Kinder* gingen vor. Eines, das Männchen, klopfte an die Tür, sie selbst und das Weibchen verbargen sich in den Schatten.

Ein Mensch öffnete die Tür. Bevor er noch schreien konnte, brachte ihn die schwarze Hand des Männchens zum Verstummen. Lautlos glitten ihre beiden *Kinder* ins Innere des Hauses, während sie den leblosen Knochensack neu belebte. Sie tat es langsam und bedächtig, genoss jede Bewegung. Ihre giftigen Stacheln sanken weich in den Knochensack ein, bis er sich als *Kind* neu zu regen begann, schwarz, mit dunklen Augen und bösen Gedanken. Zwei weitere Knochensäcke flogen durch die Tür nach draußen und die Kreatur bebte vor Begierde. So viele *Kinder*!

Sie hatte wieder Hunger.

Faenwulf, Orik, Solva und Jurge waren in dieser Nacht zusammen unterwegs. Sie hatten nichts Ungewöhnliches entdeckt, und als die Dämmerung nicht mehr fern war, gingen sie zurück ins Dorf.

Dort sahen sie die Schreckenskreatur. Sie war zwischenzeitlich gewachsen (was die vier natürlich nicht wissen konnten), und sie war von einem halben Dutzend schrecklich verformter Kreaturen umgeben, die allesamt kleiner als sie waren und mit ein wenig Phantasie entfernt menschenähnlich aussahen. Die Wesen schienen die Anwesenheit der Menschen zu spüren, denn ohne dass nur einer der vier etwas gesagt hätte, wandten sie sich ihnen in einer einzigen, geschmeidigen Bewegung zu. Sie wirkten fast wie Raubtiere – große, gefährliche Raubtiere.

Orik setzte sein großes Horn an die Lippen und blies

ein Alarmsignal, das weit und breit zu hören war. Die Leute wussten, was zu tun war. Die Kinder und die Alten hielten sich in den Häusern verborgen, während die anderen ihre Waffen nahmen und zum Ort des Geschehens liefen. Aber bis sie dort waren, mussten die vier durchhalten. Die große Kreatur, fast sechs Schritt hoch, stieß einen lang gezogenen, schrillen, zornigen Schrei aus. Eines der grotesken Beine zuckte nach vorne und deutete auf die Gruppe. Sofort krabbelten die sechs menschenähnlichen Wesen auf sie zu.

»Bei Firun und Swafnir!«, schrie Orik und schwang das Schwert des Hetmans. Die ersten Strahlen der Morgensonne schimmerten auf der polierten Klinge.

»Für Siljen! Für den Hetman!«, brüllten Faenwulf, Solva und Jurge und rissen ihre Waffen ebenfalls empor.

Bösartig fauchend kamen die schwarzen Wesen auf sie zu. Jurge stürzte sich mit seiner Skraja, die ihn schon sein ganzes Leben lang begleitete, auf das erste der Wesen. Das Blatt traf und versank in der dunklen teerartigen Masse. Eine schwarze Hand kam auf Jurge zu, langsam, aber unerbittlich. Verzweifelt versuchte er, die Skraja frei zu bekommen, aber es schien, als würde sie von irgendetwas festgehalten. Im letzten Moment reagierte Jurge. Er stieß die Waffe noch *tiefer* in den unheimlichen Gegner, bis er merkte, dass er auf Widerstand stieß, trieb die Schneide hindurch, ließ den Stiel des Handbeils los und sprang zurück. Das Geschöpf taumelte und brach zusammen, die Skraja glitt aus dem sich rasch verhärtenden schwarzen Stoff heraus. Jetzt war sie schartig. Die schwarze Kreatur zerfiel in wenigen Augenblicken und gab einen toten, von vielen Einstichen durchlöcherten Körper frei. Jurge erschrak bis ins Mark. Er kannte diese Kreatur, hatte schon viel Premer Feuer mit ihr getrunken: *Ragnar.*

Er sah sich nach den anderen um, die ebenfalls ganze Arbeit leisteten: Solva durchbohrte den Schädel einer der Kreaturen mit ihrem Speer und tötete sie damit, ebenso wie Faenwulf, der zwei der Angreifer mit einer gewagten Schlagkombination enthauptete, und auch Orik fällte einen Angreifer. Jurge beobachtete das Kampfgeschehen mit einer Mischung aus Faszination und Grauen: Alle Gegner zerfielen und gaben die Leichen von Menschen frei.

Nur eine der Kreaturen überlebte das kurze Gemetzel. Der Warnruf Solvas kam zu spät. Überrascht griff sich Jurge an den Hals, wo die Kreatur ihn unversehens packte. Verflucht! Wo war er nur mit seinen Gedanken gewesen? Zornig wirbelte er herum und spaltete den Schädel des Wesens mit der Skraja. Ein einziger wuchtiger Hieb, der die schwarze Masse durchdrang, genügte bereits, so einfach war das. Sofort zerfiel das Wesen und nahm die Gestalt Eindaras an. *Ihr Götter!* dachte er, *dieses Ding da hat sie alle getötet und zu seinen Dienern gemacht.* Dann spürte er einen schrecklichen Schmerz an seinem Hals, wo ihn das Ding, das einmal Eindara gewesen war, berührt hatte, und als er hingriff, versank seine Hand bereits in faulendem, stinkendem Fleisch. Voller Panik sah er schwarze Pusteln auf seiner Haut aufblühen und sich im Nu ausbreiten.

Augenblicke später war er tot.

»Wir müssen dieses Monstrum töten«, sagte Faenwulf, der Jurges Tod mit ebenso viel Entsetzen wie die anderen verfolgt hatte. Orik nickte grimmig. »Gewiss! Aber hast du eine Ahnung, wie wir das anstellen sollen?«

»Wir müssen es zu Fall bringen. Schlag auf die Beine.«

»Lasst uns das Vieh besser blenden«, schlug Solva vor. Die stämmige Kriegerin wog ihren Speer lässig in der Hand.

»Bei Swafnir! Worauf wartest du noch, Weib? Los, Sohn!« Orik und Faenwulf stürmten los, ihre Schwerter schimmernd im Morgensonnenlicht. Solva wartete noch einen Moment, nahm genau Maß und schleuderte ihren Speer.

Die Kreatur nahm die Bewegung kaum wahr, aber der Schmerz war fürchterlich. Es war ... wie ein hoher Missklang, als sich plötzlich ein Teil ihrer Augen verdunkelte. Der Schmerz war ... überraschend. Sie schauderte zusammen und schüttelte sich und der Schmerz verschwand. Sie konnte deutlich spüren, wie die Wunde sich wieder schloss und das Augenlicht zurückkehrte. Mit schrillem Klingen trafen irgendwo unter ihr metallene Waffen auf ihre Beine. Natürlich geschah ihr nichts. Sie war nicht irgendeine wilde, einfache Kreatur wie ihre *Kinder*, sie war weitaus mehr. Es berührte sie nicht sonderlich, dass ihre *Kinder* erschlagen worden waren, sie würde neue hervorbringen. Verwirrt durch den verebbenden Schmerz suchte sie die Umgebung ab. Die beiden Menschen unter ihrem Leib bewegten sich schnell und eine ihrer Waffen machte sie nervös. Aber wenige Schritte entfernt stand ein anderes Menschlein, allein. Ruckartig ließ sie ihren Körper nach unten fallen – sie bemerkte kaum, wie die Menschen unter ihr wegspritzten – und sprang dann mit starken bogenartigen Beinen auf das Wesen zu. Sie kam über das hilflose kleine Ding, um es zu zermalmen, zu töten, zu zerfetzen. Dieses Ding würde keines ihrer *Kinder* werden, dazu war es zu *böse*.

Solva blieb keine Möglichkeit der Gegenwehr.

»Wir müssen weg!«, schrie Orik. Wie von allen Dämonen der Niederhöllen gejagt, rannten Faenwulf und er fort von der schrecklichen Kreatur, die damit beschäftigt war, die unglückliche Solva zu zerreißen. Als sie ihr blutiges Mahl beendet hatte, wirkte das Dorf wie ausgestorben.

Das riesige Geschöpf wankte durch die Ansammlung von Häusern, aber es war zu groß, um in eines einzudringen. Sein Pestatem tötete das Vieh und tränkte den Boden mit Gift. Die Menschen ließen sich nicht sehen, aber es wusste, dass sie da waren. Sie mussten sterben. Alle.

Alle, die ihm je ein *Leid* zugefügt hatten. So besagte es der Pakt.

Die schreckliche Kreatur hielt sich tagelang im Dorf auf. Die Menschen trauten sich nicht aus ihren Häusern, und wo immer jemand töricht genug war, die Tür zu öffnen, war die Kreatur da und versuchte einzudringen. Schreckliche Schreie kündeten davon, dass sie erfolgreich gewesen war. Kurz darauf schickte sie eine der götterverhöhnenden schwarzen Gestalten los, die noch vor kurzem in einem der Häuser gewohnt hatte, um andere Türen für sie zu öffnen und weitere Diener zu erschaffen. Mit Glück und den Erfahrungen, die schon Faenwulf und Orik gemacht hatten, gelang es zwar stets, diese Diener zu vernichten, doch die schrecklich zugerichteten Leichen ihrer Mitmenschen dann vor sich liegen zu sehen verängstigte die Siljener beinahe noch mehr als die finstere Gegenwart des Ungeheuers. Und das Bewusstsein nagte in ihnen, dass all diese Menschen nun schon *zweimal* gestorben waren. Auf diese Weise hatte Siljen bereits ein Dutzend Menschenleben eingebüßt, und nichts, kein Plan und keine Idee, wie das Monstrum zu besiegen sei, hatte Erfolg gehabt. Feuer wie Wasser konnten ihm nichts anhaben, keine Klinge vermochte seinen Panzer zu durchdringen, und wenn sie eine ungepanzerte Stelle wie die Augen traf, verheilten die Wunden binnen kürzester Zeit.

Der einzige Ort, den weder die Kreatur noch ihre Diener behelligten, war der Traviatempel, in dem Travidja und Hjalka die Stellung hielten. Einige Siljener versuchten ebenfalls, den Schutz des heiligen Ortes zu erreichen, und manche schafften es auch, wie Faenwulf, Orik und Jora. Aber die Lage im Tempel wurde immer unhaltbarer, da Wasser und Nahrung zur Neige gingen. Der Tempel war niemals auf Belagerungen irgendwelcher Art eingerichtet gewesen, ebenso wenig wie die Häuser. Es würde zu Ende gehen, so oder so. Bald.

Eine finstere Gestalt in dunklem Mantel beobachtete befriedigt aus der Ferne das Geschehen. Es geschah genau so, wie sie es vorausgesehen hatte. *Wissen* machte sich bezahlt, und die Rache war süßer, als sie je gedacht hätte.

Am vierten Tag, nachdem das Ungeheuer erschienen war, erwachte Travidja aus einem festen, wenn auch unruhigen Schlaf. Sie lächelte traurig und ging zu ihrer Tochter hinüber. »Ich liebe dich, Kleines.« Mit andächtigen Bewegungen nahm sie das Kind in den Arm und stillte es.

Hjalka trat unbemerkt zu ihr und beobachtete sie misstrauisch. »Du hast doch etwas«, sagte sie schließlich, »ich kann es dir ansehen.«

»Senda war letzte Nacht bei mir.«

»Senda? Senda ist …«

»Tot. Ich weiß. Das sagte sie mir auch. Aber sie wird immer für uns da sein.«

»Komm schon, raus mit der Sprache. Da ist noch mehr, ich kann es dir an der Nasenspitze ansehen.«

»Sie hat mir gesagt, wie wir das Ungeheuer besiegen können.« Travidja drehte den Kopf weg, damit Hjalka ihre Tränen nicht sah.

»Oh, nun red schon!«, sagte die Magierin aufgebracht. Sie zog sich nervös am Zopf.

»Sie hat es nicht direkt gesagt.«

»Wirst du jetzt endlich reden oder muss ich erst die anderen wach brüllen?«, fauchte Hjalka.

»Das brauchst du nicht. Wir sind schon wach«, meldete sich Jora zu Wort. »Aber ich vermute, es geht nur Travidja etwas an, nicht wahr?«

Die pummlige Geweihte drehte nervös den Kopf hin und her. »Nun … ja. Irgendwie.«

»Das ist doch zum Haareraufen«, beschwerte sich Hjalka. »Was ist es denn, was Senda gesagt hat? Vielleicht kann ich euch dabei helfen, es zu verstehen. Ich bin nämlich kein Dummkopf, müsst ihr wissen.«

Jora schloss die Augen und holte tief Luft. »Ich habe sie heute Nacht ebenfalls gesehen. Aber ich habe sie nicht sprechen hören. Was sie gesagt hat, kann uns nur Travidja verraten. Und ob sie es tut, ist allein ihre Entscheidung.«

Travidja sah die anderen an. »›*Denke daran, was die Kreatur ist, und handele danach*‹, hat sie gesagt.«

Hjalka zupfte unruhig an ihrem Haar. »Na – und weiter? Das wird doch noch nicht alles gewesen sein.«

»Der Rest ist nicht so wichtig«, lehnte Travidja ab, »ihr kennt ihn ja bereits.«

»Es könnte wichtig sein«, beharrte Hjalka. »Was war es, bei Hesinde?«

»Sie sagte, dass Waffen nutzlos seien, Magie dem Wesen nichts anhaben könne und dass jeder stirbt, der es berührt. Aber sie sagte auch, dass nach dem Ende der Kreatur all ihre Opfer in Frieden zu den Zwölfen wandern können, wenn sie nicht bereits in den Sog der Niederhöllen geraten sind. Aber das wird mit jedem neuen Praioslauf wahrscheinlicher.«

»Das ist doch Unfug. Wenn Waffen und Magie versagen, bleibt nichts mehr, um die Bestie zu besiegen. Faenwulf, sag doch auch mal was.«

Faenwulf runzelte nachdenklich die Stirn und kraulte den Schwarzen Olporter hinter den Ohren. »Wenn Senda es gesagt hat, muss es möglich sein.«

»Es ist möglich, denn das *Ding* da draußen ist immer noch Nachtwind, auch wenn es das vielleicht nicht mehr weiß«, sagte Travidja leise. Sie wandte sich an Jora. »Wirst du für mein Kind sorgen?«

Die Frau des Hetmans nickte stumm. Sie würde jetzt

nicht weinen. Nachtwind hatte sich eine gute Frau ausgesucht, und auch wenn sie nicht verheiratet waren, machte sie ihm und der Familie große Ehre.

»Bei Swafnir!«, murmelte Orik betroffen, der in diesem Augenblick erkannte, worauf Travidja anspielte. Er packte die Geweihte am Arm. »Lass das, Kind. Ich werde es tun. Ich kann es schaffen.«

Sanft streifte sie seinen Arm ab. »Tut mir leid, Hetman. Es wird nicht genügen, was du empfindest. Sieh in dein Herz. Du stehst weder der Göttin noch Nachtwind nahe genug.«

»Dann lass mich gehen«, sagte Faenwulf, dem ebenfalls dämmerte, was Travidja vorhatte. »Ich liebe Nachtwind, wie man einen Bruder nur lieben kann. Mich wird er erkennen, und um ihn zu erlösen, werde ich freudig in den Tod gehen.«

»Was?«, schrie Hjalka aufgebracht. »Wieso redet ihr alle von Tod? Niemand muss sterben!«

»Wehr dich nicht gegen diese Erkenntnis«, redete ihr Travidja zu. »Du weißt es doch auch. Und du, Faenwulf: deine Liebe zu Nachtwind ist unbestritten, doch der Göttin bist du zu fern, wie alle hier. Was zu tun ist, um den finsteren Feind zu überwinden, vermag nur ich allein.«

»Dein Kind …«, erinnerte Jora sie.

»Wenn ich bleiben könnte, würde ich es tun. Aber es geht nicht. Ich muss Nachtwind retten und mit ihm das Dorf.«

»Überleg es dir noch einmal. Es gibt noch eine andere Möglichkeit. Es gibt *immer* eine andere Möglichkeit«, sagte Hjalka störrisch. »Wir werden uns jetzt alle zusammensetzen und darüber nachdenken. Nur bis heute Abend, ja? Bitte, Trav.«

»Bitte, bleib. Wenn du dich irrst, haben wir nichts gewonnen, aber sehr viel verloren«, sagte nun auch Orik.

»Gut«, lenkte Travidja ein. »Wir werden darüber beratschlagen.«

Als Jora am nächsten Morgen erwachte, war Travidja nicht mehr da, aber Capronion und Smigill, der Olporter und der Silberfuchs, saßen winselnd am Eingang. Oâ stolzierte auf der Schwelle hin und her, da er den Schutz des Tempels schon seit Tagen nicht mehr verließ. Dort, wo Travidja geschlafen hatte, lag ein Buch mit den heiligen Schriften der Göttin, ein Zettel und ein Gänsekiel daneben. Einige Stellen des Buches waren angestrichen. Rasch weckte Jora die anderen, und Hjalka musste vorlesen, welche Nachricht die Geweihte hinterlassen hatte: »Das, was hier steht, hat Senda oft genug gesagt: ›*… und die milde Travia gab jedem Wesen Heim und Zuflucht … und das Zusammenleben aller Wesen beruht auf der Heiligkeit des Ortes, an dem es sich sicher und geborgen fühlt …*‹«

Hjalka klappte das Buch zu und nahm den Zettel in die Hand. »Das hier scheint mir sehr viel aussagekräftiger. Sie muss es heute Nacht geschrieben haben. Hört her: ›*Nur jemand, der einen Verfluchten von Herzen liebt, kann zu seinem wahren Kern vordringen, und nur jemand, der im Glauben fest ist und Liebe und Vergebung und die Sanftmut der Göttin über alles stellt und bereit ist, sein Leben für die Verfehlungen anderer zu geben, kann ihn zur Erlösung führen. Aber der Pfad des Glaubens ist voller Steine und Dornen und der Abgrund ist zu jedem Zeitpunkt nahe. Wären wir alle stets dem Pfad der Göttin gefolgt, längst wäre er eine breite Straße, und ich bete und hoffe, dass ihr alle erkennt, dass es nichts anderes als euer mangelnder Glaube war, der Nachtwind zu dem machte, was er jetzt ist, und dass es mir gelingt, ihn mit sich und der Göttin zu versöhnen …*‹ Ist sie denn völlig übergeschnappt? Wir haben doch schon gestern alle gewusst, dass es der reine Irrsinn wäre …«

»*Wir* haben es *gewusst*«, verbesserte Faenwulf. »Sie nicht. Travidja *glaubt*.«

»Das ist Wahnwitz!«

»Vielleicht. Aber Liebe ist doch nichts anderes als

eine besondere Form des Wahns, hm?«, sagte Orik und fasste seine Frau bei der Hand.

Hjalka blickte entsetzt von einem zum anderen. »Das ist nicht euer Ernst. Das *könnt* ihr nicht ernst meinen. Faenwulf?« Sie las das Bedauern in seinen Augen und wusste, dass es ihr galt. Für sie war Liebe nie reines Gefühl gewesen und vielleicht konnte sie es deswegen nicht nachvollziehen. »Wir müssen ihr helfen! Das Monstrum wird sie töten!«

»Es ist kein …«, begann Faenwulf, aber sie sprang auf und rannte aus dem Tempel. Faenwulf wechselte einen traurigen Blick mit seinen Eltern und folgte ihr.

»Nachtwind?« Travidja ging langsam durch Siljen. Alles war still, nur der Wind strich ruhelos um die Häuser. Über allem lag der Geruch von Tod und Verwesung. So viel Leid war geschehen …

Etwas zupfte leicht an ihrem Gewand. Sie drehte sich um und sah einen alten Mann, der aus einer Haustür gekommen war und dem sie diesen Mut niemals zugetraut hätte: Trolske.

»Nachtwind is nicht da. Komm, Mädchen, das hier ist nichts für dich. Komm rein, bevor das Biest dich holt.«

Travidja schob ihn sanft zurück zum Haus. »Nein, Väterchen. Bleib drinnen, hier draußen bist du nur in Gefahr.«

Trolske musterte sie verwundert. »Bist ganz schön stur geworden. Komm schon.«

Sie klopfte ihm beruhigend auf die Schulter. »Keine Sorge, ich weiß, was ich tue.«

»Das sagst du dem Richtigen, eh? Behaupte ich auch immer. Komm endlich. Ich …« Er verstummte und blicke mit schreckgeweiteten Augen über Travidjas Schulter. Sie ahnte, was er dort sah, denn sie hatte die Veränderung gespürt. Kein Geräusch verriet die Gegenwart der Kreatur, aber sie war ganz zweifellos da: groß, schwarz, lauernd.

Ein Klebefaden zischte an Travidja vorbei und wickelte sich um Trolskes Hals. Der alte Mann schrie in Todesangst auf, aber der Faden schnürte ihm die Luft ab, sodass nur noch ein Gurgeln erklang. Seine gichtigen Finger versuchten, sich irgendwo festzukrallen, aber das Wesen zog ihn mit einem heftigen Ruck zu sich heran. Travidja wollte noch nach Trolske greifen, sie sah die weit aufgerissenen Augen, die in panischer Furcht zuckenden Glieder, und sie hörte das trockene Knacken, mit dem sein Leben endete, noch bevor er die furchtbare Gestalt erreicht hatte.

»Gütige MUTTER!«, flüsterte Travidja erschrocken. Was für eine Gewalt, welche Wut und Kraft steckten in dem, was einmal Nachtwind gewesen war! Was würde sein, wenn sie sich doch getäuscht hatte, wenn ihr nicht die Zeit blieb, die sie brauchte? Wenn sie doch wenigstens etwas aus dem Tempel mitgenommen hätte. Wie konnte sie im Angesicht von etwas so Schrecklichem noch Liebe empfinden und nach dem grausamen Mord an dem wehrlosen Alten Vergebung anbieten? Was war sie doch für eine dumme Gans gewesen! Ihr Herz klopfte rasend, flatterte wie ein gefangener Vogel. Wenn sie sich umdrehte und in den Tempel rannte … vielleicht …

Das Biest – *Nachtwind!* versuchte sie sich einzureden, *Nachtwind!* – starrte sie an, hämisch glotzte es, böse und durchtrieben. Wo waren die freundlichen bernsteinfarbenen Augen geblieben? Verzweifelt mühte sie sich, einen Funken jenes Nachtwind, den sie so sehr liebte, in dieser Ansammlung von Abscheulichkeiten wiederzufinden. Aber da war nichts.

Knackend verlagerte die gewaltige achtbeinige Monströsität ihr Gewicht und schaukelte ihren aufgedunsenen, stinkenden Körper gemächlich hin und her.

»Trav, zurück!«, ertönte eine Stimme hinter ihr. Hjalka.

»Nicht!«, schrie die Geweihte, als die Magierin einen

Feuerball auf die Reise schickte, geradewegs auf die Kreatur zu. Als er an ihr vorbeiraste, spürte sie die Hitze wie einen Hammerschlag. So viel Macht steckte darin, und so viel Kraft kostete es die Zauberin, dass diese die Zähne zusammenbiss und vor Anstrengung wankte. Der Feuerball prallte auf die schwarze Kreatur, die im Dämmerlicht des Morgens noch bedrohlicher wirkte – und erlosch.

Kein Knistern, kein Funkenstieben, keine brüllende Feuerlohe. Nichts.

Ruckartig kam die Kreatur näher, sie schien sich nicht zwischen Travidja und Hjalka entscheiden zu können. War da nicht ein Gefühl von Vertrautheit zwischen ihnen? Nein.

Ein weißer, klebriger Faden schoss aus dem Maul, verfehlte Hjalka jedoch um Haaresbreite, weil die Magierin, erschöpft vom Zaubern, halb tot an der Hauswand zu Boden sank.

»Das darfst du nicht tun«, sagte Travidja und stellte sich zwischen Hjalka und die Kreatur. Das unbesonnene Eingreifen ihrer Freundin entband sie nun jeder Wahlmöglichkeit. Sie musste ihr helfen. Selbst wenn das aller Wahrscheinlichkeit nach ihren Tod bedeutete. Was sie heute Nacht im Kerzenschein geschrieben hatte, erschien ihr nun blass und unbedeutend. Sie spürte einen geradezu verzweifelten Drang zu leben. Gütige MUTTER, sie durfte hier und heute nicht einfach so sterben. Ihr Kind brauchte sie.

Die Kreatur kam misstrauisch einen Schritt näher. Der von ihr ausgehende Gestank war beinahe überwältigend. Sie war jetzt so nahe, dass Travidja den Giftschleim und die eisenharten Dornen erkennen konnte, die den Körper und die Beine des Wesens bedeckten. »Du willst es doch gar nicht. Lass ab!« Sie streckte dem furchtbaren *Ding* die Hand entgegen. Es starrte sie an, voll Abscheu oder voll düsterer Freude, sie vermochte es nicht zu sagen.

»Ver …schwinde, Trav«, keuchte Hjalka hinter ihr. »Es hat keinen Zweck. Lass mich hier nicht umsonst sterben. Dein Kind braucht dich.«

Ein fernes Kreischen ließ die Geweihte aufhorchen. Ein Schwarm Wildgänse flog in V-Formation über den Himmel nach Süden. *Sie kehren heim*, dachte sie bei sich, *wie wir alle heimkehren müssen, wenn unsere Zeit kommt.* »Dein Sohn braucht dich auch«, sagte Travidja halblaut, aber ohne sich umzudrehen. »Und es wäre ohnehin sinnlos für mich zu fliehen.«

Die Kreatur stieß einen besonders üblen Atemhauch aus, der Travidja fast besinnungslos machte, faulige Dämpfe, wie sie nur etwas verströmen konnte, das längst zu verrotten begonnen hatte.

»Nachtwind braucht mich jetzt mehr denn je.« Plötzlich erfüllte sie ungeheurer Schmerz. Ein klebriger Faden hatte sie an der Brust getroffen, und noch einer, noch einer … Sie stürzte zu Boden, fest umwickelt von der weißen, schmerzhaft brennenden Masse, und wurde Stück für Stück an das schwarze Monstrum herangezogen, das gierig und böse glotzte. Als sie fast unter ihm lag, hörte es auf zu ziehen und starrte sie nur reglos an.

»Ich bin es. Travidja. Deine Frau.« Sie schluchzte. »O Göttin Travia, gib mir Kraft und vergib ihm.«

Das Biest hob eines seiner Beine und rollte die Geweihte scheinbar unschlüssig hin und her. Das Gift des Dornenfußes quoll über die Klebemasse und benetzte Travidjas Hals. Es brannte eiskalt und tödlich wie niederhöllisches Feuer. Es würde nicht mehr lange dauern. »Ich vergebe dir, denn ich liebe dich, und auch die Göttin vergibt dir, denn sie weiß, dass du kein schlechter Mensch bist.«

Schüttelfrost brachte Travidja zum Verstummen, aber auch die Kreatur hielt für einen kurzen Moment inne, schien in sich hineinzulauschen. Dann schüttelte sie sich kurz und stieß ein dünnes Geräusch aus, das beinahe wie ein Wimmern klang.

»Es ist nicht zu spät«, flüsterte Travidja. Obwohl sie unerträgliche Schmerzen empfand, schaffte sie es, eine Hand frei zu bekommen. Das Gift zersetzte auch die Speifäden, wie es schien. Sie streckte die Hand aus und streichelte sanft ein Bein der Kreatur. »Ich liebe dich.«

Die Kreatur erzitterte und zuckte zurück. Ein Stachel streifte Travidjas Haut und der Schmerz ließ sie beinahe das Bewusstsein verlieren. *Nichts als die Stärke unserer Herzen und des Glaubens brauchen wir,* sagte sie sich, *sie und die Hoffnung sind alles, was wir brauchen. So lange wir sie haben, sind wir nicht verloren.* »Du hast genug gelitten für Dinge, an denen du keine Schuld trägst. Kehre zurück aus der Finsternis und zu mir heim ins Licht. Ich vergebe dir.«

Das Wimmern wurde zu einem schrillen, kläglichen Kreischen. Blutige Tränen quollen aus hunderttausend Augen. Hoch bäumte sich die Schreckenskreatur auf und Blut und Gier und Tod standen in ihrem seelenlosen Blick. Travidja fühlte sich emporgehoben, bis sie, mehr tot als lebendig, zwischen Himmel und Erde schwebte. Sie spürte kaum, dass eine der Dornenklauen sie durchbohrt hatte und immer weiter emporhob, dem Unterleib der Kreatur entgegen, der wie ein von Geschwüren durchzogener, kranker Himmel über ihr dräute. Wie Stahldornen stachen die Klauen in Travidjas Fleisch, doch sie ließ nicht von ihrem verzweifelten Bemühen ab.

*»Travia, erhöre mich!«*

Ein gellender, ohrenbetäubender Laut drang aus dem Mund des Wesens, das einmal Nachtwind gewesen war. Travidja spürte, wie sie fallen gelassen wurde und auf dem Boden aufprallte. Sie wusste nicht, woher sie die Kraft nahm, aber sie richtete sich halb auf. Klickend prallten Mundzangen aufeinander, als der abscheuliche Kopf sich drehte, um die kleine Frau näher in Augenschein zu nehmen, die es noch immer wagte, sich ihm entgegenzustellen. Mit tödlicher Eleganz, präzise, langsam und unnachgiebig, spreizte die Kreatur vier ihrer Beine mit den todbringenden dolchartigen Klauen zu einer bizarren, dürren Blütenform, bereit zuzupacken.

*»Travia, erlöse ihn!«*

Wie Sensen fuhren die Beine durch die Luft und sausten auf die orangefarben gekleidete Frau nieder. Kein Schmerzenslaut drang über ihre Lippen, als sie an vier verschiedenen Stellen getroffen wurde und helles Blut aus den Wunden sprudelte. Die Klauen glitten wieder zurück und verharrten für einen Moment zitternd; der gewaltige Kopf schob sich näher, als wolle er sich vergewissern, ob das Menschenweibchen tatsächlich tot war. Aber Travidja lebte noch. Ein dünner Blutfaden rann aus ihrem Mundwinkel, das Licht ihrer Augen flackerte ersterbend auf.

»Ich liebe dich und ich vergebe dir … *Nachtwind*.«

Erneut zuckten die Beine nach oben, ruckartig diesmal und weniger gut ausbalanciert. Es war, als durchliefe ein Schluchzen den monströsen Leib, und in der Ferne ertönte ein Laut wie ein langgezogenes *Nein!*

Die entsetzte Hjalka, die das Geschehen hilflos verfolgte, sah, wie die ganze gewaltige Kreatur erschauerte und zu schrumpfen begann, so wie ein Wassertropfen auf einem heißen Stein schrumpft.

Ein an- und abschwellendes Heulen aus dem todbringenden Maul der Kreatur begleitete den Vorgang, und schließlich lag sie zusammengeschrumpft, schwarz und tot auf dem Boden. Ein durchdringender, stechender Geruch ging von ihr aus, aber ein kräftiger Herbstwind fuhr über den Boden und wirbelte ihn davon und mit ihm die schwarzen, hauchfeinen Reste der Kreatur, die das Dorf beinahe ausgelöscht hätte.

Mühsam kroch Hjalka näher. Da lagen sie – Nachtwind und Travidja, nebeneinander. Sie sahen so still und friedlich aus, nichts deutete auf die Schmerzen und Qualen hin, die sie in der letzten Zeit durchlitten hatten.

»Du hast Recht gehabt, Trav«, sagte sie, obwohl sie wusste, dass Travidja sie nicht mehr hören konnte. Weder sie noch Nachtwind. Sie weinte und versuchte sich vorzustellen, wie die beiden Hand in Hand durch einen langen grauen Tunnel gingen und danach in ein herrliches Licht eintauchten. Vielleicht sah so Travias Herberge, das Paradies, aus. Sie wünschte es den Freunden.

Siljen erholte sich von den Wunden, die es davongetragen hatte. Der Blutzoll, den die Ereignisse gefordert hatten, war beträchtlich gewesen für ein so kleines Dorf wie das ihre, aber sie würden es überstehen. Sie waren Thorwaler und überstanden alles.

Orik hatte darauf bestanden, den beiden Traviageweihten und dem Halbelfen eine Totenfeier auszurichten, wie sie bislang nur Baerhild erhalten hatte, und es gab kaum jemanden, der widersprach. Der Hetman bezweifelte zwar, dass die Siljener wirklich aus den begangenen Fehlern gelernt hatten – sich selbst eingeschlossen –, aber er hoffte, dass sie es eines Tages täten. Vielleicht würde irgendwann auch wieder eine Geweihte in den verwaisten Tempel einziehen, vor dem Capronion noch immer wachte, als warte er darauf, dass Senda oder Travidja eines Tages zurückkämen.

Eines Morgens wurde Faenwulf vom Keckern Oâs geweckt, der sich in letzter Zeit immer merkwürdiger verhalten hatte. Die Verwandlung und der Tod Nachtwinds hatten dem Vogel mehr zugesetzt als den meisten Siljenern, doch auch Faenwulf litt unter dem Verlust seines Bruders. In den Wochen nach Nachtwinds Tod war er zusehends abgemagert, sein vormals schönes Gesicht wirkte hohlwangig und ausgezehrt.

Als Faenwulf, angelockt durch das Keckern Oâs, aus dem Haus trat, sah er etwas golden blinken. Er bückte sich und hob es auf. Es war ein goldener Ring mit einem Wolfskopf. Er erkannte ihn sofort wieder: Nachtwind hatte diesen Ring eine Zeit lang getragen. Oâ krächzte ihm etwas zu, das er nicht verstand, dann flog der schwarze Vogel davon. Der blonde Krieger konnte sich des Eindrucks nicht erwehren, dass er ihn heute zum letzten Mal gesehen hatte.

»Nachtwind …?«

Ein lang gezogenes Heulen antwortete ihm.

Weit entfernt, gerade noch sichtbar, bemerkte Faenwulf die schlanken Gestalten von vier Wölfen auf einem Hügel, Schattenrisse vor der aufgehenden Sonne. Ihr Heulen klang traurig und schön zugleich durch die Dämmerung.

»Auf Wiedersehen, Bruder«, sagte er und hob grüßend die Hand.

Es war, als hätten die Wölfe verstanden. Ihr Heulen endete und einer nach dem anderen verschwanden sie jenseits der Hügel. Der letzte, ein großer schwarzer Wolf, verharrte noch einmal kurz, und seine bernsteingelben Augen trafen den Blick Faenwulfs. Dann ging auch er.

ANHANG

# Erklärung aventurischer Begriffe

- A'dao valva iama ...: (elfisch) »Ich verwandle mich in mein Seelentier ...« oder »Ich werde sterben.«
- Dere: Die Welt, auf der der Kontinent Aventurien liegt
- Elfen: Auch *Elben, Alfen, Lichtvolk, Hohes Volk, Altes Volk* genannt. Eine alte Hochzivilisation menschenähnlicher, aber zutiefst zaubermächtiger Wesen, die sehr zurückgezogen leben; man erkennt Elfen an ihrem schlanken Körperbau, den spitz zulaufenden Ohren und den großen Augen
- Felja: (elfisch) »Katze«
- fey: (elfisch) »Elf« oder »ich«
- Firun: Einer der → Zwölfe. Grimmiger Jagd- und Wintergott
- Geweihte: Die Priester der → Zwölf
- gobian: (elfisch) »struppiges Rothaar«; ursprünglich sind nur Goblins damit gemeint, der Begriff hat aber in der Allgemeinsprache als »Grobian« Verwendung gefunden.
- Große Olochtai: Schroffer, unwegsamer Gebirgszug im Nordwesten Aventuriens, der u. a. die Ostgrenze Thorwals und die Nordwestgrenze des Orklands bildet und in den Großen Firunswall übergeht; die höchsten Gipfel der Großen Olochtai sind fast 5000 Schritt hoch
- Halla: (thorwalsch) Haupthalle eines thorwalschen Langhauses
- Hesinde: Eine der → Zwölfe. Göttin der Magie

- Hetman/Hetfrau: Thorwalscher Sippen- und Dorfvorstand
- Hranngar: Die Große Seeschlange, mythologischer Gegner des Gottwals → Swafnir und darum für die Thorwaler grundsätzlich böse
- iama: (elfisch) »Freund«
- Ifirn: Die freundliche göttliche Tochter des grimmigen Winter- und Jagdgottes Firun, die aber nicht zu den → Zwölfen gehört
- Jolskrim: (thorwalsch) Bezeichnung für ein thorwalsches Langhaus
- Jurgalied: Die populärste und älteste → Saga der Thorwaler
- Krötenhaut: Für Thorwal typische Rüstung, die aus Leder mit Metallnieten besteht und darum der Haut einer Kröte zu ähneln scheint
- lara/largra: (elfisch) »Wolf«, wobei ›lara‹ positiv und ›largra‹ negativ besetzt ist
- Madamal: Der Mond von Dere
- *Maga, Magus*: Weibliche bzw. männliche Bezeichnung für die an Akademien herausgebildeten Zauberer, die Magier
- mandra: Elfischer Begriff, der andeutungsweise mit ›Seelenkraft‹ übersetzt werden kann; Gegenbegriff zu → taubra
- Mond: Begriff für die zwölf Monate (s. d.)
- Nachtwind: Name des Halbelfen des vorliegenden Romans. Ursprünglich Bezeichnung für eine große schwarze Vogelart (bis zu 9 Spann), die als ausgesprochene Magiehasser gelten; sie ähneln Eulen. Die unbestreitbare Ähnlichkeit → Ôas mit diesen Tieren hat ihn auch unter diesem Namen in Siljen bekannt werden lassen
- Namenloser: Personifikation des Urbösen und angeblich göttlicher Widerpart der → Zwölfgötter
- Namenlose Tage: Zeitraum von fünf Tagen zwischen dem 30. Rahja und dem 1. Praios, der sich nicht in die zwölfgöttergefällige Aufteilung des Jahres fügen lässt. Während dieser Tage wandelt, so heißt es, das Böse leibhaftig auf

Dere. In dieser Zeit geborene Kinder werden meist ausgesetzt

- Niederhöllen: Allgemeine Bezeichnung für die Sphäre der Dämonen, über die die Zwölf Erzdämonen (als Zerrbilder der → Zwölfgötter) herrschen
- Nivesen: Menschenvolk des aventurischen Nordens, ein Nomadenvolk der Tundra, erkennbar an den schräg gestellten, mandelförmigen Augen
- Norbarden: Händlervolk des aventurischen Nordens, aber mit erkennbar südländischem Einschlag
- nurdra: Elfischer Begriff für Lebenskraft, Wachstum; auch *Nurtri* als schaffendes Prinzip der elfischen Spiritualität. Gegenprinzip von → zerza
- Nurd'dhao: (elfisch) »Gedeihen mit dir«
- Oâ: (elfisch) »Rabe«, »Krähe«; von dem Halbelfen Nachtwind gewählter Name für den → Nachtwind
- Oger: Vom Aussehen her menschenähnliche, aber sehr groß gewachsene (bis zweieinhalb Schritt) Rasse von primitiven Karnivoren
- Olport: Älteste und traditionsreichste Stadt der Thorwaler, an der Mündung des Nader in Ifirns Ozean gelegen. Die Mehrzahl der Bewohner lebt vom Fischfang und Pelzhandel, der Handelsschifffahrt und – natürlich – von Piraterie. Standort der Magiergilde ›Halle der Winde‹
- Ottaskin: Thorwalsche Bezeichnung für eine Art der Sippe im Binnenland und der »Schiffsgemeinschaft« im Küstengebiet. Eine Sonderform ist die → Runajasko
- Praios: Einer der → Zwölfe
- Praiosscheibe: Die Sonne
- Rondra: Eine der → Zwölfe. Göttin des Krieges
- Runajasko: Thorwalsche Bezeichnung für die Gemeinschaft der Zauberer
- Sang: Traditionelle Überlieferungsform in den Sagas der Thorwaler
- Schwarzer Olporter: Eine große, massige Hunderasse
- Siljen: Ein Dorf in Thorwal

- Skraja: Thorwalsche, einhändig geführte Doppelaxt, die durch ihren kurzen Stiel und die bärtigen Klingen hervorsticht
- Sommersonnwendfest: Fast überall in Aventurien gefeiertes Fest (am 1. Praios)
- Swafnir: Hauptgott der Thorwaler, der schwertwalgestaltige Sohn des Meeresgottes Efferd und der Kriegsgöttin Rondra
- Tag der Heimkehr: Feiertag aller nördlichen Kulturen, gefeiert am 1. Travia
- tala, telor: (elfisch) Mensch (»Rosenohr«)
- taubra: (elfisch) Zauberei, die den Elfen unerklärlich ist
- Thorwal: Nördliches Land Aventuriens
- Travia: Eine der → Zwölfe. Göttin des Herdfeuers und der Gastfreundschaft, die in Thorwal großes Ansehen genießt
- Waskir: a) Stadt in Thorwal, b) goldbrauner Dinkelbranntwein aus Waskir
- Wölfe: Die verbreitetste aventurische Raubtierart. Man unterscheidet u. a. Grimwolf, Rauwolf, Silberwolf und Waldwolf
- zerza: Elfischer Begriff für Zerstörung, Vernichtung, Ende; in der elfischen Spiritualität das Gegenstück zum → nurdra/Nurti
- Zwölfe, Die: Die zwölf Götter Aventuriens, ein Pantheon, das in vielen Gebieten, aber nicht überall gleich verehrt wird. Nach ihnen sind auch die Monde benannt → Jahreslauf

## Jahreslauf

Das aventurische Jahr wird in zwölf Monde eingeteilt, wobei jeder Mond einem der Zwölfgötter zugeordnet und auch nach ihm benannt ist. Das Jahr beginnt mit dem heißesten Monat, weil dieser dem obersten Gott, dem Sonnengott Praios, gewidmet ist. Auch die Thorwaler halten sich an diesen Kalender, obwohl bei ihnen weder Praios noch Rondra in besonders hohem Ansehen stehen.

Es heißt, dass jeder Gott einen erzdämonischen Widersacher hat.

| | |
|---|---|
| Praios | entspricht dem irdischen Juli – Praios ist der Gott der Sonne und des Gesetzes |
| Rondra | entspricht dem irdischen August – Rondra ist die Göttin von Krieg und Sturm und die Mutter Swafnirs, dem Hauptgott Thorwals |
| Efferd | entspricht dem irdischen September – Efferd ist der Gott des Wassers, des Windes und der Seefahrt und der Vater Swafnirs, dem die Thorwaler huldigen |
| Travia | entspricht dem irdischen Oktober – Travia ist die Göttin des Herdfeuers, der Gastfreundschaft und der aufrichtigen ehelichen Liebe |
| Boron | entspricht dem irdischen November – Boron wacht sowohl über die Reiche von Schlaf wie Tod |
| Hesinde | entspricht dem irdischen Dezember – Hesinde ist die Göttin der Gelehrsamkeit, der Künste und der Magie |
| Firun | entspricht dem irdischen Januar – Firun ist der Gott des Winters und der Jagd |
| Tsa | entspricht dem irdischen Februar – Tsa wird als Göttin der Geburt und der Erneuerung verehrt |
| Phex | entspricht dem irdischen März – Phex ist schlau und verstohlen, wie seine Schutzbefohlenen, die Händler und die Diebe |

| | |
|---|---|
| Peraine | entspricht dem irdischen April – Peraine ist die Göttin des Ackerbaus und der Heilkunde |
| Ingerimm | entspricht dem irdischen Mai – Ingerimm ist der Hauptgott der Zwerge, insgesamt ist er für das Element Feuer und für die Kunst des Handwerks zuständig |
| Rahja | entspricht dem irdischen Juni – Rahja wird als Göttin von Wein, Rausch und Liebe in vielen Variationen gehuldigt |

# Danksagung

Ich danke allen, die diesen Roman möglich gemacht haben, sei es durch ihren Rat, ihr Vorbild, ihre Anregungen oder einfach dadurch, dass sie da waren (was manchmal wichtiger sein kann) und seine Entstehung mit so viel Langmut verfolgt haben, wie ich selbst sie mitunter kaum mehr aufgebracht habe. Ich hoffe, sie werden wissen, dass ich sie meine, und finden, dass es keine vergebliche Liebesmüh war. Ganz besonders danke ich einer fast unendlich geduldigen Redaktion und der unglaublich verständnisvollen und ungemein hilfreichen Lektorin. Und letztlich auch Dank an ›Die Schwarze Spinne‹ Jeremias Gotthelfs, die als Inspiration dieses Romans gedient hat.

# Das Schwarze Auge

1. Band: Ulrich Kiesow, *Der Scharlatan* · 06/6001
2. Band: Uschi Zietsch, *Túan der Wanderer* · 06/6002
3. Band: Björn Jagnow, *Die Zeit der Gräber* · 06/6003
4. Band: Ina Kramer, *Die Löwin von Neetha* · 06/6004
5. Band: Ina Kramer, *Thalionmels Opfer* · 06/6005
6. Band: Pamela Rumpel, *Feuerodem* · 06/6006
7. Band: Christel Scheja, *Katzenspuren* · 06/6007
8. Band: Uschi Zietsch, *Der Drachenkönig* · 06/6008
9. Band: Ulrich Kiesow (Hrsg.), *Der Göttergleiche* · 06/6009
10. Band: Jörg Raddatz, *Die Legende von Assarbad* · 06/6010
11. Band: Karl-Heinz Witzko, *Treibgut* · 06/6011
12. Band: Bernhard Hennen, *Der Tanz der Rose* · 06/6012
13. Band: Bernhard Hennen, *Die Ränke des Raben* · 06/6013
14. Band: Bernhard Hennen, *Das Reich der Rache* · 06/6014
15. Band: Hans Joachim Alpers, *Hinter der eisernen Maske* · 06/6015
16. Band: Ina Kramer, *Im Farindelwald* · 06/6016
17. Band: Ina Kramer, *Die Suche* · 06/6017
18. Band: Ulrich Kiesow, *Die Gabe der Amazone* · 06/6018
19. Band: Hans Joachim Alpers, *Flucht aus Ghurenia* · 06/6019
20. Band: Karl-Heinz Witzko, *Spuren im Schnee* · 06/6020
21. Band: Lena Falkenhagen, *Schlange und Schwert* · 06/6021
22. Band: Christian Jentzsch, *Der Spieler* · 06/6022
23. Band: Hans Joachim Alpers, *Das letzte Duell* · 06/6023
24. Band: Bernhard Hennen, *Das Gesicht am Fenster* · 06/6024
25. Band: Niels Gaul, *Steppenwind* · 06/6025
26. Band: Hadmar von Wieser, *Der Lichtvogel* · 06/6026
27. Band: Lena Falkenhagen, *Die Boroninsel* · 06/6027
28. Band: Barbara Büchner, *Aus dunkler Tiefe* · 06/6028
29. Band: Lena Falkenhagen, *Kinder der Nacht* · 06/6029
30. Band: Ina Kramer (Hrsg.), *Von Menschen und Monstern* · 06/6030
31. Band: Johan Kerk, *Heldenschwur* · 06/6031
32. Band: Gun-Britt Tödter, *Das letzte Lied* · 06/6032
33. Band: Barbara Büchner, *Das Galgenschloß* · 06/6033

# Das Schwarze Auge

34. Band: Karl-Heinz Witzko, *Tod eines Königs* · 06/6034
35. Band: Hadmar von Wieser, *Der Schwertkönig* · 06/6035
36. Band: Barbara Büchner, *Schatten aus dem Abgrund* · 06/6036
37. Band: Barbara Büchner, *Seelenwanderer* · 06/6037
38. Band: Hadmar von Wieser, *Der Dämonenmeister* · 06/6038
39. Band: Christel Scheja, *Das magische Erbe* · 06/6039
40. Band: Linda Budinger, *Der Geisterwolf* · 06/6040
41. Band: Momo Evers, *Und Altaia brannte* · 06/6041
42. Band: Barbara Büchner, *Blutopfer* · 06/6042
43. Band: Lena Falkenhagen, *Die Nebelgeister* · 06/6043
44. Band: Karl-Heinz Witzko, *Die beiden Herrscher* · 06/6044
45. Band: Bernhard Hennen, *Die Nacht der Schlange* · 06/6045 Hardcover
46. Band: Barbara Büchner, *Das Wirtshaus* Zum lachenden Henker · 06/6046
47. Band: Karl-Heinz Witzko, *Die Königslarve* · 06/6047
48. Band: Tobias Frischhut, *Geteiltes Herz* · 06/6048
49. Band: Hadmar von Wieser, *Erde und Eis* · 06/6049
50. Band: Britta Herz (Hrsg.), *Gassengeschichten* · 06/6050
51. Band: Jörg Raddatz & Heike Kamaris, *Sphärenschlüssel* · 06/6051
52. Band: Alexander Huiskes, *Die Hand der Finsternis* · 06/6052
53. Band: Martina Nöth, *Zwergenmaske* · 06/6053 (in Vorb.)
54. Band: Gun-Britt Tödter, *Koboldgeschenk* · 06/6054 (in Vorb.)
55. Band: Heike Kamaris & Jörg Raddatz, *Blutrosen* · 06/6055 (in Vorb.)
56. Band: Ingmar Hahnemann, *Jäger des Sturms* · 06/6056 (in Vorb.)
57. Band: Olaf Flatergast, *Druiden-Rache* · 06/6057 (in Vorb.)
58. Band: Thomas Finn, *Das Greifenopfer* · 06/6058 (in Vorb.)
59. Band: Karl-Heinz Witzko, *Westwärts, Geschuppte!* · 06/6059 (in Vorb.)

*Weitere Bände in Vorbereitung*